A Fortune's Children Christmas

Published by Harlequin K.K., Tokyo, 2003

富豪一族のクリスマス

リサ・ジャクソン　バーバラ・ボズウェル　リンダ・ターナー

Contents

聖夜に乾杯

リサ・ジャクソン／村上あずさ　訳

リサ・ジャクソン　シルエットでロマンス小説を書き続けている彼女は、次の作品の取材に、手のかかるティーンエイジャーの息子たちの世話に、テニスにと、忙しい日々を送っている。彼女の作品に出てくる架空の小さな町の多くは、やはりシルエットの作家である妹のナタリー・ビショップとともに育ったオレゴン州モラーラに似ているという。

プロローグ

十二月

ミネソタ州ミネアポリス

「アイム・ドリーミング・オブ・ア・ホワイト・クリスマス……」

その歌手の歌声は、フォーチュン・コスメティックス社のビルで開かれている祝賀パーティの、シャンパングラスの触れあう音やなごやかな話し声、そしてにぎやかな笑い声に埋もれてほとんど聞こえなかった。

チェイス・フォーチュンはそのにぎわいを反感のこもった目で眺めた。彼は、ケンタッキー・ダービーに野生馬《ムスタング》が引きだされたのと同じくらい自分が場違いな気がしたが、今さらどうすることもできなかった。

脚つきのグラスからシャンパンをひと口すする。

ふと、大都会のまんなかで開かれている、大おばケイトの八十歳のバースデー・パーティの会場から逃げだしたい衝動にかられた。

部屋の中央には、きらきら光るライトと華やかな赤いリボンで飾られた、高さ六メートルものクリスマスツリーが設置され、ドアのそばには、ハープを持った天使の形の氷像が置かれている。制服を着た係員が、招待客リストと招待状を照合していた。

なんというばか騒ぎだ。

チェイスは窮屈なタキシードの襟を引っぱり、シャンパンを飲み干した。これまでの人生で多少なりともかかわりのあった親戚《しんせき》が、広い部屋じゅうにあふれている。彼らはみな美しく着飾り、結局は慈善団体に寄付されることになる高価なプレゼントを手にして、元気はつらつとしてエレガントな一族の女家長、ケイト・フォーチュンにお祝いの言葉を述べようと集まっていた。

チェイスが今ほしくてたまらないのは、よく冷えたビールと、埃《ほこり》まみれのカウボーイブーツ、それにたばこの煙がたちこめるこみあったバーだった。バーなら、カウンターに置かれたテレビでバスケットボールの試合を見ることができるし、ビールの値段に文句をつけたり、スピーカーから流れるガース・ブルックスやウェイロン・ジェニングスのカントリー・ミュージックを聞いたりできる。

しかし、代わりにチェイスは大きな窓に霧雨があたるのを見つめ、疎遠になっている妹デリアのよそよそしい態度を感じながら、都会のまんなかのパーティ会場にいた。光沢のある赤いシルクのドレスを着た彼女は、努めてチェイスを避けようとしていたが、彼にはそれがことさら気になるということもなかった。

招待客の注目が女性歌手に集まった。彼女はすらりとした黒髪の女性で、ぴったりとフィットしたゴールドのドレスを身につけ、頭にはサンタクロースの帽子をかぶっている。

「ハッピー・バースデー・トゥー・ユー……」招待客たちも一緒に歌い始め、ケイト・フォーチュンが手をとられてステージにあがった。彼女はにこやかにほほえみ、年齢では高齢者の部類に入るにもかかわらず、ブルーの瞳を若々しく輝かしている。小柄で気品を漂わせたケイトは、歌が終わると笑い、簡単な挨拶《あいさつ》をしたあと、彼女の子供や孫たち、そしてそのほか大勢のフォーチュン一族の面々と次々と握手をし、抱擁していった。

フォーチュン家のなかで、チェイスはまるで焼き印のない子牛のように粗削りで野性的で、一族のほかの者たちとは明らかに異なる価値観を持っていた。彼は化粧品会社や、自社株の購入権《ストックオプション》、企業の合併問題などにはまるで興味がなかった。

だったら、いったいどうしてここに来たんだ？

チェイスは空のグラスを銀のトレイに置くと、フレンチドアを肩で押し開け、ベランダに出た。雨に洗われた空気はすがすがしくさわやかで、身を切るように冷たい。下の通りでは車がせわしく行きかい、タイヤが水たまりの水をはねあげ、低いエンジン音が響いていた。都会の照明は明るくきらめいてクリスマス・シーズンの夜を華やかに彩り、寄付を呼びかける人々が鐘を鳴らしている。

「ここに逃げだしたのが見えたような気がしたのよ」

チェイスははっとして向き直った。毛皮のストールを肩にかけたケイトが、いつのまにかベランダに出てきていた。

「あなたにとっては、あそこは人が少し多すぎるかもしれないわね」ケイトは、宴たけなわのパーティの様子が見えるガラスのドアのほうに頭を傾けた。

「ええ、少し」チェイスは大おばに笑顔を向けた。「お誕生日おめでとうございます、ケイト」

ケイトはくすくす笑った。「わたしくらいの年になると、毎年の誕生日が特別なの」彼女は両方の眉をつりあげ、ひとり言のようなジョークを言った。「これが最後の誕生日になるかもしれないもの」

チェイスは束《つか》の間、その言葉の意味が信じられなかった。人生に対してケイトほどの情熱と気力があれば、自分の子供や孫たちよりも長生きするだろう。

「そんなことはありませんよ」

「そう思う？」ケイトはベランダの端まで歩いていくと、高層ビル群を見あげた。霧雨が顔にかかり、彼女は目をしばたたいた。

「どうやってパーティをぬけだしてきたんです

か？」

「年をとると、わがままが許されるのよ」ケイトはチェイスのほうを向いた。「それに、スターリングとジェイクに、誰にもわたしの邪魔はさせないようにと言ってあるの。ふたりならうまくやってくれるわ」スターリング・フォスターはケイトの夫で、弁護士でもある。彼は数年前、ケイトの命がねらわれた飛行機墜落事故が起きた際に、彼女が生存していることを知らされていた唯一の人間だった。ジェイクはケイトの長男だ。「少しのあいだ、あなたとふたりきりになりたかったの」ケイトはまじめな顔で言った。「あなたに話があるのよ」

「なんだか危ない話のようですね」チェイスはからかうように言った。

「もしかすると」ケイトはまたくすくす笑った。「あなたはお父さんのユーモアのセンスを受け継いでいるのかもしれないわね」

「父にそんなものがあったとは知りませんでしたね」チェイスは、自分が父に似ているなどとは考えたくなかった。父のジーク・フォーチュンは、かつてはなにもかもを持っていた――愛する妻、かわいらしい子供たち、十分な預金、そしてモンタナ州西部で一番の牧場。だが父は、タイミングのまずさ、不運、さらには判断のミスが重なって、見事にそのすべてを失ってしまったのだ。チェイスに将来なりたくないものがあるとすれば、それはすべてを失った人生の落伍《らくご》者だった。彼はすでに十分すぎるほど失っていたからだ。どんな人間にも想像すらできないほどに。

「あら、ジークは実に豊かなユーモアのセンスを持っていたわ」ケイトは悲しそうにため息をついた。「だけど人生のつらい経験が、それを奪いとってしまったの。あなたはそんな人生を送ってはだめよ、チェイス」

チェイスは父のことや、自分自身の地獄の苦しみのことなど考えたくなかった。「お話があるとおっしゃいましたね」

「ええ」ケイトは、れんがでできた手すりに両手を置いた。「実に簡単な取り引きよ。数年前、わたしが死んだことになっていたことは知っているでしょう？　天国で安らかに眠っていると思われていたとき、わたしは相続人たちにそれぞれ財産を遺《のこ》したの」

チェイスはうなずいた。「覚えていますよ」

「あれはうまくいったわ」ケイトは物思いにふけるように言った。「たとえば、孫のカイルにはワイオミング州にあるかなりの広さの牧場を遺したの。彼が相続するにあたっては、当然、条件をつけたわ。彼は牧場に六カ月間住まなければ、彼のものにはならないという条件をね。カイルは当時、都会に住んでいたから、それまでの生活をあきらめさせたわたしを内心ではさぞかし恨んだと思うけど、結果的にはよかったの」

チェイスはその一部始終をはっきりと思いだした。実を言うと彼は、あのプレイボーイの親戚が広大な牧場を相続したことをうらやましく思っていた。一方、当時のチェイスは、彼自身の問題にとりくんでいる最中だった。感情を表に出すまいと、チェイスはポケットに両手をつっこんだ。「それがぼくとどう関係あるんです？」

「あなたとも同じような取り引きをしたいのよ」

面倒なことになりそうだと感じるといつもそうなるように、チェイスの首の後ろの筋肉が緊張でこわばった。「どんな取り引きですか？」彼は尋ねたが、その口調には警戒心がこもっていた。

「そんな目で見ないでちょうだい。別に後ろ暗い取り引きをするわけじゃないんだから。実はモンタナ州の西部で新しく牧場を手に入れたんだけど、残念ながら、破産させないためにはかなり手をかける必要がありそうなの」ケイトは両手をこすりあわせた。「わたしはとてもそこまでしていられないわ。牧場の経営をたて直すには、一族のなかではあなたが最適なの。あなたはそうした方面の仕事をしてきたし、幸運なことに、あのあたりの土地をよく知っているから」

チェイスは幸運というものを信じていなかったが、今夜、それについて意見を口にするつもりはなかった。

「それでね、チェイス、取り引きはこうよ。一年で牧場の経営をたて直し、黒字を出せるまでにしてほしいの。来年のクリスマスまでにそれができたら、牧場とそれに付属するいっさいのものをあなたにあげるわ。もしできなかったら、そのときはあきらめてちょうだい」

チェイスは耳を疑ったが、ケイトはいかにもフォーチュン家の人間らしい強いまなざしで彼をじっと見つめていた。小柄だが、意志の強い、厳しい女性だ。そして彼女は、彼を圧倒するような気迫をみなぎらせていた。「本気でおっしゃっているんですか？」

「もちろん本気よ」

チェイスは信じられないというように目を細めたが、ケイトには彼を欺こうという様子はまったく見られなかった。彼女から感じられるのは、純粋な気概だけだ。

「その牧場は古い借金のかたとしてわたしのものになったの。さあ、チェイス、それをあなたのものにできるのよ。ねえ、どう思う？」

チェイスが口を開こうとしたとき、フレンチドアが開いてひとりの女性が顔をのぞかせた。ブロンドの髪を編みこみにした、明るいブルーの目の女性で、真剣な表情をしている。彼女はケイトに視線を向けた。「お邪魔をして申し訳ありません、ミズ・フォーチュン。記者の方が数名、インタビューをしたいとお見えになっているのですが」

ケイトは髪に手をやった。「すぐに行くわ、ケリー。こちらは甥《おい》の息子のチェイス。会ったことはあるかしら？　チェイス、こちらはケリー・シンクレア。わたしの忠実で有能な秘書よ」

「はじめまして」ケリーはかすかにほほえんで挨拶した。

「こちらこそ、よろしく」

ケイトは毛皮のストールをきつく肩に巻きつけた。「すぐに行くわ。でも、もう少しだけ待ってちょうだい」

「わたしがお相手をしておきますわ」ケリーはウインクして、再びドアをそっと通りぬけていった。

ケイトはチェイスのほうを向いた。目や口のまわりにしわはあるものの、とても魅力的だ。彼女は片方の眉をつりあげた。「残念だけど、仕事が入ってしまったわ」ケイトは小首をかしげ、チェイスがどんな人間なのかを見定めようとするかのように、彼をじっと見つめた。下の道路で車のクラクションが鳴り、ガラス越しに《シルバー・ベル》の独特で耳に残るメロディーが聞こえてきた。「それでチェイス、どうするの？　取り引き成立ということでいいかしら？」

チェイスはためらわなかった。これまでずっと自分の牧場を持つことを夢見てきたのだ。もしケイトの言うことが本当なら、これは生涯で最高のチャンスだ。人生の岐路に立っている彼にとって、申し分ないい時期に訪れたチャンスだった。「ええ、ケイト」チェイスはゆっくりと答えた。「こんなすばらしい申し出を断るほどぼくは愚かではありませんよ」すぐにでも今住んでいる場所を引き払って、移り住もう。しばるものなどなにもないのだから。

「よかったわ」ケイトはほっとした様子だった。「スターリングが契約書を用意しているわ。正式な形にしたほうがいいと思ったの」

「ありがとうございます」チェイスは手をさしだした。

「お礼を言うのはまだ早いわよ、チェイス」ケイトは指輪をはめた冷たい指を、チェイスのてのひらにのせた。「あなたに知っておいてほしいことがあるの」

気を引きしめろ。この話はうますぎると思ったが、やはり裏があるようだ。どんな罠《わな》が隠されているのかをケイトは今から話そうとしているんだぞ。「なんですか?」

ケイトは手を離すと、ドアに向かって歩いた。そして不意に立ちどまり、肩越しに振り返った。「その牧場は、ラークスパーにあるオールド・ウォーターマン牧場なの」

チェイスの胃がしめつけられた。

「隣にあるのは——」

「父さんの牧場だ」子供時代のおぼろげな記憶が次次によみがえってきた。暑い夏の日の干し草積み、澄みきった青空のもとで黒い煙を吐いていた古いトラクター。食事の前にお祈りをするよう毎回厳しく言った母、日曜日にいつも着せられた糊《のり》のきいたシャツ、双子の弟のチェット。冷たくて深い川に飛びこむチェットの笑い声や、ボーという名前の足の悪い灰色の犬。そうしたことすべてが大きく変わってしまったことを思いだし、チェイスは口のなかがざらつくような感覚を覚えた。信じていたすべてのものが、愛していたすべての人が、ぼくの人生から消えていった。ぼくの妻と子供も含めて。

「チェイス?」ケイトの笑みはすっかり消え、顔は真剣そのものだった。「もしあなたにはつらすぎるようなら……」

チェイスはさっと顔をあげ、ケイトの目をくい入るように見つめた。「やります」彼はきっぱりと言った。数えきれないほどのつらい思い出に苦しみ、信頼していた人がみんな自分の前からいなくなったという事実に直面するはめになったとしても、かまうものか。

チェイスは自分の土地を持ちたいとずっと願っていた。自分が父より立派な人間であることを、チェイス・フォーチュンが自分の力で立派にやっていけるのだということを証明する機会がほしかったのだ。ケイトの申し出は、生涯で二度とないすばらしいチャンスだった。それに、今さらいったいなにを失うというんだ？　失うものなどなにもない。なにひとつないのだ。

チェイスはドアを開け、部屋のなかに入るケイトをエスコートした。「サインをする場所に案内してください」

1

「ただいまこの地方は、二十年ぶりの猛吹雪に見舞われています。今年はこれまで何度も大雪が降っていますので、今度の猛吹雪で、さらに被害が広がりそうです。送電線が切れ、ヘレナから西の道路は通行どめになっています。ですからみなさん、今日のクリスマスイブは家で過ごし、暖炉のそばで祝杯をあげながら、ラジオに耳を傾けて――」突然、雑音が入り、DJの声とかすかなカントリー調のクリスマスソングのメロディーがほとんど聞こえなくなった。チェイスはうんざりしてラジオのスイッチを切った。

メリー・クリスマス。チェイスは皮肉な思いを抱いて手袋をはめ、ダウンジャケットを着た。キャビンはあたたかく、たいていの悪天候には耐えられそうだ。キッチンの薪《まき》ストーブからの熱でキャビン全体があたたまり、リビングルームにある暖炉では、火がぱちぱちと音をたてて燃えている。壁の丸太と丸太のあいだに隙間《すきま》があることと、屋根板が数枚はがれていることを除けば、ビタールート山脈のふもとにある彼の新しい家は、十分居心地がよかった。炉棚の上には灯油ランプがともっている。ドアの上にかかる鹿《しか》の枝角に、チェイスはせめてものお祝いの気持で、松の小枝と宿り木を飾っておいた。

チェイスが飼っている年老いた猟犬が顔をあげた。

「行くぞ、ランボー」彼はそう声をかけ、暖炉の火よけから厚手の手袋をとった。「家畜にえさをやっておこう。やれるうちに」

犬はしっぽで床をたたき、うなり声をあげると、関節炎にかかった脚で立ちあがった。

チェイスは裏のポーチでブーツの紐《ひも》を結ぶと、帽子をかぶり、シャベルをつかんで納屋へ向かった。モンタナ州のこのさびれた牧場で、来年なんとか利益をあげることができたなら、自分のものになる納屋だ。雪が容赦なく降り続くなかを、ランボーが先にたって歩いていった。風で運ばれた氷の粒がチェイスの頬につき刺さる。彼には心配ごとがあった。家畜のほとんどは、納屋のなかと、キャビンの近くにあるシェルターに囲ってあるのだが、牛の群れの一部はまだ行方がわからず、二万エーカーの牧場のなかをさまよっていたからだ。牧場は周辺の山々に向かって勾配《こうばい》がきつくなり、チェイスが子供のころ育った牧場に隣接している。彼は、猛吹雪越しに隣の牧場の家が見えないかと、目を細めて北の方角を眺めた。だめだ。三メートル先も見えないのに、四百メートル先が見えるはずがない。

チェイスは、膝までの雪をかき分けて納屋まで進んだ。納屋のひさしからつららがさがり、古い扉は凍りついて動かなくなる寸前だった。

チェイスが納屋に入ると家畜たちは落ち着かなげな様子を見せたが、彼はバッテリー式のランタンをつけて、飼い葉桶《おけ》に手早く干し草と穀類を満たし、水桶に水を入れた。水道管にはありがたいことに布が巻かれていたし、彼が細く水を出しておいたので、凍結することなく十分水が出た。

納屋を出ると、チェイスはシェルターまで苦労して歩いていった。シェルターは数本の柱の上に大きな屋根をのせただけのものだが、家畜をいくらかは保護してくれる。それからランボーを後ろにしたがえて、数頭の馬がいる馬小屋までの道を歩いていくと、穀類と埃《ほこり》と馬のにおいが彼を出迎えた。チェイスが飼い葉桶に干し草をほうりこんでいるあいだ、馬たちは鼻を鳴らしながら、興味深そうな目で彼を見ていた。

チェイスがオート麦の樽《たる》から最後のひと盛りを缶ですくったとき、ランボーが扉のほうに走っていき、うなり声をあげた。耳がぴんと立ち、くんくん鳴いて扉を引っかき始める。

「いったいどうしたんだ?」チェイスは手袋をはめて扉を開けると、夕闇《ゆうやみ》の迫る戸外をのぞいた。降りしきる雪以外はなにも見えない。「なんでもないじゃないか」

だが、なにか妙な気配がした。くぐもった音だが、車のクラクションが絶えず鳴っているのだ。チェイスは目を細め、猛吹雪越しに見つめたが、なにも見えなかった。クラクションは依然として鳴りやまない。

「まったく」チェイスはうなった。うなるしかなかった。彼のピックアップトラックは四輪駆動だが、タイヤはすり減っているし、トランスミッションは今にも壊れそうだ。こんなに雪が深くては、ほとんど進むことはできないだろう。だが馬なら進める。チェイスはきびすを返して馬小屋のなかに入ると、牧場で一番大きな去勢馬を選んだ。牽引《けんいん》用としても使われている灰色がかった黄色の馬で、力があって信頼できるし、クォーターホースほど速くないが、安定して走ることができる。「さあ、ユリシーズ」彼は壁のフックから馬勒《ばろく》をとった。「おまえとぼくで、しなくてはならない仕事があるようだぞ」チェイスはユリシーズの広い背中に毛布をかけると、鞍《くら》を置き、風が吹きつける戸外に連れだした。「ここにいるんだ」彼はランボーに命じたが、犬は命令を無視し、雪のなかを進むユリシーズの後ろを、遅れまいとしてなかば飛びはねながらついてくる。まったく厄介なことばかりだ。

クラクションは依然として鳴り続けている。ユリシーズが道路に向かう小道を進んでいくにつれて、音は次第に大きくなった。自分たちがどこにいるかは、この荒れ果てた牧場の私道にそって植えられた木の位置によってわかった。ケイト・フォーチュンは冗談でこの取り引きを持ちだしたわけではなかった。一年でこの牧場を黒字にするのは、奇跡でも起きない限り無理だろう。

ユリシーズの鼻息が荒くなり、本来なら白一色の世界に、黒っぽい車の形が見えてきた。こんな吹雪の日に、どんな愚か者が不慣れな運転で外出することにしたのだろう？　チェイスは、高性能の四輪駆動車らしい車が溝に落ちているのに気づき、首をひねった。

車の窓ガラスはすべて雪で覆われている。チェイスは馬からおりると、手袋をはめたまま拳《こぶし》で車をたたいた。クラクションがやんだ。

「そこに誰かいるの？」女性の声がした。思ったとおりだ。

「ああ」チェイスが助手席側のドアを引くと、ドアはきしみながら開いた。車内のライトがぱっとつく。彼が見つめていたのは、運転席に座っている女性だった。

「ああ、よかった」女性はグリーンの目をうれしそうに輝かせ、頬を紅潮させたが、唇は不安そうに引きしめていた。「怖かったわ、だって……ああ……」彼女は目を閉じてハンドルをつかむと、指の関節が白くなるほど強く握りしめた。氷点下にもかかわらず、汗が顔をしたたり落ちていく。彼女はゆっくりと息を吐きだした。「サラが一緒にいてくれて、よかったわ」

「サラだって？」チェイスは暗い車内をのぞきこんだ。見た限りでは、この女性ひとりきりだ。食料品の袋と小さなスーツケースがあるが、ほかには誰も乗っていない。「サラって誰だい？　どこにいるんだ？」

「ここよ。彼女はここにいたわ」

「車に乗っているのはきみだけじゃないか」

「だけどここにいたのよ。そうね、彼女はおそらく……いいえ、きっとわたしの守護天使だわ」

「ああ、そうだろうな」チェイスは皮肉な調子で言った。この女性は明らかにぼくをからかっている。そうでなければ、ひどい幻覚を見ていたのだろう。

「彼女があなたをわたしのところへ連れてきてくれたのよ」

この女性は本気で言っているのだろうか？　そんなことはあり得ない。頭がおかしいなら、話は別だが。「そのサラという女性がクラクションを鳴らしたのなら、そうだろうね」

「いいえ……」女性が首を振ると、暗いなかでも、髪が燃えるような赤褐色であることがわかった。「鳴らしたのはわたしよ」きれいなアーチ形の黒い眉が、困惑したように寄せられた。「少なくとも、そう思ったんだけど……」彼女はひどく混乱しているなら、現れるのにこれほど最適なときはないだろうと思った。陣痛の間隔がひどく短い。

「ごめんなさい」痛みがおさまると、女性はようやく言った。震える手で口もとをぬぐい、しっかりしているように見せようとする。「わたし、病院へ行く途中だったの、赤ちゃんが予定日よりも数週間早く生まれそうになったので。でも吹雪がどんどんひどくなって、鹿が道に飛びだしてきたの。急ブレーキを踏んで、それからあとは……覚えていないのよ……」

「気にしなくていいよ。ぼくがきみをここから出して、家に連れていくから」チェイスは女性の怯《おび》えた目をのぞきこんだ。「それから一緒に出産の準備をしよう」

「でも……」

「いいかい？　あまり時間がないんだ。それに気がついていないかもしれないが、二十年ぶりの猛吹雪るようだ。

「心配しなくていいよ。きみをここから出してあげよう」

「だけどサラはここにいたの。わたしと一緒に」女性は不安げに下唇を噛《か》んだ。「つまり、そう思うんだけど……ああ、違うかもしれない……」

「そこから出なくてはだめだ」

女性の呼吸が荒くなり始めた。あえいでいる。まるで今にも……なんと、彼女は妊娠しているではないか！　しかもこの様子では、今にも出産が始まりそうだ。チェイスははっとした。まるで昨日のことのようにありありと、むごいほど鮮明に、記憶がよみがえってくる。妻のエミリーはぼくの最愛の女性だった。彼は歯を噛みしめた。

「待って……ちょっとだけ待っててちょうだい……」

チェイスは現実に引き戻された。女性がまたハンドルをつかむ。彼は、もし守護天使とやらが存在すのまっただなかなんだよ。ぼくは、子牛や子羊をとりあげた経験は十分すぎるほどある。信じてくれ。さあ、急ごう」議論をしている時間はない。チェイスは、その女性が助手席を越えて車から這《は》いでるのに手を貸した。だが立とうとした瞬間、彼女はふらついた。

女性は深く息を吸いこんだ。

「どうかしたのかい？」

「足首が……。くじいてしまったんだわ。ああ、神さま」

「ユリシーズに乗るのを手伝うよ」

「乗れるかどうか……」家に戻るのにほかに方法はないと観念したかのように、女性は途中で言葉を切ると歯を噛みしめ、チェイスの手を借りて鞍によじのぼった。「急がなくては」

陣痛のさなかに、彼女はどれほどユリシーズの広い背中にまたがっていられるだろうかとチェイスは不安になった。激しい雪のなか肩をすぼめ、彼女のスーツケースをつかむと、手綱をとり、馬が先ほどつくった道を先頭にたって進んでいく。

女性は二回叫び声をあげ、鞍のサドルホーンを必死につかんだ。彼女の顔は、まわりの景色と同じくらい蒼白《そうはく》だった。チェイスは陣痛のたびに立ちどまり、おさまるのを待ったものの、心のなかでは、いったい自分はこの女性をどうするつもりなんだと自問していた。だが、考えている時間はあまりなかった。キャビンが目に入ってくると、彼は安堵《あんど》と不安の入りまじった感情を覚えた。

「さあ」チェイスは女性が馬からおりるのを手伝うと、抱きかかえて裏口から入っていった。ブーツを脱ぐことも、ジャケットから雪を払うこともせず、彼女が声をあげて抗議しても無視して、自分のベッドルームまで連れていく。

「こんなことをしてもらうわけには……」

「きみにはあまり選択の余地はなさそうだよ」

「でも、ここはあなたのベッドルームでしょう」

「今はきみのベッドルームだ」

チェイスは古い天蓋《てんがい》つきベッドの上に女性を横たえた。そのベッドは、彼が長年エミリーとともに使ったベッドであり、ふたりが愛しあって子供をつくったベッドであり、エミリーがあんなことをする前に最後に寝たベッドで……。

「すぐに戻る」感情がこみあげてきたため、チェイスはぶっきらぼうに言うと、妻の思い出を心の奥深くのあるべき場所に無理やりしまいこんだ。「あの馬を馬小屋に連れていかなくてはならないんだ。ランボーがきみのそばにいてくれるよ」濡《ぬ》れて震えている犬に、手袋をはめた指先を向ける。「ここにいるんだ」彼はそう命じると、戸口から大股で歩み去り、レスリーはベッドルームにひとり残された。彼女の出産を手伝ってくれるという見知らぬ男性を待っている、年老いた猟犬とともに。

「こんなこと、信じられないわ」レスリーは小声でつぶやいた。彼女が一番望んでいないのは、男性に頼ることだった。どんな男性にも頼りたくなかった。とりわけ知らない男性には。でも、ほかにどうしようもないのだ。

〝自分がどんなに恵まれているかを考えなさい〟頭のなかで声が響いた。〝数日前には、ここには誰も住んでいなかったのよ。そのときこんなことが起こっていたら、あなたはどうなっていたと思う？　赤ちゃんはどうなっていたと思うの？〟レスリーはふくらんだおなかに手を触れて、ため息をついた。女は初めての子供をこんなやり方で産むべきではないのに。また陣痛が始まり、彼女は目を閉じて、男性のベッドにかけられたウールの毛布を握りしめた。つき刺すような痛みが走り、唇をぎゅっと噛みしめる。そのとき、ふと陣痛を楽にする呼吸法を思いだし、ある一点に意識を集中させ始めた。それはドレッサーの上の壁にかかった、白黒の家族写真だった。陣痛が楽になると、レスリーはからだから力をぬいた。

わたしを見つけてくれたあの男性は誰だろう？　フォーチュン一族のひとりだろうか？　レスリーがそう思ったのは、ラークスパーの町なかにあるコーヒーショップや教会やバーで、富豪一族の女家長であるケイト・フォーチュンがなにかの借金のかたにオールド・ウォーターマン牧場を手に入れたという噂《うわさ》が飛びかっているからだった。ケイトはその牧場を売り払って、相当な利益をあげるだろうと噂されていたが、レスリーにはそうは思えなかった。確かに彼女を救ってくれたあの背の高い男性は、フォーチュン一族の特徴のひとつである尊大な態度を十分に備えている。だがレスリーには、あの無骨で無口なカウボーイが、世界的な規模の巨大複合企業にとけこんでうまくやっていけるとはとても想像できなかった。それに隠そうとはしているが、チェイスにはどこか、なにかにとりつかれたようなところがあるのだ。

再び陣痛が始まったので、レスリーは目を閉じて、浅くあえぐような呼吸をした。しばらくはフォーチュン一族のことも新しい隣人のことも考えられなかった。

人生はなかなか楽にはならないものだ、とチェイスは思った。彼はユリシーズに余分にオート麦を与え、馬小屋の薄い壁を通して聞こえてくる風の音に耳を澄ました。築後七十年もたつ馬小屋の羽目板は崩れかけていて、板と板の隙間から冷たい風が入りこんでくる。

ぼくのベッドに横たわっている女性は誰なのだろう？　彼女の夫は、つまり、今にも生まれそうな赤ん坊の父親はどこにいるのか？　とにかく今は、厄介な問題を抱えるわけにはいかない。妊娠した女性というのはまさに厄介そのものだ。いや、むしろそれ以上とも言える存在だった。チェイスは馬小屋の掛け金をかけると、雪のなかを歩いて裏のポーチに戻り、ブーツを脱いで帽子をフックにかけた。

家のなかに入り、ダウンジャケットを脱いで、暖炉のそばの椅子の背にかけると、女性の様子を見に行った。彼女はベッドに入っていた。コートとスカーフが床に落ちていて、彼女の湿った赤褐色の髪が、チェイスの枕《まくら》の上に雲のように広がっている。彼は束《つか》の間、胸をしめつけられた。女性が自分のベッドに寝ているのを見るのは、本当に久しぶりだった。エミリーが生きていたとき以来だ。チェストの上に女性のスーツケースが広げられ、女物と子供の服が見える。

元気に生まれ――あるいは元気だと聞かされてい

たにもかかわらず、一歳の誕生日を前に亡くなってしまった息子のことを思いだして、チェイスの古い心の傷がうずいた。

「戻ったのね」女性が弱々しい声で言い、チェイスの心をとり囲む氷の壁にわずかにひびが入った。彼女はひどく青ざめ、やつれた様子をしている。

「気分はどうだい？」チェイスは尋ねた。

「なにに比べて？」女性はかすかなほほえみを浮かべたが、チェイスがベッドに近づくと、まなざしが用心深くなった。

彼女は少なくともユーモアのセンスは持っているようだ。「ぼくはチェイス・フォーチュンだ」

「いずれにせよ、ケイトと血のつながりのある人だろうと思っていたわ」女性はおなかにかかっている毛布を撫《な》でた。

「ケイトはぼくの大おばなんだ」

「わたしはレスリー・バスチャンよ」

バスチャンか、とチェイスは思った。彼女は、昔、父の牧場を買った男と、どうも親戚《しんせき》関係にあるようだ。

「わたしは隣に住んでいるのよ。北のほうの」

チェイスは首の後ろの筋肉がこわばるのを感じた。すると彼女は、ぼくが子供のころわが家と呼んでいた、あの古い牧場の家に今も住んでいるというわけだ。まったく、けっこうなことだ。彼はそわそわとからだを動かした。彼女はアーロン・バスチャンの娘なのだろうか？　それともずっと年下の妹なのか？　あるいは……。チェイスは、十二月の冷気が心に侵入してきたかのようにぞくりとした。彼女がアーロンと結婚しているなんてあり得ない。アーロン・バスチャンは、彼女よりはるかに年上なのだ。だとすると……。

「きみがここにいることを誰にも連絡できないんだ」チェイスは言った。「電話は不通だし、電気も切れている」

レスリーはうなずき、息を吸いこんだ。「知っているわ」

「きみはひどく厄介なときをお産の時期に選んだな」

「わたしが選んだわけじゃないわ」

「きみのご主人は、きみがどこにいるか知っているのかい？」

「わたしには夫はいないの。ああ……ああ、どうしましょう、神さま……」レスリーは、大きく見開いたグリーンの目でチェイスを見つめた。「いよいよのようだわ。よくわからないけど……。だって……初めてのお産なんですもの」

レスリーがうめき声をあげたので、チェイスは彼女の手をとった。レスリーの手は小さくて白かったが、握りつぶされてしまうのではないかと思うほどの強い力で彼の手を握りしめてきた。

陣痛が楽になったようだと悟ると、チェイスはからだを起こし、心をむしばもうとする苦い感情を無視した。

「がんばるんだ。いいね？　ぼくはタオルとお湯と消毒液を持ってくる。すぐに戻るから」

レスリーはすでに疲れきった様子で、なにも反論しなかった。

チェイスが急いでバスルームへ歩いていくと、うめき声がまた聞こえてきた。陣痛の間隔がどんどんせばまっている。彼はシャツの袖《そで》をまくると、湯で手を洗った。タオルで手をふきながら、曇った鏡に映る自分の姿をちらりと見る。あまりにも長いあいだ日ざしを浴びて働き、また心配のために眠れぬ夜を過ごしたせいでしわの刻まれた顔から、険しいグレーの瞳が見つめ返してきた。チェイスはプラスチックのバケツに湯を入れた。

「おまえならできるぞ」チェイスは鏡のなかの自分に向かって言った。自分のことをあれこれ考える時間はない。

赤ん坊が今まさに生まれようとしているのだ。

2

二十分後、くしゃくしゃの黒い髪をした女の赤ん坊が元気な産声をあげた。

チェイスは、向きあいたくなかった感情で胸がつまった。息子が生まれた病院の一室を思いだす。医師たちは〝お子さんは元気ですよ〟と太鼓判を押したのだ。医師たちは嘘《うそ》をついた。みんな嘘をついたのだ。

だが、今はそんなことを考えてはいられない。チェイスはレスリーの小さな赤ん坊を注意深く抱きあげると、へその緒を切り、母親に手渡した。

「かわいい女の子だよ」胸に熱いものがこみあげてきたことにチェイスはわれながら驚き、いまいましく思った。

「本当にそうね」レスリーの声はかすれ、目には涙が光っていた。胸に赤ん坊を抱き、濡《ぬ》れた髪をやさしく撫《な》でている。「本当にそうね」

チェイスはしばらく目をそらし、手が震えないように拳《こぶし》を握りしめた。心臓が激しく打ち、頭ががんがんしている。古傷が生々しく口を開けていた。彼は、レスリーが自分のベッドで自分の枕《まくら》を背中にあてて赤ん坊を抱いているのを見るのが耐えられなかった。出産の光景、音、においが小さな部屋に満ちている。ほんの数分前にはあれほど陣痛で苦しんでいたというのに、今や彼女はそっとハミングをしていた。チェイスはベッドルームから出ると、母親と赤ん坊に、近ごろよく言われている絆《きずな》とかいうものをつくる時間を与えているだけだと自分に言い聞かせた。この光景が、エミリーが初めて子供を産んだ病院のベッドを思い起こさせるからではない。

「もう忘れるんだ、フォーチュン」チェイスは自分に命じた。バスルームで手と腕と顔を洗うと、生き返ったような気分になった。エミリーとライアンのことは忘れるんだ。ふたりは亡くなってしまった。もう終わったことなのだ。

チェイスは、ベッドルームの開いたドアのそばを通ってキッチンへ歩いていった。キッチンは狭かったが、彼には立派なキッチンは必要なかった。チェイスはこれからの人生をひとりで生きていくつもりだった。ここで。この荒れ果てた土地で。この牧場を一年以内に黒字にできたとしての話だが。

だが今は、思いがけない来客のために、なにか食べるものをつくらなくてはならない——クリスマスイブのディナーを。その皮肉に、チェイスは口もとをゆがめて苦々しい笑みを浮かべた。誰かと一緒にクリスマスを迎えたことは、ここ何年もなかった。クリスマスシーズンだからといって、特別なことをする必要はないと思っていた。

今晩は冷凍のミートパイを調理して食べるつもりだったので、わざわざクリスマス用に、がちょうや七面鳥、あるいはハムさえも買ってはいなかった。あるのは冷凍のチキンだけで、冷蔵庫のなかで解凍しているところだ。それでなんとか間に合わせなくてはならない。チェイスはそのチキンを、じゃがいもやたまねぎ、にんじんと一緒に天板にのせた。塩とこしょうを振りかけて、オーブンに入れる。昨日の朝焼いたビスケットがあったので、オーブンの上であたためた。

「すごいごちそうになるぞ」チェイスはランボーにつぶやいた。ランボーがいつもの場所——テーブルの下——に寝そべり、肉の切れ端をもらえないかと彼を見あげる。「あとでな」

チェイスは帽子とダウンジャケット、手袋、ブーツを身につけると、キャビンのなかにもう少し薪《まき》を運びこみ、暖炉にくべた。そして最後にもう一度家畜を見回り、吹雪のなかに目をこらして、はぐれてしまった牛の群れが納屋に戻ってきていないかと期待した。だが数を数えた結果、帰っていないことがわかった。二十頭から三十頭の牛がいまだに行方不明なのだ。

「なんてことだ」チェイスはキャビンに戻りながらつぶやいた。これから一年かけて、この牧場を黒字に変えなければならないというのに、なんともお粗末な出だしだった。

　キャビンに戻ったころには、チキンの焼ける香ばしい香りが、木と灯油の燃えるにおいとまじりあっていた。チェイスはラジオをつけて気分のめいる天気予報に耳を傾け、雑音まじりの《神の御子《みこ》は今宵《こよい》しも》を部屋いっぱいに流しながら、ベッドルームに入っていった。レスリーは目を覚ましていて、スポンジやタオルや彼がベッドのそばに置いていったバケツの湯を使って、自分と赤ん坊のからだをなんとかきれいにし終えていた。今では小さな女の子は、赤とグリーンの縁どりのある白いおくるみを着ている。

「メリー・クリスマス」レスリーのほほえみに、チェイスも思わずほほえんだ。彼女の目は銀のようなきらめきを帯びたグリーンで、歯並びはとてもきれいだった。こんなに美しい女性を見たのは初めてだ。

「メリー・クリスマス」チェイスはぶっきらぼうに言った。

「アンジェラを紹介するわ」

一瞬チェイスは、レスリーがまた幻覚を見ているのかと思った。彼女が頭を傾けて、寝ている赤ん坊を示す。

「アンジェラ？　赤ちゃんをそう名づけたんだね？」

「正式には、アンジェラ・ノエル・チェイスティーナ・バスチャンっていうの」レスリーは少し頬を染めた。「アンジェラというのは、あの守護天使《エンジェル》が……」

「覚えているよ」

「ノエルというのは、クリスマスに生まれたからよ」

「そうだろうね」

「そしてチェイスティーナというのは、あなたの名前からいただいたの。だってあのときあなたが現れてくれなかったら、わたしはどうなっていたかわからないんですもの」

「そんなことは考えなくてもいい」チェイスはそう言って、この小さな部屋に充満している危険な感情を振り払った。用心するんだ、と心のなかで強く言い聞かせる。なにしろ、今夜は劇的な夜だった。ぼくとレスリーは、アンジェラの出産という、感動的な経験をともにしたのだ。「この子の父親にちなんだ名前をつけたほうがいいんじゃないかな」

レスリーの笑みがゆっくりと消えていった。彼女は目をそらした。「アーロンは、そんな形だけのことをしても喜ばなかったでしょうね」

チェイスの胃がしめつけられた。するとレスリーはアーロン・バスチャンと結婚しているか、または結婚していたのだ。そう思うと気分が悪くなる。だが、彼女は夫はいないと言わなかったか？　ふたりは離婚したのだろうか？　そして彼女があの牧場を手に入れたのか？

レスリーは咳払《せきばら》いをすると、すやすや眠っている赤ん坊を抱き直した。「なにかおいしそうなにおいがするわね」

「そうかい？」

「ええ」もう一度チェイスに向けられたレスリーの瞳には、先ほどのきらめきが再びたたえられていた。

その生き生きとした輝きに、彼は心を奪われ始めていた。

「そう願うとしよう」

「あなたのことを話してちょうだい」レスリーはそう言うと、頭を振って顔にかかる巻き毛を払った。

なぜかはわからないが、チェイスはそのしぐさをセクシーだと感じた。「わたしが知っているのは、あなたはケイトの甥《おい》の息子のひとりだということだけなんですもの。それだけではよくわからないわ」

チェイスは古いロッキングチェアに腰かけると、ソックスをはいた足をベッドの端にのせ、用心するんだと自分に言い聞かせた。この女性は、自分で気づいていようといまいと、ぼくがとうの昔に死んだと思っていた感情を揺さぶり起こそうとしている。

レスリーが現在所有している牧場にかつてぼくが住んでいたことや、父が牧場の経営を破綻《はたん》させたとき、彼女の元夫がその土地を二束三文で買ったことを話そうかと考えたが、たぶん彼女は当時の出来事を十分すぎるほどよく知っているだろうと思い直した。それに、すべては昔のことだ。もう過ぎたことなのだ。

「ぼくがここに来た理由は」チェイスは話し始めた。「ケイトと取り引きをしたからなんだ。ケイトは、ぼくがとても辞退できないような申し出をしたんだよ」彼がケイトとの契約について説明するのを、レスリーは赤ん坊の小さな背中を撫でながら聞いていた。チェイスは胸がしめつけられるのを感じながら、ケイトが彼に取り引きを持ちかけてきたバースデー・パーティのことを話し続けた。

「一年でこの牧場の経営をたて直すのは、とても大変でしょうね」レスリーは心配そうに額にしわを寄せた。

「ぼくはこれまで三つの牧場で現場監督をしてきたんだ。ほかの仕事はほとんど経験していない。最初はワイオミング州、次はテキサス州、最後はワシントン州西部だ。そして今は自分のために働いている」

チェイスは、自分の牧場を持つことが長年の夢だったことや、父のジークが牧場を失って以来、別のところに土地を買い、家庭をつくろうと心に決めていたことは言わなかった。その夢が息子の死とともに消えてしまったことも。

「それはそうと、きみの足首を見てみないといけないな」

「大丈夫よ」レスリーは抗議の声をあげたが、チェイスは自分の足をベッドからおろすと、毛布をめくった。「本当よ、チェイス。そんなことをしてもらうわけには――」

「しいっ」

レスリーにじっとしているよう警告するかのように、チェイスはやさしいけれど厳しい視線を投げかけた。そのまなざしに彼女は腹だたしさを感じたものの――わたしに命令するなんて、自分をなにさまだと思っているの？――彼の気づかいに心を打たれた。チェイスはたこやまめのできた手で、レスリーの足首やふくらはぎをそっと探り、注意深く調べていく。そのしぐさは官能的と言ってもいいほどだった。だけど、そんなふうに思うなんてばかげている。わたしはこの男性のことをほとんどなにも知らないのだ。彼は慎重に調べているだけだわ。

チェイスはレスリーの足首を回した。そのとたん、鋭い痛みが走った。

「ああっ」

「痛むのかい？」

「とっても」

チェイスは眉をひそめて考えこみながら、顎の無精ひげをさすった。「捻挫《ねんざ》か骨折をしているようだな」

「そんな……」

「レントゲン写真をとってもらう必要がある」

レスリーの心は暗くなった。「きっとよくなるわ」

彼女は自分に言い聞かせるように言った。健康でいなくてはならない。わたしには世話をしなくてはならない赤ん坊がいるのだ。寝こんでいるわけにはいかないし、そのつもりもない。

「アスピリンを持ってきてあげよう」

チェイスに束《つか》の間見つめられて、レスリーは愚かにも胸がどきどきしてくるのを感じた。彼は彫りが深く、精悍《せいかん》で、とてもハンサムだ。背が高く、やせているが、肩幅は広く、腰は引きしまっている。身につけているのは、色あせたジーンズとセーター。チェイスの表情は、やさしい気づかいを見せたかと思うと、次の瞬間にはいらだたしげで不安そうになるといった具合に揺れ動いている。目は鋼鉄を思わせるようなグレーで、心のなかの秘密をかたく守っているため、彼女はただ推測することしかできなかった。おそらく彼はひとりでいるのが好きなのだろう。あまり邪魔されるのを好まない、とても個人的な悩みを抱えた男性のようだ。

チェイスはソックスをはいた足でゆっくりバスルームに歩いていくと、水の入ったグラスと市販の鎮痛剤を持って戻ってきた。

「ストーブの上にコーヒーがあたためてある。それとも……お湯があるから、ほかに飲みたいものがあったら言ってくれ。確か紅茶のティーバッグもあったかもしれない」

「わたしはけっこうよ」レスリーはあくびを嚙《か》み殺して言った。そのときチェイスがまた毛布をめくって、足の下にクッションをあてがってくれたのでびっくりした。

「足は高くしておかなくては。はれが引くように、雪をとってくるよ」

「あなたにそんなことまでしてもらうわけにはいかないわ」

「そんな心配はしなくていい」

チェイスはきっぱりと言うと、部屋を出ていき、布で覆われたゴム製の氷枕《まくら》を持って戻ってきた。足首の上に置かれた氷枕は、レスリーにはひどく冷たく感じられた。彼女は息を吸いこみ、ゆっくりと吐きだした。

「きっと楽になるよ」チェイスが請けあった。

「その前に、わたしが凍傷で死ななければね」レスリーはつぶやいたが、そのひねくれた言い方にわれながらびっくりした。今日は長くつらい一日だったし、チェイス・フォーチュンがいろいろと手をつくしてくれているのはわかるのだが、彼女はあれこれ指示されるのが好きではなかった。それに、からだじゅうが痛くもあった。

チェイスの口の片側があがった。レスリーは、それがとてもセクシーであるだけでなく、いらだちを示していることにも気づいた。「ディナーになったら起こしてあげるよ」

ディナーですって？　その言葉の響きも漂う香りも夢のようにすばらしいが、わたしはこの男性のベッドにただ横たわって、チェイスのつくってくれる料理を食べ、わたしと生まれたばかりの娘の世話をしてもらうわけにはいかないわ。彼は隣人で、よそ者で、よく知らない警戒すべき男性で、おまけに心に深い悩みを抱えているのよ。それにチェイスの厚意に甘え、どんな形であれ、借りをつくることはできない。彼のほほえみをセクシーだと思うなんて、わたしはいったいなにを考えているのかしら？　きっとわたしは産後の幸福感を味わっているだけなんだわ。生後数時間の娘を抱き、その娘が元気に生まれてきたことがわかって、気分が浮きたっているに違いない。

「ねえ、チェイス。わたしとアンジェラのことでいろいろお世話してくださって、心から感謝しているわ。どうやってお礼をしたらいいかわからないくらいよ。でも、これ以上ご厚意に甘えるわけにはいかないわ。本当に。わたしは家に帰って――」

「だめだ！」

チェイスの口調の厳しさに、レスリーはびくりとした。

「きみの言っていることは冗談だとは思うけどね」チェイスの顔には、まだほほえみの気配が漂っていた。「きみは出産してから六時間もたっていないんだよ。それに気づいていないかもしれないが、外では吹雪が荒れ狂っている。きみの車は壊れている。きみは足首を捻挫か骨折している。赤ん坊が健康であるという確証もない。それに帰れるわけはないが、たとえ家に帰ったとしても、電気もつかず電話も使えないんだから、部屋をあたたかくすることも、なにかあっても誰かに連絡することもできないんだよ」

「わたしへのお説教はそれで終わり？」チェイスの意見が正しいのはわかっていたが、レスリーは鋭い口調で言った。

「今のところはね」チェイスの厳しい表情が少し和らいだ。「だが、きみがなにか別の愚かな考えを思いついたら、また始めるぞ。さあ、とにかく気持を楽にするんだ。きみとぼくは吹雪が過ぎるのを待つしかないようだからね。ふたり一緒に」彼は眠っている赤ん坊に目を移した。「いや、三人一緒にね」

チェイスの青みがかったグレーの目は、彼もレスリーと同じようにこの状態をうれしく思っていないことを語っていた。「なにか用があったら、呼んでくれ」

チェイスはくるりと背を向けると、去っていった。

だが彼の飼い犬は力ないため息をもらすと、ベッドのそばに丸くなり、この部屋を守るつもりでいるかのように、開いたドアからさしこんでくる光に悲しげな目を向けた。

〝三人一緒にね〟その言葉は奇妙な感じがした。レスリーはこの六カ月間、自分に言い聞かせてきた。自分はひとりぼっちだし、これからは男性中心の社会でひとりで生きていかなくてはならない、それこそ自分が望んでいたことなのだ、と。赤ん坊が生まれたあとも、男性とは絶対にかかわりあいたくなかった。男性なんて必要ない。絶対に。結婚は一度でたくさん。もうこりごりだわ。

まぶたが次第に重くなって、レスリーはうとうとしかけた。眠れば、足首のずきずきする痛みも、出産後のからだの奥の痛みも楽になるかもしれない。チェイス・フォーチュンの厚意に甘えすぎるつもりはないわ、と半分眠りながら考える。でも今のところ、わたしには口が出せないようだ。チェイスを信じ、彼の親切を受け入れ、いつかわたしが元気になったとき、彼にお返しをするしかないだろう。

レスリーが目を覚ましたとき、リビングルームから音楽が聞こえてきた。鍋《なべ》のぐつぐついう音や暖炉の火が燃える音、アンジェラの静かな寝息にまじって、クリスマスキャロルのメロディーがとぎれとぎれに耳に入ってくる。

〝まきびと羊を、守れるその宵……〟

「メリー・クリスマス」レスリーは赤ん坊にささやいた。そして生まれたばかりの娘や守護天使、精悍なカウボーイのことを考えながら、再び眠りに落ちていった。

「うわーん！」

初めはぐずっていた声が、たちまち大きな元気のいい泣き声になった。

ちょうどオーブンからチキンを出していたチェイ

スは、レスリーが低くやさしい声で、大声で泣いている赤ん坊に話しかけるのを耳にした。ほどなく静かになったので、チェイスは、レスリーが赤ん坊に母乳を与えているのだろうと思った。彼は邪魔をしないように、チキンを切り分け、大皿に温野菜と一緒に盛りつけると、グレービーソースと呼べるかどうかはわからないが、それらしきものをかけた。

ベッドルームにトレイを運んでいったときには、レスリーはナイトガウンのボタンをとめていたが、チェイスには片方の豊かな胸がちらりと見えた。濡れた頂も目に入った。すぐに目をそらしたものの彼女と目が合ってしまい、彼はどきりとして、一瞬、頭が混乱した。

「あの、その……赤ちゃんの様子はどうだい？」チェイスはそう尋ねると、ベッドの脇《わき》のナイトテーブルの上にトレイを置いた。

「元気みたいよ」レスリーのきれいなアーチ形の眉が寄せられる。「わたしの見る限りではね。おっぱいをよく飲むし、よく眠るし……元気な声で泣くし」

「ぼくも気づいたよ」チェイスはそっけなく言った。「すぐに戻る」

チェイスはリビングルームに歩いていくと、なぜ自分はレスリーをまめまめしく世話せずにいられないのだろうと自問した。彼女はそのような親切を期待する女性には見えない。だが彼は、レスリーと彼女の小さな娘を守り、支えてやりたいと感じていた。こうした感情を抱くのは、エミリーが亡くなって以来だ。もちろん、こんな気持になるのはほんの数日のことで、レスリーはすぐに自分と赤ん坊の世話ができるようになるだろうし、そのころには吹雪もやんでいるに違いない。そのあとは、彼女はひとりでやっていくのだ。チェイスは狭い戸棚のなかを探して、ベッド用の簡易テーブルをとりだした。そして急いでふきんで汚れをふきとると、そのテーブルとランプを持ってベッドルームに戻った。

次にチェイスは、ドレッサーの一番下の引きだしをぬきだし、なかに入っていた衣類をとりだすと、空っぽの引きだしに毛布を敷いた。「あいにく、揺りかごやベビーベッドはないのでね」

チェイスはそう説明すると、アンジェラを母親の腕からそっと抱きとり、ベッドのそばに置いた引きだしのなかに寝かせた。赤ん坊のからだはあたたかく、満足そうに小さく喉を鳴らしている。だが彼は、距離を置かなくてはだめだと自分に言い聞かせた。この赤ん坊はぼくの子供ではないし、数日もすれば、ぼくとはなんの関係もなくなるのだ。アンジェラが満ち足りて気持よさそうにしていることに満足してチェイスはからだを起こすと、レスリーに身ぶりで示した。

「さあ、こちらのご婦人は、ディナーをお召しあがりください」

レスリーは、間に合わせの小さなベッドに目をやった。「そこで大丈夫かしら？」

「きみがベッドから這《は》いだして、踏んづけたりしなければね。きみの足首ではそんなことはできないとは思うが」

「ええ、でも……」

「トイレを使いたくなったら、知らせてくれ。連れていってあげるから」

レスリーの頬がまっ赤に染まった。「そんなことできないわ。つまり、その、自分で行くってことよ」チェイスは疑わしそうに彼女を見たが、反論しなかった。レスリーの膝に簡易テーブルを置いてやり、自分用にもテーブルを持ってくると、彼女がおいしそうに食べるのを見守った。

「それで、アンジェラの父親はどこにいるんだい？」チェイスは尋ね、グレービーソースにビスケットを浸した。

レスリーは咳払いをした。「アーロンは六カ月前に亡くなったの」

「それはお気の毒に」

「ええ」レスリーはフォークを置いた。「彼はわたしより二十歳年上だったの……。それで、ある日、心臓発作を起こしたのよ」

レスリーが表情を曇らせたのは深い悲しみのせいだろうとチェイスは思ったが、どうもそれだけではないようだった。彼女も打ち明けたくないらしい。レスリーがフォークで野菜をつついているのを見て、彼はこれ以上詮索《せんさく》するのはやめようと思った。彼女は今日一日でもう十分大変な思いをしたのだ。

「夫が亡くなったとき、みんなはわたしが牧場を売って町に引っ越すだろうと思ったのよ。でもわたしは、自分ひとりの力でやってみたかったの。もちろん、娘も一緒にね」

「きみが正しいことを証明するためにかい？」チェイスは推測した。

「たぶんね」レスリーは詳しくは言わなかったし、チェイスもそれ以上きかなかった。

チェイスがクリスマスイブを誰かと一緒に過ごしたのは、久しぶりだった。ライアンが死んでからは、家族や親戚《しんせき》と過ごすという感謝祭とクリスマスの伝統を無視して、ひとり静かに過ごすことにしていたのだ。そんなとき、彼はたいてい馬に乗って雪が凍りついた山に出かけ、美しい景色を眺めて、自分に言い聞かせるのだった。神は存在し、息子と妻は天国で暮らし、自分はなんとか生きぬいていくことができる。だから誰も必要ない、と。だが今、チェイスは確信が持てなくなっていた。

レスリー・バスチャンと彼女の小さな娘は、ほんの数時間で、チェイスの心を変え始めていた。彼はかたいチキンのひと切れを噛み、灯油ランプの金色の火影がレスリーのなめらかな顔に揺らめくのを見つめながら、隣に住むこの未亡人が自分の人生を永遠に変えようとしているとはっきりと感じた。だがいい方向に変わっていくのかどうかは、わからなかった。

3

〝きみにとってなにがいいかわかっているなら、医者に足首を診てもらいにぼくが車で送っていけるようになるまで、そのベッドに寝ているんだ〟

今もチェイスの言葉はがらんとしたキャビンに響いていたが、レスリーはなんとか自分の足で立ってみようとしていた。赤ん坊は間に合わせのベッドで眠っているし、チェイスは外に出ている。彼女は彼に命令されるままになっているつもりはなかった。チェイスはぶっきらぼうではあるものの、とても親切にしてくれている。この数日、かいがいしくレスリーの面倒を見てくれたし、自分の牧場だけでなく彼女の牧場の仕事もしてくれているが、彼女はこれ以上一分でもぶらぶらしていることに耐えられなかった。自分の生活を続ける必要があったし、チェイス・フォーチュンを含めて男性が、あれこれ自分に指図することを考えるとひどく腹がたつのだ。今回のことは、レスリーの忍耐力を試す絶好の機会だった。

レスリーはおそるおそる床に足を置いて、立ってみた。足首から腿にかけて、激痛が走る。「ああっ」頭がくらくらして、彼女は束《つか》の間ベッドに倒れこんだ。だが、捻挫《ねんざ》などに負けていられないと決意し、もう一度立ってみた。痛みは激しかったが、やがて少し和らいだ。今度はそれほどひどくないわ。レスリーは歯をくいしばって、いいほうの足でバランスをとると、チェイスが屋根裏で見つけてくれた杖《つえ》を使い、暖炉で勢いよく火が燃えるリビングルームへと歩いていった。

キャビンには自分とアンジェラしかいない。チェイスは行方不明の牛を捜しに出かけているのだ。

レスリーはカウンターにもたれて、キャビンのなかを見回した。様式の異なる中古家具がところどころに置かれているが、なぜかうまくまとまって山小屋のような雰囲気をかもしだしている。かつては深いグリーンだったソファは、今ではすりきれて、まだらになっていた。肘掛け部分に寝袋がほうりだされているところを見ると、ここが今のチェイスのベッドになっているのだろう。古い革張りの椅子が暖炉のそばに置かれ、楕円《だえん》形のテーブルがリビングルーム部分とキッチンを分けている。テーブルのまわりには四脚の椅子があるが、どれも不ぞろいだ。

レスリーはこれまでチェイスにいろいろ尋ねていたので、たいていの家具が初めからこの家にあったものであることを知っていた。彼はたぶん身軽に旅をする男性で、荷物をあまり持たずにあちこち移動していたのだろう。

キッチンでポットからコーヒーを注《つ》ぐと、レスリーは霜で覆われた窓ガラス越しに納屋を見つめた。納屋の屋根には雪が厚く積もり、つららがさがって弱い冬の日ざしにきらめいている。

柱の上に大きな屋根をのせたシェルターの下では、アバディーンアンガス種の黒牛やヘレフォード種の赤牛たちが、反芻《はんすう》したり、雪のなかを歩き回ったりしていた。

コーヒーを飲んでいると、ふとキャビンが揺れたような気がした。冷蔵庫のモーターがうなり始め、いくつかの明かりがぱっとついた。

ようやく電気が通じたんだわ！　テレビのスイッチを入れると、連続ドラマのおなじみの登場人物の姿が映った。「よかったわ」レスリーの気分は高揚してきた。「現代に戻ったのね！」彼女は足を引きずりながら部屋を横切って、壁かけ電話のところへ行った。受話器を耳に押しあてて、数日ぶりに本物の発信音を聞いたときには、思わず叫び声をあげそうになった。

胸が高鳴り、顔に笑みが浮かんでくる。電話をかけて、アンジェラが生まれたことを連絡しなくてはならない人がたくさんいるわ。

まず両親に知らせなくては。レスリーはシアトルの両親の家の電話番号を押すと、もどかしげに指先でカウンターをたたきながら、今か今かと応答を待った。

最初の呼びだし音。二回目。三回目。

「お願いよ。家にいて」

「もしもし？」

母の声を聞いて、レスリーの目に涙があふれた。

「こんにちは、おばあちゃん」

あっけにとられたような沈黙が流れたあと、母が金切り声をあげた。「レスリーなの？　赤ちゃんが生まれたのね？　フランク！　フランク！　子機に出てちょうだい、レスリーからよ！　赤ちゃんが生まれたんですって！　レスリー、あなた、どこにいるの？　なにがあったの？　ああ、神さま。わたしたち、本当に心配したのよ！」

電話が切り替わる音がして、父の声が聞こえてきた。「レスリーかい？」

「こんにちは、パパ」安堵《あんど》の涙がレスリーの頬を伝い落ちた。「ママの言ったとおりよ。パパはおじいちゃんになったの。クリスマスイブに、アンジェラ・ノエル・チェイスティーナ・バスチャンが生まれたの。とてもかわいい女の子よ」

「すると、わたしは……」父の声はかすれた。

母がはなをすすり始めたので、レスリーは涙をこぼしながらも笑いだした。ふたりとも情にもろい、やさしい人たちなのだ。

「さっきも言ったけど、わたしたち、本当に心配したのよ」母がくり返した。「警察にお願いしても、あなたとは連絡がとれないし……テレビのニュースでは、そちらの吹雪はこれまでになくひどいっていうし」母の声は不意に上ずった。「とり残された車や、凍え死んだ家畜の映像がたくさん流れたのよ。ああ、あなたと赤ちゃんが無事で、とにかく神さまに感謝するわ」

「わたしもよ」

「今、家にいるの？」

「いいえ。隣の人の家なの。もしチェイスが来てくれなかったら……」どうなってしまったのか、想像できない。レスリーは急いでこの数日の出来事を順序だてて話したが、両親が心配しそうなことは省いて、アンジェラの話題に時間をかけた。「わたしは幸運だったのね」

「とてもね」母はあいづちを打つと、天候が許せば、できる限り早く訪ねると約束した。

「ママは、また猛吹雪が来て、そのなかを歩いていくことになろうと、おまえのところに行くつもりだよ」父が笑いながら言った。ふたりはもう何年も孫の誕生を待ち望んでいたのだ。だがレスリーの姉のジャニーは、子供を産むことには関心がなかった。ジャニーは弁護士で、同じ法律事務所の弁護士と結婚し、サンフランシスコに住んでいるのだが、子供にわずらわされることなく、法律の専門家として都会で働く生活を楽しんでいる。「それで、そのチェイスという人は、今もおまえの世話をしてくれているのかい？」父が尋ねた。

「わたしはまだ彼の家にいるのよ。でも、今日か明日には自分の家に帰れると思うわ。もし帰れなくても、ここに電話をかけてくれればいいわ」レスリーはチェイスの家の電話番号を伝えた。彼女は両親とさらに数分、クリスマス休暇のことや親戚《しんせき》のこと、アンジェラの将来のことを話してから電話を切った。

そのあと、姉のジャニーに電話をかけて、留守番電話にメッセージを残した。

レスリーが電話を切って、足を引きずりながらベッドルームに戻りかけていると、電話が鳴った。母がかけ直してきたのだと思って、キッチンに戻り、四回目の呼びだし音で受話器をとったとき、チェイスが裏のポーチに姿を現した。

「もしもし？」レスリーはほほえみを浮かべ、チェイスがダウンジャケットと帽子から雪を払うのを見つめながら電話に出た。

「あの……もしもし？」女性の声だった。相手の声は若く、レスリーが応答するとは思ってもいなかったようで、少し困惑した響きがあった。レスリーはなぜか気持が落ちこむのを感じた。「ケリー・シンクレアと申します。ミスター・チェイス・フォーチュンはいらっしゃいますか？」

「今、替わります」レスリーはそう言ったものの、失望で胸がしめつけられるのを感じて、自分でも驚いた。チェイスは肩でドアを押し開け、急いで室内を見回した。

「電気が通じたんだね」

「ようやくね」レスリーは受話器をチェイスにさしだすと、無理にほほえみを浮かべた。「ケリーからよ」

チェイスは両方の眉をつりあげた。「誰からだって？」

「ケリー・シンクレアよ」

「ああ。それはなによりだ」チェイスの態度にたちまち変化が起きた。ぶっきらぼうで働き者のカウボーイが、穏やかな男性にがらりと変わった。彼は受話器を受けとると、にっこりした。「メリー・クリスマス……ああ、ちょっと遅いかな。だけど、こちらは雪に埋もれていたんだ。聞いているとは思うけど」

アンジェラが泣き始めたので、レスリーはチェイスの個人的な話を立ち聞きするのはやめて、ベッドルームへと歩きだした。

「おい、ちょっと待って。ぼくも手伝うよ」チェイスが声をかけた。レスリーは背中をこわばらせた。彼に頼るつもりはなかった。

「大丈夫よ」レスリーが肩越しに言ったとき、赤ん坊の泣き声が大きくなった。

「本当かい……なんだって？」チェイスはまた受話器に向かって話しかけた。「いや、違う。単なる隣人だよ。ああ、クリスマス休暇のあいだ、こちらでちょっとした問題が起きてね」

〝単なる隣人〟レスリーは顎が痛くなるほど歯を噛《か》みしめた。杖をさらに強く握りしめる。もちろん、わたしは単なる隣人だ。それ以上、なにを期待するっていうの？　ふたりが一緒に閉じこめられている数日間のあいだにわたしは、チェイスがぶっきらぼうで、暗い目と厳しい表情をしていようとも、本当はやさしい心を持っていることに気づいた。彼はアンジェラを抱こうとはしないが、あの子が心地よく過ごせるように気づかってくれているし、わたしが回復するようにと面倒も見てくれた。チェイスがテーブルの下から老犬の食べ残しをそっと片づけるのにも気づいたし、彼がぼんやりと犬の耳をさすってやっているのを見かけたこともある。新しく手に入れた家畜に対する思いは、単なるお金の問題以上に深いもののようだ。たぶんチェイス・フォーチュンは、親切で善良で思いやりのある人間なのだろう。彼はただそれを上手に隠しているだけだ。

アンジェラは顔をまっ赤にして小さな拳《こぶし》をつくり、思いきり大きな声で泣いていた。「よしよし。もう大丈夫よ。ママはここにいますからね」レスリーは娘を抱きあげ、ベッドに腰をおろすと、すぐにナイトガウンのボタンをはずした。赤ん坊が夢中で乳を吸っているあいだ目をつぶっていると、盗み聞きするつもりはなくとも、チェイスの話がところどころ耳に入ってきた。

「期待どおり元気だよ……ああ、まったく、こんなことになるとは思ってもいなかった。でも、大丈夫だよ」低く深みのある笑い声がする。「ああ、わかっているよ。この状態はほんの一時的なものだ、信じてほしいね……ああ、わかっているよ。ぼくにはしなくてはならない仕事が、それこそ山のようにあるんだから。気を散らしている暇はないよ」親密でからかうようなチェイスの声の調子に、レスリーの胸はきりきり痛んだ。ケリー・シンクレアが誰であれ、明らかに彼女はチェイスにとってとても大切な人に違いない。

「わたしたち、長居をして嫌われてしまったようね」レスリーは赤ん坊にそっとささやき、心をさいなむ愚かな苦しみを追い払った。「家に帰ることを考えなきゃ」そろそろチェイスにはもとどおりの生活をさせてあげ、わたしは自分の生活を始めるべきだわ。

「また連絡します」チェイスはケイトに約束した。ケリーと数分話をしたあと、大おばが電話に出たので、彼はレスリーの出産を手伝ったことを報告したのだ。

「必ず連絡してちょうだいね」ケイトは低い声でくすくす笑った。「ご存じのとおり、わたしはこの件に強い関心を持っているのよ」

「ええ、わかっています」チェイスは窓の外の雪原と、なんとか納屋に連れ戻すことができた、迷子になった牛たちのうちの数頭を横目で見た。

「それから、生まれたばかりの赤ちゃんを抱えた未亡人にも気を配ってあげてね」

チェイスはたじろいだ。

「まだ、あなたのところにいるんでしょう？」

「あとしばらくは」

ケイトはため息をついた。「あなたがそのときレスリーを見つけてくれて、本当によかったわ。わたしはどんな人にもみんな守護天使がついているのではないかと思っているのよ」

チェイスは黙ったままだった。なんと言えるというんだ？　レスリーはあまりにもとり乱していて、車のなかに本当に天使がいたと思っていたとでも言うのか？

「あなたにとってつらいのはよくわかるわ」ケイトが思いきって言うと、チェイスは身をこわばらせた。「クリスマス休暇の時期だったんですものね」

「大丈夫ですよ」

「本当に？」

ケイトがなにを尋ねているのかわかったが、チェイスは返事をしなかった。できなかったのだ。息子は初めてのクリスマスまで生きられず、妻は……エミリーは自分を責めて、大晦日《おおみそか》にみずから死を選んだ。睡眠薬をひと瓶全部、ウオツカと一緒にのんだのだ。その結果、彼女は死んでしまった。

「ぼくは大丈夫ですよ、ケイト」チェイスは請けあった。

「そう思うわ、チェイス。ただ人は、それだけで自足する島ではない、ということだけは覚えておいてね」

「え？」

「いい休暇を」

「あなたも」チェイスは電話を切ったが、ケイトとの取り引きにはなにか裏があるのではないかという気がして落ち着かなかった。それに、彼女は間違っている。人間はひとりでも生きていけるのだ。自分の殻に閉じこもり、自分だけを頼って生きていくことができるのだ。数年前ぼくは、誰も、家族さえも必要とせず、自分の力だけで生きていくのだと自分に言い聞かせた。レスリー・バスチャンに出会ったからといって、その気持が変わるわけではない。

チェイスは薪《まき》ストーブに薪を二本くべると、レスリーの様子を見に行った。彼女は目を閉じ、胸に吸いつく赤ん坊を抱いたまま、ベッドに横たわっていた。彼ははっとして目をそむけた。これほど無防備なレスリーの姿を見たのは初めてだったが、その姿は家庭的で素朴でありながら、官能的で魅力にあふれていた。チェイスは首の後ろが熱くなって、欲望が目覚めるのを感じた。

レスリーがチェイスのベッドで眠り、おくるみを着た小さな赤ん坊が彼女のかたわらの急ごしらえのベビーベッドで眠るということが、あたり前のことになりつつある。

自分の考えに変化が起きたのに気づいて、チェイスは身をこわばらせた。ぼくはいったいなにを考えているんだ？　ほんの少し前、ぼくの考えは正しい方向へ向かっていたのに、今、眠っている女性と子供をちらりと見ただけで、自分らしからぬ考えを抱き始めているとは。

「アンジェラとわたしは昼までに出ていくわ」不意にレスリーが言ったので、チェイスは驚いた。彼女は眠っていて、彼が部屋に来たことにも気づいていないだろうと思いこんでいたのだ。

「まだほとんど歩けないじゃないか」

「なんとかなるわ」レスリーが目を大きく見開いた。チェイスは、臆《おく》することなく自分を見つめる彼女のまなざしの強さに――銀色がかったグリーンの瞳に――圧倒された。「あなたの親切に甘えすぎてしまったわ」

「次の吹雪がまた近づいているんだよ」

「今度はきちんと備えておくわ」

「あの家にきみたちだけを置いておくなんてできないよ」チェイスは言いはった。

「あなたにはあまり選択の余地はないのよ」

「そうかい？」チェイスは語気を強めた。「どうやってあの家に帰るつもりなんだい？　ここにはタクシーなんかないんだよ」

「あなたのピックアップトラックはどうかしら？今朝、あなたがエンジンをかける音が聞こえたし、チェーンを持っていないはずはないでしょう。ラジオのアナウンサーが、ほとんどの道は除雪されたと言っていたから、わたしの車をレッカー車で運んでもらうよう修理工場に電話をかけるわ。あなたには、わたしとアンジェラを家まで送り届けてもらいたいのよ」

「とてもそんな気になれないな」チェイスは動揺して首の後ろをさすった。レスリーをいつまでもここに置いておくことはできないし、ぼくも望んではいない。だが、氷点下の寒さのなか、がらんとした家に彼女と赤ん坊だけがいることを考えると、心配だった。

　心配でたまらないのだ。

「では、これで失礼するわ、チェイス」レスリーがきっぱりと言った。チェイスは、彼女の気持を変えることはできないと悟った。「あなたにはあなたの生活があるし、わたしにはわたしの生活があるわ。アンジェラとわたしにしてくださったご親切には本当に感謝しているけど、そろそろ自分と娘のことくらいは自分でできるようにならないと」

「大変な危険を冒すことになるぞ」

「そこまで心配していただかなくてもけっこうよ」

「レスリー、考えてもごらんよ」

「もう考えたわ」レスリーは一歩も譲らない。

　レスリーと議論しても無駄だ、とチェイスは観念した。彼女と取り引きするしかない。彼は胸の前で腕を組むと、ベッドの足もとに立ち、レスリーを見つめた。「きみがどうしてもそうすると言うのなら――」

「もちろん、そうするわ。なにがなんでも」レスリーは決意をみなぎらせて、顎を前につきだした。

「わかった。それならぼくがきみの家へ行って、電気が通じているか、蒸気を送る暖房炉が凍結していないか、水がちゃんと出るか、確かめてこよう。そして明日の午前中、家があたたまったころに、きみたちを連れていくことにする」

「でも……」レスリーは反論しかけたものの、片手をあげた。「ええ、わかったわ。そうしましょう」

　彼女は明らかにトラブルを避けて妥協をしたのだ。今日のレスリーは不機嫌だ、とチェイスは思った。たぶん家のなかに閉じこめられていたので、情緒不安定になっているのだろう。「鍵《かぎ》は裏口のドアにかかっているリースの後ろに隠してあるわ」

「今すぐ出かけて、様子を見てくるよ」

　チェイスは口笛を吹いてランボーを呼ぶと、ドアを開けて、ポーチに出た。意地をはっていたければ、そうすればいい。レスリーの言うとおりだ。ぼくは彼女を無理やりこのキャビンに置いておくことはできないのだ。彼はダウンジャケットのボタンをとめ、ブーツをはくと、帽子をかぶった。納屋や馬小屋やガレージに行くためにつくった道は、まだそのまま残っている。この二日ほどは新たに雪が降っていない。チェイスは空を見あげ、大きな黒い雲がゆっくりと流れているのに気づいて眉を寄せた。また吹雪がやってきて、電気が切れたなかで閉じこめられてしまったら、レスリーはどうなるんだ？　赤ん坊はどうなるんだ？

「ぼくが心配することじゃない」チェイスは自分に言い聞かせたが、正直な気持でないことはわかっていた。レスリー・バスチャンと彼女の生まれたばかりの娘のことが気になって仕方がないだろう。気にせずにはいられないのだ。

チェイスはブーツで雪を踏みしめ、今朝チェーンを巻いておいたピックアップトラックに向かった。そして助手席のドアを開けて、ランボーがなかに飛びこむのを待ってから、運転席に乗りこんだ。

最初はエンジンがかからなかったが、何度か力いっぱいキーを回すうちにようやくかかると、チェイスはギアを一速に入れた。チェーンが雪にくいこみ、ピックアップトラックが前進する。彼は慎重に私道を走り、それから道路に出て、レスリーの故障した車の横を通過した。数分後、二十年ぶりにかつての家の私道に入っていった。家は道路から三十メートルくらいしか離れていないものの、雪は深かった。ピックアップトラックは何度かスリップしたが、チェイスは古いガレージの近くに車をとめることができた。ガレージは屋根のたわんだ古い建物で、彼は昔ここで、父がさまざまな農場用機械のエンジンを修理したあと、手についた油をぼろ布でぬぐいとるのをよく見つめたものだった。

今、チェイスはトラックからおりると、庭の門に向かって歩いていった。古い蝶番《ちょうつがい》がきしんで動きにくくなっていたが、なんとか門を開けることができた。子供のころ、チェットやデリアと一緒に砦《とりで》を築いて遊んだ小さな庭を横切り、裏のステップを苦労してのぼると、ポーチで足を踏みならしてブーツから雪を払い落とした。鍵はレスリーが言ったとおりの場所に隠されていた。冷え冷えとした静かなキッチンに入ったとたん、チェイスは不意に、二十年前に時間がさかのぼった気がした。

もちろん家具は変わっていたし、壁は淡い山吹色に塗られていた。チェイスの母がはっていたいちご模様の壁紙も、床のれんが模様のリノリウムもはがされている。代わりに床にはキャビネットを引きたてるフローリング材がはられていたが、家具の配置は同じままで、両親がダイニングテーブルを置いていた場所に、違ったテーブルと椅子が置いてあった。

チェイスはブーツの音を響かせて短い廊下を歩き、階段をのぼって、昔チェットと一緒に使っていたベッドルームに入っていった。チェックのキルトのかかったふたつのベッドの代わりに彼の目に入ったのは、机、小さなコンピュータ、プリンター、そのほかいろいろな事務用機器だった。一方の壁には棚がつくりつけられ、本がたくさん並べられているが、庭の古い松の木は今も変わらず窓のそばまで枝をのばしている。

妹のデリアのベッドルームは、ベビーベッドとおむつの交換台のある子供部屋に変わっていた。かつて両親が使っていたもうひとつのベッドルームには、クイーンサイズのベッド、楕円《だえん》形の鏡のついたアンティークのドレッサー、そして籐《とう》製の小さなベビーベッドが置かれていた。

チェイスは急いで階下におりた。つらい思い出が短編映画のフィルムのように、頭のなかに次々と浮かんでくる。モンタナの熱い太陽の下で、洗濯物を干していた母。フォーチュン一族の援助を必要とすることなく成功をおさめかけていた父。坂道でトラクターを運転しながら、おどけてしきりに手を振っていた弟。そのことは考えてはだめだ。チェイスはそう自分に命じ、リビングルームを通りぬけようとしたとき、窓の下枠のへこみに気づいた。双子の弟との口げんかがとっくみあいに発展した際、チェイスがブーツのかかとでつけたへこみだった。

なあ、チェット、おまえはどうして死ななくちゃならなかったんだ?

やり場のないいらだちを覚えて、拳をつくった。ずっと昔のことなのに、昨日のことのように思える。あのときから、あまりに多くのものがぼくのもとを去っていった。

「しっかりするんだ」チェイスは自分に言い聞かせた。古い記憶に引きずられて、忘れたままでいるのが一番いい時代へと戻ってはならない。彼はブレーカーがある食品庫へ歩いていくと、全部のスイッチが入っていることを確かめ、暖房炉の種火をつけた。

まもなく装置が作動して、ダクトを通ってあたたかな蒸気が送られ始めると、チェイスはドアに鍵をかけ、数日前につくった道をたどって、レスリーの馬が飼育されている納屋へ向かった。彼は毎日短い時間でも馬たちを外に連れだし、雪に覆われた放牧場を歩かせたり走らせたりして、エネルギーを発散させてきたのだ。今日もチェイスは馬を外に出し、おなかの大きな牝馬《ひんば》たちが鼻息を荒くしたり、頭を上下に振ったりするのを見守り、氷や雪に反射して輝く日ざしに目を細めた。空気が冷たく澄んでいるので、馬たちが大きく鼻を鳴らすと、肺から出たばかりの息が白く見える。

ぼくは家畜にえさをやる父を手伝って、氷や雪のなかを歩くという冬を何度経験しただろう？　水桶《みずおけ》にはった氷を、何度金槌で割っただろう？　干し草の重い束を屋根裏の乾草置場から蹴《け》り落としたあと、束をしばる太い麻紐《あさひも》を、切れ味の悪いジャックナイフで何度切っただろう？

追憶にふける自分に眉をひそめつつ、チェイスは馬にしばらく運動させると、再び納屋につないだ。空を見あげ、また雪が降りそうだと確信した。「大変だぞ」彼はつぶやいた。再び吹雪になって、すでに積もっている雪の上にさらに十数センチでも降り積もったなら、レスリーと赤ん坊はぼくのキャビンでじっとしていなくてはならなくなるだろう。

チェイスは、昔自分がこの家に住んでいたことや、レスリーの夫が父から土地を買ったことを彼女に話すかどうか考えたが、黙っていることにした。不快なことをほじくり返して面倒を起こすのは好きではなかった。

「でも、わたしは帰るって言ったでしょう」その夜、レスリーはチェイスの言ったことが信じられなかった。「そういう約束だったじゃない」彼女はキャンドルが明るく燃えるテーブルについていた。アンジェラは隣の部屋で眠っている。レスリーが残り物のチキンに少し手を加えてグラタン風にしたものを、ふたりは食べていた。

「約束は守るつもりだ」

「あなたが守ることにしたときに、でしょう」

「安全になったときだ」

「まったく！」

チェイスは、レスリーがまるで二歳の愚かな子供だと言わんばかりににらみつけた。「誰もきみを囚人だとは思っていないよ、レスリー。だけど、きみはアンジェラのことを考えなくちゃならない」彼は彼女の向かいに座っていた。暖炉とキャンドルの揺らめく炎を受けて、チェイスの顔は実に彫りが深く精悍《せいかん》に見える。

「考えているわ。いつもね！」わたしにあれこれ命令するなんて、あなたはなにさまのつもりなの？

「アンジェラは家に帰る必要があるし、わたしもそうよ。もうおいとましなくてはならないわ、チェイス。これ以上あなたの厚意に甘えることはできないの」

「きみがしてはいけないのは、まさにそういうばかげたことだ」自分のきつい口調に気づいたかのように、チェイスはつけ加えた。「とにかく辛抱することだよ。天気がよくなり次第、家に送っていくから」

「無理やりわたしをここに置いておくことはできないわよ！」レスリーはさっと立ちあがったが、その拍子にけがをした足首に痛みが走った。顔から血の気が引くのがわかる。叫び声をあげないように我慢したものの、あまり意味はなかった。チェイスがそばに来て、あっというまに彼女を抱きあげたからだ。

「おろしてちょうだい」

「そのつもりだよ」チェイスはレスリーをソファに運んでいき、クッションの上にそっとおろした。

「とにかくのんびりかまえることだ」

「できないわ」息巻きながら、レスリーは言った。

「わたしの主義に反するのよ」

「それなら、休暇と考えればいい」

レスリーが鼻を鳴らしたので、チェイスはくすくす笑った。

「夢のようにすばらしい休暇と訂正させてほしいな」

「そうでしょうとも」レスリーは皮肉な口調になってしまうのを、どうしても抑えられなかった。

「きみが最後に手厚くもてなされたのは、いつだい？」

テーブルを片づけるチェイスの姿を見ることができるように、レスリーはソファの上で身じろぎし、鋭い視線を彼に向けた。「手厚くもてなされることと人質にとられることは違うわ」

「覚えておくよ」チェイスはそっけなく言った。彼が腹をたてないことが、レスリーをますますいらだたせた。

「警察を呼ぶことだってできるのよ」

「どうぞご自由に」チェイスは促したが、レスリーのこけおどしをおもしろがっているのは明らかだ。

彼は部屋を横切り、ソファのすぐ前のコーヒーテーブルに腰をおろした。膝に肘をつき、彼女の目をじっとのぞきこむ。「ぼくはただきみに説いて聞かせようとしているだけだよ。きみの足では今、動けない。きみの赤ちゃんは生後一週間もたっていないし、きみの車はまだ故障中だ。きみの家は町から何キロも離れていて、ぼくが一番近い隣人だ。これだけ言えば、吹雪に閉じこめられてしまうかもしれないというのに家に戻るのがどんなにばかげた考えかわかるだろう」

レスリーはチェイスの視線からなんとか逃れたかったが、車のヘッドライトを浴びて立ちすくむ雌鹿《めじか》のように、彼のまなざしに射すくめられていた。そのうえ、絶対に認めたくはないが、チェイスの言うことには一理――いや、一理も二理もある。だがそれでもなお、彼女はいらだっていた。「レイに電話をかけることもできるのよ」

「レイって誰だ？」

「レイ・メロンはアーロンの友人……だったの。赤ちゃんが生まれるときは手伝うって申しでてくれたんだけど、アンジェラは予定より早く生まれたし、レイはフェニックスの親戚を訪ねていたのよ。でも彼もそろそろ帰ってくるはずだわ」

チェイスの顎の筋肉がぴくりと動いた。レスリーは彼の強いまなざしに、思わず血が熱くなるのを感じた。「じゃあ、その男が戻ったら、このことを話しあおう」

「いいわ。わたしも賛成よ、フォーチュン」レスリーはけんか腰で言った。「だけどわたしたち、なんらかの取り決めか……約束をもう一度結ぶ必要があるわ。わたしたちがなんとかうまくやっていくためと、あなたがわたしにあれこれ指図するのをやめてもらうためにね」

「休戦協定を望むのか？」

「ええ」

チェイスの視線がレスリーの唇に向かうと、彼女の息はとまった。彼はキスをするつもりなんだわ。チェイスは身をかがめ、体温が感じられるほど近くに顔を寄せてきた。レスリーは唇をなめた。

「決まりだ」

チェイスの目を見あげたレスリーは、陰りのあるグレーの瞳に引きこまれた。官能的な、禁じられた快楽を約束している瞳に。

ふたりはしばらく無言で見つめあった。レスリーの胸は激しく高鳴った。

チェイスのほうが先に目をそらし、なにか聞きとりにくい言葉を低くつぶやいた。「あ、あの、もう少し薪を運んできたほうがよさそうだ」彼はふらつきながら立ちあがると、裏のポーチへ歩いていった。

チェイスの後ろでドアが閉まると、レスリーはソファの背にもたれ、ゆっくりと息を吐きだした。彼のそばにいるのは危険なのに、わたしは少なくともあと少しはここにいると約束してしまったんだわ。

「けっこうだこと」レスリーはつぶやいた。

いったいどうするつもりなの？　ちらりと見られただけで心臓がとまりそうになってしまう男性と、こんなに接近した状態で閉じこめられるなんて、どうにかなりそうだわ。けれどわたしは心の隅で、今後の成りゆきにわくわくしている。心の奥底を見つめるなら、もう数日滞在したいという気持もどこかにあった。認めたくはないが、チェイスにも、このキャビンにも、そして彼と一緒にいることにも慣れ始めていたのだ。

「そこまでよ」レスリーは自分に警告した。そんな考えは捨てなくてはならない。チェイス・フォーチュンがすばらしくセクシーで、頑固だと思った次の瞬間にはやさしくなるからといって、彼のことをあれこれ夢想する理由にはならない。

チェイスは、良識のある女性が恋におちるようなタイプの男性ではまったくないわ。

そう考えて、レスリーははっとした。わたしは恋におちてなんかいないわ！　もう二度と恋なんかしない。チェイス・フォーチュンとも……さらに言うなら、ほかのどんな男性とも。

窓から裏のポーチに目をやると、雪に覆われた牧草地と木々の白をバックに、斧《おの》を振りあげるチェイスの姿がくっきりと浮かんでいた。そのときレスリーは、自分が面倒な事態に陥っていることに気づいた。

ひどく面倒な事態に。

4

「ハッピー・ニュー・イヤー」レスリーはシャルドネの入ったワイングラスを、チェイスのグラスと軽く合わせた。「シャンパンではないけれど、これで十分よね」

「ハッピー・ニュー・イヤー」チェイスはレスリーにかすかにほほえんでみせたが、笑みはすぐに消えた。彼はリビングルームの床に座ってソファに寄りかかり、片脚を折り曲げ、もう一方の脚を床に投げだして、暖炉の火に見入っている。

　レスリーは両膝を胸に引き寄せ、ソファのそばに置いた間に合わせのベッドですやすや眠っているアンジェラに目をやった。ランボーはいつものようにテーブルの下にいるし、暖炉では陽気な音をたてて火が燃えている。「新しい年に乾杯。新しい年が喜びと繁栄に満ちた年でありますように」

「アーメン」チェイスは自分のグラスをもう一度レスリーのグラスと触れあわせると、彼女を見つめていられるようにからだの位置を少し変えた。目には苦悩があふれ、からだはこわばっていたが、彼はかすかに笑みを浮かべた。「繁栄という部分には大賛成だな」

「わたしもよ」レスリーはチェイスと束《つか》の間視線を合わせ、すぐにそらした。部屋が急に狭くなったように感じられて、喉がからからになる。彼女はワインをひと口飲んだ。シャルドネはよく冷えていて、喉をうるおしてくれたが、それでも落ち着かなかった。

「きみのご主人のことを話してくれないか」ふたりとも避けていた話題を、チェイスが持ちだした。レスリーはぐっとつばをのみこんだ。「なにがあったんだい？」

心地よい気分が消え、レスリーはワイングラスの脚をそわそわと回した。「夫はボート遊びをしているとき、心臓発作を起こしたの。病院に運ばれたけれど、手遅れだったのよ」夫の愛人が、人工呼吸や心臓マッサージなどの心肺蘇生《そせい》術を知らなかったから。彼女はまたあわててつばをのみこんだ。アーロンのことは考えたくなかった。

「いや、ぼくがきいたのは、結婚生活になにがあったのかってことだよ」チェイスの声は低くやさしかったので、レスリーは自分のこみ入った結婚生活について、一瞬、すべてを打ち明けたくなった。彼女がためらっていると、彼が少しにじり寄ってきた。チェイスの脚はレスリーの脚のほんの数センチのところに近づき、肩が触れあった。「きみがそう言ったわけではないけれど、幸せではなかったような気がするんだ」

「そうね」嘘《うそ》をつく理由はないわ。チェイスは真実を知ってもいいはずよ。なんといっても、わたしの命の恩人なんですもの。「幸せな結婚生活ではなかったわ。もしあなたがそういう意味で言っているのなら」

レスリーは息を吸いこんだ。若さに満ちあふれていた自分が次第になにに対しても無感動になっていったことや、二十歳の年の差なんて問題ではないと言うアーロンを信じてしまったことなど、どう説明できるだろう？

「アーロンは……その、かなり年上で、離婚歴があったの。子供はいなかったけれど」レスリーは、右手にまだはめている結婚指輪を回した。「わたしたちが結婚したのは、アーロンが前の奥さんと別れて数年たったころだったわ。わたしは彼を愛しているし、彼もわたしを愛している。それだけで十分だと思った……いいえ、信じたのよ。それは愚かなことだったけれど、当然ながら」彼女はチェイスにちらりと目をやり、自分の頬が赤くなるのを感じた。「わたしが世間知らずだったの。わたしたちは次第に相手のことがわからなくなり、アーロンは別の女性とつきあいだしたのよ。面倒だったのは、そのときわたしが妊娠していたことなの」

チェイスは目を細め、唇をかたく引きしめてからだをこわばらせたが、なにも言わず、陰りのある目でレスリーを見つめた。

「わたしたちはやり直すことにしたの。ほころびをつぎあわせて、なんとか結婚生活を続けることにしたのよ。だって、親になるんですもの。わたしは、生まれてくる赤ちゃんがすべてを変えてくれるだろうと思ったのよ」レスリーは、自分のおめでたさにうんざりしたように目をくるりと回した。「とにかく、うまくいくと思いたかったんだと思うわ。カウンセリングにも何度か通ったの。アーロンはそのカウンセラーに、例の女性との関係は終わったと言ったし、わたしはなにがなんでも彼を信じたかった」

彼女は静かに笑ったが、そこには明るい響きはまったくなかった。「でも、早い話がわたしたちはもとどおりにはなれなかったの。ある日、アーロンは釣りに行った。ひとりで行くということになっていたわ。彼が亡くなったのは、そのときなの」声がかすれ、レスリーはじっと火を見つめた。当時の苦しみが思いだされ、裏切られた悲しみが再び心によみがえってくる。「ひとりで行くというのは、もちろん嘘だったわ。つきあいをやめたことになっていた例の女性と一緒だったの」彼女は肩をすくめた。「アーロンと彼の背信行為について長々と話すつもりはなかった。「それで一巻の終わりってわけ。だから今では、アンジェラとわたしだけなのよ」これでいいの。これが一番いいのよ。わたしの人生に男性は必要ない。わたしを裏切るような男性は、絶対にいらないわ。

「彼を愛していたのかい？」

これまで幾度となく自分でも問いかけてきた質問だったにもかかわらず、レスリーは動揺した。「アーロンを？」彼女はしばらく考えた。「初めは愛しているつもりだったわ。今は……」レスリーは、自分の人生が複雑になってしまったことに頭を振った。かつては、すべてが単純だったのに。「あまり自信がないわ」

「どうでもかまわないさ。愛は大切だと考えられすぎていると、ぼくは思うんだ」

「そうなの？」

「ああ」

「ひどく心を傷つけられた人の、悟りの言葉のようね」

「ぼくたちはみんな傷ついているんだよ。生きるというのは、そういうことでもあるんだ」チェイスはワインをゆっくりと飲むと、レスリーのほうを見ずに言った。「もしきみが大丈夫そうなら、明日帰るといいよ」

「ありがとうございます、ご主人さま」レスリーはからかうように言ったものの、その冗談はチェイスには受けなかった。

チェイスはにこりともしなかった。彼は一日じゅうずっと不機嫌だったが、真夜中近い今は、陰気に眉をひそめ、内心の苦悩と闘っていた。

「いったいどうしたの？」レスリーはとうとう尋ねた。

「どういう意味だい？」

「今日は元気がなかったわ」

「そんなことないさ」

「ごまかしたってだめよ、チェイス」レスリーは言葉遊びをするつもりはなかった。「あなたはなにかにひどく悩んでいるわ。アンジェラとわたしが帰ってしまうせいで、あなたが深い悲しみに浸っているということはないでしょうし」彼女は首を左右に振った。「そんなはずはないもの。ほかになにかあるんでしょう」

グラスの脚を回しながら、チェイスはしばらく考えこんだ。「大晦日《おおみそか》は、お気に入りの日というわけではないんだ」

「でも新しい年が始まるのよ」

「もういい」

チェイスはこの話題はおしまいだというように立ちあがったが、レスリーはそれを認めるつもりはなかった。こんなに親しくなったのに、水くさいわ。

「クリスマス休暇なんて、どうってことないんだ」

「いったいどうしたっていうの？」レスリーは尋ねた。

チェイスは躊躇《ちゅうちょ》した。「ぼくには、きらきら光る包装紙に包まれ、赤いリボンのかけられた、つらい思い出があるとだけ言っておこう」

レスリーははぐらかされるつもりはなかった。この男性はわたしの出産を手伝い、一週間もわたしとアンジェラの世話をし、暇を見てはわたしの家畜や家の面倒を見てくれた。せめてわたしにできるのは、親身に耳を貸すことだけだわ。

「なにがあったの？」キッチンへ歩いていくチェイスに、レスリーは尋ねた。

「話したくないんだ」

「どうして？」

チェイスは、裏口のそばのフックにかかったダウンジャケットに手をのばした。「個人的なことだから」

レスリーは立ちあがり、足首のずきずきする痛みに歯を噛《か》みしめた。怒りにつき動かされ、足を引きずりながらキッチンへ歩いていく。「じゃあ、赤ん坊を産んだり、守護天使と話したりすることは、個人的なことじゃないっていうの?」

「ほっといてくれ、レスリー」

「はぐらかさないでちょうだい、チェイス。もしわたしにできることがあれば――」

「なにもない。わかったかい? これでこの話はおしまいだ」チェイスはいらだたしげにダウンジャケットに袖《そで》を通すと、帽子に手をのばした。「これから子牛を見てくる。少ししたら戻るよ」

「もう真夜中よ」

チェイスは聞く耳も持たずに裏口のドアを乱暴に開け、夜の闇《やみ》に消えていった。

「あなたはなにかから逃げているのよ、フォーチュン」レスリーは小声で言い、チェイスを待つことにした。

レスリーは片づけや掃除をしてキッチンで時間をつぶした。かれこれ四十分が過ぎて心配になりかけたころ、チェイスが裏のポーチのステップをのぼる音が聞こえてきた。数分後、彼がドアを開けると、冷気が勢いよく部屋に流れこみ、暖炉の火がぱっと燃えあがって、キャンドルの炎が揺らいだ。

「もう寝たと思っていたよ」

「議論は終わっていないと思ったから」

「議論は終わったよ」

チェイスがダウンジャケットをフックにかけた。レスリーは、彼の肌が寒さのせいでまっ赤になっていることに気づいた。

「あなたが終わったと言っているからでしょう」

「ひとりだけでは終われないよ」

レスリーはかっとなった。「あなた、なにが問題かわかっているの?」

「きみが教えてくれるんじゃなかったっけ?」

レスリーは顎をあげてチェイスをにらみつけた。

「あなたっていつも皮肉屋なのね」

「そうなる要因があるのかもしれないな」

「そうなの？」レスリーにはチェイスの言葉が信じられなかった。「フォーチュンという姓の人は、どうしていやみっぽいのかしら？　あなたがつらい思いを味わったことがあるなんて、信じられないわ」

いったん口から出た言葉は、引っこめることはできなかった。「その、つまり……」

「つまり、フォーチュンという姓だけで、ぼくの人生はすべて完璧《かんぺき》だったに違いないと言いたいんだろう？」チェイスの視線は鋭くレスリーにつき刺さった。

「その、わたしは……」

「ものごとは見かけとは違うこともあるんだ」

「そうね」ひどく傷ついた思いで、レスリーは言った。「違うこともあると思うわ」

チェイスはなにもこたえなかった。ただキッチンの明かりを消しただけだ。アンジェラがむずかり始めると、彼はベッドごとベッドルームへ運んだ。チェイスがぶっきらぼうにおやすみと言うのを聞きながら、レスリーはこの言い争いを頭からしめだそうと決めた。わたしは詮索《せんさく》しすぎたようだわ。チェイスは多くを明かさない男性だし、わたしに秘密を打ち明けるつもりもまったくないのだから。

チェイスは夜明け前に起きた。レスリーとアンジェラのことが頭から離れず、あまり眠れなかった。ふたりが今日帰っていくことを考えると心配だった。依然として行方のわからない五頭の牛を捜して柵《さく》にそって馬を走らせているとき、思いがけず寂しさが胸につきあげてきた。

「忘れるんだ」チェイスは自分に命じた。ユリシーズが鼻息を荒くし、顔を上下に振る。天気は快晴だ。隣の未亡人とその娘を厄介払いするのだから、大喜びしていいはずだ。だが、うれしい気持はわいてこない。エミリーが亡くなってから初めて、ぼくは心にひと筋の希望の光とあたたかさを感じたのだ。

「愚か者め」チェイスは苦々しげに言うと、手綱を引き、ユリシーズをせきたてて丘を走らせ、松林に向かった。ふと、なにかの異状を感じた。胸がしめつけられる。ユリシーズが急にとまって、半分棒立ちになった。彼は心臓が飛びだしそうになった。はぐれた牛を見つけたのだ。五頭ともを。みんな死んでいた。

新年早々、なんてめでたいんだ。

すっかり気落ちしてその場の状況を調査すると、チェイスはまた鞍《くら》にまたがった。舌打ちをして、ユリシーズをキャビンのほうへ向かわせる。こういうことは牧場経営にはつきものだが、彼はどうしても折りあいをつけることができなかった。丘をくだって納屋に向かっているあいだも、罪悪感にさいなまれていた。あの牛たちを救ってやることができたはずなのに。

レスリーはチェイスを待っていた。「フライパンではベーコンがじゅうじゅうと音をたて、皿の上にはできたてのハッシュポテトがのり、天板の上には焼きたてのビスケットがある。彼女はそれほど痛みを感じることなく、キッチンを動き回っていた。ハミングしながら料理をし、ドアが開いたときにはちらりと顔をあげた。

「ぴったりのタイミングよ」レスリーは、ゆうべの言い争いなど忘れたかのようにほほえんで言った。「手を洗って、テーブルについてちょうだい。この家で迎える最後の朝だと思うから、せめてあなたに朝食をつくって……どうしたの？」彼女の笑みが消えた。

「はぐれていた牛を見つけたんだ」

「まあ」レスリーは頭を振った。「大丈夫ではなかったのね？」

「死んでいた。全部」チェイスは暖炉の火よけに手袋をかけ、ダウンジャケットのファスナーをおろした。

「かわいそうなことをしたわ」

「きみの責任じゃない」

「ええ、でも……」わたしはまだまだチェイスのことを理解していないし、彼について知りたいこともたくさんある。レスリーは思わずチェイスのからだに腕を回した。彼も彼女のからだに腕を巻きつけて引き寄せると、首のつけ根に顔をうずめ、ただ抱きしめてくる。チェイスは馬と雪と革のにおいがした。からだはあたたかく、引きしまっている。レスリーはため息まじりにチェイスに言った。「うまくいかないときもあるわ」

「ひどくつらいときもある」チェイスはこたえると、咳払《せきばら》いをして、腕をからだの横におろした。「こんなことをしてくれなくてよかったのに」彼は朝食に目をやった。

「したかったのよ。あのね、チェイス・フォーチュン、あなたにはすっかりお世話になったんだけど、お話ししたいことがあるの」

「話してくれ」

レスリーは咳払いをして、ペーパータオルを敷いた皿の上にフォークでベーコンを移した。チェイスが見守るなか、彼女は三つの卵を上手に割り、あたためたフライパンに入れた。「うちの土地の水のことなの」

「問題があるのかい？」

レスリーは卵を引っくり返すと、食器棚から皿をとりだした。「あるかもしれないの」縁の欠けた皿をチェイスに手渡しながら言う。「料理を盛りつけてちょうだい。熱いうちに」

「話を続けてくれ。水がどうしたんだい？」チェイスは、数切れのベーコンと山盛りのハッシュポテトにフォークをつき刺した。

「うちの土地には井戸があるんだけど、いつも八月ごろには干あがってしまうので、夏の終わりから秋の初めにかけては泉を使うのよ。泉の水はたまって池になっているから、家畜用と家庭用にそこから十分な水をくみあげることができるの」

「それで十分なんだろう?」

「これまで一度も問題になったことはないんだけど……」レスリーは肩を少しこわばらせて話を続けた。「その泉はここの土地に水源があって、わたしの土地にわきでているの。十年前にアーロンがこの土地の前の所有者と結んだ、水利権を借りる契約書があるのよ。だけど八月には、その契約が切れるの。アーロンはさらにもう十年延長する取り決めを前の所有者と交わしたと言っていたんだけど、書類を全部探しても、契約書が見つからないのよ。それで……あなたと交渉したいの。そうでないともう一本井戸を掘らなくてはならないんだけど、実を言うと今年はそれをする余裕がないし、来年もないかもしれないわ」

「きっとうまく解決できるよ」チェイスはそう言うと、熱いビスケットをとって自分の皿にのせた。

「よかった。家に帰って落ち着いたら、弁護士に電話をかけるわ」

「弁護士に電話をかける必要なんかないよ」

テーブルの前の椅子に座ったチェイスは、レスリーがテーブルマットと銀食器とひいらぎの小枝を生けた小さな花瓶を置いてくれたことに気づいた。彼女も自分の皿に料理をのせて、向かいに座る。レスリーのかすかな香水の香りが、ベーコンの脂や燃えている木のにおいにまじって漂った。彼はレスリーのそばにいて、彼女のひとり言を聞いたり、揺らめく暖炉の炎が彼女の髪を輝かせるのを見つめたりすることに慣れてきていた。チェイスはビスケットにバターをたっぷり塗り、レスリーのセーターが、母乳で育てているためにいつもより大きくなっているらしい胸にぴったりはりついていることには気づかないふりをした。ウエストのあたりはまだ少しふくよかだが、スタイルはもとに戻りかけている。彼女はセクシーで素朴で、彼の胸にぽっかりあいた暗い穴を埋め始めていた。五年前、一生抱えて生きていこうと決めた穴を。

レスリーとかかわることはできない。少なくとも今はだめだ。チェイスはベーコンを食べながら考えた。

ケイトとの約束を果たすためには、年明けからやらなくてはならないことが山のようにある。レスリーと彼女の赤ん坊に心を奪われている暇はない。昔、ぼくは妻子に心を奪われたが、結局、苦しみを味わっただけだった。

間に合わせのベッドですやすや眠る小さなアンジェラに目をやったチェイスは、守ってやりたい強い衝動を感じたが、そのばかげた感情を、鋼鉄の毛でできた決意という名のほうきではき捨てた。新しい年にぼくがしてもいいのは、この荒涼とした牧場が利益を生むよう専念することだけだ。どんな人間も、たとえレスリー・バスチャンでも、ぼくの邪魔をすることはできないのだ。

5

「ただいま」レスリーはベビーシートに座らせたままのアンジェラを抱えて、空っぽのわが家に足を踏み入れたが、その声はうつろに響いた。アンジェラは環境の変化に戸惑ったかのように、身をくねらせて不満そうな泣き声をあげた。「よしよし。大丈夫よ」

だがその古い家は、墓穴のように感じられた。十分あたたかく、こうこうと明かりもついているのだが、家を家庭にする特別の輝きがないので、空虚に感じられるのだ。

やめなさい、レスリー。考えすぎよ。チェイス・フォーチュンのところにずっといたいと思うなんてどうかしているわ。そんな考えは捨てなさい。レスリーは顎をかたく引きしめてキッチンを横切り、帰宅の喜びも安堵《あんど》感もわかないという事実を無視しようとした。

食料品を抱えているチェイスは、レスリーのすぐ後ろにいた。「ここにいるんだ」ドアから家のなかに飛びこもうとする老犬に命令する。

「いえ、いいのよ。入っていいわ」レスリーはランボーが好きになっていたし、裏のポーチで凍えさせておきたくなかった。

「ランボーは濡《ぬ》れているぞ」

「わたしたちもそうでしょう？」レスリーは眉をつりあげて、チェイスのダウンジャケットの肩でとけかけている雪をこれ見よがしに見つめた。

ランボーは自分が話題の中心にいることがわかったかのように、頭をあげると、家のなかにそっと入っていき、テーブルの下に居場所を定めた。

「身のほどをわきまえない、わがままな犬だ」チェイスはぶつぶつとつぶやき、近くのスーパーマーケットで買った食料品の袋を窓のそばのテーブルの上に置いた。それから、レスリーのスーツケースを持つ手を替えた。「スーツケースはどこに置こうか？」

「そのへんに置いておいてちょうだい。あとで二階へ持っていくから」

「その役目はぼくが引き受けるよ」チェイスはそれ以上のことは言わなかったが、レスリーには彼が足首のことを考えてくれているのだとわかり、驚くとともに心を打たれた。頑固で屈強なカウボーイでありながら、チェイスはやさしい心を持っているのだ。

レスリーはアンジェラに毛布をかけると、赤ん坊から自分の姿が見えるようにカウンターの上にベビーシートを置き、コーヒーメーカーのスイッチを入れて、食料品を片づけた。

コーヒーがちょうどしたたり落ち始めたころ、ランボーが低いうなり声をあげた。

チェイスのブーツの音は、二階の廊下で響いている。

そのとき私道から、ピックアップトラックの大きなエンジン音が聞こえた。レスリーが窓からのぞくと、レイ・メロンのダッジが雪をかき分けて進んでくるところだった。雪は運転席の屋根にも荷台にも積もっている。

「お客さんよ」レスリーは赤ん坊にウインクした。チェイスを別とすれば、レイはアンジェラの誕生以来、レスリーが初めて会う隣人だ。「おとなしくしているのよ」彼女が赤ん坊にささやいたとき、レイがエンジンを切り、ピックアップトラックから飛びおりた。ジャンパーに毛糸の帽子、それに防寒用のズボンを身につけた彼が、雪をかき分けて裏のポーチにのぼってくる。そして服の雪を払い、ノックをしようとしたとき、レスリーがさっとドアを開けた。

「レスリー！」レイは顔をほころばせてにっこりした。

「あたたかいところから戻ってこられたかしらって、気になっていたのよ」

「つい昨日戻ったんだ。空港はひどい混雑だったがね」レイはキッチンに入ってくると、頭を振った。

「元気そうだな！」思わずレスリーのウエストをつかむと、からだを持ちあげてくるくる回した。「きみのことが心配でたまらなかったんだ。すると、この子が……」アンジェラが目をぱっちり開けて天井を見つめているカウンターに、彼は頭を傾けた。

「きみの小さな娘だな」

「アンジェラっていうの。よろしくね」床におろされると、レスリーは言った。胸がどきどきし、頰が赤くなるのがわかる。

「べっぴんさんだな。お母さんにそっくりだ」

笑いながらも、レスリーは目の隅で、チェイスが感情を抑えてキッチンとダイニングルームの境に立っているのを見つけた。「チェイス、レイを紹介するわ。レイ・メロンよ、ほら、話したことがあったでしょう？　彼はフェニックスから戻ったところなの。レイ、こちらはチェイス・フォーチュン。わたしの新しい隣人で、わたしとアンジェラの命の恩人でもあるのよ」

チェイスが手をさしだすと、レイはあわてて手袋をはずし、彼の手を握った。「よろしくな。きみはケイトの親戚《しんせき》かい？」

「ケイトの甥《おい》の息子なんだ」チェイスは手を離すと、目の前の男を値踏みした。身長はおよそ百七十五センチで、たくましいからだつきをしている。髪はブラウンだが、頭頂部が白くなりかけていた。

「すると、オールド・ウォーターマン牧場を経営しているんだな？」

「しようとしているんだ」

レイは息を吸いこむと、頭を振った。「幸運を祈るよ。あの牧場はどういうわけだか知らんが、くそ厄介で……」彼はレスリーにちらりと目をやり、言葉を控えた。「借金をせずにうまく経営していくのは、とてもむずかしいんだ。とにかく、きみが現れてレスリーと赤ん坊の面倒を見てくれたことに感謝するよ」レイはレスリーのウエストに親しげに腕を回した。「レスリーはぼくにとって特別な女性なんだ」

「レイったら！」レスリーは身じろぎしてレイの腕から逃れた。

「そうとも、特別なのさ」レイはチェイスにウインクした。「ぼくはいつも言ってたんだぜ。アーロンが彼女に飽きたら、ぼくがいつでも引き受けるってね」

「そうかい？」チェイスは背中の筋肉をこわばらせた。彼はこの男がまったく気に入らなかった。

「その件については、わたしにだって少しは意見を言う権利があると思うけど」レスリーは抗議すると、話題を変えるかのように言いそえた。「そろそろコーヒーが入るわ。一杯いかが？」

「いや、そうはしていられないんだ。きみが帰っていて、赤ん坊の顔が見られるかなと思っただけなんでね」レイがアンジェラの頬に指を触れた。それを見たチェイスは、自分のからだを抑えつけなくてはならなかった。「この子は実に美人だ。さっきも言ったが、お母さんにそっくりだよ」レイがレスリーのほうになれなれしい笑顔を向けたので、チェイスは一瞬、レイが彼女の頬に本当にキスをするのではないかと思った。「あとで電話をかけるよ。なにかあったら知らせてくれ。それはつまり、なにか入り用なものがあったら、なんでも知らせてくれってことさ」レイはくすくす笑いながら、裏口から出ていった。

レスリーは頬をまっ赤に染めて、息をついた。

「ふう」

チェイスは顎が痛くなるほど歯を噛《か》みしめていたものの、なんとか穏やかな表情を保つことができた。チェイスに言わせれば、レイ・メロンは、友達だろうがなかろうが、軽薄なお調子者以外のなにものでもなかった。

レスリーはふたつのカップにコーヒーを注《つ》ぎながら、申し訳なさそうに言った。「レイに悪気はないのよ。ちょっと強烈な印象を与えるけれど、根は親切な人なの」

チェイスの考えでは、それは年間最優秀賞をとれるほどの控えめな表現だったが、そんなことはどうでもいいと自分を納得させようとした。レイ・メロンは納屋の上でもすっ裸で踊れるような男だが、ぼくの知ったことではない。その男がレスリーの友達だって？　だからどうしたというんだ？　誰と友達であろうと彼女の自由だ。チェイスはコーヒーを一気に飲むと、そろそろ立ち去るときだと思い、カウンターにカップを置いた。「帰る前に、きみの馬の様子を見ておくよ」

「まだ帰ることはないわ」

「そうしたいんだ。いいだろう？」

レスリーは反論しなかった。「わ……わたし、なんと言っていいかわからないんだけど」

「なにも言う必要はないさ」

レスリーは唇を噛み、それからふと思いついたように爪先だつと、チェイスの唇に唇を押しあてた。あたたかくて、羽根のように柔らかく、感謝の念に満ちたそのキスは、とうの昔に死んだと思っていた感情を彼の胸にかきたてた。「ありがとう、チェイス・フォーチュン」彼女はかすれた声で言うと、チェイスに背を向け、娘を抱きあげた。レスリーのグリーンの瞳は、涙をこらえているためか、今朝より少しきらきらしているようだ。「冗談で、わたしとアンジェラの命の恩人だって言ったわけじゃないのよ」

「それほどたいしたことじゃないよ」

「いいえ」レスリーはチェイスの腕に手を置き、握りしめた。「とても重要なことよ。恩返しができないのではないかと、気にかかっているの。とても心苦しく思っているのよ」彼女はごくりとつばをのみこみ、彼をじっと見つめた。この女性はモンタナ州ほどの広い心を持っているようだと、チェイスは束《つか》の間、驚嘆の念を覚えた。不安そうに唇を噛むレスリーの様子にうっとりしたものの、彼にできるのはその場から立ち去ることだけだった。だがチェイスは、心の奥に抑えがたい衝動を感じていた。レスリーを抱きあげ、むさぼるようにキスをして、彼女を二階のベッドルームへ連れていき、思いきり激しく愛を交わしたい。

チェイスの思いがわかったかのように、レスリーが頬を染めたので、彼は心のなかで厳しく自分をしかりつけた。ぼくは今、薄氷の上を歩いている。いまいましいほど危険な薄氷の上を。彼はダウンジャケットのポケットに両手をつっこんだ。

「すべてがうまくいって、とにかくうれしいよ」

「わたしもよ」レスリーの瞳にしばし見つめられて、チェイスは胃がしめつけられた。ああ、彼女はなんて美しいんだ。

だからこそ立ち入り禁止だ。離れているんだ。すべての女性にそうしているように。

「では、また」チェイスは口笛を吹いてランボーを呼び、ドアを開けた。冷たい空気が家のなかに吹きこんでくる。ランボーは立ちあがると、外に走りでた。チェイスは赤ん坊を抱いているレスリーに最後にもう一度目をやり、後ろ手でしっかりとドアを閉めた。レスリーとアンジェラを残してポーチから歩み去るには、ありったけの勇気を振りしぼらなくてはならなかった。彼は、レスリー・バスチャンは自分のものではないのだと自分に言い聞かせた。妻でも恋人でもなく、友達ですらないのだ。彼女は隣人にすぎない。困っていたので、少し助けてやった女性にすぎないのだ。それ以上ではない。それだけだし、いまいましいことに、そうでなくてはならないのだ。

自宅に戻ったチェイスは、キャビンが空っぽに感じられることに気づいた。それに、暖炉では火が燃えているにもかかわらず、冷え冷えとしている気がする。彼は、レスリーが小さなピッチャーにさしたひいらぎの小枝をつまむと、たこのできた指先でくるくる回した。キャビンは彼女が使っていた香水や石鹸《せっけん》、ベビーパウダーのにおいがしたが、チェイスのベッドはきちんと整えられ、シーツもきれいで、消毒でもされたかのようによそよそしく感じられた。

レスリーと彼女の娘はわずか一週間ここで暮らしたにすぎないのに、チェイスはふたりがいないことが寂しかった。考えていたより、ずっと寂しかった。彼の思いはエミリーとライアンに向かったが、以前よりはふたりが遠く感じられることに気づいた。ふたりを失った苦しみも、時とともに、そしてレスリーの存在ゆえに、和らいできたのだろう。

チェイスはなにも考えずに惰性で家畜の世話や雑用をこなし、ケイトに電話をかけて状況を報告し、質素な食事をした。そして月が高くのぼったころ、シャワーを浴び、レスリーに電話をかけてはだめだと自分に命じた。彼女がどうしているのか知る必要はないのだ。彼は窓から外の闇《やみ》に目をこらした。月が、一面の雪原と木々の枝の雪に銀色の光を降り注いでいる。遠くに、あたたかそうな金色の明かりが見えた。それはチェイスが育ち、今はレスリーとアンジェラが住んでいる古い家の、小さな窓の明かりだった。頭のなかに、今日の午後、レスリーが爪先だち、頭を傾け、目を大きく見開いてキスしてきた姿が浮かんだ。あのときから彼は、ほかのことが考えられなくなっていた。

これまで無理やり抑えつけてきた寂しさという感情が、心をきりきりとさいなんだ。チェイスはいろいろな理由で身近な人をすべて失ってきた。向こうみずだった双子の弟のチェットは古いトラクターで尾根をのぼっているとき、スピードを出しすぎて運転操作を誤った。トラクターの前輪が岩にぶつかって、その衝撃で車体がはねあがり、引っくり返って、チェットはその下敷きになったのだ。

チェイスはその一部始終を見ていた。叫び声をあげながら丘のてっぺんに向かって走ったが、弟がすでに死んでいることはわかっていた。チェットの亡《な》き骸《がら》はそのとき以来、悪夢となって毎晩チェイスを苦しめた。そしてチェットの悲劇的な死が原因で、一家はばらばらになった。チェイスの父はかつて抱いていた大きな夢をあきらめ、母は体調を崩して癌《がん》で亡くなった。その病気は息子の死とは関係ないと人は言ったが、チェイスはそうではないと信じていた。母のコンスタンス・フォーチュンの生きる意志や病気と闘う気力は、チェットが亡くなったときに奪われてしまったのだ。妹のデリアは、その悲劇のせいで内向的になった。近ごろデリアは、家族とは距離を置いて暮らしている。

それでおまえはどうなんだ？

チェイスは自分の心のなかをのぞきこむことは好きではなかったし、内心の苦悩を直視する必要も感じなかった。苦しみについてくよくよ考えることも、それについて誰かと話すことも意味があるとは思えなかった。だから精神科医やカウンセラーに相談するつもりもなかった。そんなことは必要ない。彼は苦自分で自分を癒《いや》すことにしていた。過去のあらゆる苦しみとつきあう一番いい方法は、苦しみを無視し、仕事に没頭し、人生に別の目的を見つけることだ。

その後チェイスは結婚したが、結婚はさらなる苦しみをもたらしただけだった。彼は歯を噛みしめて、エミリーのことを考えた。あわれな、いとしいエミリー。そしてライアン。ぼくのひとり息子。初めての誕生日までも生きられなかった男の子。

古い痛みで心がうずいた。

考えがそれてしまったことに腹をたて、チェイスは薪《まき》をもう一本火にくべると、先ほど帳簿に目を通していたキッチンテーブルについた。過去十年間の会計記録と所得税申告書を詳細に調べて、電卓に数字を打ちこみ、メモをとった。

オールド・ウォーターマン牧場はここ数年経営が悪化していたようだが、チェイスは節約して諸経費を切りつめ、より高い価格で生産物を販売する一方で、穀物と家畜の生産性を高める方法を考えだした。一年というのは牧場の経営をたて直すには短いものの、なんとかケイトとの約束を果たせるかもしれない。彼は何時間も帳簿に向かって検討を続けた。そして午前一時を過ぎたころ、ランボーが外に出たいとせがむような声を出した。

首の後ろをこすりながら、チェイスはドアを開けた。ランボーは雪に覆われた裏庭を横切って隅のほうに消え、一分もしないうちにまた姿を現した。

「もうやめるんだ」チェイスは注意した。冷たい空気が顔にあたり、スウェットシャツ越しに肌につき刺さったが、おかげで計算に疲れた頭がすっきりした。

ランボーはがっかりしたように鼻を鳴らすと、あたたかい家のなかにまた走りこんだ。チェイスはドアを閉め、テーブルに向かった。なんとか解決策を見いだそうと必死に考えたのだが、どうしても解決できそうにない、ひとつの問題があった。彼は、自分の書きあげた損益計算書を何十回も眺めた。どうしても無理だ。

「なんてことだ」チェイスはいらだってその紙を丸めた。いかに数字に手を加えようと、利益をあげるにあたって、ひとつの問題があるのだ。深刻な問題が。ケイトとの約束を果たし、この牧場を確実に自分のものにしたいのなら、彼は誰にも泉の水を回すことはできなかった。レスリー・バスチャンにさえも。

6

「わからない。さっぱりわからないよ」ジェフ・ネルソンは椅子の背にもたれ、目から髪を振り払った。十七歳の彼は、代数よりも女の子とバスケットボールのほうに興味がある。

「ちゃんとできているわよ。この調子でがんばってね」レスリーはそう言うと、ジェフの宿題を直した。ジェフは、彼女が数学の家庭教師をしている七人の生徒のうちのひとりだ。この仕事のおかげでささやかな臨時収入が入るし、副業を持つことを考えなくてすむのだ。アンジェラと一緒に家にいることもできる。

「代数はぼくには無理だよ」ジェフは椅子から立ち

あがると、本を手にとり、背のびをした。百九十三センチの彼はまだ身長がのび続けている。

「自信を失ってはだめよ」

ジェフは鼻を鳴らした。「自信なんてとっくに失っているよ」彼はそう言うと、レスリーに笑みを向けた。ふたりで書斎を出たあと、レスリーがアンジェラをちらりと見ると、小さな口に親指をくわえてすやすや眠っていた。

「じゃあ、火曜日にね」

ふたりでキッチンにおりていくと、レスリーはカレンダーにしるしをつけ、今日がバレンタイン・デーだと気づいた。久しぶりにひとりで迎えるバレンタイン・デーだ。でも、そんなことはどうでもいいわ。ジェフが裏口から出ていくと、彼女は去年のバレンタイン・デーに、アーロンが一本のばらを買ってきてくれたことを思いだした。レスリーは感激したのだが、それもアーロンの死から一カ月後にクレジットカードの請求書を数枚見つけ、そのなかに二月十四日に購入した高価な花束の請求書を見るまでだった。

「人生はなにごとも経験だわ」レスリーは自分に言い聞かせると、テーブルからパンくずをふきとり、チェイスはどうしているかしらと考えた。この一カ月ほど、彼とは思った以上に顔を合わせてきた。ばかげたことだが、チェイスは彼女の面倒を見ることに責任を感じているようなのだ。

けれど自分の心に正直になるなら、レスリーはチェイスの心づかいを迷惑に思っていないと認めざるを得なかった。少しも迷惑ではない。あまり押しつけがましくない限りはだが。

チェイスはレスリーの家畜の世話をし、溝から引きあげて修理をしてもらった車が安全であるかどうかを点検し、予約した時間に彼女が医師のところへ行けるよう気にかけてくれた。

にもかかわらず、チェイスはレスリーとのあいだに距離を置き、彼女に近づかないようにしていた。レスリーに触れることを避け、笑みを見せることもめったになかった。何度かたち寄ってコーヒーを飲んでいくことはあったが、彼女が夕食に誘ったり、一緒に外出しようと声をかけたりすると、すぐに断った。

「虎穴《こけつ》に入らずんば虎児を得ず、だわ」

レスリーは自分に言い聞かせると、受話器をとり、チェイスの家の電話番号を押した。呼びだし音が八回鳴ったが、応答はなかった。彼は家のなかにいるより外に出ていることが多いし、時代遅れにも留守番電話を嫌っているので、たいして驚くことではない。

「ちゃんと二十一世紀らしい生活をしなさい、フォーチュン」レスリーはチェイスに聞こえているかのようにしかると、受話器を置いた。これであきらめてしまうこともできるけれど、わたしの主義に反するわ。

二階でアンジェラがぐずり始めた。レスリーは、少し運動をしてもいいころだと思った。階段をかけあがると、娘はベビーベッドであおむけになり、小さな腕を振り回して、今にも泣きだしそうな顔をしていた。

「よしよし。大丈夫よ」レスリーは、胸がはっているのを感じた。「ママが来たわよ」

母乳を与え、おむつを替え、あたたかい服を着せると、レスリーは抱っこ紐《ひも》を使ってアンジェラを胸に抱き、店で買っておいたバレンタイン・デーのカードを持って、牧場をぬけてチェイスの家まで歩いた。カードは、永遠の愛を誓うようなハートや花のついたものではなく、愉快なメッセージのものにした。外はものすごく寒く、強風が吹いていて、地面はまだ雪に覆われていたが、白っぽい冬の太陽がモンタナらしい青空に輝き、彼の家の私道を歩くころには、彼女は明るい気分になっていた。

レスリーは、クリスマスの時期に短くも感動的な滞在をして以来、チェイスのキャビンに行ったことはなかったが、愚かにも自宅に戻ったような感覚を覚えた。「ばかね」レスリーがつぶやくと、アンジェラが身じろぎした。「ママが本物のおばかさんだって、あなたにもわかるのね」

表のポーチに寝そべっていたランボーが、歓迎するように吠《ほ》え、しっぽを振りながらゆっくりと立ちあがった。

「わたしもあなたに会いたかったのよ」レスリーがそう言ったとき、玄関のドアが開き、ジーンズにフランネルのシャツを着たチェイスが、スクリーンドアの破れた網の向こうに現れた。彼の顔に笑みはなかった。レスリーは、チェイスの仕事の邪魔をしているのだろうかと不安になった。

不意にレスリーは舌がもつれるのを感じた。「こんにちは」なんとか口にしたものの、こんな衝動的なまねをしなければよかったと後悔した。わたしったら、ここでなにをしているの？　どんなもっともらしい口実を思いつけるの？　ひとつも出てこない。最初の考えどおりにやるしかないようだ。

「入って」チェイスはレスリーのためにドアを押さえた。「どうかしたのかい？」

「いいえ。あの、ただちょっと運動がしたかったから」わたしったら、本当にばかみたいなことを言っているわ。「わたしがここに来たのは、あの……今日がバレンタイン・デーで、あなたにカードを買ったからなの……。わたしの話って、とりとめがないわよね？」レスリーが抱っこ紐をはずすと、チェイスが大きな手で赤ん坊を抱っこ紐ごと受けとった。そして彼女がジャケットのファスナーをおろしているあいだに、彼が抱っこ紐からアンジェラを出した。

「わたしったら、手の施しようのないおばかさんのようね」

「そんなことはないよ」だがチェイスは、突然わきあがった笑みを抑えきれなかった。「だいぶ大きくなったね」話題を変えようと、彼は言った。

「日ごとに大きくなっているわ」

赤ん坊を見るチェイスの表情はやさしかった。

「アンジェラを連れて外出するには寒すぎるんじゃないかい？」

「もし寒すぎると思ったら、連れてでるような危険は冒さなかったわ」たとえ少し押しつけがましいようなところがあろうとも、アンジェラに対するチェイスの気づかいにレスリーは心を動かされた。

「赤ん坊はか弱いんだよ」

「もちろんそうよ。わたしはちゃんと気を配っているわ」

チェイスはそっけなくうなずいた。「わかっているよ」

レスリーは、チェイスはなにか別のことを言いかったが、言わないことにしたのではないかという気がした。

チェイスがアンジェラに注意を向けているあいだに、レスリーは彼と何度も食事をしたテーブルの上にカードを置いた。テーブルの上には、領収書や帳簿、電卓がのっている。「あなたがしてくださったことに、少しでもお返しができたらと思っていたの。うちに食事にいらっしゃらない？」

チェイスがはっとして顔をあげた。「今夜かい？」

「もしよければ」

チェイスはためらっていた。彼はなんでもいいから断る口実を考えだそうとしているのだと気づいて、レスリーの気持は落ちこんだ。ああ、どうやら愚かで性急な思いつきだったようだ。今夜ではなく、ほかの夜に来るよう誘うべきだったわ。一年に一度の、恋人たちのための夜ではなくて。

沈黙が気まずくなる前に電話が鳴った。チェイスは器用に赤ん坊を抱き直すと、受話器をつかみ、ぶっきらぼうに言った。「もしもし」赤ん坊を抱いたまま、レスリーにそっけない笑みを向ける。「ああ、こんにちは。おかげさまで。この牧場の経営のたて直しにとりかかろうとしているところですよ。報告することはたいしてありませんね」

チェイスが笑い声をあげた。その豊かでよく響く声を聞いてレスリーは、一緒に過ごした一週間に、彼が何度かリラックスした様子を見せたことを思いだした。

「そうですね、あなたもそうでありますように。ハッピー・バレンタイン・デー。心配いりません。ぼくは元気ですよ、ケイト……レスリーですか? 彼女は今、ちょうどここにいますよ」チェイスはレスリーに目をやった。ふたりの視線が絡みあう。「赤ん坊はとても元気です。ありがとう。そうします」

彼は電話を切ると、ほうろうのポットがのっている薪《まき》ストーブに歩いていった。「大おばのケイトからだったよ」そう言って、ふたつのカップにコーヒーを注《つ》いだ。「ぼくと投資物件ときみのことを探るためさ」

片方の腕でアンジェラを抱いたまま、チェイスはカップをレスリーに手渡した。

「わたしはその方に会ったことがないのよ。どうしてわたしのことを尋ねたりするのかしら?」

「大おばは単に詮索《せんさく》好きなのかもしれないな」チェイスはくすくす笑って自分のカップを手にとり、少しのあいだ考えこんだ。「それは冗談だが。ケイトはここで起こっているすべてのことに興味があるんだよ。それに、きみと赤ん坊のことは話してあるんだ」

ふとなにかが気にかかったかのようにチェイスは

わずかに眉をひそめたが、レスリーはゆっくりとコーヒーを飲んでいた。家は彼女が出ていったときとほとんど同じだった。ひとつだけ違うのは、炉棚の上に、赤ちゃんを抱いたブロンドの美しい女性の写真が置かれていることだ。その写真に引きつけられるように、レスリーは暖炉に歩いていった。

「これはどなた？」レスリーは尋ねた。その女性は岩に腰かけ、風に髪をなびかせて、明るくほほえんでいる。

チェイスは躊躇《ちゅうちょ》した。「それはエミリー。ぼくの妻だ」

その言葉は暗い雲のようにキャビンのなかを漂った。

「あなたの奥さん？」レスリーは弱々しく言うと、すぐに気をとり直した。彼がほかの女性と暮らしたことがあっても当然だわ。彼が結婚していたからといって、なぜ驚くの？

「彼女が抱いているのは、ぼくの息子だ」

「わたし、その、知らなかったわ……」

「今ではふたりとも天国へ行ってしまった」その場の緊張をほぐさなくてはと思ったのか、チェイスが言った。「五年前に亡くなったんだよ」

レスリーは不意に耐えがたい気持になった。目に涙がこみあげてくる。「ああ、チェイス、本当にお気の毒に思うわ」向き直ると、チェイスの苦悩に満ちた表情と、悲痛な色を浮かべた目が見えたが、彼はすぐにまた顎を引きしめ、自分のまわりにかたい壁をはりめぐらした。

「ぼくも残念に思う」チェイスはいつもよりかすれた声で認めた。

「どうして話してくれなかったの？」

「くどくど話しても仕方がないことさ」チェイスは答えた。だが、なにがあったのかを尋ねる前に、その話題は打ち切られてしまった。家がなんだか冷え冷えとしてきたことにレスリーは気づいた。

「あなたが結婚していたことさえ知らなかったわ」

「さっき言ったように、ぼくはそのことは考えないことにしている。昔の話さ。もう終わったことなんだ」

「でも、今でもつらいんでしょう」レスリーはなにげなく言ったものの、チェイスの表情が変わり、初めて会ったときのような、無口で近づきがたいカウボーイに逆戻りしたのを見て、黙っていればよかったと後悔した。「あの、それじゃあ」

レスリーはコーヒーを飲むと、口実をつくって、もう失礼すると言った。チェイスがわたしを閉めだし、過去の苦しみは存在しないふりをしたいというなら、それでいいわ。かつてはとても居心地よく感じられたキャビンだが、アンジェラが誕生してから初めて、レスリーは自分が場違いなところにいるような気がした。

「夕食は何時だい?」レスリーがジャケットに袖《そで》を通していると、チェイスが尋ねた。すると、彼は来るつもりなのね。彼女は驚いたが、顔には出さないようにした。

「何時でもご都合のいいときに。七時はどう?」

「わかった。お邪魔するよ。家まで車で送っていこうか?」

レスリーは首を振って、手袋をはめた。「ここへ来た目的は、めったに使わない筋肉を使うことだったの。じゃあ、あとでね」彼女は抱っこ紐を使ってアンジェラを抱き、こっけいなほど心が明るくなったのを感じながら家路についた。

こんなのばかげているわ、本当に。チェイスは隣人で、わたしが困っているときに助けてくれた人にすぎない。彼が望んでいるのは隣人としてのつきあいだし、わたしもそうよ。だが料理をするあいだもレスリーはハミングをしていたし、家の掃除にも力が入った。

「ちゃんと大人らしくふるまいなさい」レスリーは自分に怒りを覚えたが、口もとにはずっと笑みが浮かんでいた。

チェイスは、レスリーの家へ行く短いドライブのあいだも、自分に腹をたてていた。彼女の夕食の招待を受けてしまったうえに、緊張したり、心を躍らせたり、ていねいにひげがそってあるかどうか突然心配したりするなんて、どうかしていないか？　彼女と深い仲になることはできないし、そのつもりもないのに。

だがチェイスは、自分の気持を抑えることができなかった。再びレスリーとアンジェラのふたりと過ごすチャンスに飛びつき、彼女が置いていったユーモラスなカードを何回も読んだ。ワインのボトルを持って現れるなんて、卒業パーティのデートの相手に小さな花束を持って現れる男子生徒のようで、ばかげているように思えたが、それでも彼はワインを持っていった。

戸口で迎えてくれたレスリーに、チェイスは目を奪われた。彼女がドレスアップした姿を見るのは初めてだ。黒いスカートに、白いシルクのブラウス、スエードのベストらしいものを身につけたレスリーは、実に魅力的だった。髪は後ろでまとめられ、うっすらと口紅を塗った唇はつやつやと輝き、フロリダ州南部のようなあたたかなほほえみを浮かべている。

「約束をとり消してしまうんじゃないかと思っていたのよ」レスリーがからかうように言った。

「どうしてぼくがそんなことをするんだい？」チェイスがワインのボトルを手渡すと、レスリーは眉をつりあげた。

「ただそんな気がしただけ。あなたはどちらかというと、わたしを避けていたから」

家のなかに足を踏み入れると、チェイスはダウンジャケットのポケットに両手をつっこんだ。「そのほうが賢明だろうと思うときはあるよ」

「どうして？」

「人生を厄介なものにしないためさ」

「するとそれがあなたの望みなの？　厄介なことがない人生が？」

「これまでいやというほど厄介な目にあってきたとだけ言っておくよ」

レスリーのほほえみがわずかに曇った。「さあ、なかに入って、ゆっくりしてちょうだい。あなたを厄介な目にあわせないよう心がけるわ」彼女がからかっているのはわかったが、チェイスは気にしないことにして、自分が子供時代を過ごしたキッチンへ歩いていった。家のなかにはベイクドハムやポテトグラタン、それにメレンゲパイに使われたレモンの香りが漂っている。彼がメイン料理をおかわりして夢中になって食べたあと、レスリーはメレンゲパイを切り分けた。彼女は約束を守って気軽な会話を続けた。チェイスに関心を示しても表面的なことにとどめ、深く詮索したりはしなかった。彼は水利権の話題を持ちだそうと何度か思ったが、なかなかいいタイミングがなかったし、ふたりのあいだの親密なムードを台なしにしたくなかった。

チェイスは以前のかたくなな態度を捨てて、赤ん坊を心からかわいがっていた。アンジェラはこの一カ月半にすっかり大きくなり、目も見えるようになってきた。彼とレスリーはアンジェラと遊んだが、アンジェラが眠ってしまうと、ついにふたりきりになった。

ぎこちない空気が流れ始める。

チェイスは、もう帰るべきだし、これ以上長くレスリーと一緒にいるのは、厄介なことをわざわざ求めるようなものだとわかっていた。だが、リビングルームでふたり一緒にソファに腰かけ、窓の外では霧雨が降り、炉棚の上でキャンドルが揺らめくのを眺めていると、別れを告げる言葉が見つからなかった。

レスリーは身をかたくしてチェイスの隣に座っていた。彼の脚のすぐそばに脚をのばし、肩は触れあっている。部屋はあまりにも居心地がよく、あまりにも親密さに満ちていた。チェイスはセーターの襟もとを引っぱった。息ができない。

「今日は来てくださって、ありがとう」レスリーが言った。

「お招きいただき、ありがとう」ああ、どうやらぼくはひどく緊張しているようだ。

「わたしは、その、わたしが望んでいるのは……」

レスリーは向き直り、チェイスの瞳をじっとのぞきこんだ。「あなたがほしいわけじゃないの。こ……こんなことを望んでいるわけじゃないけど……」

さあ、ここが勝負よ、はっきり言いなさい。

「いいえ……望んでいるわ」

雨に濡《ぬ》れた森のようにきらめくレスリーの瞳を見つめているうちに、チェイスの口は乾いてきた。

「わかっている」

レスリーが唇をなめると、チェイスはうろたえた。欲望がこみあげてくる。チェイスがゆっくり顔をさげていくと、レスリーの瞳が大きく見開かれるのがわかった。「これは間違いだ」彼はささやいた。

「大きな間違いだわ」

チェイスは誘惑に勝てず、レスリーを抱きしめ、キスをした。彼女は進んで唇を開き、からだを彼にぴったりと寄りそわせる。たとえチェイスがレスリーの態度にかすかな抵抗を感じたとしても、それはたちまち消えた。

〝こんなことをしてはいけない、フォーチュン。今すぐやめるんだ。まだやめられるうちに〃しつこい声が、チェイスの頭のなかでささやき続ける。だがキスは激しさを増していった。レスリーが小さくうめき声をもらす。彼女の口のなかに舌を滑りこませると、彼の脈は速くなり、血は熱くたぎった。レスリーの髪に片手を絡ませると、彼女は頭をのけぞらせた。チェイスのからだの奥で炎が燃えあがり、欲望が募ってくる。彼はレスリーのベストを脱がせ、ぎこちない手つきで小さなボタンをはずすと、ブラウスの前を開けた。

レスリーの胸は豊かで、ブラジャーからこぼれていた。チェイスは丸いふくらみのそれぞれにキスをすると、レースの肩紐をはずし、かたくなった頂をあらわにした。うめき声をあげながら顔を近づけ、頂を唇でじらし、舌で愛撫《あいぶ》すると、母乳の味が口のなかに広がった。

レスリーが指をチェイスの髪にさし入れ、彼をしっかりと抱き寄せる。短くあえぐような彼女の息が、チェイスの頭にかかった。

チェイスは自分が間違いを犯し、引き返すことはできないであろう川を渡っていることは承知のうえで、レスリーのブラウスとブラジャーをそっと脱がせた。そして、脱ぎ捨てられた服の山の上に自分のセーターをほうり投げると、彼女のからだのいたるところにキスをした。彼は、レスリーが抵抗を示し、こんな狂気じみた愛の行為を続けることはできないと言うのをなかば期待していたが、彼女はからだを弓なりにそらせ、欲望でからだを震わせていた。

「チェイス」レスリーは言ったが、それは抗議ではなかった。

神さま、助けてください。チェイスはそう思いながらも、レスリーの手を借りてジーンズを脱いだ。そして生まれたままの姿になると、レスリーの上にからだを重ね、膝で彼女の膝をそっと押し開いた。

「レスリー」チェイスはささやいた。「いとしい、いとしいレスリー。ぼくは……」

「しいっ、チェイス。これはいいことなのよ」レスリーは、チェイスの頭のなかにやめようという気持が芽生えたのを察したかのように言った。瞳を鮮やかなグリーンにきらめかせ、みずみずしい豊かなからだを情熱でばら色に染めながら、彼のウエストに両腕を巻きつける。

チェイスの欲望の証《あかし》がうずいた。レスリーこそからだの奥深くの痛みを和らげ、魂の苦しみを癒《いや》すことができるただひとりの女性だ、と彼は思った。レスリーの瞳をのぞきこみながら、彼女のぬくもりのなかにからだを沈めていく。

そのときレスリーが感きわまった叫び声をあげ、チェイスは動きをとめた。

「お願いよ」レスリーはささやき、頭を左右に振った。「ああ、お願い……」

チェイスはもうとまらなかった。からだじゅうの腱《けん》や筋肉や骨が、脚のあいだの一箇所に力を集中させているようだ。額に汗が吹きだしてくる。頭のなかに雷鳴がとどろき、緊張でからだがこわばっていたが、彼は自分を抑え、レスリーの瞳が大きく開くのがわかるまで彼女をゆっくりと愛した。やがてからだの下でレスリーのからだが変化するのを感じ、彼女が息をのむのを聞くと、チェイスはわれを忘れた。うめき声をあげて、レスリーのなかでみずからを解き放つ。解放感に満たされて、レスリーの上に重なり、彼女の胸にぴったりからだを押しつけると、チェイスは生まれて初めて女性にキスをするかのように唇を重ねた。

7

「それで、このごろきみはチェイス・フォーチュンとよく会っているんだな?」レイ・メロンがたち寄って、レスリーがとうもろこしを植えている畑と納屋の前庭を区切るフェンスの横木にもたれかかった。五月の太陽はあたたかく、大地は新鮮で湿ったにおいがした。

「わたしたちは隣同士だから」レスリーは庭仕事用の手袋から泥をぬぐうと、それをエプロンのポケットにつっこんだ。「それに彼は親切で、ときどきここに来て手伝ってくれるのよ」

「そういう噂《うわさ》だよ」レイが意味ありげにゆっくりと言ったので、レスリーはいらだちを覚えた。ラークスパーの噂の的になっていると思うと、いい気分がしない。「それはよくわかるぜ。きみはいろんな雑用を手伝ってくれる男を必要としているし、チェイスはこの土地と関係があるんだからな」レイは胸ポケットに手をつっこんで、たばこの箱をとりだすと、カウボーイハットの下から彼女をそっと見た。

「男性を必要としているかどうかは疑問ですけどね」レスリーが言うと、レイはたばこに火をつけ、マッチを振って火を消した。牧草地を吹きぬけるひんやりとした春の風も、火を消すのにひと役買っていた。

「言葉の選び方が悪かったかもしれんが、チェイスはきみの土地のことはよく知っているんだから、確かにおあつらえ向きだろうな」

「よく知っている?」レスリーはおうむ返しに尋ねると、納屋のそばの放牧地に視線をさまよわせた。栗毛《くりげ》の子馬がはね回っていて、長く華奢《きゃしゃ》な脚が午後の日ざしに光っている。

「ああ。あいつはここに住んでいたんだからな」

「ちょっと待って。チェイスはここに住んでいたことはないはずよ。確か彼が働いた牧場は、ワイオミング州とテキサス州とワシントン州西部と――」

「そうだろう。だが、あいつが子供時代を過ごしたのはここなんだよ」レイは考えこむように眉を寄せ、たばこを長々と吸った。「両親がここの土地を持っていたんだ」

「ジーク・フォーチュンがチェイスのお父さんだったのね」なぜわたしは、これまでふたりを結びつけて考えなかったのかしら？　もちろん、チェイスがジークとなんらかのつながりがあることは知っていたが、フォーチュン一族はいろいろと複雑なので、ふたりが親子だとは考えもしなかったし、アーロンもジーク・フォーチュンのことはあまり語らなかったのだ。


「知らなかったのかい？」

「チェイスはそのことに触れたことはなかったから」レスリーの心は傷ついた。なぜチェイスは教えてくれなかったのかしら？　確かに彼は用心深く、自分のプライバシーを大切にしているけれど、ふたりは親密な関係になったのだし、これは今まで彼が語るのを避けてきた話題とは違う。

「まあ、無理もないがな。あいつにとっては、ここにはいやな思い出がたくさんあるんだから」レイは緑の草が茂り、のぼり坂になって尾根へと続いている北の牧草地を指さした。「あそこでトラクターが引っくり返って、チェイスの双子の弟のチェットがその下敷きになって死んだんだ」

レスリーは気分が悪くなった。胃がむかむかする。「考えてもみなかったわ」胸がきりきりとしめつけられた。

レイは頭を振ると、たばこを吸った。「それがジークの家族の終わりの始まりだったな」彼はひとり言を言った。「チェットが死んだあと、家庭は崩壊してしまったんだから」

レスリーは、冬じゅうの冷気を集めたように心が冷たくなるのを感じた。チェイスが自分の家族に触れることはめったになかったし、あったとしても、いつも大おばやいとこを含む広い意味での家族の話だった。

「さて、ぼくはそろそろ帰ったほうがよさそうだな。きみと赤ん坊がどうしているのかを知りたかっただけだから」

「わたしたちは大丈夫よ」レスリーは機械的にこたえた。「アンジェラは今、昼寝をしているの。どんどん大きくなっているわ」

「赤ん坊はみんなそんなものだ」レイはブーツのかかとでたばこをもみ消すと、納屋のそばで草をはんでいる馬の群れをじろじろ見た。「家畜を売りたくなったら知らせてくれ」鹿毛《かげ》の牝馬《ひんば》を見つめる彼の目が思案ありげに細くなる。「実は、三、四頭、買ってもいいかなと思っているんだ」

「わたしは売るつもりはないわ」レスリーはまだ降参したくなかった。確かに支払いは滞っているし、ローンは終わりそうもなかったが、馬がいるからこそわたしはここにとどまっているのだ。もちろん夏の終わりごろには数頭売る計画だが、苦しい経済状況を改善しようと必死にがんばっている今は、まだその時期ではない。

「そうだろうとも。その気になったときに電話をかけてくれればいいんだ」

レスリーは、レイが古いピックアップトラックに乗りこみ、去っていくのを見つめていた。だが、トラックの青いもくもくとした排気ガスや、馬を買おうという彼の申し出について考えているわけではなかった。

レスリーはぼんやりしたまま手袋をはめ、耕したばかりの畑にとうもろこしの種をまいていった。機械的にできる仕事で、特に注意を払う必要がなかったので、思いはチェイスへと向かった。

チェイスと愛しあうようになって三カ月がたっていた。彼と過ごすのは楽しかったが、同時にレスリーは、彼がなにかに悩んでいるようだとずっと感じていた。なにか重要なことで悩んでいるらしい、と。チェイスはなにも言わなかったし、十分に気をつかって親切にしてもくれるのだが、ほほえみを浮かべているときでさえ、彼は用心深かった。レスリーは、自分が神経過敏になっているのであり、チェイスは牧場の経営をたて直そうと必死に働いているだけで、よそよそしく見えるのはケイトとの取り引きが心配だからなのだと自分に言い聞かせてきた。だが心の奥では、彼の悩みはもっと深く、しかも自分にかかわることだという気がしていた。

レスリーはこれまで、考えすぎだと自分を納得させてきたのだが、今はそうも思えなくなった。見回すと、牧場が違った視点から見えてきた。アーロンは生命保険に加入していなかったため、レスリーは銀行にローンを払い続けなければならず、修理にお金を回す余裕はなかった。家はペンキを塗り替えて雨樋《あまどい》をつけ替える必要があったし、納屋の屋根は二、三年のうちには葺《ふ》き替えなくてはならない。さらに洗濯をするたびに、古い乾燥機つき洗濯機が壊れませんようにと祈るありさまだった。だが問題をいろいろ抱えてはいたものの、レスリーにとってこの広大な土地はわが家だった。自分の家であり、アンジェラの家だった。

チェイスの家だったかもしれないと考えたことは一度もなかった。なぜ彼は打ち明けてくれなかったのだろう？　レスリーはそう考えながら、まいたばかりのとうもろこしの種の列に肥料を足し、その上から土をかけた。チェイスは今夜来ることになっているから、彼がなぜずっと隠していたのかきいてみよう。家に戻りかけたとき、アンジェラがぐずって泣く声が聞こえた。

「今、行くわ。今、行くわね」レスリーはそう呼びかけると、ステップをかけあがり、ブーツの紐《ひも》をほどいた。次の生徒が来るまで三十分ある。そのあいだに赤ん坊に母乳を与え、おむつを替えることができるだろう。そして、家庭教師の仕事をすべて終えたあと、チェイスと話そう。彼はいずれにせよ、今夜来る予定なのだ。そうよ。いよいよ彼と決着をつけるときだわ。

チェイスは大おばのオフィスの電話番号を押し、相手が出るのを待った。ケイトに電話をかけたくはなかったのだが、ほかに方法がないと思ったのだ。

受話器からケリー・シンクレアの明るい声が聞こえてくるものと思っていたが、意外にもケイトが直接応答した。

「まさか、降格されてしまったんじゃないでしょうね」チェイスは冗談を言った。

「チェイスね！」ケイトはくすくすと笑った。「残念だけど、そうはいかないのよ」

「そうでしょうね」

「いつあなたから電話がかかってくるかしらと思っていたのよ。わたしが電話を受けたのは、ケリーが二週間休みをとらなくてはならなくなったからなの」

「ケイト・フォーチュンの秘書といえども、休暇をとっていいはずですよね」

「そうね。実はそういうことではないんだけど。まあ、あなたにはかかわりのないことよね。あなたは牧場の報告をするために電話をかけてきたんでしょう」

チェイスはオールド・ウォーターマン牧場のことや、予想される干し草の収量、小麦の収穫高や家畜について手短に報告を始めた。子牛たちはほとんど生まれ、死んだのは若い雌牛二頭だけで、小麦は順調に育っている。彼は家畜の予防接種と焼き印づけをする一方で、フェンスの壊れかけた部分の修理を始めたと報告した。チェイスはレスリーとその赤ん坊とよく会っていることにも触れたが、ケイトが裏で糸を引いているのではないか――つまりケイトはオールド・ウォーターマン牧場を返済不能になった借金のかたとして引き継いだわけだが、チェイスを生家のすぐそばに住まわせるために、わざとこの牧場を選んだのではないかと疑いを持ち始めたことは言わなかった。

チェイスはようやく気にかかる問題にたどりついた。

「どうしても避けられない問題があるんです、ケイト」チェイスは言った。「ぼくはレスリー・バスチャンにもほかの人にもただで水を回すことはできないんです」彼は片手で受話器を持ったまま、もう一方の手でいらいらと髪をかきあげた。

「一方レスリーは、牧場経営を続けていくためにその水を必要としているのね？」ケイトは推測を口にした。

「彼女はそう言っています」

「彼女は嘘《うそ》をついていると思うの？」

「とんでもない！」チェイスは激しい口調で言い、確信の強さにわれながら驚いた。レスリーは正直なのが取り柄だ。ときには情け容赦ないほど正直なことがある。

「レスリーの赤ちゃんはどうしているの？」

チェイスは胸がしめつけられ、赤ん坊を守ってやりたいという思いがけない感情を覚えた。「どんどん大きくなっていますよ。よくほほえんでいますし。

首がすわってきたので、いつもあたりを見回していますよ」

「赤ちゃんによく会っているようね」

「ときどき」チェイスは認めた。

正直に言えば、チェイスはレスリーとその娘に強く引かれていた。自分でも認めたくないほどだった。彼はふたりとあまりにも親密になりすぎていると思ったが、自分をどうすることもできなかった。愛にまつわる痛みも、子供を失うことの苦しみも承知していたので、心を再び危険にさらすつもりはなかった。だがその決意は、レスリーとアンジェラを目にするたびに弱まっていくようだった。

「そのことがこの問題をいっそうむずかしくしているんです」チェイスは用心深く言った。「レスリーと彼女の赤ん坊は、ぼくのいい友達だから」

「なるほど」チェイスがあいまいに言っているにもかかわらず、ケイトは彼の心のなかで荒れ狂う葛藤《かっとう》を見ぬいているようだった。「でもそれは、あなたが自分で解決すべきことでしょうね」

大おばから理にかなったアドバイスをもらいたいというチェイスの望みは、たちまち消えてしまった。と同時に、ケイトが自分の意見を述べなかったのは適切なことなのだとも思った。これはぼくの個人的な問題であり、隣人や友人とのつきあい方とともに、牧場の経営をたて直す方法を考えだすというぼくの課題の一部なのだ。問題は、レスリー・バスチャンが単なる隣人以上の存在だということだ。友人以上でもある。彼女は隣人や友人よりもずっと大きな存在なのだ。

レスリーは自分の肩にアンジェラの顔が来るよう縦に抱き、小さな声でハミングしながら、やさしく背中を撫《な》でてやっていた。やがてアンジェラが小さなからだをこわばらせ、頭を軽く動かして、げっぷをした。

「楽になった？」レスリーは身をくねらせている赤ん坊に問いかけた。話すことも歩くこともできず、好奇心に満ちた明るい大きな目で母親を見つめることと、母親の笑みにこたえてほほえむことしかできないこの小さな命に、自分がこれほどの親密さを感じているのは驚きだった。

レスリーは揺りかごに赤ん坊を置いて、じゃがいもの皮むきをすませると、チェイスのことを考えた。彼はまさに天からの贈り物だった。陣痛のあいだ彼女が見た――あるいは、想像した――守護天使より、ずっと守護天使らしい。チェイスはレスリーの家に来ると、いつもアンジェラに並々ならぬ気づかいを示すだけでなく、馬にえさをやったり、建物の点検をしたりしてくれた。いたんだステップを補強し、納屋の割れた窓ガラスをとり替え、蛇口の古いワッシャーを新しいものに交換し、裏のポーチで倒れそうになっていた木をのこぎりで切り、赤ん坊についてアドバイスをしてくれた。そのお返しにレスリーは彼のために料理をし、一緒に食事をした。アンジェラが寝たあとは、ふたりでテレビを見、音楽を聞き、おしゃべりをして、愛しあった。

だが、チェイスはひと晩を過ごしたことはなかった。

チェイスはいつもなんらかの口実を設けては、夜明け前に帰っていくのだ。暗いなかで服を着て、立ちどまってアンジェラの様子を見たあと、そっと階段をおりていく。レスリーは、チェイスがどんな口実を言ってもそのまま信じてきた。だが今、レイが言ったことから考えると、チェイスの説明はその場しのぎの言い訳にすぎなかったのではないかと思えてくる。

そのとき、チェイスのピックアップトラックが私道に入ってくる音がした。レスリーが見つめていると、彼は駐車してトラックをおり、家にちらりと目をやってから納屋へ歩いていった。先を走っていくランボーが地面に鼻をつけると、ガレージのそばの藪《やぶ》からつぐみが飛びたった。

「対決のときが来たようね」レスリーはアンジェラに話しかけ、ベビー用の防寒着をとりだした。そしてアンジェラが機嫌よく足をばたつかせ、にこにこしているあいだに、防寒着を着せ、抱っこ紐を使って胸に抱いた。

外に出ると、強い風が大地を吹き渡り、さわやかなにおいがした。レスリーは風に髪をなびかせながら庭の門を押し開け、納屋へと歩いた。納屋の扉はすぐに開き、あたたかな馬と古い革のにおいが彼女を出迎えた。なかは薄暗かったが、熊手《くまで》を手にしたチェイスが干し草を飼い葉桶《おけ》に投げ入れている姿が見えた。牝馬と子馬が大きな澄んだ目で彼を見つめている。

チェイスはレスリーをちらりと見て、赤ん坊を連れてきていることに気づいた。「赤ん坊には外はちょっと寒いんじゃないかい？」

「大丈夫よ」

「赤ん坊は寒さには弱いんだよ」チェイスは干し草を束ねている紐を切った。

「いつからあなたは赤ちゃんの専門家になったの？」レスリーが尋ねると、チェイスの目が暗くなった。

「これまでたくさんの子牛や子馬をとりあげてきたからね」

「そうでしょうとも。アンジェラが生まれるとき手伝ってくれたようにね。あなたのアドバイスには本当に感謝するけど、アンジェラは大丈夫よ」

「きみが言うなら、そうなんだろう」チェイスは納得した様子ではなかったが、レスリーは考えないことにした。彼女は馬房の端から端まで歩いて、馬のビロードのように柔らかな鼻面を次々に撫でていった。ふたりの会話の変化に、馬の耳がぴくりと動く。馬たちはあたりの空気が緊張するのを感じたのか、落ち着きがなくなり、しっぽを振り回した。

「以前ここに住んでいたことを、どうして話してくれなかったの？」レスリーは尋ねた。

干し草を飼い葉桶に投げ入れていたチェイスは、手をとめ、からだじゅうの筋肉をこわばらせた。レスリーに会う前にこの土地に足を踏み入れたことはないと一瞬反論するかに見えたが、その代わりに熊手を干し草の束につき刺し、馬房の扉に寄りかかった。空中に埃《ほこり》が舞い、馬の一頭が不安そうにいないた。

「ずっときみに話そうと思っていたんだ」

「そう？　いつ話すつもりだったの？」

チェイスの口もとが引きしまり、いつもはあたたかいグレーの目がよそよそしくなった。「話してもいいときが来たら、いつでも話すつもりだった。そのときが来たようには思えなかっただけだ」

「ジーク・フォーチュンはあなたのお父さんだったのね」

「ああ。ジーク・フォーチュン・ジュニアだが」

レスリーは息をつき、屋根裏の乾草置場の円形窓から赤々とした最後の日ざしが入りこむ天井をちらりと見あげた。「このあたりには、アーロンがジーク・フォーチュンにつけ入ったと思っている人もいるわ。アーロンはそう考えてはいなかったようだけど」

「父は売りたくてしようがなかったんだ」

「なぜ？」

「そのゴシップ好きなやつは、話の続きをきみにしなかったのかい？」

「わたしはゴシップなどには耳を貸さないわ」

チェイスは首をかしげ、チェットの死と、それが両親にどんな影響を及ぼしたかについて話し始めた。

「銀行に牧場を抵当流れにすると脅されると、父は一番高く買ってくれる人間に牧場を売り払ったんだが、その価格はそれほど高くはなかったのさ」

「それがアーロンだったのね」レスリーはショックを受けて言った。

「そのとおりだ」

「わたし……知らなかったわ」レスリーは急に悲しくなり、チェイスの家族だけでなく彼の苦しみにも責任があるように思えてきた。

「これで知ったわけだ」

レスリーは恥ずかしさのあまり涙があふれそうになった。チェイスが耐えてきた苦しみを考えると、自分も身を切られるような思いがした。「わたしに話してくれたらよかったのに」

「なぜだい？」

「わからないわ」アンジェラがからだをすり寄せてくるのを感じながら、レスリーは答えた。「でもわたしは……知っておくべきだったと思うの」

チェイスが近寄ってきた。レスリーは、革のにおいと麝香《じゃこう》のアフターシェーブローションの香りを感じた。「そうしたら違いがあったのかい？」

「あなたのことをどう思うかということで？」

「どんなことでも」

「わからないわ」レスリーは、チェイスが腕のなかに抱きしめてくれることを願った。

「そのことは心配しなくていいよ」チェイスはそう言うと、レスリーのすぐそばに立った。「ほかにも、きみに話しておかなくてはならないことがあるんだ」

レスリーは身がまえた。チェイスの口調から、いい知らせではないとはっきりわかったのだ。「なんなの？」

「水利権のことなんだ、レスリー」レスリーは失望し、耳を疑った。「うちの牧場が確実に利益をあげるためには、泉の水をほかに回すことはできないんだ。たとえきみであっても」

8

「あの、こうなった以上、一番いいのは……わたしたち……」レスリーは言葉が続かず、チェイスの目をのぞきこんだ。ふたりの関係は水利権をめぐって行きづまっていた。

「もうお互い会わないほうがいいって言うんだな」

チェイスはレスリーの言葉を引き継いだ。彼はピックアップトラックの運転席に座り、すぐにも出ていこうとエンジンをアイドリングさせている。先週、チェイスが彼女の牧場に泉の水を回すことができないと宣言したあと、ふたりのいつもの日課は消滅した。ふたりのあいだの緊張は耐えがたいものになり、その重圧と不安のためにレスリーは夜も眠れなくなっていた。これは単なる水の問題を超えていた。彼女は彼を頼るようになっていたのに、水の問題のせいでふたりの関係そのものがぎくしゃくしてきたからだ。

「そうよ」レスリーはそう言ったものの、心ははり裂けそうだった。レスリーに抱かれているアンジェラが、まわりのはりつめた空気を察したかのようにむずかり始めた。

ピックアップトラックのチェイスのそばに座っているランボーが、低く悲しげな鳴き声をもらす。

「きみが望むならそうしよう、レスリー」

わたしはそんなことを望んでいないわ。わたしが望むのは、チェイス・フォーチュン、あなたよ。それがわからないの？　だけど、あなたもわたしを望んでいるかどうか、わたしには知る必要があるわ。

「そうしましょう」レスリーは無理に笑みを浮かべ、今にもあふれそうな涙を見られないようにと祈った。

「それでもわたしたちは――」

「隣人だ」チェイスがさえぎるように言った。

「そう。隣人ね」レスリーは顔を赤らめた。もちろん、友達になどなれるはずがない。今は。そしてこれからも。ふたりはあまりに多くのことを分かちあってしまったのだから。

チェイスはアンジェラの頭を撫《な》でようとするかのように開いた窓から手をのばしたが、顎を引きしめ、指先が柔らかな黒い巻き毛に触れる前に手を引っこめた。親密なふるまいはしないほうがいいと、考え直したかのようだった。レスリーはすっかり落ちこんだ。そしてチェイスがトラックのギアを入れ、アクセルを踏んだとき、自分がどれほど彼を愛しているか、そしてそれがどれほど愚かなことであるかに気づいた。

「ぼくは家畜を全部買うと言ったんだ」レイ・メロ

ンが話をくり返した。レスリーはフェンスの手すりに片腕を置き、遊びたわむれる子馬たちを見つめた。子馬たちは放牧地の端から端へとかけていき、くるりと向きを変えると、しっぽをなびかせ、目を生き生きと輝かせて戻ってくる。

「わかっているわ」夏の日ざしがレスリーの背中に降り注ぎ、そよ風がポニーテールのおくれ毛を揺らしている。胸に抱いたアンジェラが、レスリーのイヤリングに興味を示していた。

レスリーはこの二、三カ月、馬車馬のように働いてきた。おかげで畑は豊かな収穫が期待できるし、生徒たちはなんとか卒業できそうだ。赤ん坊は健康で元気はつらつとしていて、牧場もあまりお金をかけずに経営できている。彼女は安らかな気持で自分をほめてもいいはずだったが、そうすることはできなかった。八月は目前に迫り、すでに水が涸《か》れる徴候が現れていた。

「それでフォーチュンはきみの牧場に水を回さないっていうんだな？」レイがレスリーの心を読んだかのように尋ねた。

「困っているのよ」レスリーは認めた。彼女は、チェイス・フォーチュンと出会わなければよかったと思った。彼とベッドをともにするのをやめてから、会う機会はめっきり減っていた。とはいえ、チェイスは依然としてレスリーとアンジェラを訪ねてきた。どういうわけか、ときおりたち寄るのは自分の義務だと考えているようなのだ。だが、ふたりの会話はいつもぎこちなかった。さらに、チェイスが自分本位で、ひとつのことしか考えられず、ベッドをともにしていたのに決して隣人以上になろうとしない男性だとわかったせいで、彼に会う喜びも半減していた。つらいのは、レスリーが見ていないと思ってアンジェラを見つめているときのチェイスの様子だった。彼の苦しみに気づき、苦悩を思って、レスリーの胸ははり裂けそうだった。

「ぼくたちはうまくやっていけるかもしれないな」レイの言葉で、レスリーは現実に引き戻された。

「なあ、レスリー、ぼくはいつもきみとは特別な関係だと思っていたんだ。きみがアーロンの未亡人だからこそ、つきまとうようなまねはしていないんだぞ」

「あ、あの、感謝しているわ」レスリーはそう言ったものの、内心うんざりしていた。彼女はレイを友人だと思っていた。それ以上ではなかった。

「それから、きみの家畜をすぐに買うつもりだということは覚えておいてくれ、特にあの元気な栗毛《くりげ》の牝馬《ひんば》はな」レイはわずかに目を細めた。「あの牝馬は実に元気がいい。ぼくは女性もそういうタイプが好きなんだ」笑いながら、フェンスの手すりをたたいた。「じゃあ、またな、ハニー」彼はそう言うと、アンジェラの頭に触れたが、目はレスリーの顔に向けたままだった。「ぼくが言ったことを考えておいてくれ。ぼくは真剣なんだ。きみはぼくがこれまで会った女性のなかで誰よりもきれいだし……」レイは束《つか》の間目をそらし、またレスリーを見た。そのとき彼の目に欲望がちらついているのがわかり、彼女の気持は沈んだ。「ぼくはいい女とつきあいたいんだ」

「わたしには関係のない話だわ、レイ」レスリーは急いでこたえた。彼女はどんな男性にも興味がなかった――チェイス以外には。「あの牝馬のほかに二、三頭の馬は売るかもしれないけれど、それだけよ」

レスリーはレイが誤解することのないよう、彼の目をまっすぐに見つめた。「アンジェラとわたしはちゃんとやっていけるわ。本当よ。チェイス・フォーチュンが水を回してくれようとくれまいとね」もちろんそれは嘘《うそ》だったが、彼女は平静を装って顔に笑みをはりつけた。

レイの口もとがゆがんだ。「言い訳をすることはないぜ、レスリー。アーロンとぼくは昔からの友人だ。この土地からどれほど金が稼げるか、はっきり言えば、どれほど金が稼げないか、よく知っているんだ。きみとぼくなら、ふたりでうまくやっていけると思ったんだ。一緒に組んでな。だが……」彼は肩をすくめた。「むしろ、土地ごと買うことにしてもいいかもしれない。ぼくはローンの額も知っている。それ以上の額をきみに支払えば、きみはかなりまとまった金が手に入るわけだ。ぼくから今の家を借りて住んでもいいし、町に家を買うこともできる」

レスリーはレイの申し出に唖然《あぜん》とした。「わ……わたしは売るつもりはないわ」

「そうだろうとも、ハニー。わかっているさ」レイはシャツのポケットからたばこをとりだした。「だが、男の人生では――まあ、女の人生でもそうだろうが――あまり気は進まなくとも、やらなきゃならないときがあるんだ」彼はアンジェラの頭にじっと視線を注いだ。「自分を頼っている者にとってなにが一番いいのかを考えなきゃならないときもあるんだぞ」

レスリーは胸がつまった。

「アーロンが死んだとき、ぼくはきみの世話をするよう自分に言い聞かせたんだ。たとえぼくの思ったようにいかなくとも、申し出だけはきちんとしようとな」レイの笑顔はやさしかった。「この土地はきみには荷が重すぎるということを、そろそろちゃんと考えてもいいころかもしれないな」

荷が重すぎるなんてことは絶対にないわ。レイがたばこに火をつけ、ピックアップトラックに向かうあいだ、レスリーは愚かにもそう思い、プライドを傷つけられたと感じていた。彼の申し出が親切心から出たものに見えようとも、彼女は自分の家を、アンジェラの家をあきらめることはできなかった。それとも、できるのだろうか？　経済的なゆとりは大事ではないだろうか？　町に家を購入し、水利権も、オート麦の価格の変動も、厳しい天候も、面倒な子馬の出産のことも心配せずに暮らすのだ。教職につけば、安定した収入を得ることができるだろうし、たとえ一日じゅう家にいられなくても安心感がある。夏休みには、家でアンジェラと過ごすこともできる。レスリーは唇を噛《か》んでレイの申し出を考えた。レイがピックアップトラックに乗りこみ、私道を走り去っていったときはほっとしたが、彼の意見を退けてしまうことはできなかった。

レスリーはレイをあまり信用してはいなかった。特に彼は、男女の関係になることをほのめかしたのだ。彼女はそのことを考えただけで身震いした。レイは世話をすることで女性に恩恵を施してやっていると考えるような男性だ。それを受け入れる女性もいるだろうが、わたしは違う、とレスリーは思った。わたしはそれほど困り果てている状況ではない。少なくとも今はまだ大丈夫だ。男性にお金をもらって男性の飾りものになるくらいなら、生徒の数をもっと増やしたり、下宿人を置いたり、土地の一部を人に貸したりと、どんなことだってできる。

あるいはこの牧場を売ることもできる。レスリーは、牧場の建物や起伏のある牧草地、小さな裏庭と畑、たわんでいるフェンス、そしてがっしりした馬たちに目をやった。そして、夏の終わりごろに地下水面がさがったらまったく無用のものになってしまうポンプ小屋に。ここはかつてはチェイスの家で、彼の信頼していたすべてのものが壊れてしまうまでは、彼の安全な隠れ家だったのだ。チェイスだってかつてこの場所をあきらめたのだから、ここを愛するようになっているとはいえ、自分もあきらめることができるかもしれないとレスリーは思った。彼女はあちこちの町を転々としながら育ち、ようやくアーロンのいたこの場所に落ち着いたのだ。愛のない結婚生活だったにもかかわらず、レスリーはこの土地を愛していた。

レスリーがぎゅっと抱きしめると、アンジェラはうれしそうな声をあげた。とにかく子供のことを第一に考えなくてはならない。ほかのどんなことよりも優先して考えなくてはならないのだ。こんなことに負けはしない。負けてはならない。レスリーは地平線を眺め、牧草地の傾斜が次第にきつくなって山脈のふもとの森林地帯と区別がつかなくなっているあたりに目をとめた。

この土地を売るべきなのかもしれない。

ほかに方法はないかもしれない。

「目的を達成する手段はひとつではないのよ」ケイトは、きちんと整頓《せいとん》された大きな机の向こうに座って言った。「古いことわざだけど、本当よ、チェイス」

チェイスはケイトのオフィスの椅子に、足を組んで座っていた。彼は大おばの求めに応じてミネソタ州に来て、牧場の収益に関する最新の資料を彼女に渡していた。

「ぼくの考えが気に入らないようですね」

「レスリーと彼女の子供に、オールド・ウォーターマン牧場にある水利権を与えるのは、確かに立派なことではあるけれど、時期尚早だと思うわ。あなたは自分の土地を持ちたくないの？」

チェイスは顔をしかめた。彼にとって自分の牧場がいかに大切であるかを、ケイトは見ぬいていたのだ。「もちろん持ちたいですよ。ですが、わずかばかりの土地を所有するより大事なことがあるんです」

ケイトは、敗北を認めたチェイスに腹をたてるのではなく、彼の訪問を期待していたかのように、満足げな笑みを浮かべた。「これは思いがけない展開ね？」

「ええ。でも、そうしなくてはならないんです」

「わたしたちは契約を結んでいるのよ、チェイス。あなたは成果をあげようと、六カ月近くよくがんばってきたわ。このあたりでいろいろな角度から検討したら、いい解決策が見つかるんじゃないかと思うのよ」

チェイスはケイトをまじまじと見つめた。「あなたにはぼくの考えていることがおわかりなんでしょうね、ケイト」彼は大おばの視線が自分に鋭く注がれるのを見ながら、ゆっくりとした口調で話した。「あなたはわざとぼくをあの場所に住まわせたのではないかと、ぼくは考えているんです。それは父の昔の牧場の隣だからであり」チェイスはケイトの反応を見つめながら続けた。「レスリー・バスチャンの隣だからです」

ケイトの瞳がいたずらっぽくきらめいた。「あなたはわたしが想像力の豊かな頭のいい女性だと買いかぶっているわね」

「買いかぶってはいないと思いますよ」チェイスは顎をさすった。「先日、カイルから電話があったんです」

ケイトはため息をついて窓の外をちらりと見た。「あなたたちが親しいとは知らなかったわ」

「それほど親しいわけではないんですが、カイルはぼくがモンタナ州の牧場を経営するという噂《うわさ》を聞いて、数年前、あなたが彼をあの土地に住まわせた取り引きについて話してくれたんです。よく似た話だという気がしました」

「似た点はあるわね、確かに」

チェイスの言うとおりだった。プレイボーイのカイルは、ワイオミング州クリアスプリングズの牧場を、そこに六カ月間住むという条件で与えられた。カイルが見こんでいなかったのは、彼の隣人がほかならぬ昔の恋人で、彼の非嫡出子を産んでいた女性だということだ。

「カイルは落ち着いて暮らしているわ。わたしが期待した以上にね」

「それで今度はぼくの人生を操っているわけですね。それにもし噂どおりなら、ぼくのふたりのいとこの人生も」

「忘れてはだめよ、チェイス。人生を操ってほしがったのはあなただったということをね」ケイトはチェイスに思い起こさせ、彼のいとこたちに申しでたほかの取り引きについてのあてこすりは無視した。

「あなたは神ではないんですよ」

ケイトはくすくす笑った。「もちろんよ。誰も神にはなれないわ。むしろわたしは自分のことを……いい言葉が思いつかないけれど、守護天使だと考えるのが好きなのよ」

「なんですって？」その言葉を聞いて、チェイスは驚いた。

「ちょっと尊大に聞こえるかもしれないけれど、あなたならわたしの言いたいことがわかるでしょう。わたしはその人が人生でなにを与えられ、なにを提供されようと、決めるのはその人自身だと信じているの。わたしのように、それを手伝う人間もいるけれど」

チェイスはケイトのほかの思惑については、彼女が彼のいとこのライダーとハンターとの取り引きにかかわっていることと、ふたりを自分とそっくりの状況に置いていることしか知らなかった。だが、そんなことはどうでもよかった。

ケイトはチェイスに注意を向けた。「どんな問題も、あなたならうまく対処することができると思うわ。レスリー・バスチャンとのあいだに起きている問題もね」彼女は彼にウインクした。「とにかく自分の心にきいてみることよ」

「それがアドバイスですか?」チェイスは陳腐な決まり文句に舌打ちした。「〝自分の心にきいてみる〟が?」

「その言葉は、わたしにはいつもいい結果をもたらしてくれたわ」

チェイスは、お金にまつわる問題——より正確に言えば、牧場のことに関して、自分の心があてになるのかどうか自信がないまま、ケイトとミネアポリスの高層ビル群に別れを告げ、ビタールート山脈のふもとにあるキャビンに戻っていった。飛行機に乗って都会の喧騒《けんそう》と混雑から離れながら、彼は自分にふさわしいのは少なくともモンタナ州だと確信した。

〝レスリーだ。おまえにふさわしいのはレスリーだ〟ジェット機が雲をつきぬけ、夕日に向かって飛び続けるあいだ、そんな声がしつこくささやきかけてきた。〝おまえにレスリーがふさわしいのは、彼女を愛しているからだ。とても単純なことなんだ、チェイス。ケイトがアドバイスしてくれたように、ただ自分の心にきいてみればいいのだ。いつまでも過去から逃げ続けることはできない。エミリーとライアンは死んでしまった。レスリーとアンジェラは生きているんだ〟

チェイスは客室乗務員に飲み物を頼み、こんなことを考えるのはどうかしていると自分に言い聞かせた。ケイトのアドバイスはそんな単純なことではない。それとも、単純なのだろうか? ジェット機がゆっくりと方向転換するにつれて、芽生えかけていた考えが彼の頭のなかで次第に確固としたものになってきた。それはとうの昔に捨てた考えだが、それこそが答え——道理にかなった唯一の答えなのだ。

チェイスは一週間ぶりにほほえみを浮かべ、深い安らぎを覚えた。そうだ。モンタナ州の大地におりたったら、人生の方向を転換するためにすぐに行動を起こそう。永久に変えてしまうために。

ケイトは時計を見つめた。夜の十時近かったが、彼女はまだオフィスにいた。もしスターリングに知られたら、厳しくしかられてしまうだろう。彼女ぐらいの年齢の女性は、薄味の減塩食品を食べ、週に一度ブリッジをして、金曜日の午前中には美容院でヘアスタイルを整えてもらい、毎晩九時には就寝することになっているのだ。人に干渉する――つまり、成長した子供や孫たち、甥《おい》や姪《めい》たち、さらにその子供たちに対して守護天使のようにふるまうことなどしてはならないのだ。

「そんなのお断りだわ」ケイトは椅子から立ちあがると、足早にカウンターに向かった。よく冷えたリースリングをグラスに注《つ》ぎ、ほほえみを浮かべて味わいながら、チェイスには少し助けが必要だと結論を出した。こうした手段はとらないことにしていたのだが、ほかに方法はないと考えて、再び部屋を横切った。窓の外では、夜の闇《やみ》のなかでミネアポリスの街の明かりがきらきら輝き、まるで都市が脈打ち、生きているように見える。彼女はこの街を、家族を愛するのと同じように深く愛していた。仕事がケイトに刺激と活力を与えるとするなら、家族は彼女の生きがいだ。それはいつも変わらなかった。

ケイトはコンピュータのキーボードに触れて、ファイルのなかのアドレス帳を探しだした。レスリー・バスチャンの電話番号を見つけると、電話に手をのばした。番号を押しながら、少しだけ干渉すべきときだわと自分に言い聞かせる。たいしたことはしない。ごくわずかに干渉するだけだ。

はるか彼方《かなた》のモンタナ州で、相手の電話が鳴り始めた。

「そういうことなのよ」ケイト・フォーチュンと名のった女性が言った。「おわかりいただけるとうれしいわ」

レスリーは口がきけなかった。電話を切ったが、収拾のつかないほど頭のなかが混乱し、チェイスのことと彼がこれまで経験してきた苦しみを思って、胸がいっぱいになった。レイ・メロンが、チェイスは牧場と双子の弟と母親を失ったと話していたことがあった。チェイス自身が父親と妹のデリアとは疎遠になっているとほのめかしたことがあったし、妻と息子は亡くなったと説明したこともあった。レスリーが理解していなかったのは、チェイスがそうした人たちの死に罪の意識を持ち、苦しんでいるということだった。

チェイス・フォーチュンはかたくなで孤独な男になっていた。心を開いて自分の気持を包み隠さず話そうとしないのも無理もない。

だがレスリーは、チェイスの心を開かせるつもりだった。アンジェラを起こして、車で彼のキャビンまで行き、本当の気持を話すのだ。チェイスを愛していること、ふたりのあいだの問題を解決する方法はきっとあるはずだと思っていること、これからの人生を彼とともに送りたいということを話すつもりだった。以前あれほど、自分の人生にはもう男性は必要ない、自分ひとりで生きていける、幼い娘には母親と父親の両方の役目をする、と心に誓ったにもかかわらず、わたしはチェイス・フォーチュンを愛した。チェイスが聞きたくても聞きたくなくても、彼に本当の気持を話そう。

レスリーがおむつを入れるバッグにちょうど手をのばしたとき、私道を走るトラックの音が聞こえた。キッチンの窓からのぞくと、チェイスのピックアップトラックだとわかった。胸が高鳴り、脈が速くなってくる。彼が運転席からおりるのを見て、彼女は指で十字を切り、自分の気持を伝えようと心に誓った。

ジーンズとすりきれた革のジャケットを身につけたチェイスが、裏のポーチに着いたとき、レスリーは勢いよくドアを開けた。「あなたに話したいことがあるの」彼女はおじけづいてしまう前に言った。

「大事なことなのかい？」チェイスがゆっくりした口調で言う。「ぼくのほうも、きみに話したいことがあるんだ」

チェイスの強いまなざしに圧倒されて、レスリーの決意は崩れかけた。彼の目は夜の闇のように暗く、顎はかたくこわばり、口は真一文字に引き結ばれている。

「わたし……」

「結婚してくれ」

「あなたを愛しているの」

「結婚してくれ」チェイスは束の間、レスリーを見つめた。「きみ、なんて言ったんだい？」

レスリーは一瞬、息をとめた。わたしは聞き間違えたのかしら？「わたし……あなたを愛しているって言ったの」

チェイスの口もとが引きつって笑みになった。「そうか。それならちょうどいい。結婚してくれるよう、きみに頼んだところだから」

レスリーは笑って、からだにチェイスの腕が回されても、なんとか頭を整理しようとした。「あなたは頼んだんじゃないわ、チェイス・フォーチュン。要求したのよ」

「急いで言おうとしただけだ」

「弱気になっておじけづいてしまう前に？」

チェイスの低い笑い声が響いた。「きみの反応が怖かったからさ」

「どうして？」レスリーは、チェイスの言ったことが信じられなかった。鼓動が速くなり、世界がこれまでにないほど楽しく回っているように感じられた。

チェイスはレスリーを抱きあげた。「きみを愛しているからだよ、レスリー。心の底からね」

レスリーは天にものぼる心地だった。唇にチェイスの唇が荒々しく重ねられると、唇を開き、心を開いた。本当なの？　彼は本当にわたしを愛しているの？

「きみはまだ返事をしてくれていないよ」チェイスはレスリーを抱いたまま家のなかに入ると、足で蹴《け》ってドアを閉めた。「結婚すれば、ぼくたちの問題がすべて解決するんだ」

「たとえば？」

「例の水利権というちっぽけな問題さ。気をつければ、両方の牧草地で泉の水を分かちあえるかもしれない。ぼくたちはひとつの家に住み、一箇所で家畜を飼い、えさをやるんだ。きみの馬とぼくの家畜は仲間になるんだよ」

「よくここまで考えついたわね」チェイスに抱かれて階段をあがりながら、レスリーはからかった。

「ミネソタ州からの飛行機の旅は長かったからね。考える時間がたっぷりあったんだ。ふたりで力を合わせて働けば、両方の牧場から収益をあげることができるだろう。だけど、本当に大事なのはそのことではない」

「そう？」レスリーは胸がいっぱいになった。

「ああ、そのことではない」子供部屋に入ったふたりは、ベビーベッドですやすや眠るアンジェラを見つめた。「大事なのは、きみ、ぼく、そしてアンジェラだ」チェイスの低い声には心がこもっていた。

「ぼくたちはひとつの家族になるんだよ、レスリー。きみがイエスと言ってくれさえしたらね」

涙でレスリーの目頭が熱くなった。「イエスよ、チェイス」彼女は心の奥からわきあがる喜びに、感きわまって言った。「喜んであなたと結婚するわ」

チェイスが歓声をあげたので、ベビーベッドにいたアンジェラがびくっとしたが、またすぐに眠りに落ちていった。彼に抱かれてベッドルームに向かいながら、レスリーは窓から夏の夜の闇をちらりと見た。目の錯覚かしら？ 十二月にわたしが呼びだした守護天使、故障したわたしの車にチェイスを導いてくれたサラという名前の守護天使が見えたような気がしたのだけれど。

いいえ、とレスリーは夫になる男性にキスをしながら思った。幸せで心が浮きたつあまり、わたしはきっとどうかしてしまったんだわ。

だってまもなくミセス・チェイス・フォーチュンになるのだから。

エピローグ

ミネアポリスの街にクリスマスの鐘が鳴り響き、立ちならぶ高層ビルの明かりがまぶしいくらいに輝いている。寒波の訪れで街はすっかり雪に覆われ、交通は混乱していた。チェイスはレスリーとアンジェラがタクシーからおり、毎年恒例のケイトのバースデー・パーティが開かれているフォーチュン・コスメティックス社のビルに入るのに手を貸した。

アンジェラは目を見開き、黒い巻き毛に結ばれたリボンは滑り落ちそうになっている。

「すばらしいわね」宴たけなわのパーティ会場に案内されると、レスリーが言った。女性の招待客たちはみな美しく華やかなドレスを身にまとっている。

何千という小さな明かりが燦然《さんぜん》と輝くなかで、宝石がきらめいていた。

昨年のパーティ以降、いろいろな経験をしたチェイスは、今でもネクタイを引っぱり、ブーツが少し窮屈だと感じてはいたが、もう場違いな感覚はしなかった。彼は結婚し、かわいらしい女の子の父親になっていた。レスリーは再び妊娠していた。外見からわずかにそれとわかるが、黒いベルベットのドレスを着ている彼女は輝くばかりに美しい。さらに、チェイスの牧場であるオールド・ウォーターマン牧場は、彼が家畜を繁殖させたことで、その年、いくらか収益をあげるようになっていた。チェイスは牧場の名前を〝ニュー・フォーチュン牧場〟と改めようと決めていた。

三人のまわりは音楽とおしゃべりでざわめいていたが、チェイスと彼の家族をひそかに観察していたケイトは、手を振りながら近づいていき、自分に注意を向けさせた。「あら、まあ」ケイトは幸せそうにため息をついた。「三人おそろいなのね！」ケイトはレスリーを、ずっと以前から一族のひとりであったかのように抱きしめた。「もしわたしが自分で計画したのなら、これほどすばらしい結果にはならなかったでしょうね」ケイトがからかうように言うと、チェイスは決してごまかされませんよという目で彼女を見た。

「今日のあなたは百万ドルの笑顔で輝いていますよ、ケイト」

「そう？」ケイトは笑った。「そうそう、お金と言えば、階下の金庫に証書があるわ。その証書には、牧場の所有者があなたであると明記してあるの。これからもがんばってね」

チェイスはケイトを抱きしめ、頬にキスをした。「心から感謝します、ケイト。牧場のことではなく、ぼくに人生を、家族を与えてくださったことに対して」

「よかったわ」ケイトははなをすすり、胸にこみあげてくる熱いものをこらえた。「今度のことはとてもうまくいったでしょう？」レスリーとアンジェラにちらりと目をやると、いたずらっぽい笑みを浮かべた。チェイスにウインクする。「来年もまた、やってみるべきかもしれないわね……」

傷だらけの天使

バーバラ・ボズウェル／佐藤敏江　訳

バーバラ・ボズウェル　家族をテーマにした小説を書くのが好きという彼女は、執筆中、登場人物と家族のかかわりを書いている時が一番楽しいと語る。現在ペンシルバニアで暮らしているが、かつてはヨーロッパに住んでいたこともある。

プロローグ

ケイト・フォーチュンは顔を輝かせ、彼女の八十歳の誕生日を祝おうと集まった人々をゆっくりと見回した。部屋の中央には巨大なクリスマスツリーが飾られ、二段重ねのバースデー・ケーキがのったテーブルは赤と白のポインセチアにとり囲まれている。ケイトは、自分の誕生日とクリスマスが近いため、両方を同時に祝ったほうが合理的だと言いだしたのだった。〝目標を定め、戦略的に実行する〟というフォーチュン家の家訓は、この記念すべき誕生日とクリスマスにもあてはまった。

さまざまな年齢の招待客が語らい、笑い、食事をして、見るからに楽しいひとときを過ごしているのを目にすると、ケイトはいつものように満足感が胸にあふれてくるのを覚えた。彼女の子供、孫、ひ孫たちのほかに、甥《おい》や姪《めい》、その子供たちまでが集まっていた。彼女は全員をいとおしく感じた。

ケイトと血のつながりも姻戚《いんせき》関係もない者といえば、彼女の若く美しい秘書、ケリー・シンクレアだけだ。ケイトは部屋の向こう側にいたケリーと目が合うと、小さく手を振ってみせた。このパーティを行うにあたって、ケリーはめざましい働きをしてくれた。

出席者の顔ぶれにも、ケイトは満足していた。このごろでは一族の面々がこうして一堂に会するのは、きわめてまれなことだった。しかし、彼女の八十歳の誕生日ばかりはなにがあっても出席しないわけにはいかないと、全員が集まってくれたのだ。

「盛況だな、ケイト」様子を眺めていたスターリング・フォスターが彼女のそばへやってきて、にぎやかに語らう人々をさっと見渡した。

「このくらいのにぎわいなら予想していたわ。特別な女にふさわしいパーティになったわね」

スターリングはケイトのふたり目の夫だ。最愛の男性、そして最良の友人かつ同志でもある彼は、彼女の弁護士も務めていた。スターリングは自分の役割を、持ち前のユーモアと知性で立派にこなしている。また、ケイトの当面の計画――フォーチュン一族の若い世代の者たちへ贈り物をする計画を進めるのにも力を貸していた。

「あの男の子たちにはもう話したのかい?」スターリングがきいた。

ケイトがくすくす笑った。その〝男の子たち〟――チェイス、ライダー、そしてハンターは、それぞれすでに三十四歳、三十二歳、二十九歳だ。だが、彼女にもスターリングの意味するところはわかった。このごろでは、五十五歳以下の者たちはケイトにとってすべて〝男の子〟と〝女の子〟でしかないのだ。

「ひとりずつ順に話をしようと思うの」三人はいとこ同士で、彼女の亡き夫、ベンジャミン・フォーチュンの弟の孫息子にあたる。

ケイトは彼らが子供だったころから見てきたが、三人ともユニークで興味深い人間に成長していた。三人はまた、成人した男性としてそれぞれ転機を迎えていた。彼らは、幸せや安定を手に入れるきっかけとなるなにかや誰かを必要としている。彼らには、大おばケイトの助けが必要なのだ。

「チェイスもライダーもハンターも、わたしからの贈り物をうまく役だててくれると思うわ」ケイトは、スターリングが懸念を口にする前に請けあった。スターリングは心やさしい人だが、なにごとも心配しすぎるきらいがあった。「わたしが孫たちにあげた贈り物は結果的にすべて、見事に実を結んだでしょう?」

「そうだな。きみにはものごとをとり仕切る確かな才能があるようだ」スターリングは同意した。彼は会場を回っていたウエイターのトレイから、シャンパングラスをふたつ手にとった。「では、来るべき成功に乾杯しようか？」

ケイトはグラスをスターリングのグラスに合わせた。「喜んで」

当惑しながら、ライダー・フォーチュンは巨大なクリスマスツリーのきらきら輝く明かりを見つめていた。周囲では親戚が楽しそうに騒いでいたが、彼は驚きのあまり言葉もなく、大おばケイトの信じられない申し出について考えをめぐらせていた。

ケイトはライダーに会社を譲ると言ったのだ。彼の父がかつて経営していた会社とつながりのあるデザイン会社だった。父は、長男であるライダーがふさわしい年ごろになったら、会社を手伝わせたいと言っていたのだが、そのころのライダーには将来について自分なりの考えがあった。

ライダーは産業工学の学位と経営学の修士号を取得していたのだが、大胆にも父の跡継ぎという立場を放棄した。たくさんの時間をその準備に費やしたにもかかわらず、彼には突然、ビジネスの世界が会社という拘束衣をまとって終身刑に処せられるも同然のものだと感じられるようになったからだった。二十三歳のエネルギッシュな若者にとって、そんな生き方は耐えがたかった。ライダーはフォーチュン家の人間に生まれ、フォーチュン一族のなかで育った。それはつまり、波乱に満ちた人生を送る運命にあることを意味していた。

そこでライダーは、父からいずれ受け継ぐことになる遺産という束縛を断ち切り、フィアンセとの婚約も破棄して――いずれにせよ結婚するには早すぎた――大おばのケイトになにか手伝わせてくれないかと頼んだ。退屈な会社の仕事とは違うなにかを。

ケイトは初め、ライダーを厳しく問いただした。

〝あなたのお父さんの会社での将来を捨てて、本当に後悔はしないのね？　実業界の大物になる素質を持って生まれてきた者がいるとすれば、それはあなたなのよ、ライダー〟

しかしライダーの意志はかたく、ケイトは彼をフォーチュン・コスメティックス社が所有する南アフリカのダイヤモンド鉱山へと送りだした。ライダーの両親は不満げだったが、フィアンセのビクトリアよりは寛大に彼の心変わりを受け入れてくれた。ビクトリアはライダーに婚約を破棄されるや、ヒステリーを起こした。出発直後にライダーは、ビクトリアが二十歳近く年上の医者と結婚したことを、一族の噂話《うわさ》を通して知った。妹のシャーロットによれば、ほんの少しでもライダー・フォーチュンの名前が出ると、ビクトリアはいまだに怒りを爆発させるらしい。一方、彼はと言えば、ビクトリアの名を耳にしてもなにも感じなかった。

息子が南アフリカへ出発して数年後に、ジェームズ・フォーチュンは会社をたたんで引退し、妻のシルビアとアリゾナへ移った。自分が受け継ぐ仕事はなくなってしまったが、ライダーは少しも気にならなかった。

しかし、年月がライダーを成長させ、今や彼はみずから会社を経営することに意欲と興奮を覚えるようになっていた。そして今夜、ケイトが彼にデザイン会社を経営しないかと持ちかけてきたのだ。

ケイトは、かつては業績もよく、名の知れていたその会社を買収していた。

〝昔は堅実な会社だったのに、今や倒産寸前よ。前のオーナーの無能でお粗末な経営のせいだわ〟ケイトは軽蔑《けいべつ》を隠そうともせずにライダーに言った。

〝あなたならきっと会社をたて直してくれると信じ

ているわ、ライダー。もう一度、この会社を返り咲かせてちょうだい〟

ライダーはそれを聞いて、ケイトの気前のよさと、自分の前途に開けた胸の躍るような展望に、驚きのあまり声も出なかった。

〝さあ、自分の手で道を切り開くのよ、ライダー〟ケイトが言った。〝でも、ひとつだけ条件があるわ。たて直しのための期間は一年……〟

一年後、会社はライダーが正式に受け継ぐか、それができなかった場合には再びフォーチュン・コスメティックス社の傘下に戻したあと、売りに出すというのだ。

一年間。〝引き受けます〟ライダーは熱っぽく言った。〝ケイト、こんなありがたい話にお礼を言うくらいではとても足りませんが――〟

〝お礼なんていいわ。それよりも結果を出してちょうだい〟ケイトがさえぎった。〝それと、ライダー、一年間仕事だけに没頭して過ごしてはだめよ。ビジネスマンとして真に成功をおさめるには、バランスが肝心よ。家庭が、くつろげる場所が必要だわ。愛情がね〟彼女は、広々とした会場を埋めつくした一族の面々をあたたかい目で見つめた。〝つまり、家族よ〟

ライダーは気持を高揚させ、一度は拒絶したビジネスの世界に意気揚々とのりこんでいく場面をすでに頭に描いていた。恋をしている暇などありそうにないし、当分のあいだは家族を持つのも無理だろう。妻を見つけるには人づきあいが必要だが、忙しくてそれどころではないはずだ。

予想外の幸運に酔いしれながら、ライダーは頭のなかでさまざまな計画を思い浮かべ、パーティ会場から長い廊下へと出た。それは彼の人生のなかで、もっとも幸福で希望に満ちた夜だった。

1

まったく、〝いそうでいないのは、できる部下〟とはよく言ったものだ。ライダーはオフィスのドアの鍵《かぎ》を開けながら、そう思った。明かりをつけてからコンピュータの、そしてコーヒーメーカーの電源を入れる。昨日の午後届いたのか、郵便受けにさしこまれた郵便物が束になって床に転がっていた。彼はそれを拾いあげ、自分の机の上に置いた。

普通なら、会社の社長には、オフィスの鍵を開けたり、郵便物をとってくるといった日常業務をこなしてくれる秘書がいるものだ。しかし、ライダーにはいなかった。いるのは、いつも彼よりずっと遅い時刻に出勤してくる気の強い受付係だけだ。ライダーがこの会社を引き継ぐ以前から社長室で働いていたスタッフが、彼の経営方針を理由に、先週ついにやめた。みんな、ライダーの方針は前任者と違うと文句を言った。

もちろん、方針など違うに決まっている。ライダーは怒りを覚えた。前の社長は仕事をおろそかにして、しまいには何日も出社しないことさえあったという。ところが、熱心な社長がやってきて、一日じゅう目を光らせるようになったため、怠慢な社員から不満が吹きだしたのだ。

その結果が今のありさまだ。一月もなかば、フォーチュン・デザイン社の社長室にはたったひとりの社員しか残っていなかった。五十代の受付係、ミス・フォルクだ。初めて会ったときに彼女は、もし解雇しようものなら年齢差別を理由にライダーを訴えると言った。彼はミス・フォルクを解雇したりはしなかった。ミス・フォルクが仕事をきっちりこなしてくれたからだが、彼女は朝遅く出社するのを改めようとはせず、ライダーはずっとそのことにいらだっていた。

「あなたがライダー・フォーチュン？」穏やかでハスキーな声が、ライダーの物思いをさえぎった。

「似ているが、別人だよ」ライダーは皮肉っぽく言った。「いや、もちろん、ぼくがライダー・フォーチュン本人だ。それ以外の誰だと思うんだい？　ライダー・フォーチュンのオフィスにきっかり八時に来て、ライダー・フォーチュンの名前がはっきりと記された机にこうして座っている」

「もしかしたら産業スパイかもしれないもの。ライダー・フォーチュンの会社の企業秘密を盗もうとしているところかも」その声がこたえた。「それとも、ろくでなしのフォーチュン家の身内がライダー・フォーチュンの名をかたって、なにかを手に入れようと――」

「ろくでなしのフォーチュン家の身内について、きみはなにを知っているんだ？」ライダーは口をはさんだ。

　ライダーは郵便物から目をあげると、机から一メートルほど離れたところに立っているその若い女性を見た。ダークブラウンのロングコートの前が開いて、ブルーのニットドレスと、それに合うタイツが見えた。

「そうね、チャド・フォーチュンは女性をくいものにする、とんでもないろくでなしだと聞いているわ。彼の行くところはどこでも死屍《しし》累々で、生態学者もまっ青なくらいだって。それからブランドンは――」

「きみは新聞記者かなにかかい？」ライダーは疑わしそうにきいた。

　女性がチャドとブランドンについて言ったことは正しかった。ろくでなしという言葉はこのふたりのためにあるようなものだ。ライダーは注意深く彼女に目を向けた。タブロイド紙の記者のような、ゴシップを追いかけ回す輩《やから》には見えない。とはいっても、今の時代、いったい誰にそんなことがわかる？

彼女は見た目はそう悪くなかった――もし小柄でほっそりしたブルネットの女性が好みのタイプなら。ライダーは、背が高く、脚がすらりとしていて、できれば胸の豊かな――生まれつきであるかシリコンであるかは問わないが――ブロンドの女性が好みだった。

この小柄な女性は――おそらく身長百五十五センチくらいだろう――顔はハート形で、とても繊細な印象を受ける。瞳の色は明るいブルーグレーで、ボブにカットされたダークブラウンの髪が肩にかかっていた。実際のところ、見た目は悪くないどころか、彼女は美人だった。ライダーの好みのタイプではなかったが。

彼女が、フォーチュン家から金をせしめようとたくらむトラブルメーカーだとすると、なおのことだ。

「いったいなんの用なんだい？」声に非難するような響きがまじった。

「タイミングが悪かったみたいね」女性はすぐさまこたえた。「でも、よしあしはともかく、紹介させてください。わたしはジョアンナ・チャンドラー。言っておきますけど、新聞記者なんかじゃないわ」彼女は前に進みでると、握手を求めてきた。

ライダーは立ちあがり、その手を軽く握り返した。女性の小さな手が彼の手のなかにすっぽりと隠れる。彼女はすぐに手を引っこめた。

ライダーは椅子に背中をもたせかけた。「ジョアンナ・チャンドラー」そうくり返して、うめき声を押し殺した。

その名前を聞いて、ライダーはクリスマス直後、またいとこのマイケル・フォーチュンとともにとったランチを突然思いだした。マイケルはやり手で、フォーチュン・コスメティックス社の経営幹部だ。彼の祖父ベンジャミンは、ライダーの祖父、ジークの兄だった。

そしてマイケルが結婚したのが、この小柄な女性の姉、ジュリアだ。ランチの日時はマイケルみずからが決めた。それはちょうど、ライダーがこの会社の経営を引き継いだころだった。

〝妻の妹でジョアンナ・チャンドラーという女性がいるんだが、会ってみてくれないか。きみのところで使ってもらえないかと思ってね〟ウエイターがふたりにメニューを手渡しもしないうちから、マイケルがいきなり話を切りだした。〝ジョアンナは、ジュリアとぼくらの子供たちの近くにいたいと、最近ミネアポリスに越してきたんだ。ジュリアは彼女が来てくれて大喜びしているよ〟

仕事があればジョアンナがこの地にずっととどまる励みになるし、それがジュリアの望みでもあるとマイケルは言った。ライダーは事情を察した。ジュリアの献身的な夫であるマイケルなら、妻の望みならなんでもかなえてやるに違いない。そして妻のかわいい妹にも、このミネアポリスでなにか仕事があればと考えたのだ。最後にマイケルは、〝会社勤めは初めてらしいが〟とさらりとつけ加えた。

ライダーがその若い女性のことをもっとききだそうとすると、マイケルはジョアンナの職歴を〝なにかあれこれやっていた〟としか言わなかった。

それはたぶん、ジョアンナが会社勤めをしたことがないだけでなく、一度も働いた経験がないからだろう。そういう人間はライダーもよく知っていた。ふらふらして飽きっぽい、社交界によくいるタイプだ。彼女は間違いなく遅くまで夜遊びをして、受付係のミス・フォルクよりもさらに遅い時刻に出社してくるに違いない。マイケルが妻の大事な妹をなぜフォーチュン・コスメティックス社で雇わなかったかは、不思議でもなんでもない。身内の怠け者を押しつけられる身代わりが誰かほかにいれば、誰だって同じことをするだろう。

ライダーがその身代わりにされたのは明らかだった。ありがたい限りだった。よくもこんな立派な社員をわざわざ譲ってくれたものだ。まったく。

しかし、ライダーはその皮肉を、裕福で社会的地位もある年上のまたいとこに、結局言わずじまいだった。生意気であとさきを考えない以前の彼だったら、五年――いや、二年――前でも、そう言ったに違いない。だが、今やなによりも仕事を最優先する男に生まれ変わったライダーは、その妹を雇うことをなにも言わずに承諾した。

〝履歴書を送るように言ってください〟ライダーはなんとか表情を変えずに頼んだ。フォーチュン・コスメティックス社のマーケティング部門が――やるならきっとそこが担当するしかないだろう――ジョアンナ・チャンドラーを雇って損のない人物に見せるという難題を与えられてどうするのか、見せてもらうのもおもしろいと思ったのだ。

しかし、ランチをともにしてから三週間以上たっても、履歴書も、ジョアンナ自身も、会社へやってはこなかった。ライダーは彼女のことをすっかり忘れていた。それが今になって現れたのだ。

ジョアンナが人気《ひとけ》のないオフィスを見回した。

「これがそう？」

「これがどうしたって？」ライダーはきつい口調で問い返した。あいまいで意味のない質問は嫌いだった。

「あなた以外に誰もいないわ。あなたがこの会社の社長でしょう。それなのに、部下は誰もいないの？」ジョアンナはひたすら驚いているようだった。

それとも暗に嘲《あざけ》っているのか？　ライダーは顔を

しかめた。「部下はいるさ。九時半から十時ごろにやってくる受付係と、きみだ」

ジョアンナが明るい色の目を見開いた。それがグレーというよりブルーに近いのに、ライダーは気づいた。だが、深いブルーのニットドレスが瞳の色をさらに青く見せているようにも見える。彼女がグレーのドレスを身につけたなら、瞳もグレーがかって見え、ブルーの色あいは薄れるのだろうか？

ライダーは立ちあがり、無意味な考えを振り払おうと頭を振った。こんなばかげたことを考えたのが信じられなかった。

「それは、わたしが雇ってもらえたってこと？」ジョアンナがきいた。

いやみのつもりか？　ライダーはジョアンナをにらんだ。「そうだよ、ジョアン」

「ジョアンナよ。最後にAをつけて」彼女が言った。

ライダーはため息をついた。

「なにか悪いことでも言ったかしら？」

「どんな悪いことがあるっていうんだい？　きみが自分の名前のスペルを知っているとわかっただけでもうれしい限りだ」

ジョアンナはあきれたという目をして、ロングコートを脱いだ。そして、形も色も椰子《やし》の木に似せた、木製のコートかけのほうを向いた。明るい緑色の葉の部分にコートをかけるようになっているが、つくりもののココナッツは単なる飾りだった。同じく、木のてっぺんにとまったおかしな飾りものの猿は、むきかけの紫色のバナナを抱えている。

「これって……」椰子の木に、猿、紫色のバナナ。それをなんと言い表したものか、ジョアンナは言葉を探した。「すてきだわ」

「くだらないということかい？」ライダーが訂正した。「けばけばしい。安っぽい。せめて正直に言ったらどうだい、ジョアンナ？」

「正直に言っているわ。本当よ。これをくだらなくて、けばけばしくて、安っぽいなんて言うからには、あなたが自分で買ったわけじゃないのね？」

「のみこみが早いね。そうだ。ぼくが買ったんじゃない。妹がオフィスの景気づけにとくれたプレゼントだ。パーティとショッピングが彼女の主な仕事だよ。ご同様にね」

「同様に？」ジョアンナが問い返した。「それは、わたしの主な仕事も妹さん同様、パーティとショッピングだと言っているの？」

「事実だけに反応が早いね。じゃあ、きみがせめて一分間に十ワードくらいはタイプできると期待してもいいのかい？」

「悪い予感はしたけど、ここまでひどいとは思わなかったわ」ジョアンナは胸の前で腕を組むと、まっすぐにライダーを見つめた。「マイケルが無理やりわたしを雇うように言ったのね。そうでしょう？」

「誰からも無理強いなんてされていない」ライダーはすぐに切り返した。「ただもちろん、身内のためなら協力を惜しまないがね」

「特にその身内があなたの十倍もお金持ならね」ジョアンナがにやりとした。「せめて正直になれば、ライダー」少しばかり皮肉をこめて言った。

ジョアンナがもう自分をライダーと呼び捨てにしていることに、彼は気づいた。ミス・フォルクなどは二十歳ほども年上なのに、いまだにライダーのことを〝ミスター・フォーチュン〟と呼んでいた。だがジョアンナは、自分が身内でライダーと近い関係にあることを示そうとしているのだろう。

「正直になればいいんだな？　じゃあ、そうしよう。きみがやってきて、きみは雇われた。だけど、きみの義理のお兄さんがぼくにきみを雇うよう強くすすめなかったら、そうはならなかった」

「マイケルの強いすすめは、ときどき脅しに似て聞こえるものね」ジョアンナが思案げに言った。「直接脅し文句を言うわけじゃないけど、言い方がそうなの。言葉どおりの意味なら、マイケルの言葉は別にどうってことないわ。でも、いったん彼がしゃべると……」

「それに、あの核兵器並みのにらみのきかせ方といったら、町のひとつも焼きつくしてしまいそうな勢いだ」

「なにもあなたがおじけづいたなんて言っているんじゃないけど」

「まさか」ライダーは思わず笑った。「きみを雇うのがとてもいい考えだという気がしたからさ」

ジョアンナはライダーをじっと見た。彼の笑顔を見た瞬間、自分の胸の高鳴りが耳にこだまし、肌がざわめくような気がした。それは、ひどく強い薬をのんだときの感じにもどこか似ていた。薬剤の効果についてはよく知っていた。彼女は以前、二年間入院していたことがあったのだ。交通事故で重傷を負ったためだ。その事故で母が亡くなり、ジョアンナと姉のジュリアが残された。

百八十センチの長身、漆黒の髪、そして彫りの深い顔だち。ライダー・フォーチュンはハンサムな男性の条件をすべて備えている。ジョアンナは突然、事故にあう前の繊細でか弱い自分に戻ってしまったような気がした。

ジョアンナは、突然の感情の発作を抑えようとした。これじゃいけないわ。闘って勝ちとり、二度と手放すまいと決めた事故以降の強さを、彼女は奮い起こした。

「確かに、あなたはわたしに仕事をくれると言ったわ。でも、わたしは誰からの束縛も受けたくないの。だから、今ここでとり消してくれてもいいわ。ぜんぜんかまわない。本当よ。マイケルには、仕事は辞退したと言うから。どうもわたしたち……」ライダーと目が合うと、ジョアンナはあわてて目をそらした。「わたしたち、うまが合わなかったとでも言っておくわ」

「試してもみないで、どうしてうまが合わないとわかる？」

ふたりはしばらくのあいだ、じっと見つめあった。するど、目には見えないなにか力強いものがふたりのあいだに通じあった。今度は、ライダーが目をそらす番だった。もし自分のことをよく知らなければ、彼は自分のなかにわき起こった奇妙な高ぶりを性的な興奮と勘違いしたに違いない。

だがもちろん、そんなはずはなかった。ライダーにはわかっていた。自分がジョアンナ・チャンドラーに魅せられるなど、あり得ない。彼女は自分の好みのタイプではない。単に外見だけの話ではなかった。楽しさだけを追い求めるパーティ好きのうわついた女性には興味がなかった。〝なにかあれこれ〟と職歴があり、それでいて影響力を持った身内がいるジョアンナには、ぴったりの表現だ。

だが、〝中性子爆弾〟マイケル・フォーチュンをいたずらに刺激してもつまらない、とライダーは思った。ジョアンナを追い返したとあっては、爆弾に火がついてしまうかもしれない。

「マイケルに頼まれたんだ。だから、ぼくも喜んで彼の頼みを聞きたい」ライダーは神妙に言った。笑顔はすっかり消えていた。「それが、きみに帰るなと言うただひとつの理由だ。たったひとつのね」その点を強調しておくのが必要に思えた。「もし、またいとこに頼まれたのでなかったら、きみの望むとおり送り返すというチャンスに飛びついただろうけどね。わかったかい？」

ジョアンナは笑いを噛《か》み殺した。「よくわかったわ」なんてひとりよがりな人なのかしら！　わたしを雇えばマイケルに恩を売れると考えているなんて。

「あの机を使えばいい」ライダーが、自分のより少し小さな机を指さした。

それは、あの奇抜な椰子の木のコートかけのすぐそばにあった。ジョアンナが見あげると、青い猿がこちらを見つめていた。気のせいかしら？　それとも、猿の表情がひどく威嚇的なせい？　猿はまるで彼女にバナナで殴りかかろうとでもしているかのようだった。あなたをくだらなくてけばけばしくて安っぽいと言ったのは、ミスター・〝大物〟ボスよ。わたしじゃないわ。ジョアンナは心のなかで猿に告げた。

敵意に気持を集中させるのは、ライダーとジョアンナのあいだに流れた、あの不思議で説明のつかないひとときを忘れるには好都合だった。あれがなんであれ、性的な高まりでないことは確かだわ、と彼女は思った。ライダー・フォーチュンはわたしのタイプではない。彼はあまりにも支配的で、あまりにも性急で、そしてあまりにも魅力的であり、あまりにも……すべてにおいて過剰だった。

それに、ふたりの感じたものが性的な高まりだったと仮定しても、それ以上の進展はあり得ない。ジョアンナは、自分のボスに夢中になるほど愚かではなかった。

確かにジュリアは、昔ボスだったマイケルと恋におち、ことはなにもかもふたりにとってうまく運んだ。でも、あれは例外だ。どこをとっても最高のジュリアのような女性に、恋をしない男性なんているかしら？　最高というのは、ジョアンナ・チャンドラーにはふさわしくない表現ね、と彼女は皮肉っぽく考えた。自分が欠点だらけなのは誰よりも一番よく知っている。自分には手の届かないライダー・フォーチュンのような男性に恋こがれて、わざわざ身をやつす苦しみを味わうつもりはない。

「社長秘書のソーンドラとかいう女性が座っていた

席だ」ライダーが話を続け、視線を机からジョアンナへと移した。「彼女はここにぼくがいつもいるのが気に入らなかったようだ。無理もないが。彼女は社用にかこつけて二時間のランチをとることもできず、私用電話を一日に十五回かけることもできなかった。新しく来た厳しいボスに見張られていてはね」

「社長と同じ部屋で仕事をするなんて、ちょっと普通じゃないわ」ジョアンナは指摘した。

ジョアンナはそのソーンドラとかいう女性に同情を覚えた。まるで鷹《たか》にねらわれる鶏のように、ライダー・フォーチュンに一挙手一投足を見つめられたのでは、やりにくいことこのうえないに違いない。

そして今度は、自分が同じ立場に置かれるのだ。

「社長ならたいてい個室を持っているものじゃないの？」

「きみの義理のお兄さんはそうさ」ジョアンナが続ける前に、ライダーがすかさず言った。彼女が義理の兄のことを持ちだしてくるのは間違いなかったからだ。「はっきり言って、会社の社長が秘書と部屋を共有しているなんて変な話だ」ライダーは気まずい顔でそれを認めた。「自分でもそう思うよ」

「いったいどうなっているのか、実に不思議だわ。理由のひとつやふたつは思いつくけど」

「そんな話につきあっている暇はない」ライダーがぴしゃりと言った。

ライダーは、わたしが分をわきまえないおしゃべり女だとでも言いたいのだろうか？　ジョアンナは顔をしかめた。もしそうなら、そのもくろみは成功だった。

「ぼくだってこの状態をいつまでも続けたくはない。いずれ社長用と社長秘書用に個室をつくるつもりだ。今すぐは無理だが。改築のために時間と金をつかう余裕は今のところない。まずこの会社をたて直すのした古いコーヒーを捨てて、新しくいれてくれないか。それもきみの仕事のひとつだ。毎朝ぼくが出社するころに、いれたてのコーヒーを用意する。いいかい？」

ジョアンナは肩をすくめた。「いいわ」ライダーは、彼女が抗議すると思っていたようだった。

「ぼくは八時までには出社する。つまり、きみはそれよりも早く来る必要があるというわけだ」

「わかったわよ」ジョアンナは息をつきながらつぶやいた。

「なんだって？」

「はい、了解しました。八時前には到着して、いれたてのコーヒーをご用意します」ジョアンナは、快活で有能な社長秘書らしく聞こえるように返事をした。

「そういういやみはいけないな、ジョアンナ」ライダーが不満げに言った。

「今すぐタイプするよ。だが、まずそのあたため直しが先決だ」

ふたりは黙りこくった。あまりの気まずさに、ジョアンナはなにか言わなくてはと思った。「すると、わたしが……その……社長秘書として働くわけなの？」

「いいじゃないか？　きみが前任者よりひどいなんてことはないだろう」

ジョアンナはいいほうに考えようとした。少なくともわたしには、引きあいに出される立派な前任者はいない。それどころかわたしは、社長秘書としてライダー・フォーチュンを失望させたらしい誰かのあとを継ぐことになるのだ。

「社長秘書の仕事をまとめたリストはあるかしら？」ジョアンナは質問した。「それを見れば、なにをすべきかがわかるわ」

ライダーが皮肉っぽい笑みを浮かべた。

ジョアンナは、快活で有能な社長秘書のふりを続けようと決めていた。「申し訳ありません、社長」そう、そのほうがいい。謙虚な感じが出る。

ライダーは、ジョアンナの仕事の内容をタイプしようと自分の椅子に座った。

「お給料について質問してもよろしいですか？」ジョアンナは、ライダーがタイプし始める前に思いきってきいてみた。

ライダーがとてつもない金額を言った。ジョアンナはぽかんと口を開けた。

「そんなにたくさん？」

「もちろん違う。冗談を言っただけだ。きみには……」ライダーはさっきより格段に低い金額を告げた。「それと各種手当だ。だが、働き始めてから初給与までは、一カ月待ってもらうよ。四週間ね」彼はつけ加えた。まるで、そんなに長くジョアンナが続くわけがないとでも言いたげに。

ジョアンナはライダーと同じように、あなたのいやみは感心しないと言いたいのをぐっとこらえた。模範的な社長秘書たるもの、ボスのあげ足をとるようなまねは慎むべきだ。「はい、けっこうです」

「金額の交渉をしなくてもいいのかい？」ライダーがたきつけるように言った。「本当にいいのかい？もっとたくさんもらおうとは思わないのか？まあ、きみはお姉さんと義理のお兄さんからいくらか援助してもらっているだろうから、それほどいらないのかもしれないが――」

「もしジュリアとマイケルから援助を受けたければ、マイケルにフォーチュン・コスメティックス社で形だけの仕事をもらうことだってできたわ。ただで住んでいいと言ってくれた、贅沢《ぜいたく》なアパートメントへ引っ越すことだってできた。でもわたしは、少なくとももうこれからは、フォーチュン家の施しを受けたくはないの。だから、住まいだって友達とシェアしているし、この仕事も喜んでさせてもらうわ。やはりそれがフォーチュン一族の厚意……みたいなものだとしても。でも、こうしてあなたに会ってみて、わたしがジュリアの妹だからって甘やかすような人じゃないこともわかったわ。それで十分満足だし、自分の道を自分の力で切り開いていきたいの」

ライダーに向けられたジョアンナの目は、強い輝きを放っていた。彼は責められているような気がした。そして、コーヒーをいれようとコーヒーメーカーへ向かった彼女に見とれている自分にふと気づいた。

ニットドレスがジョアンナによく似合っていた。長く見つめていればいるほど、彼女の姿はライダーの目にどんどん魅力的に見えてきた。からだつきはとてもほっそりしているが、ヒップはふっくらとしていて、脚もとても形がいい。胸は小さかったが、もしこの体型で胸だけが大きかったら、かえって変だろう。棚の上のほうにあるカップにジョアンナが手をのばすのを、彼は眺めていた。それはかなり高いところにあったため、彼女は爪先立ちになった。ずんぐりしたヒールの靴は、ヨーロッパの邪悪な魔女でもはきそうなしろものに見えたが、両脚の美しさのおかげで、ほとんど気にならなかった。

ジョアンナが振り返ると、彼女を見つめていたライダーと目が合った。ジョアンナは、上品なブラウンの眉をつりあげた。

2

しまった。ライダーは椅子のなかで居心地悪そうに身じろぎした。どうする？　そこである考えがひらめき、彼は咳払《せきばら》いをした。「その……ほら……コーヒーメーカーだが、たとえばそういうものをこの会社でデザインしてみたいんだ」

「そうなの」ジョアンナは、ライダーがコーヒーメーカーを――彼女のからだではなくて――観察していたふりをするのに、進んで協力した。「特別仕様品カタログにあるようなハイテク製品の仕事なら、かなりの利益が期待できるでしょうね」

「わが社では、家電だけでなく、工業製品や商業施設用の製品の開発もする。ぼくの専門は産業工学――発明家のアイディアを募って、それを実用化することなんだ。もちろん会社には専属の開発担当者もいるが、社外の発明家とも契約しようと思っている」

会社をたて直そうとするライダーの意欲が伝わってくる。「たとえば医療補助器具なんて分野は考えたことがある？」ジョアンナは勢いこんできいた。「もしあなたが発明家を探しているなら、医療補助器具についていいアイディアを持った人たちをたくさん知っているけど――」

「医療補助？　よくわからないな」

「医療補助器具。障害者の日常生活を手助けするために特別に考案された器具のことよ」それはジョアンナにとって、かかわりの深い問題だった。長いリハビリの苦労から、彼女は身をもって知っていた。生まれつきや事故のためにからだに障害のある人たちにとっては、毎日の簡単な家事さえ重労働だ。独自の器具を使って状況を改善しようと懸命にとりくんでいる人たちを、ジョアンナは個人的に知っていた。

障害者の要求にこたえてそういった器具をデザインするようライダーを説き伏せられたら……。わくわくする考えだった。それこそ本当の社会貢献のはずだ。

「たとえば、車椅子に乗った人でも電気のスイッチに手が届くような家のつくりにするとか、そんな単純なものでもいいの」

「そういうことは、専門の医療機器メーカーがやっているだろう」ジョアンナの提案に、ライダーはまったく興味がなさそうだった。「ぼくがやろうとしているのは――」

「そういう会社は高価な機械を売りつけることしか頭にないわ」ジョアンナはすぐさま口をはさんだ。

「ありふれた医療補助器具でさえ、いざ手に入れようとすれば、それがどんなにむずかしいかきっと驚くはずよ。お粗末なカタログがいくつかはあるけど、とても十分とは……」

なぜジョアンナが身体障害者や病院のことに詳しいのかライダーは不思議に思ったが、あえて追及はしなかった。

「ジョアンナ、フォーチュン・デザイン社は、限られた分野の製品専門の会社じゃないんだ。ぼくはもっと大きく、世界的な成功をめざしている。成功する企業というのは、ダーウィンの理論にもとづいているんだ。市場に生き残れるのは、もっとも強く、賢く、順応性のあるものだけだ。ぼくはフォーチュン・デザイン社をそんな会社のひとつに育てたいんだよ」

「それは、〝鰐《わに》と一緒に走る〟式の経営哲学かなにかなの？」ジョアンナは顔をしかめた。

「〝鮫《さめ》と一緒に泳ぐ〟のことを言おうとしているの

かい？」ライダーはあきれて言った。その非常に重要なビジネスの教訓の一節は彼も記憶にとどめていたが、当の動物の種類もジョアンナはきちんと言えないとは。

「なんでもいいけど」ジョアンナは肩をすくめた。「強くて賢いだけでは――」

「ビジネスで成功するただひとつの方法だ」ライダーは平然と言った。「そして道は遠いが、フォーチュン・デザイン社だってそうなれるんだ。うちの営業部、マーケティング部、そして人事部にはなかなかいい人材がそろっている。ただ、社員が九時ごろになってから出社してくるのが――」

「九時なら、始業時間としてはごく普通じゃない？」

「九時じゃ、もう午前中は半分終わっている！」ライダーが腹だちもあらわに言った。ジョアンナには、彼が鞭《むち》を手にした奴隷使いのように見えた。「時計どおりにしか動かないなんて、成功とは正反対のやり方だ。南アフリカで採掘をしていたときには、いちいち時間を気にして仕事をするような者はひとりもいなかった。朝ならもう夜明けから――」

「採掘？　それはダイヤモンドかなにか？」ジョアンナが興味深そうにきいた。

「そうだ」ライダーは見るからにうれしそうな顔をした。「大おばのケイトのおかげでそこへ行かせてもらえたんだ。やってみたかったのさ。なにか胸が躍るようなことをね。彼女はぼくの願いを期待どおりにかなえてくれた」彼はなつかしそうにほほえんだ。「向こうでは、オリバー・ストーンの映画に出てくるような冒険や人々との出会いを体験したよ。猛烈に仕事をし、猛烈に遊んだ。とにかくすごい体験だったよ」

「ずいぶん気に入っていたようね」

「ああ、まったくね」そう小声で言うと、ライダーは寒々とした灰色のミネアポリスの空を窓越しに眺めた。気温は零下十度をさらに下回りそうで、雪が降りそうな気配が感じられた。

「これで椰子《やし》の木と猿のわけがわかったわ」ジョアンナが言った。「あなたの妹さんはきっと、なにかアフリカらしいものをここに置こうとしたのね」

「気候といい、景色といい、なにからなにまでここことは大違いだったな」

「アフリカが恋しい？」

ライダーは肩をすくめた。「少しね」

「それなら、どうして戻ってきたの？　どうしてそこにとどまらなかったの？」

「ここに来たかったからだ」ライダーが答えた。ジョアンナがけげんそうな目を向けると、彼は力強くうなずいてみせた。そして、「出発の準備はすっかりできていた。望みどおりにここへやってきたんだ。ぼくは幸運な男だ」

ジョアンナはコーヒーテーブルの上を整理しながら言った。「あなたがそう言うのなら、たぶんそうなんでしょう」

「本当のことだ」ライダーはなんとしてもジョアンナを納得させたいようだった。

ジョアンナは自分の席につくと、椅子を回してライダーを見た。どうやら演説が始まりそうだ。

ライダーはすぐに話を始めた。「去年、ある鉱山で指輪を盗みだす現場を押さえた。就労者の一部の者が、鳩《はと》を使って警備の厳重な地域から宝石を盗みだしていたんだ。ぼくは容疑者を現行犯でつかまえるために、おとりになることを承諾した。計画はうまくいった。犯人はつかまり、追及を受けたが、そこへ銃火があがり、ぼくは……」

ライダーが突然立ちあがり、スーツのジャケットを脱ぎ捨てて、シャツの裾《すそ》をズボンから引っぱりだした。ジョアンナは目を丸くした。彼がネクタイをほうり投げ、シャツの前をはだけると、さらに大きく目を見開いた。ライダーの胸には日焼けの名残があった。一年のうちでも真冬のこの時期、ミネアポリスではジョアンナ自身を含め、大半の人たちは幽霊みたいに青白い肌をしている。彼の胸と両腕のたくましさは、いやでも目を引いた。彼女は大きく息を吸いこんだ。本当に見事だわ。

ライダーがシャツをジャケットとネクタイの上にほうり投げた。ジョアンナは、次はなにをするのだろうと考えながら、彼に見とれていた。

それ以上服を脱ごうとしなかったのは少し残念だったが、代わりにライダーは、肩にあるくすんだピンクと紫色の傷跡を指さした。名誉の負傷ってわけね、とジョアンナは思った。

「ここを銃で撃たれたんだ」ライダーが誇らしげに言った。

「まあ！」ジョアンナは必死で驚いた表情をつくった。しかし、こと傷跡に関しては、彼女のほうが上なのは明らかだった。車の事故のあと、何度も手術をくり返したため、ジョアンナは傷跡の上にまた傷跡を刻むことになった。彼女の腰や脚、胸や腹部、さらには頭の地肌まで、からだじゅうが傷跡だらけだった。ジョアンナは無意識のうちに頭に手をやり、骨折の跡を指でなぞっていた。それならわたしの傷を見てよとばかりに服を脱ぎ捨て、はりあうつもりはもちろんなかったが。

「ものすごい痛みだった」そう言いながらライダーは、ジョアンナがその傷をしっかり観賞できるようにからだを近づけた。

「そうでしょうね」ジョアンナは傷跡を見つめ、悲痛な表情を浮かべてみせた。「そのあと、理学療法を受けて、運動機能の維持と回復をはかったんでしょう」理学療法のつらさや厳しさを彼女はよく知っていたし、何年ものあいだつらい治療にも耐えてきた。今でさえ、エクササイズは欠かせない。続けていないと、からだがこわばって痛くなるのだ。

「そのころ、理学療法の治療室のことを〝拷問部屋〟って呼んだものさ。そこのドクターには〝トルケマーダ〟とニックネームをつけたよ」ライダーは、残虐な拷問をしたことで有名な、中世スペインの異端審問官の名前をあげた。

ジョアンナは訳知り顔でうなずいた。「採血しに来た検査技師のことを〝吸血鬼〟って呼ばなかった？」病院でよく言われる冗談はどこでも似たようなものだと知っていた。

「そうそう」ライダーが笑った。「ひとりは特別に、〝ドラキュラ〟って呼んでたよ」

だいたいどの病院にも、必要以上の血をとりたがる検査技師がひとりくらいはいるものだ。それを思いだしてジョアンナは眉をひそめた。「吸血鬼はこの世にいないだなんて、誰が言ったのかしら？　今だってそこらじゅうにいるわよ。ただ病院にいる種族は、とがった牙《きば》じゃなくて長い針で血を吸うけれどね」

「まったくだ。ただ病院にいると、考えごとをする時間がたっぷりある。それで、ある日突然、なにもかもがはっきりと理解できたと思える瞬間が訪れたんだ」

「神の啓示のような」ジョアンナが補足するように言った。彼女にもそんな瞬間があった。

「たぶん、そうだろう。そのとき、南アフリカを発《た》ってアメリカへ戻るのは今だと思ったのさ。そして、家族のもとへ帰り、何年も前に見捨てたビジネスの世界に自分の身を投じようと決心したんだ。まずどこかの会社で働くつもりでいたが、大おばのケイトがとても断れないようないい話を持ちかけてきてくれた——この赤字続きのデザイン会社をたて直してほしいとね」

「たて直せたら、どうなるの？」

「うまくいったら、会社を全部ぼくに譲ってくれるというのさ。丸ごとそっくりね」

「もし失敗したら、またダイヤモンド鉱山へ逆戻り？」

「まさか。失敗なんか考えたこともないよ。だからこそ、自分自身はもちろん、社員にもこうして一生懸命働いてもらっているのさ」ライダーの薄いブラウンの目が意欲に燃えて輝いた。「やり方は間違っていない。みんなには少し負担をかけるが、がんばってほしいと思っている。いいね？」彼はジョアンナにも、フォーチュン・デザイン社のたて直しのために全力で働いてもらいたかった。

「あなたの言う〝少し〟は……」ジョアンナは笑うと、いれたてのコーヒーを注《つ》ごうと勢いよく立ちあがった。「はっきり言えば、〝死ぬほど〟ってことでしょう？」

ジョアンナの返事は、ライダーにとって歓迎できるものではなかった。彼女はまわりに悪い影響を与えるのではないか？　会社に無用の厄介者を抱えこみたくはない。彼はしぶい顔をしてシャツに手をのばし、身につけた。

「できればきみの履歴書を見せてほしい、ジョアンナ。これまでの勤務先と上司の名前、職務内容を列記したものだ」ライダーは命令した。社長として、自分にあてがわれた者の人となりをきちんと知っておく権利がある。

「わたしの身元照会をするの？　なぜ？　みんな納得ずくでわたしを引き受けたんでしょう」

からかっているのか？　ライダーはジョアンナをじっと見つめた。彼女のほほえみは、はっとするほど魅力的だった。

ジョアンナもきっとそれを知っていて、その効果を最大限に利用するつもりなのだろう。皮肉な考えがライダーの頭に浮かんだ。ぼくの気を引いて話をそらすつもりかもしれない。だが、そう簡単にはいかないぞ。

「タイプとコンピュータの資格はあるかい？」ライダーは尋ねた。

「ないって言ったら？　くび？」

「いいから答えるんだ、ジョアンナ」

「少しはタイプできるから、インターネットもできるわ」

それのどこが資格なんだ？　だがジョアンナの言うとおり、もう引き受けてしまったのだ――少なくとも当分は。ライダーは潔く運命を受け入れるしかなかった。「フォーチュン・デザイン社へようこそ、ジョアンナ」

「ええ。近いうちに必ず行くわ」ジョアンナは受話器に向かってやさしく笑いかけた。「ううん、今夜はだめよ。仕事で遅くなるから。明日の夕食はどう？　さあ、どうかしら」

数メートル離れたところでライダーは、コンピュータ画面の数字に没頭しているふりをしながら、ジョアンナの話を聞いていた。彼女はランチの休憩中だったので、オフィスで私用電話を受けても文句は言えない。彼女は外に出ず、サンドイッチとオレンジジュース、それにカップケーキを、自分の机でものの十分で食べ終えていた。休憩時間はまだだいぶ残っている。

「ねえ、なによ。あなたったら？」

甘ったるい言葉のやりとりにうんざりして、ライダーは眉をひそめた。〝あなた〟というのは、いったいどこのどいつだ？　まったく。

「そうなの。会えなくて、わたしも寂しいわ」ジョアンナは椅子にもたれ、なにげなく片手で首をさすった。

ライダーは、ジョアンナの優雅な首筋と、シルクのようになめらかな白い肌に目を奪われた。彼女の指はほっそりとして、右手の薬指には、青みがかった紫のアメジストがついたゴールドの指輪があった。彼はアフリカにいたときに、宝石については多くのことを学んでいたので、ジョアンナの宝石が決して高価なものでないことを知っていた。

だが、ジョアンナが毎日必ずその指輪をはめてくるのは、きっと彼女にとってなにか心情的な価値があるからだろう。ライダーは、誰からもらったのだろうと考えた。たぶん、〝あなた〟から？

「ママに替わってくれる、フィービ？」ジョアンナが頼んだ。「少し話があるの」

からだから力がぬけてライダーは息をつき、椅子にぐったりと背中をあずけた。〝あなた〟は、ジョアンナの姪《めい》で四歳のフィービだった。

「フィービが明日の夕食に来てって言っているけど」姉に話しかけるジョアンナは楽しそうだ。「わたしと話したいから会社に電話をかけてきたんですって。あの子、いつから電話をかけられるようになったの？　えっ、嘘《うそ》でしょう？　留守番電話にメッセージを残したりもするの？」

ライダーがほほえんだ。フォーチュン一族の子供たちの名前や年をきちんと言えたためしはなかったが、ジョアンナの机に飾られている何枚かの写真のおかげで、マイケルとジュリアの娘たちなら知っていた。一番上がグレース。チャンドラー家の祖母の名前にちなんだ名だ。次が四歳のフィービ、それから三歳のフェリシティ。そしてこの前のクリスマスの翌日に生まれたばかりの赤ん坊がノエルだ。

ジョアンナは以前打ち明けたことがあった。あの子供たちのおかげで自分の身の振り方が決まり、短期滞在ではなく腰を落ち着けようと、この前の感謝祭にミネアポリスへ戻ってきた、と。ジュリアが送ってくれる写真とビデオではなく、姉のそばに住んで、自分の目で子供たちが大きくなるのを見たくなった、と。

それまでは、ジョアンナも腰が定まらなかったらしい。

ジョアンナの履歴書に目を通してみて、仕事人間のマイケルがなぜ彼女の経歴を〝なにかあれこれ〟と評したのかがライダーにもわかった。いろいろと仕事を変わっているが、とてもではないが専門に的をしぼった経歴とは言いかねた。高卒と同等の資格は取得しているものの、経験した仕事はどれもまるで関連性がなかった。またジョアンナは、さまざまな場所で子守《ナニー》の仕事もしていた。ロンドン、パリ、フランクフルト、ローマ、そしてブダペストと。

〝ブダペスト？〟ライダーは驚きの声をあげた。

〝なんでそんなところへ行ったんだい？〟

〝ユーレイルパスという周遊券でよ〟ジョアンナはそう答えたが、ライダーは別にチケットの種類に興味があったわけではなかった。

変化を求めてやまないジョアンナの性格が、そうさせたに違いない。かつてはライダーもそうだったが、彼女はその上をいっていた。彼は南アフリカを根城にしたままでいたが、ジョアンナにはずっと、一定した住所さえなかった。職を転々とするあいだ、彼女はキャンプをしたり、ユースホステルに泊まったりしてヨーロッパじゅうを旅して回っていた。お金が必要になると、ホテルのメイドやファーストフード店の店員の仕事をした。

〝〈マクドナルド〉なら世界じゅうにあるから、わたし、ポテトもいかがですかって六カ国語で言えるのよ〟ジョアンナは笑いながら言ったが、ライダーはあっけにとられていた。フォーチュン一族の人間が〈マクドナルド〉で働いた、だって？

この二年間は映画のロケ地探しのアシスタントと

して、映画やテレビ番組、コマーシャルの撮影に適した場所を探して、北アメリカをくまなく回っていたという。

〝一箇所にじっとしていられない性格のわたしには、ぴったりの仕事だったわ。ロサンゼルスに部屋はあったけど、ロケ地探しでほとんど留守にしていたの〟

そしてライダーと同じように、ジョアンナもとうとう家族の住むミネアポリスへ帰ることに決めたのだった。ふたりはともにフォーチュン一族の名誉と富の間近にいながら、まだそれをつかみとってはいない。職歴は除くとしても、ふたりの人生には驚くほど共通点が多かった。

ジョアンナは電話で姉と話しながら、肩を回したり、指でペンを小刻みに動かしたり、机の端に腰かけて足をぶらぶらさせたりと、ずっと落ち着きなくからだを動かし続けていた。じっとしているなど、彼女にはきっと考えもつかないことなのに違いない。

ジョアンナは受話器を置くと椅子に座り、机の上に置いた写真を並べ替えながら椅子をくるりと回した。彼女は見ていて飽きることがない。ジョアンナがライダーの下で働きだしてからこの一カ月、彼はずいぶんそうやって時間を過ごしてきた。

毎日行動をともにしてみると、驚いたことにジョアンナは長時間働くのもいとわなかった。ふたりはよく夜遅くまで残って仕事をした。オフィスで夕食をとったので、近所のテイクアウトやデリバリー・サービスのある店はことごとく試した。彼女は話していて楽しく、気どらず明るくて、社員の誰からも好かれていた。自分が好かれるよりむしろ都合がいいと、ライダーはジョアンナの人気にも別にいやな気もしなかった。

気になるのは、ジョアンナの困った性質だった。彼女の落ち着きのなさは見ていて楽しい場合もあるのだが、ときどき気が狂いそうになるのも事実だった。また、ジョアンナはぼんやりしていて注意散漫だと言わざるを得なかった。なにごともメモにとらせる必要があり、すぐ書きとめておかないとすっかり忘れてしまうことがしばしばあるのだ。一度注意したとき、彼女はもの覚えの悪さをおもしろくない冗談でやりすごそうとしたが、ライダーは笑わなかった。都合のいい言い訳は聞きたくなかった。

ジョアンナはあわただしい状況では力が出せないタイプだが、ライダーはむしろ好んで一度に五つの企画を同時進行させたりする。だがそうなると、彼女は彼のペースについていけず、集中力が続かなくなり、電話番号や面会時間、先方の名前や住所などの間違いが起きるのだ。そうした不手際を思い返すと、彼は次第にいらだち始め、ジョアンナを見る目も厳しくなっていった。

だが、そんな腹だたしさもすぐに薄れ、消え去ってしまうのが常で、ジョアンナに冷たくし続けるなどおよそ無理な注文だった。困ったことにライダーは、ほかの社員なら決して許さないにもかかわらず、彼女が相手となるとなぜかやすやすと、むしろ進んでミスを大目に見てしまうのだ。どうしてかと自分でも不思議でならなかった。かわいらしい女性だから？　あるいは彼女がマイケル・フォーチュンの妻の大事な妹だから？

ジョアンナが顔をあげると、こちらを見ていたライダーと目が合った。はっとして、写真を並べ替えていた手をとめる。また見つめられていたようだ。彼女はそれが気に入らなかった。科学者がデータ収集のために研究用のねずみをつぶさに観察しているような――あるいは回復の途中で苦しんでいる患者を医者があらゆる治療上の観点から症状を細大もらさず凝視しているような、そんな感じがした。

「なんなの？」ジョアンナはついむきになって言っ

た。「落ち着きがないとでも言いたいの？」

ライダーは、少なくとも一日に一度はこんなふうにジョアンナを見つめていた。彼女はじっとしていなくてはと自分に言い聞かせるものの、なかなかうまくいかなかった。それがもっとも厄介な事故の後遺症であり、自分でも欠点は自覚していたが、こうして毎日のように指摘され続けるいわれはないと思った。

「やせているのも無理はないね」ライダーが言った。「このオフィスを動き回っているだけで、フルコースの料理一食分くらいのカロリーを使ってしまうだろうから」

思わずかちんときた。「わたしはやせてなんかいないわ！」

ジョアンナは食欲があまりなく、昔のようには食べ物の味もわからなくなっていた。それも後遺症のひとつだ。体重を保つには、もっと食べるようにといつも自分に命令し、絶えず気をぬかずにいなければならない。

「悪かった」ライダーが非を認めた。「きみは確かにほっそりしているが、何年もろくな食事をしてなさそうなモデル連中みたいにやせ細ってはいないよ」彼の目がジョアンナのからだの上を行き来し、注意深く観察した。

ジョアンナは頬が赤らむのを感じた。ライダーのまなざしにはこれまでも何度かひどくぞくぞくさせられたが、それは彼女にとってあまりなじみのない感覚だった。ライダー・フォーチュンには、きっとなにか神秘的な力があるに違いない。

「きみの話がつい聞こえてしまったんだ」ライダーが盗み聞きを謝るでもなく肩をすくめた。「明日の夜、お姉さんのところへ夕食に行くのなら、ぼくも明日は早く切りあげて、七時には帰ることにするよ」

「七時に帰るのを早いとは言わないわ、ライダー。あなたにはきっとショックでしょうけど、アメリカ全土ではみんな、五時になったらすぐ帰るのが普通なのよ」

「ショック？　まさか。この会社だってみんな五時になればすぐに帰るじゃないか。朝十時になるまで出社しないミス・フォルクだってね」

「冬の朝には彼女、起きるのがひと苦労なのよ。冷えこむと気管支炎になりそうなんですって」ジョアンナは同情的だった。「それに頭痛持ちで、腰痛もあるし……」

「きっと、もう少しあたたかい土地へ引っ越したほうがいいんじゃないかな」

ジョアンナがライダーをさっと見た。「彼女の前ではそういうことを言わないで」

「ああ、よくわかっているよ。でも、願いごとくらいはしてもいいだろう？」

「どんな願い？　グラマーで若い受付係？　そうね……身長は約百七十センチ、長い髪はプラチナブロンドで、まっ赤な口紅を塗り、ハイヒールにミニスカートをはいて、からだにぴったりフィットしたセーターを着ている。スリーサイズは九十二、五十六、九十二ってところかしら。わたしは合格圏内？」

ライダーが意味ありげににやりとした。「その女性がもうそこに座っているのが目に見えるようだよ」彼は首をかしげて、受付に通じるドアのほうを示した。

「きっと自分のオフィスのドアをいつも開けっぱなしにして、その女性をじろじろ眺めてばかりいるに違いないわ」ジョアンナがからかった。「そういう女性となら、部屋が同じでもぜんぜんかまわないでしょう？」

「きみとなら部屋が同じでもぜんぜんかまわないよ、ジョアンナ」ライダーの声がかすれた。

　ライダーは、今自分が口にしたことに驚いていた。

〝きみとなら部屋が同じでもぜんぜんかまわないよ、ジョアンナ〟自分の声が頭のなかでこだました。なんてことだ。まるで本気で言っているように聞こえるぞ。彼は建築家に引かせた社長室の図面を思いだした。設計図はもう机のなかに用意してあり、実行に移す資金の余裕もあったが、ライダーはまだ改築にとりかかろうとはしていなかった。

　なぜなら建築作業の騒音と埃《ほこり》のなかで仕事をするのはいやだからだ、とライダーは自分を納得させていた。そのせいで秘書と部屋を共有しなければならないとしても、誰だってそんな厄介ごとは先送りしたいだろう。

　ライダーとジョアンナの目が合った。ふたりはしばらくのあいだ見つめあった。

　からだじゅうから熱いものがこみあげてくるのを感じてジョアンナは思わず息をとめ、舌の先で唇をなめた。からだの奥に甘美なときめきが生まれ、胸の先端がうずく。

　ジョアンナは目をしばたたいた。もし自分をよく知らなかったら、ライダー・フォーチュンと見つめあったせいでときめいたと思いこむところだった。だが、彼に笑いかけられると、またぞくぞくするような感覚がいっそう強くからだじゅうを伝わってくるのがわかった。

　危ない、とジョアンナは思った。ライダー・フォーチュンを見つめて欲望を覚えるなんて、どうかしている。

　そもそも、ライダーに対して欲望を覚えても意味がない。彼は相手が誰だろうと、進んで関係を持つ気などさらさらないのだから。女性から電話があれば、ライダーははっきりとそう告げていた。ライダーの心を射とめようと言い寄ってくる女性たちはかなりいるようだったが、彼がそういった女性たちに、

〝仕事を軌道にのせるので手いっぱいで、私生活は当分おあずけだ〟と言うのを耳にしていたし、彼のそばで働いているので、彼がデートなど一度もしていないのも知っていた。

二日前はバレンタイン・デーだったのに、ライダーは外出しなかった。それはジョアンナも同じで、夕食にピザをとって夜九時まで一緒に働いたが、ふたりともその日が何の日か気づかずにいた。

先月は、ライダーが誘いを次から次へと断っているのが聞こえた。ジョアンナはできるだけ聞くまいとしたが、どうしても彼の個人的な会話が耳に入ってしまう。なにせふたりは同じ部屋にいるのだ。だがたまに、故意に話を盗み聞きすることもあった。あつかましい女性たちを彼があっさり袖《そで》にしているのを聞くと、なぜかうれしくなった。

だからどうしたっていうの？　だからといってなにも変わりはしないわ。ジョアンナは自分に言い聞かせた。ライダーに夢中になるなんて、ばかげたことだ。彼ときたら、わたしの気分がいいとそれにいらだち、失敗をしたらしたで今度はわたしを八つ裂きにしかねないような顔をするのだから。

ジョアンナは不意にからだのこわばりをほぐす必要を感じ、ブラインドを動かしたり、先ほど汚れをぬぐったコーヒーポットのあたりをまたふいてみたり、筆記用具をあちこち移し替えてみたりした。

「まるで蠅《はえ》かなにかみたいに息せききってオフィスのなかを飛び回っているな」ライダーが感想をもらした。「コーヒーの飲みすぎなんじゃないのか、ジョアンナ」

ジョアンナはため息をこらえた。彼女はコーヒーを飲まない。すでに興奮状態にある神経にあえてカフェインを注ぎこむ気はなかった。「ここに来てもうひと月たつのに、わたしが紅茶党だということにまだ気がつかなかった？」彼女は、カフェインの含まれていないハーブティーしか飲まないことにしていた。

つい衝動にかられ、ジョアンナは濡《ぬ》れた使用ずみのティーバッグをつかんでライダーに向かって投げた。彼は閃光《せんこう》のようにすばやく手をのばし、びしょ濡れの爆弾をつかみとった。

ジョアンナは自分の気まぐれな行いに空恐ろしくなった。〝行動を起こす前に必ず立ちどまり、よく考えるのよ、ジョアンナ〟――世話を受けたどの理学療法士からも言われた言葉が、頭のなかにこだました。悪いことに、その助言を思いだすより先に手が出てしまった。

「わたしったら、なんてことをしてしまったのかしら！」ジョアンナは仰天して両手を頬にあてた。「ごめんなさい。本当に子供じみたまねをしてしまって」

「まったくだ」ライダーが口もとを引きつらせた。「でもナイスキャッチだっただろう」そしてジョアンナが気づく前にティーバッグを投げ返した。それは彼女の腕にあたり、ブラウスの袖口にしみをつけた。「きみはうまくいかなかったみたいだが」

「謝るのはよすわ。あなたもわたしと同じくらい子供じみているもの」ジョアンナが文句を言った。

「子供以下かもしれないが」ライダーが同意した。「なにせぼくがボスなんだからね。いわれもなくこんな……その……」

「子供じみた悪ふざけを受ける義理はない？」ジョアンナは言葉を継いだ。

「幼稚園児並みのね」ライダーが同意した。「さあ、仕事に戻るぞ」かがんで書類を拾いあげる。「この新製品の開発企画書をマーケティング部へさし戻してきてくれ。もっと具体性が必要だ」

ジョアンナは、マーケティング部へ顔を出せばいっせいにあがるに違いないうめき声を想像した。完《かん》壁《ぺき》主義者のライダーは他人にも同じことを要求し、この企画書の書き直しと明細の見直しをすでに三回も命じていた。マーケティング部に一番恨まれている男性の使いをさせられる運命を、彼女は呪《のろ》った。

ジョアンナは自分の席へ戻る途中、来月ワシントンDCで行われる会議のためにライダーの飛行機を予約するのを忘れていたのを思いだした。前に予約をしようと思いたったとき、ちょうど姪のフィービから電話が入り、それきりになってしまっていたのだ。今度こそやっておかなければ、とジョアンナは思った。席に戻ったら電話をかけて……。

「ジョアンナ、すまないけど、薬局でビタミンCの錠剤を買ってきてくれない？」席にたどりつく前にミス・フォルクが話しかけてきた。「それから鼻孔スプレーもお願い。自分で行けないわけじゃないけど、こう外が寒くて風も強くては、からだのふしぶしが痛んでね」

「いいわよ、ミス・フォルク」ジョアンナはからだのふしぶしが痛むのがどれだけつらいかよく知っていたので、一も二もなく引き受けた。これまで人の助けを借りて生きてきたし、だからお返しに人に手を貸す必要も感じていた。「コートをとってきたらすぐ出かけるわ」

3

「お願い、ライダー。今夜、一緒に来てよ」シャーロット・フォーチュンは、長年ふたりの兄におねだりしてきた妹らしい声で、だだをこねるようにせがんだ。

　次男のマシューはしっかりしていて、たいていはうまくシャーロットをあしらっていたが、彼女より八歳年上のライダーは、自分で思っているよりずっと妹のおねだりには弱かった。

　しかし、今度ばかりはライダーも譲るつもりはなかった。「実はね、シャーロット。今まで東部をあちこち飛び回ってやっと空港に到着したばかりなんだ。というのも、ぼくのまぬけな秘書が飛行機の予約を忘れたうえに、出発当日の朝までそれに気がつきもしなかったからだ。ワシントンDCにたどりつくまではもう――」

「それならよけいに気分転換と休息が必要でしょう」ライダーのさんざんな空の旅にはまるで関心を示さずシャーロットが口をはさんだ。「きっと〈サーフ・シティ〉が気に入るわ」

「気が進まないな。名前を聞いただけでうんざりだ。CNNでニュースをチェックしてから寝ることにするよ」

「言うことがだんだんパパに似てきたわね」電話の向こうでシャーロットがむくれている様子が、ライダーには目に見えるようだった。「パパは毎晩十一時にはベッドに入るけど、それでもママと砂漠の向こうで楽しく暮らしているわ。悲観しないでね、ライダー。引退者向け保養地の住人のほうが自分より生き生きと暮らしているからって」

「ぼくにだって楽しみはあるさ」ライダーは反論した。

「嘘《うそ》よ。ないくせに。仕事へ行って、帰って寝るだけでしょう。退屈な仕事づけ人間、まるで世捨て人だわ」シャーロットが嘆いた。「兄さんがどんなに楽しくて冒険好きですてきかって、ずっと友達に自慢し続けてきたわたしの身にもなってよ」まるで気持を踏みにじられたかのような言い草だ。

「そういうクラブは南アフリカにいた時代にもう卒業したんだよ。だから――」

「だけど、そこでわたしと遊んでくれたわけじゃないでしょう。この九年間で会えたのは、毎年クリスマスの数日間だけだったわ。やっとここに住むことになったんだし、兄さんを友達に自慢したいのよ。だから一緒に来て。ねえ、お願い。絶対に楽しいから」

弱みにつけこんだり、持ちあげたり、なんとか丸めこもうとして、シャーロットはあらゆる手を使った。困ったことに、そのききめは十分で、ライダーはため息をもらした。もう降参するしかないが、少しだけ条件をつけるつもりだった。

「仕方ない。じゃあ、現地で落ちあおう。ただし長居はしないぞ。まあ、一時間か――」

「やった！」シャーロットが歓声をあげた。「じゃあ、〈サーフ・シティ〉でね。場所はわかる？」

「それくらい探すさ」ライダーはうめくように言った。

「そうだわ。言っておくけど、今夜はどこかのお偉方みたいな堅苦しい格好はやめてね。〈サーフ・シティ〉にはみんなだいたいショートパンツや水着で行くんだから。でも地味な服装がよければ、ジーンズでもいいわ」

「見栄《みえ》をはって、三月初めのミネアポリスを水着姿で闊歩《かっぽ》するつもりはないよ。それを年寄りくさくて地味だと言うなら、まあ、なんとでも言ってくれ、シャーロット」そう言うと、ライダーは電話を切った。

堅苦しい……ぼくが？　ライダーはしぶしぶクローゼットへ行くと、ジーンズとラガーシャツをとりだした。そして、最高におしゃれな妹と流行の最先端を行くその友達の前で恥をかかずにすむように祈った。

一時間半後、凍結防止用にまかれた塩がまじった雪道を、ライダーはアパートメントから〈サーフ・シティ〉へと運転していた。故郷のミネアポリスに帰ろうと決めたときから――ジョアンナが言った、〝神の啓示〟にしたがって――彼は、弟と妹の両方とより親密な関係を築くのを最優先にしようと考えていた。しかし今のところ、会社の仕事で時間と気力を使い果たし、ふたりにはほとんど会えないでいる。一歳と二カ月下でミネソタ大学医学センターで病理学研究員をしているマシューはあまり気にしていないようだが、妹のシャーロットは冷たいと言った。

だからこそこうして〈サーフ・シティ〉へとシャーロットのおおせにしたがっているのだ。

クラブのある倉庫のなかの広大な空間に立ち、ライダーはあたりを見渡した。人がごった返し、ライブ演奏や奔放なダンスに熱狂している。照明は薄暗く、まるで無法地帯のような雰囲気が漂っていた。板張りの遊歩道があり、ゲーム機や軽食や飲み物のスタンドが並び、砂が盛られた場所には波乗りの動きを模したサーフボードが揺れている。見ていると、みんなボードから落ちないようがんばってはいるものの、結局は振り落とされてしまうようだった。

ジーンズに赤とグリーンのラガーシャツを着た――靴をはいているのは言うまでもなく――ライダーは、明らかにその場で一番厚着をした客のひとりだった。大部分の客は、ショートパンツやサンダル、サンドレスなどを着ていた。なかには、裸足《はだし》で水着姿になっている者もいた。

ライダーはシャーロットの姿を捜して人ごみを見回した。妹とその仲間たちはここへよく出入りしているのか？　彼は気に入らなかった。店内での性行為を禁じた店側からの注意書きが掲示されてはいたが、見るからにここではしたい放題ができそうだ。

人の群れにもみくちゃにされ、クラブの奥のほうへ押されていくと、驚いたことにライダーの目と鼻の先で、数組のカップルが店の示したただひとつの掟《おきて》さえも破ろうとしていた。彼はなんとか動揺を抑えようとした。

ライダーは苦笑いしながら、自分が堅苦しい年寄りで、ひどくやぼったい男のように思えた。

「ジョアンナ、いらっしゃいよ！　サーフィンをしましょう！」ジョアンナのルームメイトのひとり、ジェニーが大声で言った。「これ、すっごく楽しそうよ」

ジョアンナは、サーファー気どりの者たちが揺れ動くサーフボードから投げだされるのを眺めていた。ほとんどの人が勢いよく振り落とされている。これではけがをして当然に思えた。

「ジェニー、痛い思いをするのはいやよ。わたしには向いてないわ」

叫ばなければ声が届かないため、その言葉はジェニーの耳に入らなかったが、ジョアンナには声をはりあげるほどの気力はなかった。なんだかめまいがして耳鳴りが起こり、頭のなかでドラムが鳴り響いているような気がした。

仲間のわがままにつきあった結果がこのありさまだ。ジェニーともうひとりのルームメイト、ウェンディに、ふたりの〝女同士の夜遊び〟につきあうようにずっと誘われ続けても、今夜まではなんとか断ってきた。ジェニーとウェンディは人づきあいがやたらと派手で、おとなしいジョアンナを心配させていた。

今夜はライダーが留守で六時前には家に着いてしまったので、言い逃れができなかった。彼はワシントンDCへ会議に行ったが、その飛行機をジョアンナは予約し忘れた。二日前の出発の日、かんかんに怒っていた彼が思いだされ、思わず身を震わせた。今夜帰る予定だが、明日会ってもまだわたしに腹をたてているだろうか？

もしそうなら、ライダーはわたしの忘れっぽさを皮肉る言葉をくり返し、一日じゅうわたしを不機嫌そうににらみつけていることだろう。建築家の設計した社長室の図面を思いだして、ライダーが早く改築を開始してくれたらいいのにとジョアンナは思った。四方が壁でさえぎられていれば、まさかあれほどまで空気がはりつめて逃げ場のない雰囲気にはならないだろう。

「今夜はわたしたちと一緒に来てよかったでしょう、ジョアンナ？」ジェニーがうれしそうに問いかけた。

ジョアンナはため息をついた。こんな寒い夜にジェニーとウェンディと一緒に出かけるなんて気が進まなかったが、ジュリアとマイケルを訪ねるのを口実に断るわけにもいかなかった。彼らは子供たちと一緒に、フロリダ・キーズへバカンスに出かけていた。

そして〈サーフ・シティ〉へは、薄い生地に刺《し》繍《しゅう》を施した短めのドレスを着てきたのに、ジョアンナはまるで厚着でもしているように感じた。

背が高く、日焼けしたからだに鮮やかな赤のビキニをつけたひとりの若い女性がサーフボードに飛び乗ったのが、ジョアンナの目にとまった。群がった一団のグループが彼女に喝采《かっさい》を送り、〝シャーロット、シャーロット〟と声をかける。振るい落とされはしたものの、彼女は今まで試した者たちのなかで一番長くサーフボードに乗っていた。

ジョアンナが眉を寄せると、笑い声や金切り声が渦巻くなか、若い女性は起きあがって言った。「みんな、楽しんでる？」

そして、彼女が一団のあいだをぬけていくのと入れ替わりに、今度はジェニーがつきを試そうとサーフボードに飛び乗った。ほかのビーチ・リゾートと同様、〈サーフ・シティ〉も週末はひどく混雑していて、いとも簡単にはぐれてしまう。ジョアンナはそれを装ってジェニーとウェンディから姿をくらまし、帰るつもりでいた。ここへは自分の車で来ると言いはってよかったと思った。

こうした場所が大好きだったころがあったのを、ジョアンナは思いだした。響き渡る音楽と騒がしい人ごみ、度を超したばか騒ぎにも、そのころならわくわくしていたかもしれない。二年間過ごした病院を出ると、ずいぶん時間を無駄にしたような気がして、その埋めあわせに派手なふるまいをしたこともあった。だがそんな気持も、今やつきものが落ちたように消えていた。

ジョアンナにはそれがうれしくもあり、寂しくもあった。自分が成長しているのを知るのはいいが、引きこもって世捨て人のように暮らすのはいやだった。ジェニーとウェンディに——ジュリアからさえ——自分には人づきあいらしきものがぜんぜんないと指摘されると、なにも言い返せなかった。

まさにそのとおりで、ふとジョアンナはそれをもっと気に病んでもよさそうなものだと思ったが、なぜかさして気にもならなかった。

どうしたわけかジョアンナは、自分の存在を気にもとめないボスと一緒に長い時間残業することが苦ではなかった。ただし、ライダーの我慢の限度を超えるようななにか——特に、飛行機の予約を忘れるような手違い——をしたせいで、彼が厳しく彼女をしかったときは別だが。

もちろん、ジョアンナはいつもへまばかりして、常にライダーをいらだたせているわけではない。ふと、なにかあたたかな気持が彼女の胸に満ちた。ふたりの関係がものすごくうまくいっているときもあった。ぴたりと波長が合って話がはずみ、笑いあい……。

「ジョアンナ！」大きな手がジョアンナの腕をつかんだ。「きみだと思ったよ」

押し寄せる人波のせいでジョアンナはからだの向きを変えられずにいたが、声だけで誰かはわかった。まるで考えただけでライダー・フォーチュンが自分の背後に現れたようで、ひどく驚いた。

「サーフボードのばか騒ぎを見ていたら、自分の妹がいたんだ。そのあと、きみの姿が目に入ったのさ」ライダーは驚きながらも、とがめるような口調で言った。「ここでなにをしているんだい？」

「ききたいのはわたしのほうよ。あなたが〈サーフ・シティ〉の常連だなんて夢にも思わなかったわ」

「そうじゃない」騒音のなかでも聞こえるように、ライダーはジョアンナに向けて頭をさげた。「妹に脅迫されて来たんだ。きみは？」

「脅迫というほどじゃないけど、ルームメイトに無理やり連れてこられたのよ。きっと楽しいからって」

「シャーロットもそう言ったが、考えてしまうよ。どこがいったい〝楽しい〟っていうんだい？」

「〈サーフ・シティ〉はともかく」ジョアンナは深く息を吸った。「ワシントンＤＣはどうだったの？」

「会議もうまく運んだし、なかなかいいところだった。ただ、行き帰りの旅程は地獄のようだったよ。

三つのかけ離れた空港に三回も離着陸をくり返し、混雑した空港で何度か待たされ……。もっと続けるかい？」

「ごめんなさい、ライダー」

ジョアンナの声はひどく自分を責めているように聞こえた。ライダーが横目で彼女を見ると、表情からもそんな気持がうかがえた。ミスは誰にでもあることだと考えよう。別に念入りに計画して予約せずにいたわけではないのだ。

「謝罪の気持はよくわかったよ、ジョアンナ。ただ、同じミスは二度とくり返さないでほしい」ライダーはそうつけ加えざるを得なかった。

ジョアンナは大げさにため息をついてみせた。

「手厳しい言葉ね」少し茶化すように首をかしげた。「ライダー・フォーチュンの得意技だわ」

「手厳しくした覚えはないよ」

「じゃあ、口うるさい？」

「それとも違う」ジョアンナが挑発しているのはわかっていたが、輝くルアーに突進する魚のようにあえてライダーはそれに飛びついた。「ぼくがきみの謝罪を受け入れようと努力しているのは認めてくれてもいいだろう、ジョアンナ。確かにぼくの態度は決して感じがいいとは言えないが……」

耳をつんざくような〈サーフ・シティ〉の騒音にもかかわらず、ライダーは自分の声の調子に驚いた。確かに手厳しく、口うるさく聞こえるのに気づき、彼ははっとした。なぜジョアンナにつらくあたるのか？ 透けた生地の愛らしいドレスを身につけ、ほっそりとした素足をさらし、頬は上気して目が輝いているジョアンナにここで出会っただけで、なぜこれほど彼女に……口やかましく言ってここから連れだしてしまいたくなるのか？

ジョアンナにはライダーの顔は見えなかったが、どんな表情をしているかはおよそ想像がついた。傲《ごう》慢《まん》で、いらだたしげな表情に違いない。これまで何度となく見せつけられた顔だ。不意に彼をとことん怒らせてやりたいという向こうみずな衝動がわきあがり、抑えられなくなった。

「ベストセラーを書いた財界人のまねをして、ハウツーものの本でも出したらどう、ライダー？　たとえば、〝ぜんぜん信用していないのに、いかにも部下の謝罪を受け入れたふりをする方法〟とか。カセット版を吹きこむのもいいかもね。実演するのよ。あなたの手厳しくて口うる――」

「きみのミスにどうしてぼくが罪悪感を持たなきゃいけないか教えてもらいたいね。きみが飛行機を予約し忘れたせいで迷惑をこうむったのは、このぼくなんだぞ」

「ほらね。さっきの謝罪をまるで受け入れず、そっくりわたしに投げつけてよこしたでしょう」ジョアンナがおもしろそうに言った。

ライダーはジョアンナをじっと見つめた。「いったい今夜はどれだけお酒を飲んだんだ？」

「わたしが酔っ払っているって言いたいなら、ぜんぜん違うわよ」ジョアンナが腹にすえかねたように言った。

「答えになっていないぞ」

「たった一杯だけよ。〈サーフ・シティ〉風シトラス・スラッシュとかいうやつ。なんでできているのか知らないけど、とてもおいしかったわ」

「そうだな。ここにいる連中のはめのはずし方から考えて、アルコール分が三十パーセント程度はあるな。たった一杯でも、きみみたいに小さな女の子には十分きくに違いない」ライダーが眉をひそめた。「実際にきいているみたいだな。きみはときどき小生意気な気どり屋みたいな口をきくが、こんなことはなかったぞ。こんなに……ずけずけものを言うことは」

「わたしは小生意気な気どり屋なんかじゃないわよ」ジョアンナは自己弁護した。「それに、小さくもないし」

「単なる言葉のあやさ。でも、訂正するよ。つまり、その……身長が低く、華奢《きゃしゃ》なからだつきの人間、と。これなら許せるかい？」

そのとき一群の人々が押し寄せてきたため、ジョアンナは危うく押し倒されそうになった。思いきりライダーにからだをあずけた拍子に、彼がうめき声をあげる。また人波に押されて、彼女は膝が崩れそうになった。

ライダーが腕をジョアンナの腰に回し、彼女を抱きとめた。「危うく踏みつぶされるところだったけど、大丈夫かい？」

「ええ」ジョアンナが振り向いてライダーを見あげると、薄いブラウンの目が彼女をくい入るように見つめていた。ふと、義理の兄もまたレーザー光線のように鋭い視線を向けてくるのを思いだした。とたんに彼女はなんとしてもこの場を逃れなくては、ライダー・フォーチュンの手から遠く逃れなくてはと感じた。「わたし……わたし、ここはもうたくさんよ。帰るわ」

「きみの言うとおりだ。さあ、行こう」

だが、動こうにも動けずにいると、まわりの人々がスローダンスを始めた。ダンスフロアではなかったが――みんながダンスを始めれば、どこだろうとそこがダンスフロアになるのだ――今はこの場がそうだった。

「大晦日《おおみそか》のタイムズ・スクエア並みの混雑だわ」ジョアンナが不平を言い、身をくねらせてからだを離そうとした。

ライダーにからだをぴったりと押しつけられていたので、彼の息づかいも、彼が息を吸いこむのもはっきりと感じられる。ジョアンナは目を見開き、また動こうとした。わたしったら、なにを考えているの？

「動かないで」ライダーがジョアンナの耳に唇を寄せ、かすれた声でささやいた。

ライダーのあたたかな息がかかり、ジョアンナの全身に震えが走った。ライダーのからだにすっぽり包みこまれると、彼の高まりが下腹部を圧迫してくるのを意識した。

「みんなダンスをしているだろう」ライダーは息苦しそうに言うと、まるで人形でも扱うかのように軽軽とジョアンナのからだを回した。腰にあてられていた手は、やがて下のほうへとおりてきた。

ジョアンナは自分が小さく頼りなく感じられ、一方ライダーは、彼女の小柄で女らしい姿がわが身に及ぼす効果に言葉を失った。禁欲生活が長かったせいだと急いで自分に言い訳する。それにしても、確かにあまりにも長く女性から遠ざかっていたばかりに、自分の秘書に——しかも別に引かれてもいないうとは。

——触れただけでたちどころに激しく反応してしまうとは。

ジョアンナはライダーに目をやり、ジーンズ、ラガーシャツ、肘までまくりあげた袖口《そでぐち》、そしてむきだしのたくましい腕や、ぴったりとしたジーンズを見つめた。オフィスでは、オーダーメイドのビジネススーツを着た姿しか見たことがない——もちろん、傷を見せようと服を脱いでくれたときは別だけれど。彼女はたくましい胸板を思いだした。まとまった情報を思いだそうとすると記憶があいまいになることがあるが、あの力強く神々しい眺めだけはひとつ残らず思いだせた。

今夜のライダーは、オフィスでいつも目にする、一分の隙《すき》もなく装った社長の姿とはかけ離れていた。髪は少し乱れ、顎と口のまわりにはうっすらとひげがのびていて、とても……セクシーだ。このままからだがほてり続けたら、ジョアンナはきっととけだして〈サーフ・シティ〉の地面に跡形もなく消えてしまいそうだった。

「踊るのも悪くない」ジョアンナを見おろしたライダーの目には、危険な光が宿っていた。

「《サーファー・ガール》で？」

「普通ならあり得ない。でもこの場所にはふさわしいだろう？」

あり得ない。そうね。ジョアンナは目がくらみそうになりながら考えた。この音楽、外の気温は氷点下なのに夏のいでたちをした人々、そしてライダー・フォーチュンの訴えるようなまなざし……。

もしかすると今は手術のあとで、麻酔から覚め、回復を待っている最中なのかもしれない。薬の副作用のせいで信じられないほど奇妙な夢を見たことのあるジョアンナは、そんな突拍子もない夢がまた現れたのかもしれないと思った。

なにが起きても受けとめようと決心し、ジョアンナはライダーの首に腕を回した。ふたりは、お互いの感触を味わった。

人ごみのなか、彼らは音楽に合わせてからだを揺らした。ライダーの胸に顔をあずけると、ジョアンナは急に心細く頼りない気持になり、もう顔を離すことができなかった。耳に彼の鼓動が聞こえ、自分の胸の高鳴りが一緒にリズムを刻む。彼女は目を閉じて、ライダーにしっかりと腕を回した。

ライダーもジョアンナに腕を回し、自分の顎を彼女の頭にあてた。腕のなかのからだはひどく心地よかった。両手でゆっくりと背中を撫《な》で始めると、ジョアンナはからだをそらし、さらに腕に力をこめてきた。

「ライダー」ジョアンナの声は上ずっていた。

ライダーが片手で背中を撫でながら、もう一方の手で胸のふくらみをやさしく包みこむと、激しくうずくような感覚がジョアンナの全身を走った。彼の愛撫《あいぶ》に簡単に反応してしまったことに驚いて、彼女はからだを引いた。

ジョアンナは混乱していた。理性が早く手を引くようにと警告しているのだが、欲望がそれを打ち負かそうとする。〝行動を起こす前に必ず立ちどまり、よく考えるのよ、ジョアンナ〟

その言葉が呪文《じゅもん》のように意識にのぼってきて、ジョアンナははっとわれに返ったが、すぐには動けなかった。

「ライダー、やめて」やっとのことでジョアンナはささやいた。彼女は欲望の罠《わな》にはまっていた。やめさせなくては。でも、やめてほしくない。

「無理だ」ライダーがうめきながら言った。これが行きすぎた行為であるのはわかっていたが、それでもジョアンナを放したくなかった。「ぼくは……いやだ。きみだってそうだろう、ジョアンナ？　それとも、本当にやめてほしいのか？」

ジョアンナがライダーを見あげたとき、ちょうど彼が下を向いたので、喧騒《けんそう》や周囲の人々が後ろへ遠のいていくように感じられた。目に映るのはライダーだけだ。ライダーのたくましい手がわたしのからだを抱き、彼の唇はぞくぞくするほど近くにある。あと数センチ近づけば、ふたりの唇は触れあい、そしてキスを交わして……。

「ちょっと、ライダー。今夜はばっちり決まってるじゃない」シャーロットが声を張りあげて割りこんできた。

ジョアンナはライダーから飛びのいた。できることならここから走り去ってしまいたいが、人ごみがそれを邪魔していた。それから、ビキニ姿の若い女性をあっけにとられて見つめた。さっきサーフボードから落ちたうちのひとりだ。彼女は両手を彼に回していた。

「これが妹のシャーロットだよ」ライダーは口もとをゆがめ、かたい口調で言った。「まったく、〈サーフ・シティ〉のような場所にはお似合いの無鉄砲な遊び人だよ」

ライダーは妹と会ってもうれしそうには見えなかった。ジョアンナは、シャーロットが文字どおり飛びこんできてくれたのに心から感謝した。なぜなら、もう少しでわたしは……身を任せてしまったかも……。

「ライダー、学校の校長かなにかがしゃべっているみたいに聞こえるわよ」シャーロットはろれつの回らない口調で言うと、足をよろめかせた。明らかに飲みすぎている。

シャーロットは手に持っていた鮮やかなピンク色の飲み物を、うっかりライダーの靴にこぼしてしまった。

シャーロットが笑った。「ごめんなさい、ライダー」

「今日はもううちへ帰るんだ」ライダーが厳しく言った。

「今度はパパみたいなことを言って。でも、わたしを外出禁止にしたり、おこづかいを減らしたりはできないでしょう」シャーロットが酔っ払って言った。

ジョアンナがこらえきれずに笑みを浮かべると、ライダーがそれに気づいた。「ジョアンナ、笑いごとじゃないんだ」彼はジョアンナと妹をにらみつけた。「妹をここから連れだすのを手伝ってくれないか？」

断ることもできず、ジョアンナは手を貸すことにした。シャーロットみたいに酔っ払った女性を、このばか騒ぎのなかにほうっておくわけにはいかなかった。しかも、こんな派手なビキニ姿で。

「さあ、行きましょう」ジョアンナがシャーロットの腰に腕を回すと、ライダーと手や腕が触れあった。

彼女はすんでのところでまたさっきの危うい感覚に圧倒されてしまいそうになった。

　ジョアンナがさっと視線をライダーに向けてひそかに観察すると、彼の顔には厳しい非難の色が浮かんでいた。彼女を抱いたまま放そうとしなかった男性の面影はどこにもなく、ただ冷たく近寄りがたい表情を見せている。ライダーは明らかにふたりのあいだに起きた親密な出来事を後悔していて、酔っ払った妹だけでなくジョアンナをも怖い顔でにらみつけていた。

　ライダーともう少しでキスするところだった。今こうして彼を見ると、ジョアンナには信じられなかった。ボスに危うくキスされそうになり、自分もそうされることを望んでいたなんてと思うと、からだに震えが走った。ライダーの冷たいまなざしが、北極の突風のようにつき刺さる。もしふたりがキスしていたとしたら？


「わたしは帰らないわよ。まだ来たばかりじゃない」シャーロットが不満を言ったが、ライダーは無視した。

「コートくらい着てきただろう。それに靴も。どこに置いてある？」

「あっちよ」シャーロットがぼそぼそと言った。「フルーツ・スムージーを出すスナックバーのところに、わたしのビーチサンダルとママの古い毛皮のコートがあるわ。誰かにピニャ・コラーダをこぼされたけど。確かピーチ入りのやつよ」

　ライダーは、ジョアンナがミスを犯したときと同じ表情を浮かべていた。ジョアンナはたちまちシャーロットに同情を覚えた。

「わたしが彼女の靴とコートをとってくるから、玄関のところで落ちあいましょう」ジョアンナが申しでて、板張りの遊歩道のほうへ向かった。ピーチ入りピニャ・コラーダがしみこんだ毛皮のコートを捜すのは大変かしら？

コートは苦もなく見つかり、ジョアンナがライダーたちに合流したとき、シャーロットは《カリフォルニア・ガールズ》を歌いながら踊っていた。陽気なシャーロットは、兄の厳しい説教にめげている様子はまったくない。ジョアンナはシャーロットにコートを着せてやると、自分もブラウンのウールのコートをはおり、ベルトをしめた。彼らは玄関へ向かって、ゆっくりと歩いていった。

「手を貸してもらってすまない」ライダーがよそよそしく言った。

「どういたしまして。それが秘書の役目でしょう？」

「秘書？」シャーロットが聞きとがめた。「あの〝まぬけな秘書〟？」ジョアンナをしっかり見ようと目をしばたたいた。「あなたがそうなの？」

「〝まぬけな秘書〟ね」ジョアンナがくり返した。ライダーはわたしをそう呼んだの？　酔っ払ったシャーロットの頭にも焼きついているくらいだから、きっと何度も強調してその言葉を口にしたに違いない。「そうよ。わたしのことだわ」

ジョアンナは怒りを覚えた。さっきはほとんどキス寸前までいったというのに今度はこうして傷つけられるなんて、あまりにもひどい。

「あなたが兄の下で働いている人ね」シャーロットは情報をつなぎあわせるために、懸命に意識を集中させようとしていた。「それで今夜は兄と一緒にここへ来て……」得意げに笑ってみせた。「兄がこのごろ夜遅くまで仕事をしているのは、そういうことだったのね。ふたりはオフィス・ラブのまっ最中ってわけね」

「いいえ、違うわ」ジョアンナはすぐに言い返した。「考えればわかるでしょう、シャーロット。あなたのお兄さんが〝まぬけな秘書〟なんかと恋におちたりすると思う？」

「ジョアンナ、ぼくは……」口を開いたライダーの顔には無念そうな表情が表れていたが、ジョアンナはそれに気づかず、人ごみのなかに突然隙間ができたのを見て、ふたりの前へと進んだ。クラブのエントランスに着くと、屋内駐車場につながるエレベーターが並んでいた。彼女は、均整のとれたからだつきをしたハンサムな男性が、モデル並みに華麗な女性の腕をとっているところへ、危うく衝突しそうになった。ふたりともデザイナーズブランドのぴったりとしたビーチウエアを身につけ、それがふたりの見事なからだを際だたせていた。男性のほうがジョアンナに魅力的な笑顔を向けた。

「チャドだわ」シャーロットがにやにや笑った。

ライダーは無言のままジョアンナのコートのベルトに手をかけると、彼女を引っぱった。

強引なやり方に驚いて、ジョアンナはライダーのほうを向いた。ライダーはベルトを握った手でさらに彼女を引き寄せた。

ライダーは後ろを振り返りもせず〈サーフ・シティ〉から出ようとエントランスのドアを通りぬけ、ジョアンナとシャーロットをなかば引きずるようにしてエレベーターへと向かった。喧騒から静けさへ、人ごみのなかから人気《ひとけ》のない廊下へと、突然の変化に戸惑いながら、ジョアンナは平静をとり戻そうとあたりを見回した。

ライダーが自分のことをまるでうぶな女学生みたいに扱ったのが、ジョアンナには我慢ならなかった。

「あの男性の前からわざわざ追いたてるようなことをしなくても、わたしは――」

「チャドがきみを見る目が気に入らない」ライダーが不満げに言った。「きみが少しでも気を引くようなまねをしたら、あいつは自分のシリコン製のマドラーみたいな――」

「ちょっと、わたしは彼の気を引くようなまねなん
かしていないわよ」ジョアンナは冷たく言った。
「それから、人とどうつきあうかぐらいはちゃんと
自分で決められるわ」
エレベーターが到着し、ライダーはシャーロット
とジョアンナをなかへ促した。扉が閉まると、四階
を押した。
「わたしの車は二階よ」ジョアンナが言った。
ライダーがボタンを押そうとしないのでジョアン
ナが手をのばすと、すでに二階を過ぎていた。
「ぼくの車に乗るんだ、ジョアンナ」横柄なライダ
ーの言い方に、ジョアンナはいきりたった。
「仕事じゃないのよ、ライダー。指図は受けない
わ」
「いやなのか？」四階に着き、エレベーターの扉が
開いた。
「いやよ」

「いいから、おいで」ライダーはエレベーターから
ジョアンナを引っぱりだし、そのあとをシャーロッ
トがよろめきながらついてきた。

4

「放して！」ジョアンナは身をよじって逃げようとしたが、ライダーの手は強く、逃れることができなかった。

「道が悪いし、それにきみが運転するのは許さない、ジョアンナ」ライダーは強引だった。

「許さない、ですって？」ジョアンナは問い返したものの、ふとおかしな気持になった。

　ジョアンナは、最後に誰かに〃許さない〃と言われたのがいつだったかを思いだそうとした。たぶん十代の、まだ両親が生きていたころだろう。

　あの事故以来たったひとり残った家族のジュリアは、いつもジョアンナを励ましてくれた。〃あなたならできるわ、ジョアンナ〃とか、〃やりたいならやってみなさいよ、ジョアンナ〃と。ときには姉らしく、〃チャドにはかかわらないで。みすみす不幸になるだけよ〃とか、〃ビタミンを毎日とりなさい。とてもからだにいいから〃といったアドバイスもしてくれた。義兄のマイケルは、やはりチャド・フォーチュンへの注意とともに、車について〃カーオイルや不凍液、タイヤの空気圧の点検を忘れずに〃と役にたつ助言をしてくれた。

　だが、〃許さない〃と言われたことは絶えてなかった。「まるで親みたいな言い方ね」ジョアンナは言い返した。

　ライダーがうめき、文字どおり鼻孔をふくらませた。ジョアンナは思わず目を奪われた。鼻孔をふくらますなんてただの言い回しだと思っていたが、彼はそれを実演してくれたのだ。

　ライダーは痛いくらいに歯をくいしばった。親みたい、だって？　どうすればそんな言葉が出てくるんだ？　ジョアンナに対して親みたいな気持になるなんて、自分には今一番あり得ないことだ。

「今夜のきみはどうかしている、ジョアンナ。それに飲んでいるから、車の運転をさせるわけにはいかない」ライダーが言った。

「たった一杯だけよ。ひと晩じゅう酒浸りだったみたいに言わないで」

「どうやら、わたしはそうだったみたい」シャーロットが話に割りこんだ。「わたしのこと怒ってる、ライダー？」

「あたり前だ」ライダーは不機嫌そうに答えた。「おまえもジョアンナも今夜は……いや、いつだろうと、〈サーフ・シティ〉なんかに来るべきじゃなかった。いかれたやつらが女性の飲み物に薬を盛ったなんて話を聞くだろう。〈サーフ・シティ〉なら、そんなことが連日起こっても不思議じゃない」

「そんなことないわ」シャーロットが反論した。「ここはみんなが楽しむ場所よ。ミネアポリスに帰ってきてからまるで変わっちゃったのね、ライダー。好奇心のかけらもないし、今のあなたに比べたらパパが道化者に見えるくらいよ」

実際のジェームズ・フォーチュンは堅物で、およそ道化者とは正反対だ。だが、遠回しとは言いがたいこの非難でさえライダーにはこたえないかもしれないと、シャーロットはさらに言い募った。

「そうよ。まるで……清教徒かなにかみたいに厳しくてまじめ一方で、ちっとも楽しくない」

「ぼくが清教徒なら、おまえは酒浸りの遊び人だ、シャーロット」ライダーは眉を寄せ、冷えきった駐車場のなか、ジョアンナとシャーロットをせきたてた。やがて、彼の黒いレンジ・ローバーのそばで足をとめた。「さあ、ふたりとも乗って」

「仕事中もこんなに偉そうなの？」むっつりした顔

でシャーロットがジョアンナにきいた。「もしそうだったら、そんな仕事、わたしならやめちゃうわ。でも、妹をやめるのは不可能よね」

「いつもは他人のもめごとには首をつっこまないようにしているの」ジョアンナはそっけなく言った。「でも、きかれたから言うけど、仕事ではあなたのお兄さんは……」ライダーを見あげ、ひと呼吸置く。やがて口もとに笑みが広がった。「いいボスよ」

ライダーが眉をつりあげた。「おほめにあずかって光栄だよ、ジョアンナ」

「どういたしまして、ボス」

ジョアンナは、ひそかにライダーと言葉のゲームを楽しんでいた。今夜、ふたりの関係は複雑だが楽しくもあり、両極端を行ったり来たりしていた。熱くなったかと思えば凍りつき、それがまたとけだしている。ライダーの態度が和らいでくるのがはっきりとわかり、彼はときどき笑顔まで見せた。

「チャドがきみの気を引こうとしたのを見て、どうやら過剰反応したようだ」ライダーは少しきまり悪そうに認めた。「悪かったね」

「もういいのよ」ジョアンナはシャーロットのほうを向いた。「姉のジュリアが、ケイトの秘書のケリー・シンクレアがチャドとつきあっていることをとても心配していたわ。ケリーは純粋で気だてがいいけど、チャドは不幸の種のような男だと言って。マイケルはチャドのことを毒物みたいなやつだと言っていたわ」

「ようやく全員の意見が一致したね」ライダーが穏やかに言った。「よし。それじゃ、行こうか」彼はシャーロットの肘に手をあて、後部座席に座らせた。するとと残るは助手席だ。ジョアンナは広い座席に座り、緊張していないようにふるまった。

だが本当は、ふたりの関係が次第に深まっていくのを意識して、ジョアンナはひどく緊張していた。

さっきふたりに訪れた親密なひとときにライダーが見せた別の顔がしきりに心に浮かぶ。短気で命令ばかりしているいつもの彼とは別人のようなライダーともっと一緒に過ごし、彼に呼び覚まされたうっとりするような感覚を確かめてみたかった。

ばかなことを考えるのはやめなさい、ジョアンナ。彼女は自分を戒めた。どれほど多くの面がライダーにあろうとも、問題はわたしがこの男性の部下だということだ。彼の〝まぬけな秘書〟としては、その立場を忘れるほど、まぬけなことはない。

ふと、怒りがジョアンナのなかにわきあがった。

「車を置いたままにしたら、明日どうやって会社へ行けばいいの？」ライダーが運転席に座ると、彼女は不服そうにきいた。「まさか、バスに乗れだなんて言わないでしょうね」

「バスに乗れだなんて夢にも思っていないさ。明日の朝、きみをここまで送ってくるから、自分の車に乗ってくればいい」ライダーは有無を言わせぬ口調で言った。

それからライダーは大きな手をなにげなくのばし、大胆にもジョアンナの膝に置いた。

「ライダー、そんな……だめよ」ジョアンナは、からだじゅうに興奮が走るのをなんとか押しとどめようとした。

「だめかい？」誘うようなライダーの声がした。

「これもだめなのかい？」彼の指がスカートの下にさし入れられ、ジョアンナの腿の内側をやさしく愛《あい》撫《ぶ》し始める。「きみはぼくがほしくないのか？」

喜びがからだにわきあがり、深く熱く広がっていく。自分を抑えるのが意味のないことに思えてきて、なにも言わずにいると、ライダーの手はさらに奥へと入ってきた。

ジョアンナは熱い波に酔いしれた。手の感触からライダーがなにを求めていて、どうするつもりなのかは明らかだ。〝明日の朝、きみをここまで送ってくるから、自分の車に乗ってくればいい〟と彼は言ったが、その言葉の意味するところははっきりしていた。ふたりは明日の朝、一緒にいる。なぜなら、今夜はふたりで過ごすのだから。

なにも言わなければそうなる。ジョアンナは、シャーロットが突然現れる寸前まで包まれていた悩ましい感覚に、今また身を任せていた。目をあげると、ライダーがじっと見つめていた。むきだしの欲望と情熱が目に表れていて、女としてのジョアンナを深く刺激した。

レンジ・ローバーが駐車場から吹き荒れる三月の風のなかへと走りだした。数ブロック進んだところで信号が赤に変わり、ライダーはブレーキをかけて車をとめた。

「ぼくのうちへおいで、ジョアンナ」ライダーがつぶやいた。ジョアンナは彼を見ようと首を回し、震えながら短く息を吸いこんだ。そこへライダーがかがみこみ、唇を重ねる。最初はやさしく、やがて彼女が唇を開くと、彼はさらに情熱的に唇を押しつけてきた。ふたりの舌が絡みあう。

「ちょっと待ってよ。こんなに邪魔者扱いされたのはこれまで……一度もないわ」シャーロットが後部座席ですねたように文句を言った。「まったく最低だわ。どうして信号が変わらないのよ。壊れちゃったの？」

ライダーは言葉にならないつぶやきをもらしながらジョアンナから唇を離したが、からだを離すことはできなかった。シャーロットの文句も無視して、ふたりは抱きあったままでいた。彼はジョアンナの首筋にキスをして柔らかい肌の感触を味わい、そそるような香水の香りを吸いこんだ。

ライダーの唇が耳の下の敏感な部分へ向かって動きだす。ジョアンナが思わず身を震わせると、バックミラーに映ったシャーロットとたまたま目が合った。

シャーロットがふたりを好奇心もあらわに観察しているのに気づいて、ジョアンナは頰を赤らめた。

「ライダー」ジョアンナがささやいた。「見て」ライダーがしぶしぶ顔をあげ、彼女の視線を追ってバックミラーを見つめた。

シャーロットが小さく手を振った。「ほら。わたしはまだここにいるのよ」

ライダーがうめいた。ジョアンナは、あたたかい彼の肩に恥ずかしそうに顔を伏せた。この刺激的なひとときのせいで、彼女のからだは小刻みに震えていた。

「恋愛関係にないふたりにしては、ずいぶんそれらしくやってくれたわね」シャーロットが感想を言った。「お願いだから、このおんぼろ信号を早く変えて、わたしを家へ帰してよ。それからふたりで続きをやればいいわ」

「信号を変えるのは無理だが」ライダーがぴしゃりと言った。「それ以外の要求は喜んで受け入れるよ、シャーロット」

ライダーの手は依然としてジョアンナの腿の上にあったが、またキスしてはこなかった。信号が青に変わったため車を発進させなければならず、そのチャンスもなかった。

〝行動を起こす前に必ず立ちどまり、よく考えるのよ〟何度もくり返し聞かされた助言がずっとジョアンナの頭のなかで響いていた。シャーロットを送っていくまで、考える時間はたっぷりとあった。

考える時間があったことは幸運だったが、ただ衝動に身を任せられたらどれほどいいかとジョアンナは残念に思った。

ライダーのところへ行って、めくるめく一夜を過ごしてもいいの？

ジョアンナはそうしたかったが、望みがいつもかなうわけではなく、それが必ず手に入るとも限らないのもよく知っていた。そのときふと、〝幸せとは自分のほしいものを手に入れることではなく、今あるものを大切にすることよ〟とジュリアが言ったのを思いだした。

ジュリアの言葉はもっともだ。

「ずいぶん静かだね、ジョアンナ」とうとう、ライダーが口を開いた。シャーロットをおろしたので、車のなかはしんと静まり返っていた。「なにを考えていたんだ？」彼はセクシーな笑みを浮かべた。

「ずいぶん考えこんでいたよ。たっぷり五分間はじっとしていたからね」

「わたしの新記録かもしれないわ」ジョアンナが認めた。「わたしがなにを考えていたか話したら、きっと……」

「興奮する？」ライダーが促した。「今までよりもずっと？」

「いらいらするでしょうね」ジョアンナがつれなく答えた。「そして、腹をたてるわよ」

「そんなことはしない」ライダーは、男性ホルモンとアドレナリンがからだじゅうをかけめぐるのを感じた。「きみにだけはね」

「わたしは、あなたとの官能的な関係を夢に描きながらここに座っているんじゃないって言ったとしても？　また心ここにあらずで、物思いにふけっていたとしても？　それを心の回り道とでも言ってくれたらうれしいけれど」

「ジョアンナ」ライダーはうめいた。「きみのなにもかもに気が狂いそうだよ」

「わかっているわ」そう、せつないほどに。「だからこそ今夜は、衝動にかられて行動しちゃいけないの。いいえ……どんな夜でもね」

ジョアンナの気持は乱れていたが、自分の決心は正しいと信じていた。男性が面と向かって、相手の女性のせいで気が変になりそうだなどと言う場合は、一夜限りの情事しか考えていないに決まっているし、情事など絶対にいやだった。

それに、直属のボスとベッドをともにしたくもなかった。

「人生はそれだけで十分厄介だし、手に負えない厄介ごとはこれ以上もうたくさんよ」

ジョアンナはつぶやいた。誰かの――新聞に掲載されているアビーの人生相談か、テレビで放映中のオープラのトーク番組か、ローラ博士のラジオ相談だったかははっきり覚えていないが――そんな言葉が頭の奥底にこびりついていて、不思議なことに今突然浮かんできた。

「気を狂わせられるような女とベッドをともにするなんて、それこそさんざんな結果は保証されたようなものだわ」ジョアンナは真剣な顔で言った。アビーもオープラもローラ博士も、みんな賛成してくれるに違いない。

「ジョアンナ、ぼくは……最高のほめ言葉として言っているんだ。わかってくれ」

だが、ジョアンナの心は変わらず、シートベルトの許す限り遠くへとライダーから離れようとしていた。

鋭く強い切迫した思いがライダーを満たした。せっかくの情熱的な告白も思うようにはいかない。ジョアンナはぼくを完全に誤解しているのではないか？

「ジョアンナ、決してそんなつもりではなくて……。お願いだ。もう一度聞いてくれ。ぼくが言いたいのは――」

「まっすぐわたしのアパートメントへ行って、ライダー。明日の朝はルームメイトのひとりに駐車場まで乗せていってもらうわ」

「お願いだ。考え直してくれ」ライダーはレンジ・ローバーを路肩にとめ、エンジンをかけたままジョアンナを両手で抱こうとした。そのときふと、自分が見境をなくした男のようにふるまっているのに気づいた。実際、口調までが見境をなくした男のものになっている。

ジョアンナはさらにドアのほうへからだを押しつけた。ライダーにまた触れられたら、きっとベッドをともにしてしまうに違いない。今夜は理性が欲望に負けそうだった。

そうはさせないと、ジョアンナは心のなかで理由をあげていった。ライダーはすべての点で自分とは似ても似つかない。教養があり、裕福で、アメリカでも有数の名家に生まれついた人間だ。こうした違いも、おとぎばなしのなかならかまわないし――とても現実にはあり得ないカップルが山ほど登場する、姪《めい》の絵本とビデオのコレクションが頭に浮かんだ――子供の話と片づけられる。だが、ジョアンナ・チャンドラーは現実の世界に生きている。

ライダーがわたしを求め、わたしをやさしく愛撫して……。

ジョアンナはからだを震わせ、両手でライダーの手首を握って彼をかわそうとした。「だめよ、ライダー」

ライダーはジョアンナを見つめ、声に表れた苦痛の響きに驚いた。彼女は怯《おび》えている。彼はあわててからだを引いた。

「ぼくのことを……たけり狂った野獣みたいに見なくてもいいだろう」ライダーはざらついた声で言ったが、正直に言えば、われながらそんなふうに感じていた。

ジョアンナはたじろいだ。ライダーを侮辱するつもりはなかった。「仕事でいい関係を続けていきたいの、ライダー」なんとか事態を収拾したかった。

「それに友情も。熱に浮かれたはずみで、しかもあんな……熱に浮かれたような場所のせいで、なにもかも台なしにしたくはないのよ」

「そんなふうに思っているのか？〈サーフ・シティ〉の怪しげな雰囲気に浮かれて、きみに手を出そうとしたと？」ライダーは怒りを覚えた。確かにかなり衝動的にふるまったのは事実だが、ジョアンナになぜこれほど誤解されなければならないんだ？

「まあ、仕方ないさ。きみはものごとをとり違える名人だからな」彼は続けた。もともと我慢強くないうえに、疲労と欲求不満とが重なったせいで、堪忍袋の緒が切れてしまった。「仕事の話をすれば、ぼくらは——」

「飛行機の予約のことでまだ怒っているのね」ジョアンナは大きく息を吸い、ライダーの表情をうかがった。読み違えてはいない。それはできの悪い部下、〝まぬけな秘書〟を不機嫌そうに眺めるいつものボスの顔だった。

「強いて言えばね」ライダーがつぶやいた。

ジョアンナは、彼女がたまたま忘れたり、失敗したりしたことをライダーはひとつ残らず覚えているに違いないと確信していた。身内でなかったら、数週間前にフォーチュン・デザイン社から追いだされていただろう。

「わたしなんかやめてくれればいいと思ってる？」

ジョアンナは声をつまらせた。「それでも、ふたりの友情だけはつなぎとめられるかもしれないし」ライダーのひどく険しい表情に、彼女はひるんだ。「それとも、もう友達だとも思っていない？」

「誰かを友達だと思ったことは一度もないよ」ライダーはきっぱりと答えた。

それは本当だった。今までライダーは、友人を必要だと感じたり、特別ほしいと思ったりしたことはなかったし、ジョアンナのことを友達として見てはいなかった。ぼくが望んでいるのは、言い争ったりできないようにたっぷり時間をかけて思う存分彼女とキスを交わすことだ。ただ逆に言えば、単なる友達でないからこそジョアンナは、〈サーフ・シティ〉の雰囲気に影響されたぼくを非難したのかもしれない。

ジョアンナがアパートメントへの道順を手短に説明する以外、ふたりは口をきかず、到着するとすぐに彼女は車をおりた。

「明日も出社したほうがいいの？」ジョアンナは歩道に立って自信なさそうにきいた。

「もしきみが来なかったら、ミス・フォルクに頼んできみの仕事をしてもらわなくちゃならない。するとどんな結果になるかはわかるだろう」ライダーが怒ったように言った。

ジョアンナが車から飛びおりたことが、さらにライダーの気分を害した。まったく、襲われるとでも思っているのか？　その点なら心配はいらない。彼は女性を無理やり振り向かせようとするような男ではなかった。

「わかったわ。じゃあ、行きます」ジョアンナは沈んだ気分で約束した。ミス・フォルクと比べてましだとほのめかされても、少しも励みにはならない。ライダーが手に負えない受付係をどう思っているかを知っていれば、なおさらだ。

「ご協力をどうも」

暗い気持とは裏腹に、ジョアンナはこらえきれずつい笑ってしまった。それというのも、ライダーの口調が、リハビリセンターにいた不機嫌な老人を思いださせたからだ。

ジョアンナが笑ったのを見て、ライダーは怒りを覚えた。自分がとんでもない醜態を演じただけでも十分惨めな思いをしているというのに、彼女はうわべだけでも忘れたふりをしてくれるどころか、楽しそうに目の前で笑ってみせたのだ。

ライダーはエンジンをふかすと、路肩から車を出してスピードをあげ、人気《ひとけ》のない通りを走り去った。二ブロックほど行ったところで、猛スピードで走っているレンジ・ローバーにパトカーが気づき、サイレンを鳴らし、赤と青のライトを点滅させて追ってきた。

ライダーはかなりの額の違反切符を切られ、天候や道路の状態も顧みない非常識で無謀な運転について、厳しい叱責《しっせき》を受けた。なにもかもジョアンナ・チャンドラーのせいだった。彼女はぼくの運転の腕まで狂わせてくれた。今度は悪い意味で。

ジョアンナがここにいたら、そう言ってやるところだ。ライダーはせいいっぱい想像力を働かせ、その光景を思い描いた……。

ぼくはジョアンナに思う存分キスをして息も絶え絶えにし、自分と同じように、欲望で彼女を狂わせる。そしてジョアンナをベッドへ連れていき、ふたりともただ一心不乱に、お互いに歓《よろこ》びの絶頂を見つけるまで愛しあうのだ。

5

ジョアンナとライダーは、その後の数週間というもの、冷戦状態を続けた。

全面戦争よりもたちが悪い、とジョアンナは思った。全面戦争なら、少なくとも戦線の状況ははっきりし、敵意もちゃんと見てとれる。ライダーの冷ややかな丁重さと、どうしても必要な場合しか話しかけないという方針は、ふたりの距離をさらに隔てていた。

ジョアンナは毎日オフィスで、ライダーが彼女をさげすむような目で見て、やることなすことすべてをひそかにチェックし、批判しているのを感じた。

ふたりは相変わらず夜遅くまで働いたが、以前のような仲間意識は失われていた。

テイクアウトの夕食すら同じ店からとろうとしなかったが、ライダーはそれでも、ジョアンナの夕食代は払おうとした。彼女は香辛料のきいたチキン・ブリトーばかりを毎日注文していた。一方彼はいつも違った料理を選んだが、それは彼女の決まりきった食事へのあてつけのようにも見えた。

「そんなに同じものばかり毎晩よく食べていられるな？」ジョアンナに十五日連続でチキン・ブリトーが届くと、とうとうライダーがきいた。

ライダーの声に冷たい怒りを感じたジョアンナは、味覚がおかしくなったせいなのを説明する気も失《う》せた。ライダーをいらだたせるために毎日ブリトーを頼んでいるとでも思っているのか、彼が険しい顔を向けた。

ジョアンナはただ肩をすくめた。「これでいいの」

ふたりの仲たがいは、たまたま会社の忙しい時期に重なった。意欲的な新入社員が広報部とマーケティング部に配属され、再建中のフォーチュン・デザイン社の評判を広めるのに成功した。その結果、数多くの問いあわせが舞いこみ、かなりの確率で会社は新しい契約を獲得できた。

仕事がどんどん複雑になり、要求が厳しくなると、ただでさえジョアンナは追いつくのが大変だったが、冷淡で非難がましいライダーの態度がさらに追い討ちをかけた。

ジョアンナがなにか大失敗をして、それをしたり顔で戒めてやれる機会を、ライダーは待ちかまえているようだった。マイケルでもかばいきれないような重大なミスを犯させ、晴れて彼女を追い払おうと考えているに違いない。

ふたりのあいだの空気がさらにはりつめてくると、手痛いミスをするのは時間の問題に思えて、ジョアンナは気が気ではなかった。

セント・パトリック・デーのあとのある日、ミス・フォルクはいつもの午前十時よりもさらに遅く出社して、今すぐ会社をやめると言いだした。慣例である二週間前の通告義務など、まったく意に介していないようだった。

ミス・フォルクが出ていくと、受付には誰もいなくなった。電話に出る者もなく、来客はほったらかしにされていた。

受付のミス・フォルクがあわただしくやめていったニュースをボスに報告する役目は、ジョアンナが務めるしかなかった。

「ピッツバーグに住むミス・フォルクのお姉さんが、ペンシルバニア州の宝くじで、昨日、一千万ドルあてたそうよ」ジョアンナは報告を始めた。「アイルランド人じゃないけど、きっとアイルランド人の祝日の幸運をもらったんだって言っていたわ」

「そうか」ライダーは目の前の分厚い報告書に没頭

していて、フォルク姉妹の話にはなんの興味も示さなかった。

「ふたりでフロリダに移り、コンドミニアムを買って一緒に暮らすそうよ。もう運送会社に連絡をとっていて、すぐにでも南へ出発するつもりなんですって。今週限りで……実際は今朝、フォーチュン・デザイン社を正式に退社したわ」ジョアンナは聞こえているのかと、ライダーをいぶかしそうに見た。

「もう……ミス・フォルクは……やめたの」

ライダーがはっとして顔をあげた。「ミス・フォルクがやめた？」

ジョアンナがうなずいた。

「夢じゃないだろうな」ライダーは感に堪えない様子で言った。

「前もって通告せずにやめたのを理由に退職金を支払わなかったら、必ず訴えてやるって言っていたわ」ジョアンナは、別れ際にミス・フォルクが口にした脅し文句を伝えた。

「支払わない、だって？　やめてくれるならボーナスだって出すよ」ライダーは椅子にもたれ、笑みを浮かべた。「《ディン・ドン！　悪い魔女は死んだ》を歌いながら、部屋を踊って回りたい気分だ」

「わたしは残念だわ」ジョアンナは言った。もし自分がやめると言えば、ライダーは今とそっくり同じことを言うに違いないと考えると、ひとごととは思えなかった。「寂しくなるもの」

「ぼくはそんなことはないね。誰ひとりとしてそんなふうに思う者はいないよ」ライダーが強調した。「ミス・フォルクは近寄る者みんなに、いつも気むずかしくて不機嫌な態度をとっていたし、まったく頭痛の種だったからな」

「でも、お姉さん思いで、猫好きだし、そんなに悪い人じゃないわ」ジョアンナが反論した。

ライダーはあきれたように目をくるりと回すと、

腕時計に目を走らせ、書類の束をかき集めた。「弁理士のアイク・オルセンとセントポールで打ちあわせだ」

ライダーが革のブリーフケースに書類をつめるのを、ジョアンナは見ていた。

「ミス・フォルクはもういないわけだから、ジョアンナ、今日は受付と電話の応対もお願いできるかい？」それはお願いではなく、命令だった。「かかってくる電話は全部留守番電話につなげばいいが、ひとつだけ例外がある。大おばのケイトは覚えているだろう。今日、彼女から電話がかかってくる予定だが、留守番電話に回すわけにはいかない。そこで頼みなんだが、もしケイトの番号が表示されたら電話をとって、戻り次第ぼくからかけ直すと伝えてくれないか」

「わかったわ。これから受付へ移動します」ジョアンナは喜んでその仕事を引き受けた。前にもミス・フォルクの代わりを務めたことがあったが、一度も失敗はしなかった。

「それからジョアンナ、外出中にぼくのこの二週間分のEメールを印刷しておいてくれ」ライダーが声をかけたので、ジョアンナは足をとめた。「今月末、ロサンゼルスで開かれる会議の準備をするのに忙しくて、返事をする暇がなかったんだ。今日の午後、ランチから帰ったら片づけようと思っている」

一日一度は飛行機の予約の件でいやみを言いたがるライダーが、その会議のための飛行機の予約をどうやってとったかについてなにも言おうとしないのに、ジョアンナは気づいた。おまけに彼は思いがけず笑顔まで見せ、彼女の心を乱した。〈サーフ・シティ〉での夜以来初めて、氷のような態度を和らげてくれた。

ふたりの目が合い、やがてジョアンナが先に目をそらした。

「受付と電話の応対をして、Eメールを印刷すればいいのね」簡単に言ってはみたものの、一抹の不安がジョアンナの脳裏をよぎった。受付にあるミス・フォルクの机と、オフィスのなかにあるライダーのコンピュータとのあいだを行き来しなければならない。大変だわ。

「忘れるところだった。四月十一日にあるハサウェイ社とのミーティングの予定をコンピュータに入力しておいてくれ」ライダーは最後の命令を言い終えると、オフィスをあとにした。

簡単なことだといったんは思ったが、次第に不安が募ってきた。ジョアンナはライダーのコンピュータに近づいた。ここが肝心なところだ。彼とやっと仲直りができそうだというのに、任された仕事をやりとげられなかったがために、また関係を悪化させたくはなかった。

ミス・フォルクがやめてライダーがこれほど喜び、〝まぬけな秘書〟にまで機嫌よく接してくれたのは、幸運だった。ジョアンナをまともに扱ってくれたのはほぼ三週間ぶりで、どことなくとげのあった口調も普通に戻っていた。

ライダーの席につくと、大きすぎる革張りの椅子にはまだ彼のぬくもりがあった。コンピュータ上の予定表とEメールは、それぞれ別の暗証番号で保護されたファイルに保存してあった。安全上の防護策かなにかだと聞いたような気がするが、長い説明はわかりにくく、ジョアンナは集中力を持続できなかった。

事故にあう前は簡単に知識や技能を習得でき、新たな情報をすぐさま新しい状況に応用することもできた。それをあたり前のことだと思っていたのを、ジョアンナは心の痛みとともに思いだした。そのころの自分がどれほど才気にあふれていたか、ライダーが知ってくれさえしたら……。

ジョアンナは頭を振り、ライダーには自分の過去などなにひとつ知らせるわけにはいかないと思った。注意力散漫で気まぐれな性格のために仕事ができないと思ってもらったままのほうがいい。自分に障害がある事実を知られたくはなかった。

誰もその言葉をはっきりと口にはしないが、ジョアンナは忘れるわけにはいかなかった。事故のあと治療でかかわった人たちはみな、障害を認めたうえで将来へ足を踏みだすように励ましてくれた。実際、彼女はそうやって生きてきたし、またそれ以外の道もなかった。なぜなら二度とかつての自分には戻れないのだから。

ライダーにはどうしても知られたくない。彼にあわれみを受ける場面を想像して、ジョアンナは痛くなるほど強く下唇を噛《か》んだ。

電話が次々と鳴り始めた。ジョアンナは、ケイト・フォーチュンからの電話を留守番電話へと回さないように、表示される番号が彼女の番号かどうかを確かめた。

その間、ライダーのコンピュータはまるでいやがらせでもしているかのように、予定表とEメールを開こうとするジョアンナの試みを拒否し続けた。暗証番号をあれこれ試してみても、〝アクセスは拒否されました〟の文字が画面に表示されるだけだった。番号を思い違いしているのか、いくら試してもうまくいきそうにない。まるで機械がわざと邪魔をしているかのようだ。

ミネアポリスの――もしかすると、世界じゅうの――人間がみな突然フォーチュン・デザイン社へ電話をかけようと思いつきでもしたかのように、電話は休む間もなく鳴り続けた。ジョアンナはひとつひとつ番号を確認しながら、ライダーが慕うケイトの番号ではありませんようにと祈った。というのも、暗証番号と同じように電話番号までがごちゃごちゃになり始めていたからだ。

玉のような汗をかいてライダーのオフィスと受付とをかけ足で往復しながら、ジョアンナは自分を迷路に迷いこんだねずみのように感じた。そして、ねずみは迷路からぬけだせないのではないか、ただ走り回るだけでなんの役にもたたないのではないかと、急に心配になった。

すると運よく奇跡が起こり、ファイルがふたつとも開いた。ふたつ同時ではなく、ひとつずつのほうがよかったが、ありがたくアクセスを許してくれたコンピュータにあえて逆らう気はなかった。

だが、なにかが変だった。ジョアンナが肝心のコマンドを打ちこんでもプリンターは動かず、Eメールは印刷されない。

〝Eメールもよしあしだな〟と言ったライダーの言葉が頭に浮かんだ。彼は、Eメールには好悪入りまじった感想があるらしい。経営学の修士号をとった当時、Eメールはまだ普及していなかったが、南アフリカから戻ってくると、それは会社じゅうで幅をきかせていたということだった。無意識の抵抗感からか、ライダーのEメールへの態度はどっちつかずだった。たまるだけためてから、ようやくそれに目を通し、メッセージを保存し損なったり……。

ここにあるメッセージは保存ずみなのかしら？

予定表のファイルへ切り替えようとしたとき、ふと思った。そして予定表にライダーのハサウェイ社とのミーティングの予定を入力したが、追加項目が画面に現れなかった。

ジョアンナはいらだって、また同じコマンドを打った。ファイルをどうにかしちゃったのかしら……でも、どうして？　こっちがEメールで、あっちが予定表でしょう？

そのとき電話が鳴り、ジョアンナは番号を確認した。これはケイト・フォーチュンの番号じゃないかしら？

ジョアンナがあわててまたいくつかキーをたたくと、今度は画面が急にまっ白になった。彼女は驚いてそれを見つめた。Eメールの受信記録の長い一覧が全部消えていた。また予定表のなかにも、記録はなにも残っていなかった。

電話は相変わらず鳴り続けている。ジョアンナは受話器をとった。

「ライアンはいるか？」男のずうずうしそうな声が耳に響いた。その声を聞きながら、印刷どころか二週間分のEメールを削除してしまった事態の深刻さに、ジョアンナの胸はしめつけられた。おまけに、ライダーの予定表のファイルにあった一月から十二月までの面会スケジュールまで消してしまったなんて。まるで魔法でも使ったかのように。

黒魔術だわ。悲痛な気持でジョアンナは思った。たまたま自分の身にそれが降りかかったのだ。

ジョアンナはなにが起きたのか考えようとした。電話が鳴ってあわてたときに、画面上のアイコンを間違えたか、キーボードでコマンドを打ち間違えたかして――またはあきれたことにその両方をしでかして――Eメールと予定表のデータをごみ箱へ移してしまったのかもしれない。

さらに悪いのは、電話はケイト・フォーチュンからではなかったから、なんの意味もなくミスを犯す結果になったことだ。電話の声には、株取り引きのセールスマンのような、あつかましくしつこい響きがあった。そのくせ、ライダーの名前もまともに言えないのだ。

「ライアンなんて人はここにはいません」きつい口調で言い返すと、ジョアンナは勢いよく受話器を置いた。間違いを……いや、大惨事を起こしたかもしれないのに、株取り引きのセールスマンの気持になどかまってはいられない。

パニックに襲われながら、ジョアンナはコンピュータでなにか知っていることを思いだそうとした。ごみ箱に捨てたものを回復する方法がなかった？　マウスをあちこち移動させ、キーボードであらゆるコマンドを打ちこんでみたが、成果はなかった。まるでふたつのファイルが完全に削除されてしまったかのようだ。

もし本当にそうだったら？

ジョアンナは助けを求めにマーケティング部へと走っていった。顔見知りのウォーレンとアーロンという親切なふたりの男性が、消えたファイルを回復させてくれることになり、三人そろってライダーのオフィスへと向かった。

電話がまた鳴っていたが、目の前の危機で頭がいっぱいで、ジョアンナの耳には入らなかった。

ウォーレンが電話に気づいた。「誰だってかまうものか。留守番電話へまっすぐご案内しよう」彼が冗談を言った。「こっちにはジョアンナを窮地から救いだすという大切な仕事があるんだ」

電話が鳴りやんで初めてジョアンナは表示された番号に気がつき、たった今留守番電話へと回した電話の主が誰かを悟った。それは恐れ多くもケイト・フォーチュン本人だった。

「なんてことなの」うめき声をもらし、椅子に沈みこむと、ジョアンナは両手で頭を抱えた。

「誰だって運の悪いときはあるさ」アーロンが慰めた。そしてウォーレンと一緒にライダーのコンピュータにかがみこみ、コマンドをあれこれ入力した。「コンピュータの誤作動はよくあることだよ」

「気をつかってくれてありがとう。でも、それは違うわ」ジョアンナは嘆いた。「小学生だってもっとコンピュータに慣れていて、印刷するつもりのものをごみ箱行きになんかしたりしないわ。わたしの姪《めい》のグレースなんか、クレヨンと同じように簡単にコンピュータを使うもの」

「おかしいな。ごみ箱は空だよ」ウォーレンは眉を寄せてつぶやいた。

ジョアンナは身じろぎした。「それはつまり……なにもかも完璧《かんぺき》に削除してしまったってことなの？」

「最後の手段を試してみよう」ウォーレンがキーボードの上に指を走らせると、眉間《みけん》のしわがさらに深まった。彼はジョアンナを見あげて咳払《せきばら》いをした。

「そうだな。こう考えてみよう、ジョアンナ。ここにあったEメールが本当に大事なものだったら、送った人間はまた送り直すに決まっている。賭《か》けてもいいが、ほとんどはごみみたいなメールだよ」ウォーレンは希望的観測を言った。

しかも、ウォーレンは予定表については触れようとしなかった。すべての予定を削除してしまったことの重大さをいくら楽観的に考えようとしてみても、それは無理というものだ。

「それにしても、なぜライダー・フォーチュンはEメールを印刷しようと思ったんだ？」アーロンが首をひねった。「ぼくにはインクと紙の無駄づかいにしか思えないが。画面から直接読めばいいじゃないか」

「わたしがどこかへ追いやってしまわなかったらね」ジョアンナは息苦しさを覚えた。「もう、完全に消えちゃったの？」

ウォーレンとアーロンの眉間のしわと深刻そうな表情が、回復作業が失敗したことを物語っていたが、ジョアンナはそのことをはっきりと自分の耳で聞きたかった。心のなかでまだ揺らめいているかすかな希望の灯を消すために。

「跡形もなく消えている」アーロンが答えた。「ごめんよ、ジョアンナ」

「ぼくらを呼びに来る前に、ファイルをもとに戻そうと、ありとあらゆることをやってみたって言ったね」アーロンがゆっくりと言った。「そのとき、もしかすると……」彼は言葉をにごしたが、それは聞かなくてもわかった。

そのときなにをしたにしろ、やったことはとり返しがつかない。一縷《いちる》の望みもこれで完全に絶たれた。

「どうしよう。ライダーになんて言えばいいの？」ジョアンナは怯《おび》えた声を出した。

「不測の事態というのはよく起こることだから、そう言えばいいよ」アーロンが言った。

「だけど、不測の事態が起きるきっかけをつくったのはこのわたしなのよ」ジョアンナは声をつまらせた。

「その証拠はないよ」ウォーレンはジョアンナを励まそうとした。「事件の被害者に残された犯人のDNAみたいなはっきりとした証拠はどこにもない。もしかしたらコンピュータ・ウィルスのせいかもしれないじゃないか」

「そういうことだな」アーロンが口をそろえた。「ウォーレンとぼくで口ぞえしてあげるよ、ジョアンナ。ぼく自身もいらなくなったファイルをいくつか消して、ウィルス説に信憑《しんぴょう》性を与えてもいい」

「ウィルスとはジョアンナ・チャンドラーのことよ。それに、わたしのために嘘《うそ》をついてもらうわけにはいかないわ」感情が高ぶり、ジョアンナは最初にアーロンを、次にウォーレンを抱きしめた。「でも、ふたりともありがとう。いろいろ手をつくしてくれて。本当に感謝するわ」

「きみのためならいつでも喜んで力になるよ、ジョアンナ」ウォーレンはジョアンナをぎゅっと抱きしめ、しばらくそのままの体勢を保とうとした。

ジョアンナはなんとかそつなくウォーレンの腕から逃れた。「受付に戻らなきゃならないわ。もうミス・フォルクもいないし――」

「彼女がいなくなった記念にお祝いでもするか」アーロンが言った。「みんなで今夜、とっておきのクラブへ行くつもりなんだ。一緒に来ないか、ジョアンナ。こんな出来事のあとは、夜を楽しく過ごさなくちゃ」

「それに〈サーフ・シティ〉は、〝桁《けた》はずれのお楽しみ〟の場所だからな」ウォーレンは、最近クラブが宣伝に使っている決まり文句を口にし、満面の笑みを浮かべた。

ジョアンナは、聴覚障害になりそうな大音響や、季節はずれのビーチウエア、息苦しいほどの混雑ぶりを思いだした。あれが〝桁はずれのお楽しみ〟ってわけね？　ひとりで家にいて、ケーブルテレビでコメディ番組の再放送を見ているほうがましな気がする。

だが、くびになるかもしれないと思うと、ジョアンナは今夜ばかりはひとりで過ごしたくなかった。ジェニーとウェンディはほぼ毎晩遊びに出かけているから、今日もきっとアパートメントにはいないだろう。

ジョアンナは、その夜待ち受けているだろう光景――自分がひとりアパートメントで次の職を探そうと気をもんでいる姿を思い描いた。姉の力を借りずに自立して生きるためには仕事が必要だし、もう多すぎるほど姉の援助は受けていた。

それなら、心配するどころか、ろくにものも考えずにすむ〈サーフ・シティ〉の一夜も、それほど悪くないかもしれない。

会社のビルに入ったとき、最初にライダーが気づいたのは、マーケティング部の若手ふたりが、受付にいるジョアンナの関心を引こうと競いながら彼女のまわりをうろついていることだった。彼らの魂胆は見え見えだった。

それも無理はなかった。落ち着いた赤のミニスカートにぴったりしたジャケットを着たジョアンナを見るたびに、ライダーは理性を失いそうになってしまう。なぜならそれは彼女のからだを注意深く包み隠しながらも、魅力的なからだの線をほのめかしていたからだ。

ライダーは受付の前に来ると、笑みを浮かべた。

「やあ。今日は暇そうだな?」

自分の声の調子に、ライダーは驚いた。彼らと同じように陽気な声を出そうとしたのに、自分の耳に聞こえたのは、時間を無駄にしたかどで部下をとがめだてしている声だった。

アーロンも明らかに同じことを感じとったようで、申し訳なさそうな表情を浮かべると、すばやく姿勢を正した。「はい……あの……今ちょうど……ですね……」彼が言い訳を始めた。

「ちょっと噂《うわさ》を聞いたので、確かめに来たんです」

ウォーレンが勝ち誇ったように口をはさんだ。「ミス・フォルクがいないのが幻覚ではないのを、この目で確かめたかったんです。彼女が出ていったのは本当でした。《ディン・ドン! 悪い魔女は死んだ》の気分ですよね?」

ウォーレンが調子よくへつらっているのは明らかだったし、ライダーには彼の冗談がおもしろいとも思えなかった。

「明日の朝一番に、グラッドウィン社の企画の進捗《しんちょく》状況をきみたちふたりからぼくに報告してもらいたい」ライダーがそう言うと、ふたりの目にたちまち狼狽《ろうばい》の色が走った。それを見て、彼は満足を覚えた。グラッドウィン社の企画はまだ着手したばかりで、ほとんど進行していなかったから、この時点でボスに報告できることなどないに等しい。

ライダーはそれを、まるでなにか報告があるのがあたり前とばかりに決めつけた。

ウォーレンとアーロンはすぐさま仕事に戻ると言ったが、ライダーは帰り際にアーロンがジョアンナに目配せしたのを目にし、小さな声で〈サーフ・シティ〉と言ったのを耳にした。

ジョアンナは短くうなずき、ふたりが去っていくのを残念そうに見送った。

ライダーは眉を寄せ、刺すような視線でジョアンナを見おろした。「〈サーフ・シティ〉だって？」

ジョアンナが肩をすくめた。どうやら自分と目を合わせないようにしているらしい、とライダーは思った。

「なんてことだ」ライダーは声をあげた。「あそこへまた、あの連中と一緒に行くつもりじゃないだろうな？」

ジョアンナがあっけにとられた様子でライダーを見た。彼は、手がかりをつなぎあわせて答えを導きだせたことをいくらか誇らしく思った。

「実は……そうなの」ジョアンナは弁解がましく答えた。「マーケティング部の人たちがみんな行くから、きっと……楽しいと思うし」

「楽しい？」ライダーは信じられないというようにきき返した。

ライダーは、自分の洞察力の鋭さをうとましく感じた。ジョアンナが、明らかに彼女に気があるマーケティング部の若手ふたりと〈サーフ・シティ〉へくりだす。ふたりがさっきと同じような態度で彼女に迫れば、〈サーフ・シティ〉の熱に浮かれた雰囲気のなかでは間違いなく……。

ライダーはそれ以上想像するのをやめた。「あそこがどういう場所か知っているだろう、ジョアンナ。きみだってぼくと同じようにあの場所を嫌っていたじゃないか」

「もう一度くらいは行ってみてもいいと思ったのよ」鳴ってくれないかしらとでも言いたげにジョア

ンナは電話を見つめたが、鳴る気配はなかった。

「マーケティング部の人たちは――」

「危ないやつらだ」ライダーが簡潔に言った。「一部の者がどうかしているのは言わずと知れたことだが、だからこそ連中はいい仕事をする。わかってはいたが、このぼくこそ――」

「ライダー、わたし……わたし、もうごまかしておけない」ジョアンナはいきなり立ちあがった。

ライダーの言葉を途中でさえぎったあと、ジョアンナが机の後ろの狭い空間を行ったり来たりするのを、彼は見つめた。彼女は見るからに動揺していて、今にも泣きだしそうな様子だ。

「ジョアンナ、どうしたんだ?」心から心配そうにライダーはきいた。

ジョアンナは震える指を絡ませた。どこから説明しよう? 「ケイトの電話を留守番電話へ回してしまったの、ライダー。ちゃんと電話をとって話せなかったのよ」

ジョアンナの苦しみを知って、ライダーは心を動かされた。自分にとってケイトがどれだけ大切な存在か、どれほど彼女に恩を感じているか、決して失礼がないよういかに気を配っているかをジョアンナは知っている。

「いいんだよ、ジョアンナ」ライダーはジョアンナを安心させようと手をのばしたが、彼女はさっとからだを動かして彼の手をかわした。「やむを得ず留守番電話に回される場合があることくらいわかってくれるよ。ケイトはそんなことで気を悪くしたりしない。これからぼくが電話をかければいいだけで、なんの心配もないよ」

「どうかしら」ジョアンナは大きく息を吸った。

ジョアンナはさらに、Eメールと予定表がすべて消えてしまったこともありのままに伝えた。

「もうごまかさなくていいわ、ライダー」ジョアンナの声は震えていた。「思ったとおりに言って……いいえ、わたしの口から言うわね。わたしは最悪の秘書だわ。しかも間違いなく史上最低のね」

ジョアンナは深く息を吸った。ウォーレンとアーロンに失敗はとり返しがつかないとほのめかされたときから、心のなかで何度もこの言葉を復唱していた。

「誰かもっと有能な人を雇うべきよ、ライダー。事務能力にすぐれた、わたし以外の誰かをね。会社は業績をのばしているし、あなたには誰かきちんとした職務経験がある人が必要だわ。足手まといじゃなくて、会社の財産になるような人が」

ライダーはひと言も口をきかなかった。自分がときおり考えていたことをいざ言われてみると、とても受け入れられないのを感じた。

「あなたはとても我慢強くてやさしい人だから、わたしをくびにできなかった。だから、わたしが自分でやめればいいのよ。わたしはやめます、ライダー。これこそ、あなたにとっても会社にとっても正しいことよ」

ライダーは片手で髪をかきむしった。ジョアンナがやめる？　洞察力には自信があったが、これはまったく予想していなかった。彼は不意打ちをくらったように感じ、早くその場の主導権をとり戻そうとあせった。

「ジョアンナ、悲劇のヒロインみたいなまねはやめるんだ」ライダーは、自分が必死になって言っていることにジョアンナが気づかないよう祈った。「それはシャーロットだけでもう十分だ。なにもきみにまで同じまねをしてもらわなくてもいい」

ジョアンナになにをしてもらいたいかは、はっきりしている。だがまた、そうしてくれる見こみがないのもはっきりしていた。ライダーは、受付のところで行きつ戻りつする彼女を焦がれるように見つめた。

今に始まったことではない。寒い一月のあの日、ジョアンナがオフィスに足を踏み入れた瞬間から、ライダーは彼女から目が離せなくなっていた。それがどういうことか、〈サーフ・シティ〉での夜まで理解できなかった。

まったく、自分の洞察力などたいしたことはない。自分が完全にジョアンナの魅力のとりこになっていたことに、あの運命の夜まで気づかなかったのだから。ジョアンナに触れ、彼女を抱きしめ、キスを交わすと、核爆発並みの激しい感情が胸のなかで渦巻いた。それからはもう、ぼくは以前と同じにはふるまえなかった。

向きを変えてライダーのほうへ歩いてくるジョアンナの表情は、絶望からいらだちへと変化していた。

「別に悲劇のヒロインみたいにふるまおうなんて思っていないわ、ライダー。現実的になろうとしているだけよ。あなただってわかるでしょう」

ライダーは、ジョアンナが近づいてくるのを見ていた。赤のミニスカートは美しい脚をひと際強調しているし、ジャケットのVネックからはオフホワイトのキャミソールがのぞいている。彼は胸が高鳴り、熱い波が深くゆっくりと下腹部に満ちてくるのを感じた。

〈サーフ・シティ〉の夜と同じことが起こっていた。あの夜の強烈な記憶が、潮の流れのようにライダーのなかに広がった。腕のなかにあったジョアンナの感触や彼女の唇の甘い味、誘惑的な女らしい香りを、彼はまざまざと思いだした。

ライダーはうめき声をあげそうになった。あれからぼくは初恋の相手に夢中になった十代の少年のように、ジョアンナ・チャンドラーに見とれて時間を過ごしてきた。彼女を見つめては、ふたりの会話を空想した。そのなかでぼくは彼女を打ち解けさせ、互いの距離を縮めようとがんばっていた。

女性に心を奪われるなど、およそ自分には似つかわしくない。ライダーは、ジョアンナに対する自分の気持を子供っぽく情けないものだと感じていた。口にできないほど気恥ずかしかった……もし彼女にこの気持を知られたりしたら。

だがジョアンナはなにも知らず、常に彼女らしく行動していた。今も、この場に満ちている男女間の緊張などまったく気づかないのか、それとも気づかないふりをしているのかよくわからなかった。ライダーは無力だった。なにを言っても、ジョアンナの態度を揺るがすことはできなかった。彼女はいつも冷ややかな態度をとっていた。それはライダーにとって悩ましくも腹だたしくもあり、また、どうすることもできなかった。

〝人生はそれだけで十分厄介だし、手に負えない厄介ごとはこれ以上もうたくさんよ〟ジョアンナがあの晩そう言って、彼女とライダーは恋人にはなれない運命だと結論づけたせりふは、彼の頭のなかで何度もこだましていた。ジョアンナにとって自分が〝手に負えない厄介ごと〟でしかないのは明らかなので、とても楽天的にはなれなかった。まして、ロマンスなど問題外だった。

今、ジョアンナは会社をやめようとしている。もしジョアンナがフォーチュン・デザイン社をやめたら、二度と彼女に会えないとライダーは思った。ジョアンナは、ふたりが顔を合わせることがないように手はずを整えるはずだ。そして彼女は今夜、マーケティング部の危ない連中と〈サーフ・シティ〉へくりだそうとしている。

ジョアンナをほうっておく男はいない。すると、どこかの男が彼女の関心を引くのは時間の問題だろう。そうなれば……。

そうなれば、ぼくがジョアンナを自分のものにするチャンスは永遠になくなってしまう。

ライダーの直感と本能が、この受け入れがたい運命をくいとめようと力をかき集めた。彼には一刻も早くなにか手を打つ必要があった。

「きみをやめさせはしない、ジョアンナ」ライダーの厳しい声が、受付にこだました。

6

ジョアンナはライダーをまっすぐ見すえた。「それは、あなたのほうからやめさせる楽しみをとっておきたいから？」

「自己都合だと、失業給付金は出ないぞ」ライダーは間髪を入れずに言ったが、心は乱れていた。

「でも、解雇ならもらえるってことね」

ジョアンナは退屈な雇用保険の説明を思いだした。わかりにくい問題に注意力を持続させておくことができず、説明のほとんどは聞き流していたが、それでもいくつかの点は思いだすことができた。

ジョアンナは不思議そうにライダーを見つめた。

「だったら、わたしからやめたほうが会社にも好都合でしょう。そうすれば会社だって――」

「規則から言えばそうだ。その点から考えてみれば、それは……」ライダーは矛盾に気がついて、途中で言葉を切った。「今は失業給付金が支給されるかどうかの話じゃないだろう、ジョアンナ。今問題にしてることをきちんと話しあおう」

「話しているじゃない」ジョアンナはライダーの険しい顔をにらみ返した。「今問題にしているのは、わたしがフォーチュン・デザイン社をやめることでしょう」

今のように興奮すると、ライダー・フォーチュンの首筋には決まって血管が浮きでてくる。それだけはどうしてもいい思い出にはならないとジョアンナは思った。

「何週間もわたしを追いだしたくてうずうずしてたんでしょう。今日、わたしをくびにする十分すぎる理由ができたのよ。ジュリアだってあなたを責められないわ。それに、わたしが……わたしからやめれば、あなたも雇用保険の書類を用意したりする手間が省けるでしょう」ジョアンナは胸をはってつけ加えた。

「だめだ、ジョアンナ」ライダーが笑いとばした。「きみはただの思いつきで行動しているんだ。ぼくが言うまで雇用保険のことなんて考えてもいなかっただろう」

「毎度のように、そうやって最後にけちをつけずにはいられないのね。別にもうどうでもいいけど。確かに雇用保険のことは考えていなかったわ。さあ、まだ言いたいことがあればどうぞ、ライダー」

ジョアンナにはライダーの態度が腹にすえかねた。確かに雇用保険までは考えが及ばなかったが、よく考えたうえで決心したことは確かだ。つまり、自分がやめてミスの償いをすれば、会社も彼も救われると考えたのだ。ところが、ライダーはそれを理解することなく、わたしの気づかいをなにかばかげたものに変えてしまった。〝まぬけな秘書〟に似つかわしいなにかに。

もうたくさん。もう十分だわ。ミス・フォルクのように、今日限りでフォーチュン・デザイン社にさよならしよう。「これから自分の机を片づけて、コートとハンドバッグをとってきたら、アパートメントへ帰るわ」ジョアンナはそう言い、ふたりが一緒に使っているオフィスへと入っていった。

ライダーがあとに続き、後ろ手にドアを閉めると鍵《かぎ》をかけた。

ジョアンナは机の一番下の引きだしを開け、ハンドバッグをとりだした。すると、すぐ後ろに来ていたライダーが足をさっとのばし、引きだしを勢いよく閉めた。

ジョアンナは驚き、後ろに飛びのいた。「いったいどういう――」

「きみをどこへも行かせない」

ジョアンナは驚いて目を見開いた。ライダーはジョアンナと机のあいだに立ち、彼女が机に手をのばせないようにした。自分に近づく愚か者は誰だろうと引きずり倒そうという勢いだ。

ジョアンナはほとほと困り果てた。言ったことが伝わらなかったのかしら？　フォーチュン・デザイン社からジョアンナ・チャンドラーという頭痛の種の社員を追い払ってあげようというのに、彼はまったくうれしそうな顔をしていない。歌を歌いながら机の周囲を踊って回っても不思議はないのに。

「なかの私物を出さなくちゃならないの、ライダー」理学療法士が言葉の理解に問題がある患者に話しかけるように、ジョアンナはゆっくりと、はっきりと言った。「もう帰るから」

「まだ帰る時間じゃない、ジョアンナ」ライダーがジョアンナの話し方をまねて答えた。「まだ二時だ。

仕事を終えるには早すぎる」

「でも……でも、わたしは……」

「きみには午後やらなければならない仕事がたくさんあるんだ、ジョアンナ」ライダーがぶっきらぼうに言った。「まず、ぼくの予定表をつくり直す必要がある。それから、アイク・オルセンとふたりで今月末にワシントンDCへ特許庁の役人に会いに行くことになったから、旅行の手配をしてもらわなくてはならない。泊まりがけになるから、三十一日の夜はホテルをとっておいてくれ。当日の朝は早朝の便で出かけて、ミネアポリスへ帰る四月一日は午後遅い便がいいな」

ジョアンナは驚きのあまり身動きできず、ライダーのネクタイの模様を眺めていた。これ以上彼女を驚かせる言葉はほかになかった。

ライダーが自分でロサンゼルスへ行く飛行機の予約をしたことで――なぜならジョアンナには安心して任せられないから――毎日のようにさんざん皮肉を言われたあとだけに、彼女はこの命令がいつもの命令とは違うことがよくわかっていた。いわば和解を申してるオリーブの枝で、ジョアンナのこれまでのミスを喜んで忘れ、許そうというしるしなのだ。

しかし、ライダーの意図をとり違えている可能性もまだ残っている。「わたしに……ワシントンDCへの旅行の手配をしろって言ったの？」念のためにジョアンナは尋ねた。

ライダーが咳払《せきばら》いをした。「ああ、そう言ったんだ」

「わたしが手配を忘れて、アジア経由かなにかのとんでもない路線を使ってワシントンDCへ行かされるかもしれないとは思わないの？」ジョアンナは、ライダーに言われたいやみのひとつを言い返したい衝動にかられた。

「ぼくはきみに旅行の手配をしてほしい、ジョアンナ」

もしかすると、これはオリーブの枝どころか、罠《わな》かもしれない。ジョアンナは下唇を噛《か》んだ。「でも、なぜなの？　しかも今日、コンピュータで大きなミスをしたあとだというのに？」

ライダーの視線がジョアンナのからだをさまよい、唇でとまった。彼は大きく息をついた。「わざとやったわけじゃないのはわかっているからだ」

「もちろん違うわ。でも――」

「コンピュータ上の手違いは誰にだってあることだ。ときにはぼくにだって」ライダーがつけ加えた。

アーロンが似たような言い訳をするようにすすめてくれたことを、ジョアンナは思いだした。下手な言い逃れだと思ったが、こうして聞いてもやはり説得力はなかった。「わたしがやったのは手違いなんかじゃないわ。もっとひどい、大損害とでもいうようなことよ、ライダー」

「それでも、わざとやったわけではない」ライダーは言いはった。

ジョアンナは胸の前で腕を組んだ。ライダーの言ったことが信じられなかった。「ライダー、今日のランチで、マティーニを三杯飲んだんじゃないでしょうね？」

「マティーニなんて一杯も飲んでいない。それにアルコールくらいで判断力が鈍ったりはしないよ」ライダーの口もとが笑いを抑えかねて引きつった。「今日の出来事は別にたいしたことじゃないよ。ただ、きみがそれを見誤って大騒ぎしただけさ」ジョアンナの疑い深げな表情を見て、さらに言った。「いいかい、もし送られてきたEメールが本当に大事なものなら、相手がまた送ってくるか、電話をかけてくるかするに決まっている。いずれにしろ、大部分はジャンク・メールみたいなものさ」

「ウォーレンもそう言ったけど」ジョアンナが口走

った。「でも、だからといって――」

「ウォーレンの名前が出たから言うが」ライダーが口をはさんだ。「彼にすぐ電話をかけて、今夜は〈サーフ・シティ〉に行けないって言うんだ。なぜなら今夜は遅くまで働いてもらうからね」

ジョアンナは、ライダーの顔から笑みが完全に消えているのに気づいた。「今夜遅くまで働いていいということは、わたしにはまだ仕事があるってことね？」

「そのとおりだよ。ジョアンナ、さあ、マーケティング部の友達に連絡して、今夜のお遊びからはずしてもらうんだ」

ジョアンナはウォーレンに連絡したが、彼とのやりとりは本当に短く、よそよそしいものになった。一メートルと離れていないところにライダーが立っていて、明らかに聞き耳をたてているのに、ほかにどうできるというのだろう？

ジョアンナはさっさと電話を切った。「あの人たちはまだ行くつもりみたい」火山灰のようにオフィスを覆いつくしている重苦しい沈黙を破ろうとして言った。

「明日のマーケティング部は仕事にならないだろうな」ライダーが顔をしかめた。「〈サーフ・シティ〉で一夜を過ごしたあとじゃ、全員、頭が機能停止状態だろうから」

「そうとも限らないわ。わたしたちふたりの脳は無傷で帰ってきたでしょう」ジョアンナが指摘した。

「異議ありだな」ライダーが言い、彼女の目を見つめた。

ジョアンナは頬を赤らめ、目をそらした。ライダーは今にも、ふたりには似つかわしくないあの夜の行為を話題にしようとしている。ふたりになにがあったかを口にしないという暗黙の了解を破ろうとしている。これまでそれに触れたことは、お互い一度もなかった。

今日犯したミスをライダーがすべて許してくれたせいで、ジョアンナの心はすでに平静を欠いていた。たとえ遠回しにでもあの日のことをとやかく言われたら、これ以上持ちこたえられないと思った。「今日はもうずいぶん時間を無駄にしたことだし、仕事に戻りましょう」仕事人間らしく聞こえるように努めながら、彼女は言った。

「まったく、それはぼくのせりふだよ」ライダーがにやりと笑った。

強い安堵《あんど》感と幸福感とに同時に襲われてめまいを起こしそうになりながら、ジョアンナはライダーに笑みを返した。

「もちろん、予定表のバックアップはフロッピーにとってある」机から箱をとりだしながら、ライダーが言った。「それに、手書きのメモを記入したカレンダーもあるから、なにかと役にたつだろう」

「バックアップのそのまた予備も用意しているなんて、すばらしいわ」ジョアンナはライダーを称賛の目で見た。「あなたって本当に完璧《かんぺき》な人ね。全体像を見失わずに、細部も隅々まで知りつくしているなんて」ジュリアがマイケルのことをこんなふうに言っていたのを聞いたことがあるが、ライダーについても同じことが言えた。

「自分の秘書から、こんなありがたいおほめの言葉をもらえるとはね」ライダーが笑いながら言った。「きみは、あの〝鰐《わに》と一緒に走る方法〟が書いてあるビジネス書を読んだかなにかしたのかい、ジョアンナ？」

「あれは確か、〝鮫《さめ》と一緒に泳ぐ方法〟だったと思うけど、別に読んでいないわ。おべっかを使っているんじゃないの。本当にそう思っているのよ、ライダー」

ふたりは見つめあい、今度はライダーが先に目をそらした。「フロッピーからハードディスクへ予定表を移してみるかい？」

「わたしをコンピュータに近寄らせても大丈夫だと思う？」ジョアンナは、机の前に座ったライダーに近づいた。「わたしがそばに寄るとおかしなことばかり起こるのよ」

「じゃあ、やってごらん」

ライダーは歯を噛みしめた。頭のなかに自分の鼓動が響き、ひと息ごとにはりつめてくる緊張感でからだじゅうが痛いほどだった。まったくだ。ジョアンナがそばに寄ると、おかしなことばかり起こる。

「さあ、座って」ライダーは立ちあがり、椅子に座るようジョアンナを促した。

ジョアンナが椅子に腰をおろしても、ライダーは机のそばを離れなかった。先ほど彼女が大惨事を引き起こしたあとでは、彼がそばで成りゆきを見たがるのも無理はなかった。

でも、こんなに寄りそうように立つ必要があるかしら？　ライダーがかがみこみ、からだを寄せてくると、ジョアンナは思わず息をのんだ。ライダーが椅子の両方の肘掛けに手をのせると、机と彼のからだとのあいだにはさまれた格好になった。彼女は背筋をぴんとのばした。たとえ一ミリでも後ろへ動けば、頭も肩も腕もライダーに触れてしまいそうだった。

ジョアンナがキーボードの上で指を動かした拍子に過ってシフト・キーに触れてしまったらしく、画面上にあった予定表が消えた。

「まあ」ジョアンナがつぶやいた。

「大丈夫だ」ライダーがさらにかがみこんだ。

ふたりのからだが触れあった。ライダーは、うっとりするような香水のかすかな香りをかいだ。言いあてることはできないが、ジョアンナからしか感じたことのない香りだ。首をわずかに回し、ジョアンナの横顔をなぞるように見ると、彼女が息をのみ、喉もとが動くのがわかった。

「ライダー……」

「心配ない」ライダーがかすれた声で言い、キーをひとつ押すと、再び画面上に予定表が現れた。

ジョアンナはからだを震わせた。彼女は、さらにからだをすり寄せたくなるのを感じた。ふたりの目が合い、ライダーの目に自分の目が訴えている欲望と興奮、そして愛情がそのまま映しだされているのがわかった。

「なにも考えられないわ」ジョアンナが、皮肉なユーモアをこめて言った。「仕事中はあまりいいことじゃないわね」

「心配いらないよ。ぼくが教えてあげよう」ライダーがささやき、ジョアンナの髪に唇を寄せた。

ライダーは、小さなフェリシティやフィービでも理解できそうなくらい、一語一語ゆっくりと噛んで含めるように説明していった。そのあいだ、彼の手は彼女の首筋にのびて、うなじの髪を払っていた。

ライダーの指がうなじをやさしく愛撫《あいぶ》し始めると、ジョアンナの心はひどく乱れた。しばらくして、彼の手が鎖骨や肩までのびてくると、狂おしく、甘く、耐えがたいほど刺激的な感覚がからだじゅうに波紋を広げていくのを感じ、彼女は椅子のなかで身をよじった。

「きみをリラックスさせようとしているんだ」ライダーの低い声が耳に響き、あたたかな息がうなじにかかった。「ききめはどうだい？」

ジョアンナはうっとりして目を閉じると、歓《よろこ》びの声が口からもれないように必死で意識を集中させた。

「すごいききめだわ」ジョアンナは息をついた。「あなたのしていることが、リラックスという言葉にふさわしいかどうかはわからないけど」

ジョアンナがそう言った瞬間、キーボードの上にゆったりと置かれた彼女の長い華奢《きゃしゃ》な指で愛撫されたかのように、ライダーはからだが熱く燃えあがるのを感じた。ジョアンナへの欲求がからだじゅうに満ちた。

ライダーは椅子を自分のほうに回してジョアンナの手をとると、その手を引いて彼女を立たせた。

「これこそきみがぼくにしていることだ」ライダーは苦しげに言うと、ジョアンナを抱き寄せ、自分の高まりを彼女が感じるに任せた。

ライダーはジョアンナの唇に唇を寄せ、彼女の小さなあえぎを受けとめながら舌を滑りこませた。ふたりの舌が情熱的に絡みあう。ジョアンナはなんの迷いもなくライダーにしがみつき、思いきり彼に腰を押しつけた。

ライダーの大きな手がジョアンナのスカートのなかに忍びこんできた。やがて、もっともひそやかな部分に彼の指が分け入ってくると、歓びのあまりジョアンナは身を震わせた。うめきながら、彼の高まりに手を這《は》わせる。

ジョアンナは、ライダーが脈打っているのを感じた。それは高ぶり、ジョアンナが彼を待ち受けているのと同じように、彼女のために準備を整えていた。

ふたりのキスはさらに情熱的になり、ジョアンナのからだを愛撫するライダーの指の動きも、舌の動きも激しさを増した。彼女は情熱で目がくらんだ。わたしが求め、必要としているのは、そして愛しているのは……。

わたしはライダーを愛している。分別を忘れ、助言にもそむいて、わたしは自分のボス、ライダー・フォーチュンを愛してしまった。

抑えに抑えてきた情熱が堰《せき》を切ってあふれでてくる。こんなふうに自分を男性に与えたいと思ったのは、初めての経験だった。なぜライダーのそばにいたいと感じるのか、なぜ彼と一緒にオフィスで時間を過ごしたいと思うのか、これでやっと謎《なぞ》が解けた。

驚きのあまり、ジョアンナを包んでいた恍惚《こうこつ》感は消え去り、現実の世界へと彼女は引き戻された。ふたりはオフィスで愛しあおうとしていた。ありきたりな事務机というよりハイテクの宇宙船にでも見えそうな、モダンなデザインのライダーの机の上で。

ジョアンナは愛しあう相手としてライダーを選んだのであり、またそうしてもかまわないと思ったのは彼が初めてだった。一方、ライダーが望んでいるのは単なる情事にすぎない。ふたりの考えのあいだには天と地ほどの開きがある。それすら理解できないのは愚か者だ。

わたしはそれほどばかではない、とジョアンナは思った。

ジョアンナはライダーのからだから両手を引き、顔をそむけて彼のキスを拒んだ。そしてライダーが呆然《ぼうぜん》としているうちに、彼のからだを押しのけた。

ジョアンナがからだを離し、あとずさりして自分の机に手をついたとき、ライダーは胸を波打たせてあえいでいた。

「ジョアンナ」ライダーの声はかすれ、顔は上気していた。

「だめよ、ライダー」ジョアンナは膝から力がぬけていくのを感じ、両手で机をぎゅっとつかんでからだを支えた。からだの震えがとまらなかった。

「きみがほしい、ジョアンナ」ライダーが訴えた。

それは拒否しがたい訴えだった。ジョアンナはライダーを見つめた。彼女にはライダーが必要だった。彼を求め、愛していた。だが感情が高まって目に涙があふれ、まばたきとともに流れ落ちても、ジョアンナは決然とした表情を崩さなかった。

「いったい、どうしたんだ?」飛びかかろうと身がまえた野獣にでも近寄るかのように、ライダーはためらいがちにジョアンナのほうへ足を数歩踏みだした。

ジョアンナの心はひどく動揺し、気持は乱れていた。衝動がこみあげてくる。だが彼女は、衝動につき動かされはしなかった。「行動を起こす前に必ず立ちどまり、よく考えるのよっていうアドバイスを思いだしたの」ジョアンナは自分をかばうように言った。

ライダーは不服そうな顔をしていたが、やがてため息をついた。

「確かにそうだね。きみの言うとおりだ」ライダーは何歩か前に出た。「きみが立ちどまって考えてくれて、よかったよ。ここはそういう場所じゃなかった……」オフィスを見回した。「そういう場所じゃないのは確かだが、今がふさわしいときであるのは事実だよ、ジョアンナ。ぼくの部屋へおいで。今すぐに」

ジョアンナは開いた口がふさがらなかった。「まだ明るいのに、仕事を投げだして？」今日のライダーは本当におかしなことばかり言う。

「そうだ」ジョアンナが驚いているのをいいことに、ライダーはふたりのあいだの距離をつめ、彼女の腰に両手を回した。「今日はもう仕事をやめて、今すぐここを出よう、ジョアンナ」

ジョアンナは頭をライダーの胸にもたせかけ、彼の腕のなかにいる心地よさを味わった。一度は身を引いたが、また同じ力を奮い起こせるかどうか、自分が本当にそうしたいのかどうかさえもわからなかった。

「これから一緒にぼくの部屋で過ごそう、ジョアンナ」ライダーの手が腹部に置かれ、そこから官能の炎がからだじゅうに放たれた。「上司の命令だと思ってくれ」

「上司の命令？」ジョアンナはいっそうライダーにもたれかかり、あたたかくたくましいからだにうっとりとした。「少し前に、会社主催のセクシャル・ハラスメントに関する講習会があったのを覚えている？」からかうように言い、ゆっくりとからだをくねらせた。それはさらに挑発的な動きだった。「あなたの言う〝上司の命令〟は、セクシャル・ハラスメントと見なされるかもしれないのよ、ライダー」

「きみはそう思うのかい？」ライダーが手をジョアンナのジャケットの下に滑りこませた。「これはどうかな？」そしてなめらかなキャミソールの上から彼女の胸を両手で包み、ゆっくりと撫《な》でた。

「もしそれがわたしの意思に反したことで……仕事を続けられるかどうかがかかっていたとすれば……」ジョアンナは声をつまらせた。ライダーの親指がすでにかたくなっていた胸の頂をゆっくりと愛撫し始めると、なにかを考えたり話したりするのはもとより、息をするのさえ苦しくなった。

「そうだ。もしきみがぼくに触れられたくないと思っていて、そのことにきみの将来がかかっているとすれば、これは確かにセクシャル・ハラスメントだ」ライダーが結論づけた。

ライダーはジョアンナに愛撫をくり返し、首筋にキスをした。彼女の腰は無意識のうちに官能的に動きだしていた。

「でも、そうじゃないだろう、ジョアンナ？」

ジョアンナは、ライダーがなにをきいているのかわからなかった。そもそも、もうどうでもよくなっていた。彼女は女としての本能と衝動、そして欲望の赴くままにライダーの腕にからだをあずけ、情熱的にキスをした。

「きみがほしくてたまらない、ジョアンナ」ライダーがジョアンナの口もとでささやいた。「ほしいんだ」

ジョアンナは大きく息を吸いこんだ。「それは、わたしのなにがほしいってことなの？」

「きみはなにもかもはっきりさせないと気がすまないようだな」ライダーがやさしく笑い、自分の額をジョアンナの額に合わせた。「いいかい？　これはただきみを抱くんじゃなくて、それよりずっと意味のあることなんだ、ジョアンナ」

ジョアンナはわれを忘れそうになった。「本当？」

「ぼくにとってはそうさ」ライダーがかすれた声で認めた。「きみはどうなんだ？」

ジョアンナはさらにライダーに身を寄せた。一度立ちどまり、十分考えたうえでのことだ。そして、なにをしようとしているのかもわかっていた。「わたしもあなたがほしいの、ライダー。でもそれは……きっと、ふたりの関係を厄介なものにしてしまうわ」

「ぼくらの関係は、最初に会ったときからずっと厄介だったよ、ジョアンナ。きみの言う〝人生はそれだけで十分厄介〟という言葉のとおりに……。いや、むしろこれからは、かなりすっきりするかもしれない」

ライダーはジョアンナと長く激しいキスを交わした。

そのとき突然、電話が鳴り始めた。それはいつまでも鳴りやまず、とうとうふたりは甘い情熱の世界からオフィスの日常業務へと連れ戻された。

「電話に出なきゃ」ジョアンナは静かにそう言ったものの、ライダーと抱きあったまま動こうとしなかった。「今帰るわけにはいかないでしょう、ライダー。まだ早すぎるし、仕事だって残っているのよ」

ライダーがうめいた。「ぼくみたいなせりふを言うじゃないか」

「あなたの仕事中毒が伝染したみたい」ジョアンナはしぶしぶライダーの腕のなかから滑りでた。「それじゃ、受付にいるから、あなたはケイトに電話をかけてね、ライダー」

「ジョアンナ、今夜、ディナーにつきあってくれないか？」ジョアンナがドアから出ていこうとしたとき、ライダーが声をかけた。「オフィスで一緒に夕食をとるんじゃなく、外出しよう。それから……」

「いいわ」ジョアンナはうなずいた。「ディナーへ行くのも、それからのことも」ライダーのほうを向いて、喜びに満ちた笑顔を見せた。「でもまず、ワシントンＤＣへの旅行の手配をするわ」いやでもわれを忘れそうな状況にありながら、大切な任務を完全に忘れたわけではなかったことが、彼女はうれしかった。

「きみの分のチケットもとっておくんだ、ジョアンナ。一緒についてきてほしい」

「特許庁のお役人に会いに行くのに？」ジョアンナは途方に暮れた。「わたしが行っても役にたたないと思うわ、ライダー」

「別に会議に出る必要はないよ。そのあいだは美術館やなにかを見て回って過ごせばいい。一緒にいたいんだ、ジョアンナ。きみがそばにいてくれさえすれば、ぼくはうれしいんだよ」

ライダーはほほえみ、フォーチュン・デザイン社の現状を報告しようとケイトの番号を押した。彼はそのための詳しい報告書を用意していた。

何時間かのちに、ライダーとジョアンナは、彼女が選んだ〈ラ・カンティーナ〉というメキシカン・レストランのテーブルについていた。ジョアンナはまた、お気に入りの香辛料のきいたチキン・ブリトーを頼んだが、食べ物についての彼女の独特の嗜好《しこう》を彼は好ましく感じていた。ジョアンナがいつも同じものを頼むことを意地悪くからかった自分が信じられなかった。ジョアンナがこれから一生チキン・ブリトーを食べ続けたとしても、かまわなかった。

ライダーはジョアンナと一緒にいられるのがうれしかった。そして、ディナーのあとのことをひたすら待ちこがれていた。まるでからだに火がついたようだ。それは、ジョアンナにしか消せない熱い情熱の炎だった。今夜こそ、彼女がその火を消してくれる。

7

「インテリアもやっぱりあなたらしいわね」ライダーの部屋に初めて入ったジョアンナは、感想を言った。リビングルームとダイニングルームを兼ねた室内には、モダンな家具がとても効果的に配置されている。

「家具つきの部屋を転借しているんだ。気に入らなければほかへ引っ越したっていいし、インテリアはきみの好きなように変えればいいさ」ライダーはジョアンナを腕のなかに抱き寄せた。

ジョアンナが引きつった笑い声をあげた。「また、口ばっかり」

ライダーは、ジョアンナの声に不安な気持がこもっているのを感じた。

「ジョアンナ、調子のいいことを言っているつもりはないよ。ぼくはただ――」

「そんなふうに聞こえたわ」ジョアンナは首筋にまつわりついた髪を指ですいた。「キスして、ライダー」

ジョアンナが話をそらそうとしているのはライダーにもわかったが、そのままにさせておいた。彼女の唇がライダーの唇をそっとついばみ、舌の先でもてあそぶ。先ほど言ったことは本気なのだと、ライダーはジョアンナに伝えたかった。こんなことはほかのどんな女性にも今まで言ったことはない。

まだジョアンナと愛しあってはいないが、ライダーは彼女と一緒に暮らすことまですでに頭に思い描いていた。それは、きっとこれから起こるなにか重大なことの前兆に違いなかった。

ジョアンナのなにがいったいこんなに気にかかるのか？　ライダーは自問した。彼女に肉体的に引かれているのは確かだが、この感情はもっと深いところから来ているように思えた。彼はジョアンナのやさしさと繊細さに敬服していた。彼女は誰に対しても分け隔てなく、にこやかで親切だ。ライダーの場合、ときにはそうもいかないことがあるだけに、ジョアンナの性格がいっそう尊いものに思えた。

また、誠実でユーモアがあるところも気に入っていた。ジョアンナは笑みを絶やさず、ライダーの機嫌が悪いときでも態度を変えることはなかった。それに、常にベストをつくそうと心がけ、たとえ失敗してもひるまない。そんな彼女の一面は、心から尊敬できた。

そんな気持をすべてジョアンナに話したいのはやまやまだったが、無理な話だった。彼女がライダーの顔を引き寄せ、さらに深くキスを返してきたので、彼はたちまち情熱のとりこになった。ライダーはジョアンナを抱きかかえたまま部屋を横切り、狭い廊下を通って、アパートメントで唯一のベッドルームへ入った。こじんまりした部屋は、キングサイズのベッドでほとんど占められている。彼はその端に彼女を座らせた。

ジョアンナは腕をのばしてライダーの手をとり、隣に座らせると、自分からからだを寄せてきた。彼女のうるんだブルーの瞳が、愛を求めて訴えるように彼を見つめた。

ライダーがてのひらをジョアンナの頰にあてると、彼女は目を閉じて、そのぬくもりを味わった。彼の唇がためらいがちに唇に触れた瞬間、ジョアンナの喉からせつなげなあえぎがもれた。

ジョアンナはさらにライダーを求め、彼の肩に手をかけると膝の上にのり、彼の腰に両脚を絡ませた。そしてじれったそうにネクタイを解いたあと、シャツのボタンを上から三つはずして、彼の首筋に唇を押しあてた。

ジョアンナはいとおしそうにキスを続けた。「あなたがほしいの、ライダー」

ジョアンナの、なにかにかりたてられたような様子に刺激され、ライダーは片手を彼女の頭の後ろにやると、抱き寄せて激しく唇を合わせた。それはもはや甘くためらいがちなキスではなく、切迫したむさぼるようなキスだった。そして彼女も同じようにキスを返してきた。

ライダーは後ろにからだを倒し、ジョアンナを上にのせたままマットレスの上に横になった。彼女がしがみついてくると、思わずうめき声をあげた。ひとつのキスがまた次のキスへと続いていき、ふたりは激しく息をしながら、お互いを求めてからだを燃えあがらせた。

ライダーがジョアンナをあおむけに横たえ、赤いジャケットのボタンに手をかけた。「ライダー」ジョアンナは彼の手をつかんで口もとに引き寄せると、指の一本一本にキスをしていった。「お願い、明かりを消して」彼女はささやいた。

ライダーは、天井のレールにとりつけられた可動式の照明が煌々《こうこう》とふたりを照らしだしているのに気づいた。「部屋へ入ったときに無意識にスイッチを入れてしまったらしい」

「消して」ジョアンナがまた言った。彼女の望みをかなえようと、ライダーはすぐに立ちあがった。

行為を中断したことで、一瞬、考える間ができた。

「あの照明がどこか気に入らないのかい？」この手の照明は人によって好き嫌いがあることを知っていたので、ライダーは興味ありげにきいた。「それとも、なにか暗いほうがいいという理由でもあるのかな？」

「そうよ」ジョアンナは短く答え、あとはライダーの想像に任せた。

部屋は暗くなったが、半分開いたドアからリビングルームの明かりがかすかにもれていた。だが、これだけ暗ければ見られる心配はなさそうだとジョアンナは判断した。

可動式の照明がいやだったわけではない。バスルームの明るい照明の下で見た自分の裸身が、人に見せられるものでないことは知っていた。交通事故で負ったけがと、その後のたび重なる手術のせいで、ジョアンナのからだはどこかフランケンシュタインの恐怖映画を思い起こさせた。傷跡の上に縫合の跡が重なって、あたかも道と道が交差したかのように見えた。

ジョアンナは身を震わせた。だめ。恋人に見せられるからだではないわ。

ライダーが完璧《かんぺき》でほれぼれするようなからだをしているのは間違いない。それを見てみたい気持があるのも確かだが、やはり点字でも読むようにして彼のからだを味わうしかなさそうだとジョアンナはあきらめた。わたしは手と唇でライダーのからだを感じとるが、彼には同じことをさせないように仕向けるのだ。

そうすれば、なにもかもがうまくいく。からだのなかをアドレナリンがかけめぐり、ジョアンナはライダーを引き寄せて情熱的なキスを交わした。今度は彼が先に自分の服を脱ぎ捨て、次に彼女の服を脱がせた。そして、たっぷりと時間をかけて熱い愛撫《あいぶ》をくり返す。だが、それはあとでもゆっくりとできる。まず今の激しい欲望を満足させるのが先決だった。

服は脱ぎ捨てられ、部屋じゅういたるところに散らばっていた。ジョアンナは手を下にのばしてライダーの高まりを包みこんだ。

「ジョアンナ、お願いだ」ライダーが切迫した声で言った。「もう……もう、これ以上待てない」

「わたしだってそうよ、ライダー」ジョアンナはライダーに唇を押しつけた。「いいわよ。お願い」

「そうだ。ちょっと待ってくれ……」ライダーは枕《まくら》もとの引きだしに手をのばすと、まだ封を開けてない避妊具の箱を探した。「ここに住み始めてから今日まで、こんなものを使う必要に迫られたことは一度もなかった」自嘲《じちょう》するように笑った。

「でも用意は周到にってわけね」ジョアンナがライダーの腿に指を走らせた。

「ボーイスカウトの標語みたいな冗談はやめてくれ。本当のところ、ぼくはずっと修道士みたいな生活を送ってきたんだ。でも、考えなかったわけじゃない。これは〈サーフ・シティ〉の夜のあとで買ったのさ。それから……」

「それからずっと、修道士らしからぬ考えをわたしに抱いていたの?」ジョアンナがやさしくからかった。「それならうれしいわ、ライダー。あなたはそんな様子はおくびにも出さなかったから、思いもつかなかった」

「きみをこれほど求めているなんて、どうしても悟られたくなかったんだ」

「だから、オフィスで毎日、わたしをあんなに困らせようとしたの？」

「困らせようだなんて……」

「困らせようとしたわよ。あるいは、氷のように冷たくわたしを無視していたか」

「きみだって見事に氷の女王を演じていたよ、ジョアンナ」ライダーはジョアンナの手をとると、自分の口へと持っていった。「そんなことはもう過去の話だ。とうとう、ふたりは一緒になれたんだ」

ライダーが準備をしているのを見ながら、ジョアンナはシーツを握り、自分のからだを隠した。彼のシルエットを目にしていると、あえぎがもれそうだった。ライダーはたくましく男らしく、とても魅力的だった。

ライダーが向き直り、愛情をこめたキスをすると、ジョアンナは彼のからだの下で思わず背中をそらした。彼がうめき声をもらしながら、ジョアンナのなかへ入ってきて、彼女を満たした。

ジョアンナはベッドのヘッドボードに手をかけて、ライダーを押し戻したりしないように心がけた。彼女には初めてのことだったが、必ずやりとげようと思った。それはどこかリハビリに似ていた。最初は抵抗を示す筋肉も、使っているうちに言うことを聞くようになる。努力のすえにもたらされる見返りには、それだけの価値があった。

ジョアンナのからだが叫びをあげた。理学療法士が彼女の負傷した部分に新しい治療法を試みるたびに味わったのと同じ思いだった。彼女は叫びに耳を貸すまいとした。たとえ初めてでも痛みはやがて和らぐだろうし、あとはライダーを歓《よろこ》ばせることに専念すればいい……。

「どうしたんだい、そんなに緊張して？」理学療法士とは違ってジョアンナの苦痛を知っているわけではなかったが、ライダーもなにかを感じたようだった。「大丈夫かい？」

ジョアンナはうなずいたが、肌には汗が光っていた。「なんでもないわ。さあ、続けて」そう言うと、歯をきつく噛《か》みしめた。

ライダーは口を開いた。「もしかすると、きっとずいぶん時間があったんだね。きみが前に……」あるる考えが頭に浮かんだが、彼はすぐにそれを打ち消した。まさか、そんなはずはない。みずから進んで情熱的にキスを返し、ぼくに触れてきたジョアンナに、まさかそれはあり得ない。「ジョアンナ、本当のところ、どのくらいの間があったんだい？」ライダーは抑えた口調できいた。

ジョアンナは両手でライダーの背中を撫《な》でた。からだがリラックスし、彼を受け入れられる状態になりつつあった。彼女は、意のままにならないからだに打ち勝った喜びを覚えた。

「よくなってきたわ、ライダー」ジョアンナはひどく驚いて言った。痛みが薄れてきただけで満足で、歓びを感じるなど予想もしていなかった。それは、ライダー自身を包みこんで初めてもたらされた歓びだった。

ふたりのからだが熱くとけあって、目もくらむほどの歓びがこみあげてくる。

「すてきだわ、ライダー」ジョアンナはあえぐようにささやいた。

ライダーはそこで果てるかに思えたが、なんとか持ちこたえた。「さっききいたことはどうなんだい、ジョアンナ？　最後のときからどのくらいたつんだ？」

ジョアンナはライダーの肩に軽く歯をたてた。熱い波がからだを満たした。「わたしの前世以来よ。それがいつで、相手が誰だったかはわからないけど」

「きみは初めてだったのか？」ライダーが大きくあえいだ。

「怒らないで、ライダー。あなたに知られたくなかったの」

「ジョアンナ、怒ってなんかいないよ」ジョアンナの目を見つめようと、ライダーは顔をあげた。「でも、教えてくれればよかったのに」

「あなたと愛しあいたかっただけなの、ライダー。あなたは罪悪感なんて感じる必要はないのよ」ジョアンナは言った。

「罪悪感なんて感じていないよ。いや、感じているのは確かだな。でも、きみと愛しあったことに対してじゃない。こんなふうにではなく、もっとやさしく時間をかければよかったと……」

「あなたはわたしが願っていたとおりにしてくれたわ、ライダー。とてもうれしいわ」ジョアンナはライダーのからだに手足を絡ませて、やさしくキスをした。

「信じていいんだね？」ジョアンナから唇を離しながらライダーが笑いかけた。「さあ、まだこれからだよ」

その夜、ライダーはジョアンナに、男女が愛しあう歓びのすべてを教えた。彼女は彼に身をゆだね、ついに情熱の果てまでたどりついた。

胸のうちで感情が高まり、欲望とまじりあう。ライダーはそのふたつを切り離すことができなかった。その複雑な思いは、これまで感じたことのない、強く激しい感情を呼び覚ました。

ジョアンナはぼくの……ぼくだけのものだ。初めてというのがこれほど意味のあることだとは思ってもみなかったが、彼女の初めての恋人となるのは、ライダーにとって言葉にできないほど価値があった。

解放の歓びのあと、ふたりは一緒にからだを横たえた。ライダーはジョアンナをしっかり抱きしめたまま彼女の髪に顔をうずめて、誘うような香りを思いきり吸いこんだ。

「どうやって今まで……それになぜ……きみのような美しく魅力的で情熱的な女性がずっと待ち続けたのか、教えてほしい」

「驚くのも無理はないわ」ジョアンナはあっさりと認めた。「わたしがヨーロッパじゅうをユーレイルパスで旅して回ったと聞けば、その道すがらいろいろな人とベッドをともにしたに違いないと思うのは当然だもの。それに、学歴がないことと映画にかかわる仕事をしてきたことを考えあわせれば……わたしがみだらな女に見えてもおかしくないわ」

「ジョアンナ、そんなふうに思ったことは一度もないよ」ライダーが心外そうに言った。実際、ジョアンナの経歴から考えて、かなり経験のある女性だと思ったのは確かだが、決してみだらだなどと思ったことはない。

「嘘《うそ》ばっかり。でも許してあげる」ジョアンナはおどけたようにライダーにキスをした。

ジョアンナは、なぜ自分がこれまでバージンを守ってきたかについては話したくなかった。きちんと考えてみたわけではないが、自分の傷だらけのからだに対する劣等感が主な理由だと感じていた。

ジョアンナは、毎日のようにパーティにくりだした、病院から退院したばかりのころのことを考えてみた。そのころでも彼女は、決して一線を越えようとはしなかった。

「ぼくの質問に答えてくれていないよ、ジョアンナ」ライダーがこだわった。

ジョアンナは、とりわけ今は、その理由について触れたくなかった。人生を変えてしまった交通事故について語れば、ライダーに自分のからだを見せなければならない。そうなったら、愛の行為の余韻までが損なわれてしまう。

「完全に自分を見失ったことがなかったからってことにしておいて。今夜まではね」ジョアンナはうれしそうな笑みを浮かべ、彼女の首筋を撫でていたライダーの手に頬を押しつけた。

ジョアンナの返事に、ライダーは満足できなかった。ライダーが聞きたいと思っている言葉は、昔の彼なら、甘ったるくて信じたくもないようなことだった。ライダーはジョアンナに言ってほしかったった。

――彼女は自分にふさわしい人のために自分を守ってきたのだと。そしてこのライダー・フォーチュンこそが生涯待ち続けていた人なのだと。

なぜならライダーはジョアンナに恋をしていたからだ。どんな女性にもこんな気持を覚えたことはない。だからこそ彼女が運命の相手だと確信した。

「ライダー、お話があるの。どうしても話したいことが」ジョアンナの声は弱々しく、ためらいを帯びていた。

「なんでも言ってくれていいよ」ライダーは勢いこんで約束した。

ライダーは、羞恥心《しゆうち》が邪魔をしているせいでジョアンナは自分に愛を伝えられないでいるに違いないと思った。彼女が愛を告白してくれたら、ぼくがどんなにそれをうれしく思っているか教えてあげられるのに。そして次は、ぼくのほうから愛を告白するのだ。

「あなたの秘書の仕事はもう務められないわ、ライダー。ふたりとも、今日わたしがオフィスで言ったことがすべて事実なのは知っているわ。ちゃんとした能力を備えた人が――場合によっては会社の幹部へだって昇進できるような人が、あなたには必要なのよ。その人間がわたしじゃないってことはあなたもわかるでしょう」

ジョアンナの言葉は、板で頭を殴られたような衝撃をライダーに与えた。彼は上体を起こしたが、驚きのあまりまだ動揺していた。「今そんなことを言うなんて信じられないよ、ジョアンナ。しかもあのあとで……こうして……」

「あなたともう二度とベッドをともにしないって言ったんじゃないのよ」ジョアンナは膝だちになってライダーに向き直り、シーツを引き寄せてからだを覆った。「わたしはあなたのことがとても好きよ。でも、もうあなたの秘書ではいられない。ライダー、正直になって。わたしはただ能力がないだけじゃない。わたしにこのまま仕事をさせたら、将来とんでもない問題が発生する可能性すらあるわ。ここまでは一応、高い代償を払うような重大なミスは犯していないけど、わたしがこのまま仕事を続けたら、そんな事態になってもおかしくない。しかも、わたしたちふたりともそれを承知している」

「喉に手をかけてきみを黙らせたいのをどうにかこらえているんだ。きみはまだ愛しあったあとのやりとりには慣れていないだろうから」ライダーが言った。「ひとつ、今ここではっきりさせておこう、ジョアンナ。きみにはフォーチュン・デザイン社をやめさせない。ぼくと一緒にいてほしい。ぼくは毎日、毎晩、きみに会っていたいんだ」

ジョアンナがずっと黙っていたので、ライダーは彼女を怯《おび》えさせたのではないかと心配になった。妄想にとりつかれ、頭のおかしくなったストーカーのように聞こえただろうか？　別にそれでもよかったが、彼が言ったことは真実だし、言い争いはもうしたくなかった。

「わたしが会社に残れる道はあるわ。もしあなたが賛成してくれるなら」ついにジョアンナが口を開いた。

ライダーは、ジョアンナの言うことならなんだって聞き入れてやるつもりだった。そんな自分に気づいて、一瞬、気まずい思いが頭に浮かんだ。半年前だったら、ぼくはそんな考えを恋に血迷った愚か者のたわごとと笑いとばしたに違いない。だが、半年前にはまだジョアンナを知らなかった。

「どういうことだい?」ライダーは尋ねた。

「ミス・フォルクがやっていた受付の仕事を任せてもらえるかしら。その仕事なら、わたしにもうまくできると思うわ。あなたは新しい社長秘書を雇えばいい。お給料は同じ金額でいいわ――」

「きみの給与はミス・フォルクがもらっていた金額よりも低いんだ、ジョアンナ」

「そうなの。そう言えば、いつも彼女はもらいすぎだって言ってたわ」

ライダーはなんとか落ち着こうと努めた。「もし本当に受付の仕事をするなら、ミス・フォルクに払っていたのと同じ金額をきみに支払うよ、ジョアンナ。だけど、ぼくは心底きみをぼくの――」

「あなたの恋人にしておいて」ジョアンナはライダーの言葉をさえぎると、両手を彼の首に回し、ぴたりと寄りそった。「そして、わたしを新しい受付として雇ってね」

ライダーの新しい社長秘書、マディソン・ワースは、ジョアンナがライダーに進言した人物像を絵に描《か》いたような秘書だった。実務能力に秀でているだけでなく、経営管理の手腕も備えていた。学歴も高く――ダートマス大学でビジネスを専攻し、首席で卒業している――どんな会社でも昇進が約束されたような女性だ。年齢は二十三歳で、彼女はフォーチュン・デザイン社にとって、まさに財産《フォーチュン》と言ってよかった。

マディソンはなにごとにも意欲的で自信に満ち、率直にものを言う。だが同時に、ライダーには多少高慢にも映った。ワース家——ミシガン州に本社をかまえた複合企業、ワース産業を経営する一族——はきっと、一家の最年少者が将来を他社にあずけたことに驚いているだろう。フォーチュン・デザイン社が、マディソン・ワースのように聡明《そうめい》で、努力を惜しまず働き、しかも血筋のいい人材を獲得できた幸運を、ジョアンナは素直に喜んだ。

〝しかもマディソンは、あなたにも会社にも本当に忠実だわ〟ジョアンナはほめそやした。〝彼女が言うには、あなたがチャンスを与えてくれたことは決して忘れないそうよ。彼女の一族は男性優位主義的な傾向があって、いつも冷遇されてきたらしいわ。マディソンによれば、彼女の一族は女性になんの価値も認めていないそうよ〟ふたりがこの話を数週間前にしたのを、ジョアンナは思いだした。

ジョアンナはマディソン・ワースと驚くほど仲よくなったが、それも不思議はなかった。ジョアンナはどんな人とでも仲よくなってしまうのだ。受付の仕事を引き継いでからというもの、ライダーのオフィスに閉じこめられていたときに比べて、ジョアンナはずっと多くの社員と顔を合わせるようになった。彼女の机はマーケティング部の友人たちのたまり場になった。さらにジョアンナの人気はほかの部署にも伝わり、彼女は誰からも好かれていた。

「社内でジョアンナを嫌う人がいないのは、とにかくにも彼女の人あたりのよさのおかげでしょうね」六月も後半のある日、マディソン・ワースが唐突に言った。

マディソンはノックをせずにライダーのオフィスへ入ってきた。ライダーはいつもそのことが気にさわった。社長の娘としてのふるまいが、そのまま彼女の習慣になったのだろうか？　だが、原因が想像できるからといって、マディソンの行動が許せるわけではなかった。

三月にマディソン・ワースが着任してきたとき、ライダーは改築にとりかかってくれるよう建築会社に告げた。彼は、早く作業が完了すればボーナスを出すとまで申しで、結果はそのとおりになった。ジョアンナとなら同じ部屋で仕事をするのも楽しかったが、マディソンが相手では、お互いに殺意を抱く結果になったに違いなかった。

今またマディソンがライダーのオフィスに乱入してきて、生意気な主張を始めた。彼は気分を害して言った。「なぜ誰かがジョアンナを嫌うかもしれないと思うんだ？」ライダーがきいた。

「それはもちろん、あなた方の関係からよ」

マディソンはいつものように事務的な口調であけすけに答えた。もし彼女にユーモアのセンスがあるのなら、一度その証拠を見せてもらいたいものだとライダーは思った。受付でマディソンがジョアンナやマーケティング部のうわついた連中と談笑しているのは見たことがあるが。

「社内恋愛は、しかも、相手が社長となると、悪影響を及ぼすわ」マディソンがさらに続けた。「ほとんどの会社では、社内恋愛を厳しく禁じているわ。特に上司と部下の関係は厳禁よ。セクシャル・ハラスメントと差別待遇で訴えられる可能性がかなり高いから」

「ジョアンナはぼくを訴えたりしない」ライダーは即座に言った。

「今はね」マディソンが同意した。「でも、もしふたりが別れたらどうなるの？　あなたは社長の地位を利用して簡単に――」

「ジョアンナとぼくは別れたりしない」ライダーは鋭く言い返した。

「あら、そう？　じゃあ、いつ結婚式をあげるの？」

ライダーは、マディソンが得意げな笑みを浮かべたのに気づいた。彼は、手に持っていた鉛筆をもう少しでふたつに折ってしまうところだった。結婚のことは、ライダーにとって触れられたくない問題だった。彼は結婚したいと思っていた。こんなことなら、昨日にでもジョアンナと婚約したと発表しておけばよかった。いや、この三月にでも婚約発表をしておけばよかったのかもしれない――もっとも彼女は承知してはくれなかっただろうが。

ライダーは、初めてジョアンナにプロポーズしたときのことをよく覚えていた。それは、彼女が命を失いそうになった交通事故と、そのため苦しむことになった重い後遺症について話してくれた夜のことだ。もしかしたらジョアンナを失っていたかもしれないと考えただけで、ぞっとした。ジョアンナと出会う機会もないまま、彼女を失ってしまったかもしれないのだ。

ライダーは、ジョアンナがいなければ、自分の人生がどれほど無意味なものになるかを彼女に伝えた。毎日、毎晩、自分がどれだけジョアンナを思っているかを教えた。それでも、彼女は納得してはいない様子だった。

ライダーは、もうどうにかなってしまいそうだった。

プロポーズした夜、ライダーはジョアンナに愛していると告げた。彼女がついにからだを見せてくれた夜だ。それは、特許庁の役人に会いにワシントンDCへ出かけたホテルの部屋でのことだった。ジョアンナは、贅沢《ぜいたく》なジャクジーに一緒につかろうという彼の誘いを拒絶し、なぜなのかその理由さえも教えてくれなかった。また、愛しあうのも暗闇《くらやみ》のなかだけでと言って譲らなかった。ライダーのベッドルームにあったような、ロマンティックなムードを壊す可動式の照明があるわけではないのに、彼女の考えは変わらなかった。

最後にはライダーも、ジョアンナがなにかを隠しているのがわかった。鋭い洞察力の持ち主だなどとよく言えたものだ。その夜まで彼は、ジョアンナが隠しているのは彼女自身のからだだとは思いもしなかった。

ライダーはジョアンナの態度を、バージンを失ったことによる動揺かなにかだろうと思っていたが、彼女はそんなにたやすく予測がつく女性でないのを考えに入れるべきだった。ジョアンナも最後にはしぶしぶ明るい照明の下で、緊張したままからだを見せてくれた。でも……なぜそんなに心配だったのか？

ジョアンナはいったいぼくがどう感じると思ったのだろう？　嫌悪感を抱く？　あるいは拒絶するとでも？

ライダーはその考えをはねつけた。〝きみを愛しているんだ、ジョアンナ。わかってくれ。なぜ、たとえ一瞬でも、ぼくがわずかな傷があるせいできみを見放すなんて思ったんだ？　それに、ほとんど気づかないような傷じゃないか〟

〝気をつかってくれてありがとう、ライダー。でも、わたしには嘘をつかなくていいのよ〟ジョアンナはうんざりしたように言った。〝自分のからだが州間高速道路の地図みたいなありさまなのは知っているわ。男性が憧《あこが》れるようなからだとはぜんぜん違うって〟

〝いや、きみはぼくの憧れそのものだよ、ジョアンナ。今、ぼくが望んでいるのは、きみと結婚することだ。結婚してほしい、ジョアンナ〟

ジョアンナはライダーにキスし、自分も愛していると言った。しかし、彼との結婚には同意しなかった。

　それからというもの、ふたりは週に一度は似たようなやりとりをくり返していた。ライダーはあきらめるつもりはなかった。フォーチュン一族の一員なら、望むものは必ず手に入れるのだ。ジョアンナを理屈ぬきに愛していたし、どうしても自分の妻に迎えたかった。

　しかし、ジョアンナがわかってくれるまで待つのはつらかった。

　おせっかいな秘書にわざわざ指摘されるまでもない。マディソンの〝いつ結婚式をあげるの？〟という言葉がひどく気にさわったのも当然だった。

「いったいなんの用があって、今、この部屋にいるんだ、マディソン？」マディソンがいることを不快に感じているのを隠そうともせず、ライダーはきいた。

　マディソンはいつものように少しも臆《おく》することなく、書類をかざしてみせた。

「新製品のデザインの企画書よ、ライダー。担当部署からは全部報告書を提出させ、とりまとめて分類し、要約をつけておいたわ。その仕事のあいだに、構想から市場展開までの作業計画も立案できそうに思ったんだけど」マディソンは書類をライダーの机の上に置いた。「これからこの書類を全部コンピュータにとりこむところよ。確か、予定より少し遅れ気味なのよね。ほかに仕事がなければとりかかるけど、いいかしら？」

「いいよ。ほかにはなにもない、マディソン」またも、ライダーの秘書は彼を驚かせた。マディソン・ワースは、自発的に仕事をするというのはどういうことかをまざまざと見せつけた。

　ライダーは、ジョアンナが秘書の仕事をしていたころのことを思いだした。このふたりは比べようがなかった。ちょうど、ジョアンナと気むずかしいミス・フォルクを比べても意味がないのと似たようなものだ。ジョアンナはにこやかで、親しみやすく、人を引きつける笑みを浮かべた、最高の受付係だった。

ジョアンナのことを考えただけで、ライダーは会いたくてたまらなくなった。

「ありがとう、マディソン」ライダーは、マディソンの用意した綿密な報告書を見てうなずいた。「悪いが、ジョアンナにちょっとききたいことがあるので失礼するよ」

部屋を立ち去る代わりにマディソンは戸口に立ち、おもしろそうにライダーを見た。「ジョアンナに夢中なのをちっとも隠そうとしないのね。あなたたちはいつも一緒にいるし、実際には生活をともにしているのも同じでしょう。どうして彼女と結婚しないの？」マディソンは無遠慮にきいた。

8

ビジネス界の有力者の子供で、資産と地位と才能に恵まれ、絶対の自信を持った人間でなければ、自分のボスにこんな質問はできないだろう、とライダーは思った。

「ぼくとジョアンナのことが、きみになにか関係があるとは思えないね」ライダーはかたくなに言いはった。

言動が不適切だという理由でマディソンをくびにしてもかまわない、とライダーは思った。よくある〝よかれと思ってやったことがかえって自分を苦しめる結果を招く〟という愚行をくり返すことにならなければの話だが。

なにかひらめいたような表情がマディソンの顔に浮かんだ。「わかったわ。ジョアンナが承諾してくれないのね。あなたは何度もプロポーズしたけど、彼女がイエスと言ってくれないんでしょう」

「くり返すが、きみにはなんの関係もないことだ、マディソン」

「どうしてジョアンナはいやがるのかしら？」マディソンは眉をひそめた。なにごともわからないままにはしておけない性分のようだ。「ジョアンナはあなたに首ったけだし、そう認めてもいるのに、どうしてまた……」マディソンはじっと考えこんだ。

「ジョアンナがあなたと釣りあいがとれるほど頭がよくないと思っていることになにか関係があると思う？」

「ジョアンナの頭がよくない？」ライダーは怒りをあらわにした。「もういい。きみはくびだ、マディソン！」

「少し落ち着いて、ライダー。ジョアンナの頭がよくないとは言ってないわ。わたしが言っているのは、ジョアンナがそう思っているってことよ。彼女はよく冗談で、〝以前はあなたのまぬけな秘書だった〟って言っているわ。でも、まさか彼女が本気でそう思っているとは考えたことがなかったの。今の今まで」

ライダーは大きく息を吸いこみ、目を見開いた。

「まさかジョアンナを実際に〝まぬけ〟だなんて言ったりしていないわよね、ライダー？　そんな残酷なことは言えないでしょう。交通事故で大けがを負い、その後遺症に今も苦しんでいる彼女に向かって」

ライダーはマディソンをにらみつけた。「ジョアンナの交通事故と大けがの件はいつからみんなの常識になったんだ？」

「なってなんかいないわ。わたしには二回ほど話してくれたことがあるけど。たぶんジョアンナは、わたしなら彼女を〝まぬけ〟呼ばわりしないと思ってくれたんじゃないかしら」マディソンが容赦なく指摘した。

ライダーはいきなり立ちあがり、部屋のなかを行ったり来たりし始めた。それはジョアンナをまねて始めた癖で、気持を落ち着けるのに役だった。今、せっぱつまった気持はどんどんふくれあがり、いくら歩き回っても効果はなかった。これまでのようには……。

「きみにはなにかいい考えがあるのか、マディソン？」

「すると、やはりそう言ったのね？」マディソンがライダーをにらんだ。「ひどいわ。あなたもうちの一族の男どもと同類で、無神経で思いやりがない、ただの傲慢《ごうまん》な男だったってわけね」

「なんてことだ。そんなことを言ったなんて、すっかり忘れていた。つまり、まったく見当はずれのことなんだ。ただ、ぼやいてみただけなんだよ」ライダーはうめいた。「そのころはジョアンナが交通事故にあったことさえ知らなかった。だが、それを考えあわせればジョアンナが……やはりそう考えても……」ドアに向かった彼の声はとぎれた。

「ジョアンナのところへ飛んでいって、〝まぬけ〟と言ったのを謝るつもりかもしれないけど、だからといってあなたのプロポーズに彼女がすぐにイエスと答えるなんて期待しないことね」マディソンの言葉がライダーを凍りつかせた。

「なぜ期待してはだめなんだ？」ライダーはじれったそうにきき返した。「過ちを認めて訂正し、お互いに満足すれば、いい結果を期待したっていいだろう」

「企業の合併だったなら、そうでしょうね」マディソンが軽蔑《けいべつ》したように鼻を鳴らした。「もし謝ったあとすぐにジョアンナに結婚してくれなんて言えば、あなたが罪悪感にかられて言ったと思って、また断られるわよ。自尊心のある女性なら誰だってそうするわ。女性の自尊心は強くて揺るぎなくて尊いものなのよ。男性のと同じようにね」

「確かにそうだな。わからないのは、どうすればジョアンナの自尊心を傷つけないですむかだ」ライダーは意気消沈して言った。

ライダーの謙虚で沈んだ様子がマディソンの怒りを静めたらしく、彼女の表情が見るからに柔らかくなった。「実は、突拍子もないアイディアがあるの。聞いてみたい？」

「今のぼくに失うものはなにもないよ」

「そうね」マディソンがうなずいた。「よくわかっていると思うけど、ジョアンナはお姉さんのジュリアをとても尊敬しているわ。お姉さんと義理のお兄さんに苦痛を与えたり恥をかかせたりするくらいなら、自分が苦しみを我慢するほうを選ぶはずよ。だから、そこを攻めるの。ジュリアと手を組むのよ。たとえば、フォーチュン一族が集まるパーティの席で、ジョアンナとの婚約を発表するの。みんなの前であなたが指輪をとりだし、それを彼女の指にはめるのよ。みんなが見守るなか、ジョアンナがその場で婚約発表に異議を唱えて、愛するお姉さんに一族の前で――彼女自身もフォーチュン一族の一員だけど――恥をかかせられると思う？　できるはずがないわ。とりあえずそれらしくふるまうはずよ。そうなれば、あなたは婚約できる。もちろん、結婚に持ちこめるかどうかはあなた次第よ。でも見通しは明るいわ。なにせ、あなたのほうが強い立場でことを進められるんだから」

「奇襲作戦だな」ライダーはそのアイディアが気に入った。「よく教えてくれた、マディソン。古典的なビジネス戦略を実生活に応用するとはね。きみがダートマス大学で勉強したことは確かに役にたった。教授陣もきみを誇りに思うことだろうよ」

「わたしの家族にそう言ってほしいわ」マディソンは暗い顔で言った。「あの人たちは、わたしが社交界によくいる頭の悪い娘みたいに社交に精を出して、いい夫をつかまえてくれればいいと思っているのよ。ビジネスでキャリアを積むなんてことじゃなくてね」

「それこそ才能の無駄づかいだ」ライダーは心底そう思った。「いくらか手直しをすれば、この計画はうまくいきそうだ。あらかじめお礼を言っておくよ、マディソン」

「言っておくけど、これは全部利己的な動機から始めたことよ、ライダー。わたしはあなたの力を利用して、わたしのキャリアという車を引いてもらうことにしたの。だからあなたには、あなたを幸せにして、フォーチュン・デザイン社が発展する手助けをしてくれるような女性と結婚してほしいのよ。社員に理解があって、会社を成功に導くプレッシャーと厳しさをよくわかってくれる女性とね。もしあなたがうぬぼれの強い社交好きの女性や、嫉妬《しっと》に狂った魔女なんかと結婚することになれば、わたしを含めて、フォーチュン・デザイン社の全員が不利益をこうむることになるわ。ジョアンナこそ条件にぴったりの人よ」

「ああ、そのとおりだ」ライダーが笑った。「きみの言う〝利己的な動機〟というのもよくわかったよ、マディソン。それに、本当にありがとう」

マディソンの計画の手直しには、ジュリアとマイケル・フォーチュンを突拍子もない婚約発表に直接巻きこまないことも含まれていた。姉妹を観察したところ、ふたりはお互いに対してとても誠実だった。なんであろうと、いくら善意からであろうと、ジュリアがジョアンナをだますような行為に賛成するとは思えない。

罪悪感も理由のひとつだった。ジュリア・フォーチュンに向かって、彼女の愛する妹を〝まぬけ〟と呼んだなどと言えるわけがない。その言葉が本心から出たものだと受けとられるとは思っていないが、問題はそういうことではない。一度でもそんなことを口走ったぼくのほうこそ〝まぬけ〟なのだ。

ジョアンナをどんなふうにののしったかを思いだすと、ふたりには合わせる顔がなかった。ジョアンナが深く傷ついたのをジュリアとマイケルが知ったら、彼らがぼくを憎むのは間違いないし、それも当然のことだ。やはりジョアンナ同様、彼らにも知らせるわけにはいかない。そうなると、ジョアンナがみんなの前ではっきりと婚約発表はまやかしだと言って彼女自身の親族に恥をかかせたりしないほうに賭《か》けるしかなかった。

だが舞台を演出するには、フォーチュン一族の別の誰かを味方につける必要があった。ケイト以外にそれを頼める人間がいるだろうか？　彼女ならわかってくれそうだ。ときには衝動的に言葉が口をついてでることもあり、それが文字どおりの意味ではない場合もあることを理解して、この計画を受け入れてくれるかもしれない。

ライダーは暑い夏の午後、屋敷にケイトを訪ねた。そして、自分の軽率な言葉と後悔の念と今度の計画を打ち明けた。

ケイトはわかってくれたが、不用意に感情をあらわにしないようライダーに注意し、彼は厳に慎むと約束した。その場にはスターリング・フォスターもいて、黙って話を聞いていた。

「労働者の日《レイバー・デー》に、一族を集めてここで盛大な野外パーティを開くつもりなの」ケイトが勢いこんで言った。「それならパーティまでいろいろ計画する時間もあるし、みんなが出られるよう日程を調節するゆとりもあるわ。できるだけ多くの人たちにわたしたちの発表を祝ってもらいましょう」

「わたしたちの発表ね」スターリングがとうとう口を開いた。「するときみは、この子供じみた計画の完全な共犯者になるつもりだね、ケイト？」

「これもみんな愛のためよ、スターリング」ケイトがほほえんだ。

「ケイト、感謝の言葉もありませんよ」ライダーは心から安心したようにため息をついた。「また願いを聞いてくれて、ぼくは……」

「いいのよ、ライダー。仕事を成功させ、愛も実らせてちょうだい」ケイトがそう言ってライダーの手をたたいた。「またひとつ、フォーチュン一族のサクセス・ストーリーが聞けそうね、スターリング？祝福は約束されたようなものだわ」にこやかに笑いながら、冷えたシャルドネのグラスをあげた。「ライダーとジョアンナ、そしてフォーチュン・デザイン社に」

「この段階で祝福はまだ早いよ、ケイト」スターリングが警告した。「それに、自信過剰は不注意につながる。結婚がはっきり決まり、フォーチュン・デザイン社が黒字になるまで、この乾杯はとっておいたほうがいい」

「いかにも弁護士の言いそうなせりふね、スターリング。愛される大おじではなくて」ケイトがやさしくたしなめた。

「ふたつとも実現させてみせますよ、ケイト」ライダーは真剣な面持ちで言った。ケイトの楽観的な将来の見通しが現実になるように努力しよう。

「これっぽっちも疑っていないわよ。あなたには全幅の信頼を寄せているんだから」

フォーチュン家の屋敷でパーティが開かれる予定なので、ケイトは計画の一部始終をケリーの手にゆだねることにした。

ケイトがケリーの名前を口にしたとき、ライダーはなにかがおかしいのに気づいた。「ケイト、今のはあなたらしくない言い方ですね。どうかしたんですか？」

「まあ、どうしたらいいのかしら……」ケイトが答えた。「具合が悪いわけじゃないの。ただ、ケリーのことが心配なのよ。彼女、妊娠してしまったの。あれほど言っておいたのに……」彼女の声が途中でとぎれた。

チャド・フォーチュンがおなかの子供の父親だろうか？　だとしたら、ケリーはどうするつもりだろう？　ケイトとスターリングを訪ねたあと、ケリーに会いに行きながら、ライダーは考えをめぐらした。質問をするのは彼女のプライバシーを侵すことになるだろうか？

ふたりはレイバー・デーの婚約発表パーティの計画について話しあった。ケリーは熱心で、とても協力的だった。だがライダーはふと、彼女の現状も知らずにいるのは怠慢だと感じた。

「もしなにかぼくにできることがあれば……その、赤ちゃんのことだが、電話をくれないか、ケリー」席をたちながらライダーは言った。

いたたまれない気持で、自分の名刺をケリーの手に握らせる。冷淡すぎるだろうか？　それとも、でしゃばりすぎだろうか？　ライダーは、ジョアンナがここにいて手助けしてくれたら、と願った。ジョアンナはいつも人から話をききだすのが上手だからだ。

ケリーの顔は仮面のようで、なんの表情も浮かんでいなかったが、目にちらついた苦痛の色は隠せなかった。「ありがとう。でも大丈夫よ」彼女は静かに言った。

「もうひとつだけ教えてほしい。それがぼくの口出しすべきことじゃなければ、そう言ってくれてかまわないが」ライダーは戸口でふと立ちどまった。「チャド・フォーチュンがおなかの子の父親なのかい？」

ケリーはうなずいたが、それ以上はなにも言うつもりはなさそうだった。ライダーはふと、自分にはもっとするべきことがあるような気がした。彼女がプライバシーを守りたい気持はわかったが、だからといってなにもしないで黙ってその場を立ち去ることはできなかった。

「ケリー、もしよければ、ぼくから話してみようか？　チャドに……いろいろと」ライダーは申しでた。ろくでなしのチャドを徹底的にやりこめてやるのは、かなり魅力的に思えた。

「だめよ！」ライダーの気持を読みとったかのようにケリーが叫んだ。「お心づかいはとてもうれしいわ、ライダー。でもわたしは……自分の気のすむようにしたいの」

「わかったよ」

そうライダーは言ったものの、本当にわかったのかどうか自信がなかった。ケリーはあまりに若く無防備に見えた。彼女をこのままほうっておくのは忍びなかった。特にケリーが彼の計画に協力すると約束してくれたあとではなおさらだ。

「ケリー、なにもきみひとりでたち向かう必要はないんだよ」ライダーは言った。「フォーチュン一族の力を結集すれば、チャドに正しい行いをさせることだってできる」

「お願いだから、やめて」ケリーは断固とした声できっぱりと言った。「なにもしないし、なにも言わないと約束してちょうだい、ライダー。特にチャドにだけは」

「だから、なにもしないし、口出しもしないと約束して帰ってきたよ」その夜ライダーは、ケリーとの会話をジョアンナに順序だてて説明した。ふたりは手をつなぎ、ミシシッピ川ぞいの明るく照らされた小道を歩いていた。「フォーチュン一族の力を集められないとしたら、ぼくはどうしてやろうかとまだ——」

「チャドの膝頭を打ち砕くとでもいうの？　それとも、彼の財産をみんな担保にとる？」ジョアンナが頭を振った。「ケリーの希望を尊重してあげるべきだわ、ライダー。あなたが手助けだと思うものを、彼女はよけいなお世話だと感じているような気がするの」彼女は爪先だちになり、ライダーの頰に短くキスをした。「でも、ケリーとおなかの赤ちゃんをそんなに心配するなんて、あなたってとてもやさしいのね、ライダー」

「とてもやさしい、か」ライダーはくり返すと、笑いを嚙《か》み殺した。「女性からそんなふうに言われると、橋から身投げしたくなったころがあったな。きみに言われるのは別だけど」彼はジョアンナの肩に腕を回し、そばに引き寄せた。「それで、ケイトのレイバー・デーのパーティにはぼくと一緒に出席してくれるね？　ケイトがとてものり気なんだ。それにマイケルとジュリア、彼らの子供たちはもちろん、ほかの一族の面々も大勢集まるそうだよ」

ライダーは表向きの名目に満足していた。そのパーティは確かに、いつもこの時期ケイトが一族を集めて行っている行事だ。ジョアンナはまったく疑っていない。

「喜んで出席するわ」ジョアンナはそう言うと、ライダーの腰に腕を回した。「ケイトのパーティはいつでも楽しいもの」

「ケイトのパーティでぼくらが一度も顔を合わせたことがなかったとは驚きだな」ライダーがしみじみと言った。

「だって、あなたは十年近く南アフリカにいたし、わたしもそのころ、長いあいだパーティに出ていなかったから」ジョアンナが確かめるように言った。「ケイトの八十歳のバースデー・パーティのときはふたりとも出席していたけど、同じ時間帯にはいなかったしね」

「デートに行くために、ぼくが来る前に帰ったんだろう」ライダーは顔をしかめた。ふたりはケイトのパーティについて話しあい、互いの姿を見かけなかったことを不思議がった。「でも、レイバー・デーのデートの相手はきみだ、ミス・チャンドラー」まるでジョアンナをひとり占めするかのようにつけ加えた。

「わたしのデートの相手は毎晩あなたよ、ライダー」ジョアンナがきっぱりと言った。

「じゃあ、それを正式なものにしよう。これから一生、毎晩ふたりで過ごそうじゃないか。結婚してくれ、ジョアンナ」

「ライダー、ふたりとも今のままでなにもかもうまくいっているでしょう」ジョアンナがやさしく言った。「このままでいてもいいでしょう？　結婚しなくても——」

「わかったよ。もういい」ライダーが口をはさみ、ジョアンナのお決まりの文句をさえぎった。「今の話は全部忘れてくれ」

少なくともライダーは、ジョアンナにプロポーズをはねつけられたあといつも感じる苦しみと落胆に襲われることはなかった。今は夢を現実にするための計画があった。彼はひそかにマディソン・ワース、ケイト、ケリー・シンクレアの三人に感謝した。それから、パーティでとりだしてみせる婚約指輪のことを考えた。

「きみはアメジストの指輪を片時もはずさないんだね。しかもきみは、それしかつけたことがない」その話が唐突に聞こえないように祈りながら、ライダーはジョアンナの手をとり、右手にはめた指輪を見た。

「母が十六歳のときに両親から贈られた指輪なのよ」ジョアンナが指輪を見つめて言った。「これを見るたびに母を思いだすの」

「きれいな指輪だね」ライダーは穏やかに言い、唇をジョアンナの指に這《は》わせた。

ジョアンナに渡す婚約指輪が、具体的な形をとってライダーの頭に浮かんだ。それは、シンプルでエレガントなダイヤモンドの指輪だった。ジョアンナはその指輪を大切にし、決してはずそうとしないだろう。そして、それを見るたびにぼくのことを思いだし、ぼくへの愛を思い起こすに違いないのだ。

「ケイトのレイバー・デーのパーティに出席するために、パパとママがミネアポリスまでやってきたなんて信じられないわ」ケイト・フォーチュンの屋敷の中庭で、シャーロットはダイエット・ソーダを飲みながら、ライダーとジョアンナのふたりと話していた。「本当にわたしのことを探りに来たんだと思う？」

「きっとそうだ」ライダーがにやりと笑った。「おまえがパーティに明け暮れているという評判がとうとうアリゾナの父さんと母さんにまで届いて、おまえを更生させようとやってきたのさ、シャーロット」

「パパとママならやりかねないわ」シャーロットが文句を言った。「パパとママがいたら、今度〈サーフ・シティ〉で行われる夏の終わりの大パーティに出られないでしょうね。その代わりにまたパパとママと一緒にお行儀よく時間を過ごさなくちゃならないんだわ」

「でも、ゆうべは一緒に芝居を見たあと、ディナーを楽しんでいたじゃないか、シャーロット」ライダーが言った。「そうだろう、ジョアンナ？」

ジョアンナがうなずいた。この数日、彼女はジェームズとシルビア・ラザフォード・フォーチュン、そしてライダー、マシュー、シャーロットたちと、ランチにディナー、映画館に劇場、ショッピングに美術館めぐりと、どこへ行くにも行動をともにした。ジョアンナはライダーの両親が好きになり、彼らは世界じゅうで一番退屈な人間だというシャーロットの言葉には賛成しかねた。甘やかされ、まだ大人になりきれていないシャーロットが、両親が元気で健在なのがどれだけ幸運なことか理解できないのは残念だった。

「ご両親はすてきな人たちね」ジョアンナはライダーに言った。

ジェームズとシルビアはジョアンナをあたたかく歓迎してくれて、自分たちと行動をともにするように言い、さまざまなことについてアドバイスしてくれた。ジョアンナは、シャーロットとマシューがうるさい口出しだと考える親ならではの注意を、代わりに楽しんだ。ライダーも最近まで同じように不満を覚えたものだが、このごろではそれが両親の気持なのだと理解できるようになっていた。

ライダーの両親が来た理由が息子とジョアンナの婚約発表のためだということを知っているのは、ケイトとスターリング、そしてケリーだけだった。ジェームズもシルビアも秘密を守ることを誓ったが、今度の意表をつく婚約発表は長男の花嫁になる女性のためのロマンティックな演出だとばかり思っていた。ほかに承諾させる方法がないため一族の面前で芝居を打つのだとは、思いもよらなかった。

この日、フォーチュン家の屋敷は、フォーチュン一族の面々とたくさんの来客でごった返していた。

人々は、よく晴れた夏の最後の週末を楽しんでいる。屋敷はトラビス湖畔にあり、泳ぐこともできれば、ボートに乗ることもできた。温度の低い湖水よりもあたたかな水を好む者たちは楕円《だえん》形のプールで泳ぎ、テニスコートでは試合が行われている。

ディナー――ステーキ、魚料理、さらに、おなじみのホットドッグやハンバーガー――はすでに供され、やがてケイトが広々とした中庭の中央にあるステージに立った。

「デザートの前に、とても重要な発表があります。ライダー……」ケイトが合図し、ライダーは彼女の隣に立った。

ふたりはひそかに笑みを交わした。ケイトがライダーを励ますように手を握った。

ベルベットの宝石箱を得意げにかざしながら、ライダーは自分とジョアンナ・チャンドラーとの婚約を発表した。

「ジョアンナ？　どこにいるんだい？　ここへ来て、指輪をはめて正式にプロポーズを受けてくれ」重大発表をしたあと、ライダーはジョアンナの姿を捜して目の前に群がったフォーチュン一族の面々を見渡した。ジョアンナは、まだ赤ん坊の姪《めい》のノエルを腕に抱いて、中庭から芝生のほうへ移っていた。拍手と歓声、そして祝福の言葉が渦巻くなか、彼女はしばらくのあいだ、驚きのあまり凍りついたように立ちつくしていた。

歯が生え始めたばかりのノエルは、小さな拳《こぶし》を口につっこみ、まわりの騒ぎより自分のうずく歯茎のほうに気をとられている。

「ジョアンナおばさん、わたしたち、結婚式でフラワー・ガールをやってもいい？」小さなグレースが妹ふたりと一緒に、目を輝かせて寄ってきた。「三人一緒……ううん、ノエルも一緒よ。わたしがノエルを抱きながらお花を持つわ」

「ノエルは結婚式に出るには小さすぎると思うな、グレース」マイケル・フォーチュンがジョアンナのそばへやってきて、娘たちに加わった。赤ん坊のノエルは父親の腕に飛びついて、周囲の者を――ジョアンナさえも笑わせた。

ライダーの言葉が頭のなかにくり返し響いてくると、ジョアンナはすぐに真顔になった。ライダーは数えきれないほどの親族の面前で――彼の両親も含めて――ふたりの婚約を発表した。ジョアンナが芝居につきあって、フォーチュン一族の輪のなかに立ち、ライダーが彼女の指に指輪をはめるあいだ演技をしてくれるのを、彼は期待している。

ジョアンナはだまされたように感じた。

「おめでとう。よかったね」マイケルがジョアンナを抱きしめた。「もちろんきみとライダーが本気で交際しているのは知っていたが、それにしても意表をついた発表だった。なかなかの趣向だね。さあ、早く指輪を受けとるんだ。ライダーは少しいらだっているようだよ」

「ジョアンナ?」今度はジュリアがそばに来て、妹のほうを心配そうに見た。「この発表には驚かされたけど、あなたも驚いているの?」

混乱のなかでジョアンナは、ジュリアの目はごまかせないと思った。なぜライダーはこんなことをしたのだろう? 彼をあまりに深く愛しているからこそ結婚できないと、なぜわかってくれないのかしら? なんとかその気持を伝えたくて、彼の男らしく、痛いほど心をそそられるプロポーズを断り続けてきたというのに。

フォーチュン家の妻にはありとあらゆることが期待され、要求されると知っていながら、どうして承諾などできるだろう。ジョアンナは、ライダー・フォーチュンの妻として主催するチャリティのダンスパーティでみずからが大混乱を引き起こす場面を想像してみた。きっと致命的な物忘れをしたり、必要な手順をすっとばしたり、コンピュータから来客名簿を抹消したりするに違いない。

ジョアンナは避けようのない混乱を思い浮かべて、からだを震わせた。わたしの失態のせいでチャリティは失敗し、ビジネス界でのライダーの評判にも傷がつくだろう。だめだわ。ライダーにわたしという欠点だらけの妻を背負わせて、彼の未来を閉ざすわけにはいかない。

ライダーの人生のなかでジョアンナには、〝彼の恋人〟という役目があった。それは、会社では〝受付係〟という役割が与えられているのと似ていた。彼女はそれを受け入れ、喜びさえ感じていた。なにせジョアンナは、〝まぬけな秘書〟の問題を〝優秀な受付係〟になることで、ついにうまく切りぬけたのだから。ライダーとの今の申し分ない関係を変えるなど――〝よき恋人〟を〝まぬけな妻〟に変えてしまうなど、考えるのも愚かなことだ。

「ちっとも知らなかったの」ジョアンナはささやいた。妹の顔を見ただけで心のうちを読みとってしまうジュリアが相手なら、それらしくふるまってみせる必要はなかった。

「気が進まないなら、話を合わせる必要はないわ、ジョアンナ」ジュリアがジョアンナの手をとり、目を見つめた。「あなたが望むなら、誤解があったことをわたしが説明してあげるから、あなたは家に帰ればいいわ。どんなことがあっても、マイケルとわたしはあなたの味方よ」

そうだった、とジョアンナは思った。フォーチュン一族の前だからといって、ジュリアは体面を気にして偽りの婚約をさせたりはしない。でも、ライダーはそう仕向けている。

「ジョアンナ、そこにいたんだね」ライダーがついに家族に囲まれているジョアンナを見つけ、一族の人ごみのなかを彼女のほうへと進んできた。「結婚しようというきみの考えが変わって、帰ってしまったんじゃないかと心配し始めていたところだ」ほかのフォーチュン家の面々が見つめているなか、彼が言った。

彼らはみな、正気の女性なら、フォーチュン一族の者と結婚するのをためらったりはしないはずだと考えているに違いない。

ジョアンナは周囲を見回した。みんな笑みを浮かべ、期待をこめた目でこちらを見ている。人ごみをかき分けてやってきたライダーの両親は、誇りと喜びで顔を輝かせていた。そして、ライダーがいて……。

ジョアンナはライダーと目を見合わせた。「指輪を受けとってくれ、ジョアンナ」彼が宝石箱から指輪をとりだし、彼女の左手をとった。

「ジョアンナ、わたしは本気で言っているのよ」ジュリアが妹の耳にささやいた。

姉がいつも変わらずジョアンナの力になってくれることは経験からわかっていた。よいときも悪いときも……。そして、フォーチュン家の血を引く者を一族の面前でないがしろにするのは、明らかに〝悪い〟ほうに属するだろう。

わたしはそんなふうにライダーに恥をかかせるわけにはいかない。ジョアンナの胸は痛んだ。これほどライダーを愛しているのだから、彼の苦痛や悲しみ、屈辱をとり除くことができるなら、なんでもするつもりだ。今できるのは、一堂に会したフォーチュン一族の目の前で、指輪を受けとることだけだった。そのあとでライダーを、偽りの婚約を解消するのが最良の道だと説得しよう。

「愛しているわ、ライダー」ジョアンナは言った。感情が高まり、目から涙があふれてくる。彼女は両手をライダーの首に回してからだを寄せ、唇を押しつけた。

ライダーがシンプルでエレガントなダイヤモンドの婚約指輪をジョアンナの指にはめると、周囲の人人から歓声と拍手があがった。

「幸福なカップルに乾杯！」ケイトが満面に笑みを浮かべて声をあげた。するとどこからともなく、シャンパンとクリスタル・ゴブレットを用意したウエイターの一群が現れた。四代目の幼いフォーチュン一族までが、色とりどりのプラスチック製のコップに注いだジンジャーエールで乾杯に加わった。

ジョアンナとライダーは一日の残りを、婚約したばかりのカップルであるかのようにふるまって過ごした。やがてパーティが終わり、フォーチュン一族がひとり残らず帰ると、やっと彼らはふたりきりになった。

「今日はぼくの生涯で一番幸せな日だよ、ジョアンナ」自分のアパートメントへ車を走らせながら、ライダーが言った。

ジョアンナはため息をついた。「ライダー、もう演技はやめましょう。ふたりきりなんだし、本当に婚約したわけじゃないのはわかっているでしょう」

「きみはぼくがあげた指輪をはめている。そして、ぼくたちは両家の親族の前で婚約を発表した。フォーチュン家とチャンドラー家の前でね」ライダーが言い返した。「これ以上本当らしいことがあるかい、ジョアンナ？」

ジョアンナの瞳はうるんでいた。「あなたって本当にずるいわ。チャンドラー家だなんて言って……」彼女は大きく息を吸いこんだ。「チャンドラーの血を引く人間はたったふたりしか残っていないのよ……ジュリアとわたししか。それをどれだけわたしが……どんなに……」

「ジュリアとマイケルの娘たちには半分チャンドラ

ーの血が入っているじゃないか」ライダーが言った。「チャンドラー一家はまた形成されつつあると言っていい。ぼくらの子供たちも数に入るしね、ジョアンナ。今日プロポーズを受けてくれたのは、ジュリアに恥をかかせたくなかったからだろう。それはわかっている。だけど――」

「ジュリアに恥をかかせる？」ジョアンナはあきれてライダーを見た。「そう思っていたの？」

ライダーはすぐにうなずいて、話を続けた。「だけど、ぼくはきみを愛している。それに婚約したからには、たとえ形だけのものでも、きみがぼくと結婚することがふたりに必要なことだと証明してみせるよ。ジョアンナ、頼むからそのチャンスをぼくに与えてほしい」

ジョアンナはなんと言っていいかわからず、またため息をついた。「わたしがみんなの前であなたを拒否したら――あるいは叫び声をあげて屋敷から逃げだしたら――ジュリアが恥ずかしい思いをすると考えたのだとしたら、あなたは姉のことをなにも知らないのね。姉はいつだってわたしをかばってくれるわ。ライダー、わたしはあなたに恥をかかせたくなかったのよ。あなたの一族全員の目の前では、あするしかないでしょう？　わたしにはあなたを傷つけるようなことはできないわ」

ライダーはレンジ・ローバーをアパートメントの駐車場にとめた。ジョアンナの言葉で、思いのほか早く希望の光が見えてきた。「ぼくの顔がたつように、きみは指輪を受けとってくれたのかい？」

「もちろんよ」ジョアンナは指に輝いているダイヤモンドの指輪を見おろした。「すてきな指輪ね、ライダー」穏やかに言った。「でも、わたしは……あなたと……」彼女は頭を振って深く息を吸い、考えをまとめようとした。「ライダー、わたしはあなたが妻に求めているような女じゃないわ。あなたに必要なのは――」

「きみが必要なんだ。きみこそ、ぼくの必要とするたったひとりの女性だ。ぼくが求めているのは、きみだけなんだよ」

ライダーはブレーキを踏んで車をとめ、ジョアンナのほうを向いた。

「ジョアンナ、きみを心から大事にしていないような、きみを真剣に愛していないと思わせるようなことを言って、本当にすまなかった」ライダーは喉になにかがつかえたように感じ、息をのみこんだ。

「きみはぼくのすべてだ。ぼくがかつて女性に――妻に求めたすべてなんだ」

ライダーはジョアンナを腕のなかに引き入れ、二度と離さないというようにぎゅっと抱きしめた。

「どうかきみの返事を今、本当のものにしてほしい、ジョアンナ。偽りの約束を今、真実のものにしよう」

ジョアンナはライダーにしがみつき、キスをして、なぜプロポーズを断り続けたかを説明した。ライダーの妻になろうとせず、恋人のままでいようとしたのは、それが彼のためにも会社のためにも一番いいことだからだと。ライダーを全身全霊で愛していたからこそ、彼にとって一番いいことだけを望んでいたのだと。

ライダーはひとつひとつジョアンナの思いこみを否定していった。彼の反論は、真剣さでも誠実さでも彼女に引けをとらなかった。ふたりはライダーの部屋へ入ったが、話に夢中になっていたため、自分たちがベッドルームに向かっていることにはまったく気づかなかった。

ふたりはベッドのそばで立ちどまり、お互いを見つめた。

「まだわかってくれないのかい、ジョアンナ？」ライダーがかすれた声できいた。「もし必要なら、ひと晩じゅう寝ないで説明してあげよう。きみがぼくにとって完璧《かんぺき》な女性だとわかってくれるまで。なぜならきみは実際、そうなんだから。ぼくたちは永遠にお互いを必要としているとぼくが信じているように、きみが信じてくれるまで」

ジョアンナはライダーを見あげ、それから自分の手の指輪を見おろした。母の指輪とライダーの指輪、過去と未来からの贈り物を。

あえて危険を冒してもいいの？　ジョアンナは自問した。ジュリアはわたしを、欠点も含めてすべて愛してくれる。ライダーがわたしを同じように思ってくれる見こみはあるかしら？　わたしがライダーにとって完璧な女性だと、彼はきっぱりと言ってくれた。それでもわたしをあきらめるようにライダーを説得し続けるべきなの？　とてもあきらめてくれそうにはないけれど。

「もう、話すのは疲れたわ、ライダー」ジョアンナは心を決め、ライダーの腕のなかに飛びこんだ。

「どれだけわたしを愛しているかをわたしに証明して。ひと晩じゅうかけて」

ライダーは喜んでその要望にこたえた。

エピローグ

クリスマスがやってきて、またフォーチュン一族のパーティが開かれた。

ケイトが見渡すと、大勢の人々が巨大なクリスマスツリーのまわりに集まっていた。若い親たちが、赤ん坊や子供たちにまばゆくきらめく明かりを見せてやっている。小学生くらいの子供たちが、元気よく鬼ごっこをしながら歓声をあげていた。ケイトはその幸福なひとときを存分に味わっていた。

部屋の反対側には甥《おい》の息子にあたるライダーとフィアンセのジョアンナがいて、雪のちらつく窓の外をのぞきこんでいる。おそらく日どりの決まった結婚式の話でもしているのだろう。式は翌年三月二日の予定だった。

ケイトはジョアンナの赤いドレスを眺めた。シルクらしい素材がキャンドルの明かりにきらめき、女らしく気品のあるからだつきをいっそう引きたてている。もしケイトが二十代だとしたら、彼女自身も好みそうなドレスだった。

ケイトはスターリングとともに若いカップルに歩み寄った。

「ライダー、パーティの最中に仕事の話をして申し訳ないけど、書斎に用意してある書類に目を通してほしいの」ケイトは目を輝かして言った。「ジョアンナももちろん一緒にね」

四人は書斎に入った。ケイトがライダーに手渡したのは、ペンとフォーチュン・デザイン社の正式な譲渡契約書だった。

「ここにサインしてちょうだい。これでフォーチュン・デザイン社はすべてあなたのものよ、ライダ事ー」

ライダーはジョアンナとうれしそうに目を見交わし、抱きあった。次にふたりは代わる代わるケイトを抱きしめ、ジョアンナはスターリングとも抱擁を交わした。ライダーがあとに続こうとすると、スターリングが書類を指さした。「ここにサインすればいい。この点線のところだ」

ライダーはサインした。これでフォーチュン・デザイン社の真の社長になれる。会社はぼくと……ジョアンナのものだ。彼は喜びのあまり目がくらみそうだった。

「ケイト、本当に感謝の言葉もありません」ライダーは言った。

「言葉はいらないわ。大切なのは行動し、結果を出すこと。それこそまさにあなたがやったことよ、ライダー。フォーチュン・デザイン社は業績をのばしているわ。あなたは、不振にあえぐ会社を引き受け、一年でたて直して、確かな仕事の手腕を見せてくれたのよ」

「ライダーが成しとげたのはそれだけじゃありませんわ。彼にはまごころがあるんです」ジョアンナが誇らしげにライダーを見つめながら口をはさんだ。「フォーチュン・デザイン社では、数々の医療補助器具を扱うことにしました。わたしがリハビリセンターにいたころ一緒に過ごした、障害者の生活をより快適にするさまざまな器具を開発した友人に、ライダーが連絡をとってくれたんです。その結果、あまり利益は出ませんが、会社が商品化してくれることになりました」

「うちの会社には高利益商品がそろっています」ライダーはケイトに説明した。「でも、医療補助器具は生活の質的向上を約束します。小規模で限定的な需要ですが――」

「利益を世のためによかれと思うことに使うのも大

事よ」ケイトが言った。「本当にすてきで愛らしいお嬢さんを生涯の伴侶《はんりょ》に選んだわね。上出来よ、ライダー」そして、またライダーを抱きしめた。

「この一年は、ぼくの人生で最大の冒険だったよ」ジョアンナと手をつないでパーティ会場へ戻る途中、ライダーが言った。

ジョアンナがいたずらっぽい目でライダーを見あげた。「でもライダー、わざわざダイヤモンド鉱山へ行くまでもなく、オフィスでわたしと一緒に働くだけで総毛だつほどはらはらしたでしょう」

「ジョアンナ、きみと一緒にいれば毎日が冒険だよ。オフィスの内外を問わずにね。口先だけで言っているんじゃない。心からそう思っているんだ。こんなに誰かに夢中になったのはきみが最初で、そして最後だよ」ライダーは真顔で言いそえた。「愛しているよ、ジョアンナ」彼は立ちどまると、ジョアンナを引き寄せた。

そしてキスしようとしたとき、子供たちの一団が甲高い声をあげながら走ってきた。

ふたりはあわててからだを離すと、時間も場所も今はロマンスに向いていないのを感じ、顔を見あわせて笑った。

「数年のうちにはぼくら自身の子供が、ああして仲間と走り回っているんじゃないかな」ライダーはいつくしむようにジョアンナを見おろした。

「あんな子供たちが少なくともふたりはほしいわ。いつから子づくりを始めましょうか？」

「式の日の夜からっていうのはどう？」

「来年のクリスマスのころには、おなかが大きくなっているわね」ジョアンナがうれしそうに言った。「もしかすると、生まれたばかりの赤ちゃんと一緒かもしれないわ」

「それならまたぼくは、その年が生涯で一番冒険に満ちていたと言っているに違いない」

ライダーはジョアンナを両手で抱き寄せ、キスをした。彼の目には彼女しか映っていなかった。

雪原に咲いた恋

リンダ・ターナー／葉山　笹　訳

リンダ・ターナー　ロマンス小説を読みはじめたのは高校のとき。ある晩、手もとに何も読むものがなくなり、自分で小説を書きはじめたという。それ以来、ずっと執筆活動を続けている。テキサス州に住む彼女は、作品の舞台を求めようと、あらゆる機会をとらえて旅に出かけている。

プロローグ

フォーチュン・コスメティックス社の大広間はクリスマスの飾りつけが施され、フォーチュン家の面面であふれ返っていた。ケイトの八十歳の誕生日を祝うため、一族のほぼ全員が集まり、大いににぎわっている。高級な料理とワインがふるまわれ、部屋の中央に飾られた背の高いクリスマスツリーのそばでは、世界的に有名な歌手が歌っていた。クリスマスらしい楽曲が部屋じゅうに響き渡り、お祝いムードを盛りあげている。

少し離れたところでハンターはひとりポケットに手をつっこみ、彫りの深い顔をしかめながら、ケイトのまわりに集まった彼女の子供や孫、ひ孫たちを眺めていた。そして、自分はここでなにをしているのだろうと考えた。確かにぼくは一族の一員だ。フォーチュンの姓を名乗ってもいる。しかしぼくは、自分がフォーチュン家の人間だと心から感じたことは一度もないし、一族のみんなもそれは同じだろう。誰だって、非嫡出子を家族の一員と認めたくはないはずだ。

フォーチュン家の人々がハンターを無視しているというわけではなかった。それほど失礼な人たちではない。だが、彼らはずっとハンターについて陰でいろいろ噂《うわさ》していた。彼自身も、それは無理もない話だと思っていた。ハンターは一族の厄介者の息子だった。十二歳のとき、実の父親が誰なのかが明らかになって以来、周囲からは驚きのまなざしを向けられ続けてきた。事実の発覚は、父と子の両方にとって大きな衝撃だった。

父親と初めて対面したときのことを思いだし、ハンターは苦笑した。ハンターは父、ダニエル・フォーチュンに向かって、いかにも野性味あふれるネイティブ・アメリカンらしく突進していき、腹にパンチをお見舞いした。母のグレースが亡くなってまだ日が浅く、悲しみに暮れていたハンターは怒りにかられて、母の死と長年生活費を切りつめながら過ごした保留地での苦しい暮らしを、父のせいにして責めたてたのだった。フォーチュン家の金さえあれば、母と息子の生活も少しは楽になったに違いなかった。だが、母はすでにこの世にいなかった。ハンターはダニエル・フォーチュンが父であろうとなかろうとどうでもよく、父とはかかわりをいっさい持ちたくなかった。

しかし、法廷ではハンターの言い分などまったく聞き入れられず、彼はダニエルの保護下に置かれた。そして、ダニエルは父親としての義務を立派に果たした。ダニエルはひとつの場所に落ち着くタイプではなかったので、伝統的な家庭というものをハンターに与えてはくれなかったが、世界じゅうに連れて歩いてくれたことで、一箇所にとどまっていては知り得なかった多くのことを学ぶ機会を与えてくれた。

ハンターは父親の放浪癖を受け継いではいた。しかしながら、父と子の関係は決して順調にはいかなかった。しっかりした絆《きずな》を築きあげるには、互いを知らずにいた期間があまりにも長すぎたのだ。それでも、時とともに関係は改善されていき、今ではハンターもフォーチュンの姓を名乗っていた。だが、一族の絆を心から感じたことはなく、今後も感じることはないだろうと思っていた。心のどこかではいつまでも、自分がハンター・ローン・イーグルであることを――母の部族の人間であることを忘れはしないだろうから。

それならなぜ、ぼくはここにいるのだろう？　ぼくは一族の一員とは言いがたいし、そもそも遠い親《しん》戚《せき》でしかないのだ。ケイトはぼくの大おばだ。彼女のことは好きだが、会ったことはほとんどなかった。ケイトはなぜ、今日ぼくがここへ来て、彼女の誕生日を祝うことをあれほどまで望んだのだろう？

「いったいどういうことなんだい？」ハンターは、集団から離れていた彼のところへやってきたケイトの秘書、ケリー・シンクレアに尋ねた。ブロンドの髪に、深みのあるブルーの目をした彼女は、とてもかわいらしい女性だ。ケリーはいつも、大おじのベンジャミン・フォーチュンがかつてそうだったように、ハンターに対して一族のほかの者に対するのと同じ態度で接してくれ、彼はありがたく思っていた。

「ケイトがすることには必ず理由がある。なぜ彼女はぼくをここへ呼んだんだい？」

ケリーは肩をすくめ、さらりと答えた。「ケイトのことは知っているでしょう？　彼女はなにも教えてくれないのよ。だけど、あなたがここにいるのは当然のことじゃない。家族なんですもの」

ハンターがそれに対して鼻を鳴らし、なにか言おうとしたとき、ケイトがいつものようにプレゼントを配り始めた。ハンターはそれを見て、笑みを浮かべずにはいられなかった。今日はケイトの誕生日なのだから、プレゼントをもらうべきなのは彼女自身なのだと、とうの昔に誰かが教えてあげていてもよさそうなものなのに。だがケイトは、家族にプレゼントを贈るのを毎年楽しみにしているのだ。

「ハンター、あなたの番よ。あなたとふたりだけで話がしたいとケイトは言っているわ」

不意をつかれてハンターは目をしばたたいた。なにかの間違いに違いない。「ぼくの番だって？　なんのことだい？　ケイトがぼくになにか用意しているというのかい？」

「そのとおりよ」ケイトが笑みを浮かべながらハンターのそばに来た。「実のところ、この事業はあなたにしか手に負えないと思うわ。わたしは去年、ワイオミング州にある建設会社を買収したんだけれど、その会社はあなたの能力を必要としているの。なにが原因かはよくわからないんだけれど、もう何カ月も赤字続きなのよ。あなたならこの状態をたて直せるわ。一年以内に黒字を出すことができたなら、会社はあなたのものよ」

ハンターはあっけにとられ、ケイトを凝視した。その仕事を成しとげる自信はあった。これまで世界各地でさまざまな仕事をしてきたのだ。ロサンゼルスでは建設工事、北海では石油掘削、そしてカナダでは木材の切りだし作業。だが、一年間も？　彼はひとつの場所に三、四カ月滞在しては、新たなものを目にしたいという衝動にかられ、場所を移ってきた。いったいどうすればワイオミングに丸一年もいられるというのだろう？

1

ドアを開け、小さな家の玄関ポーチに部族警察官のホーク巡査が立っているのを目にした瞬間、ナオミ・ウィンドソングは心臓がとまりそうになった。巡査は悪い知らせを伝えようとしている。彼の目を見れば、それがわかった。「ローラは見つかりましたか？　娘はけがをしているの？　ああ、どうしたんです？　お願いだからなにか言ってください！」

まだ若いホーク巡査は、どこでもいいから今いるところ以外の場所へ逃げだしたいとでも思っているようだった。それでも彼はなんとかナオミと向きあい、言いにくそうに口を開いた。「申し訳ありません。ローラはまだ見つかっていません。でも、捜査に進展がありました。エルク峡谷内の人気《ひとけ》のない道路に、ミスター・バーカーの車が乗り捨ててあったんです。残念ながら、彼もローラもそこにはいませんでしたが」

「エルク峡谷ですって！」ナオミは声を上ずらせた。「あそこは確か断崖《だんがい》絶壁の峡谷で、先には山しかなかったと思うわ。ジェームズはなぜそんなところに車を乗り捨てていったんです？」

「保育園にいたローラを誘拐した瞬間から、自分が追われるのは彼にもわかっていたはずです」巡査は言った。「だとするなら、まっ先にするのはジープを捨てることでしょう。近道を通ればエルク峡谷まではーキロ半ほどですし、あそこは人里離れた場所です。計画的な人間なら、そこに別の車を一台用意しておいて、ローラを誘拐したらまっすぐそこへ向かい、事件が通報されるよりも前に車を乗り換えたとも考えられます。その後警察署の目の前を通ったとしても、誰も気づかないでしょう。二台目の車の特徴もナンバープレートの番号もわからないので、これ以上彼を追跡することはできないんですよ」

「だからって捜査をあきらめるというんですか？あの怪物がわたしの娘を連れて逃げるのをほうっておくと？」

ナオミは自分が理性を失っているのはわかっていたが、どうすることもできなかった。ジェームズがローラを誘拐してから二十四時間がたっている。そのあいだずっと、ナオミは電話の前に座ってジェームズから電話がかかってくるのを待つほかなかったのだ。ジェームズは必ず電話をかけてくると、彼女は何度も自分に言い聞かせた。彼はそこまで残酷な人間ではないはず――せめて電話で、ローラの無事を知らせてくれるはずだと。

だが、何度も電話が鳴り、そのたびにローラが誘拐されたことを聞いた知りあいたち――友人、家族、彼女の勤め先のパン屋の同僚たち——から慰めの言葉をかけられはしたが、肝心のジェームズからの電話はなかった。

ジェームズはローラを傷つけるようなまねはしないわ。ナオミはもう千回ほど同じことを自分に言い聞かせていた。ローラはジェームズの娘なのだ。彼は娘を愛している。ジェームズは妻と離婚してから、ローラと親しくなるためにワイオミング州に引っ越してきた。彼がどんなにひどい男でも、娘を傷つけたりはしないはずだ。

だが、そう思おうとすればするほど、恐怖が癌《がん》細胞のようにナオミをむしばんだ。彼女は、ジェームズがローラを自分のものにしたくて誘拐したのではないとわかっていた。彼はわたしを傷つけようとしてローラを誘拐したのだ。わたしがジェームズとの結婚を——またしても——拒んだことで、彼は激怒していた。ジェームズが復讐《ふくしゅう》のためになにをしでかすか、わかったものではない。

「あきらめてはいません」ホーク巡査が請けあった。「でも、今はあてもなく捜すしかないんです。おそらくミスター・バーカーは綿密な計画をたてていたのでしょう。われわれには、彼がどんな車に乗っているのかもわからないんです。州のあちこちにローラのポスターをはりだしますが、彼女が目撃されるか、ミスター・バーカーがよほどのへまをしない限りは、われわれにできることはあまりありません。彼が電話をかけてくるか、もしくはあなたが十分に苦しんだと彼が考えてローラを連れて帰ってくるのを期待しましょう。たぶん二、三日はかかると思いますが」

巡査が安心させようとして言ってくれているのはわかったが、ナオミはジェームズについてそんな幻想を抱くつもりはなかった。残念なことに、昔から今のように男性を見る目があったわけではない。ジェームズと出会ったのは、デンバーに住んでいたときに彼女の車が故障し、彼が手を貸してくれたときだった。ナオミはジェームズに魅了され、ふたりはデートを重ねるようになった。彼が実は結婚していたとわかったのは、彼女が妊娠したあとだった。

気づくべきだったのだ。ヒントはたくさんあったのだから。ふたりがつきあっていた何カ月かのあいだ、ジェームズは一度も泊まっていかなかったし、電話番号も教えてくれなかった。ナオミを家に呼んでくれたことはもちろんなかった。愛人を妻に紹介するのはまずいと、さすがの彼も思ったのだろう。

ショックを受けたナオミはジェームズとのかかわりをいっさい絶ち、仕事もやめて、子供を産むために母の部族が暮らすワイオミングの保留地に引っ越した。三年前のことだ。もう彼とは完全に縁が切れたと思っていた。しかしジェームズは、私立探偵を雇ってナオミの居場所を捜しあて、一カ月前、ワイオミングに現れた。そして以前にも増して魅力を振りまきながら、妻と離婚したのでナオミと結婚したいと言ってきたのだ。

即座に断ったため、ナオミはジェームズがひどく怒るだろうと思っていた。だが彼は拒絶されたことを冷静に受けとめ、自分が以前とは違うことをわかってもらえるよう努力すると言った。娘のことを考えたナオミは、ジェームズの言葉を信じたいと思い、彼にチャンスを与えた。最初のうち、ジェームズは確かに変わったように見えた。彼は週三回ローラのもとを訪れ、いつも明るくふるまった。そしてつい先週末、再びジェームズにプロポーズされたナオミは、自分に近づくために彼はローラを利用しただけなのだということに気づいたのだ。ナオミは激怒し、ジェームズと結婚するつもりはないと告げた。

今度は、ジェームズは拒絶されたことを素直には受け入れなかった。怒りをあらわにし、さんざんナオミをののしると、家を飛びだしていった。もうこの近辺にはいないと思っていたのに、ジェームズは昨日、ローラの保育園に姿を現した。そして、保育士がナオミに電話をかけて、ローラが父親とショッピングに行ってもかまわないかどうかを確認しているあいだに、娘を連れ去ったのだ。それ以来、ローラを見かけた者はいない。

ホーク巡査はこれをよくある親同士の親権争いだと思っているようだが、ナオミにはそうではないとわかっていた。巡査の経験からすると、どんなに手に負えない父親でも数日たてばちゃんと子供を帰すらしいが、ジェームズがそんなタイプでないことは明らかだった。彼は冷酷で悪意に満ちている。きっと、どこか遠くないところにいるはずだと、ナオミは直感で感じていた。ジェームズがすぐ近くに隠れて、わたしが苦しむ様子を見て喜んでいたとしても、驚きはしない。いかにも彼のしそうなことだ。

絶対に許さないわ。ローラはわ・た・し・の娘よ！　部族警察は現段階ではなにもできないかもしれないけれど、わたしにはできる。行方不明者の捜索を依頼できる人――ジェームズがローラをどこへ連れ去ったのか見つけだしてくれる人を探すのだ。個人的にそのような人物はひとりも知らなかったが、紹介してくれそうな人間には心あたりがあった。

ホーク巡査が去るとすぐに、ナオミはルーク・グレイウルフに電話をかけた。ルークは保留地内のただひとりの医者で、彼の妻ロッキーはフライトサービスの会社を営んでいる。その会社は捜索救助を得意としていることで有名だった。彼らなら、ローラの捜索を依頼できる人間を紹介してくれるだろう。

ルークはナオミの期待を裏切らなかった。保留地じゅうの人々がすでに知ってはいるのだろうが、彼もローラが誘拐されたことを聞いていて、すぐにロッキーのまたいとこのハンターを紹介してくれた。

「捜索を頼める人間は何人か知っているが、ハンターが一番だろう。彼の腕は抜群だ。どうやるのかは知らないが、ハンターは空を飛んでいった鷲《わし》でさえ見つけることができる。数カ月前にこちらへ引っ越してきて、フォーチュン建設の経営を引き継いだんだ。彼の会社を訪ねて、ぼくから紹介されたと言えばいい」

ナオミはほっとするあまり、目にこみあげてきた涙をとめることができなかった。「本当にありがとう」くぐもった声で言った。「どんなに感謝しているか、言葉では言い表せないくらいよ。警察はできる限りのことをしてくれてはいるけれど、わたしはなにもせずにただ座って待っているなんてとてもできなくて」

「当然だよ！　自分の子が行方不明になったら、ぼくとロッキーだって、ありとあらゆるつてを頼って見つけようとするさ。信じ続けるんだよ、ナオミ。ハンターは有能だ。彼は見つけだすまで絶対にあきらめないはずだ」

机の上に積みあげられた書類をあさりながら、ハンターは小声で悪態をつき、いったい秘書はなぜよりによって今週、親知らずをぬかなければならなかったのかと考えた。クロウ郡のショッピングモールの建設を請け負うための入札用書類を用意し、現状を知らせるためケイトに報告書をファクスしなければならない。財務状態を詳しく報告するように言われているわけではないのだが、彼は会社の状況を知らせる義務があるように感じていた。ケイトが会社を託すほど自分を信頼してくれたことを考えると、それくらいはして当然だと思ったのだ。

ハンターはいまだに、ケイトがここまでしてくれたことが信じられなかった。

当初ハンターにとって会社など、なによりほしくないものだった。ぬけめないケイトはそれをちゃんとわかっていたのだろう。パーティのあとで彼女は彼に、プレゼントを返したくなったらいつでも気にせず返してかまわないと告げた。ハンターは悩み、返そうかとも考えたが、ケイトをがっかりさせたくはなかった。そして初出勤の日、オフィスに足を踏み入れたハンターは、前任者のずさんな経営のせいでつぶれかけている会社の状況や、やる気のない社員たちを目のあたりにして、事態を改善したいという意欲にかられたのだった。そのときから彼は夢中になった。もちろん、すべてを投げだしたくなったことも何度かあったけれど。

電話が鳴った。この五分間で三度目だ。ハンターはまたしても、イザベルがいて、せめて電話の応対だけでもしてくれたらと思った。こんなふうに邪魔ばかり入る状態で、どうやって仕事を片づけろというのだろう？

入札に必要な資料を見つけると同時に受話器をつかむと、ハンターは不機嫌そうに言った。「フォーチュン建設のハンターです。ご用件は？」

「こんにちは。わたしよ」ケリーが穏やかに言った。「そちらの状況が知りたいからと、ケイトに電話をかけるよう言われたの」

ハンターは笑みを浮かべながら椅子の背にもたれた。クリスマス以来、彼は大おばと頻繁に連絡をとりあっていたが、その前にいつもケリーと話をするのは楽しかった。ハンターとケリーは友達になっていた。そして一族のほかの者と同様ハンターも、彼女がチャド・フォーチュンとつきあっていることを心配していた。ハンターは何度もケリーに、チャドとつきあってもつらい結末が待っているだけだと忠告しようとした。だがケリーは、チャドが自分を傷つけるわけがないと信じている。そうであってほしいとハンターは思ったが、期待はできなかった。

「やあ。元気かい？」

「ええ」ケリーは笑いながら答えた。「そちらはどう？　仕事は順調？」

「忙しくて、てんてこ舞いだよ。休憩をとる時間さえない」

ハンターの不満そうな声を聞いて、ケリーは同情するどころか反対に笑い声をあげた。「ケイトは喜ぶわね」

そして数分後に電話口に出たケイトは、ハンターがとても忙しくしているのを聞いて大いに喜んだ。ふたりは現状を話しあい、もっと人を雇う必要があるという結論にいたってから、電話を切った。だが、人を雇うための時間をとることなどとてもできそうになかった。

入札の手続きに注意を戻し、電卓に数字を打ちこんでいたとき、オフィスのドアが開いた。社員のひとりだと思い、ハンターは顔をあげもしなかった。

「かけてくれ、フレッド。もう少しで計算が終わ――」

「すみません、ハンター・フォーチュンという方を捜しているんですが。ドクター・グレイウルフに、ここに来れば会えると言われたんです」

驚いてハンターが見あげると、すらりとした小柄な女性がオフィスに入ろうとしていた。最近は建設業界も、かつてのように男だけの職場というわけではなくなったので、女性を相手に仕事をすることも珍しくない。だが、今目の前にいるようなタイプの女性は初めてだった。これまで世界じゅうで多くの美しい女性に出会ってきたが、この女性は格別だ。ネイティブ・アメリカン特有のまっ黒な髪と、蜂蜜《はちみつ》色の肌、そして大きなグレーの瞳は、美しいのひと言につきた。彼女がほほえめば、男は簡単に魅了されてしまうに違いない。

女性を観察したハンターは、彼女が今、とてもつらい思いをしているらしいことに気がついた。以前はよくほほえんでいたに違いない目には苦しみが浮かんでおり、理由はわからないが傷ついているのが見てとれる。頰には泣いたばかりだとうかがえるような涙の跡がついていた。彼女は文字どおり、悩める乙女のようだ。

ハンターはとっさに、助けの手をさしのべて、入札の手続きのことはあとで考えようかとも思った。だが、今まで何度も痛い目にあってきたせいで、教訓を学んでいた。すべての乙女は見た目ほど途方に暮れてはいないのだということだ。ハンターが最後に手を貸した女性は、暴力的な夫から逃げようとしていると言った。そして州を出るためのバス代を渡したあとで、その女性の話がなにもかもでっちあげで、彼女は結婚すらしていなかったと知ったのだった。

ハンターは立ちあがりながら、目の前の女性を注意深く見た。「ぼくがハンター・フォーチュンだ。ルークを知っているのかい？」

「彼のクリニックに通っているんです。彼は娘の主治医ですから」そのとき突然、涙があふれだし、女性は両手をからだの前でかたく握りしめた。「お願いです……助けてください。娘が……」

ハンターは驚き、机を回りこんだ。「娘さんがどうしたんだい？　けがをしたとか？　今、どこにいるんだい？　なぜルークのところへ連れていかないんだ？」

「そうじゃないんです。娘はけがはしていません……少なくとも、していないと思います。彼女の父親が……ああ、神様！　彼が娘をさらっていったんです！　ローラを誘拐したんです。ドクター・グレイウルフから、このあたりではあなたが捜索にかけては一番だと聞きました。お願いです。娘を捜すのに力を貸してください！」

女性はしゃくりあげた。瞳には絶望がはっきりと浮かんでいる。ハンターは胸がしめつけられるような気がした。「泣かないで」彼はそっと言い、彼女を椅子のほうへ促した。「さあ、座るんだ、ミセス――」

「ミズ、よ」女性は喉をつまらせながら言った。「わたしの名前はナオミ・ウィンドソング」

「ではミズ・ウィンドソング、ことの成りゆきを最初から話してもらえるかな。警察には行ったのかい？」

ナオミはうなずいた。「でも、警察にはなにもできないんです」

ナオミはなんとか感情を抑え、落ち着きをとり戻してすべてを話した。不運にもジェームズ・バーカーと出会ってしまったときのことから、彼が娘を連れて失踪《しっそう》したと知るまでのことを。ひと言話すたびに彼女の声の調子は強くなり、怒りが増大するようだった。

「ただじゃおかないわ」ナオミは冷たく言い放った。「ジェームズがこのあたりにいるのはわかっているの。もしあなたが力を貸してくださらないなら、この一帯の石をひとつ残らず引っくり返してでも彼を見つけだすつもりよ。必ず娘をとり戻すわ」

それは本当だろうと思いながら、ハンターはナオミが泣きじゃくっていた傷つきやすい女性から、子供を守ろうとする強い母親へとみるみる変わっていく様子を驚嘆して眺めた。彼女は娘をとり戻すのに必要とあらば、どんな相手とも戦い、どんなことでもするだろう。母もそんな女性だった。母が生きていたときに父がぼくを連れ去ろうとしたなら、母はフォーチュン一族全員とその財力を相手に、全力をつくしてぼくをとり戻そうとしたに違いない。ナオミ・ウィンドソングも同じだ。

そしてハンターは、ナオミのそんな気概が気に入った。彼は昔から気の強い女性が好きだった。でも、どうやって彼女を助ければいいのだろう？　ぼくはフォーチュン建設をたて直すのに手いっぱいなのだ。この二カ月のあいだ、ケイトがつぶれかけている会社を買収して名前を変え、ぼくに経営を任せたのは、ぼくを喜ばせるためなのか苦しめるためなのかわからないと何度も思ったものだ。だがハンターは、なにがあっても必ず成功させるつもりだった。そのために一生懸命働いているのだ。

保留地の東端に建設中のファーストフード・レストランは半分完成しているし、昨日はシャイアンに新しいクリニックを建設する契約を勝ちとった。ハンターがその両方を予算ぎりぎりで請け負ったのは、会社の評判を回復するために仕事を受ける必要があったからだった。それはつまり、失敗する余裕はいっさいないことを意味する。それに、工期を引きのばすこともできない。期限は厳守しなければならず、ローラ・ウィンドソングを捜索するあいだ部下にすべてを任せるには、あまりに重要な仕事だった。

引き受けられないと言おうと口を開きかけたものの、やはりナオミにひとりで娘を捜索させるわけにはいかないとハンターは思い直した。彼女は怒りと絶望に任せてひとりで見つけようとするだろうが、十分注意しなければ、とんでもないトラブルに巻きこまれる危険がある。州の大部分にはいまだに未開発の自然が残っているのだ。ナオミも彼と同じネイティブ・アメリカンの血が流れているようではあるが、厳しい状況にいたことなど一度もないような都会人に見える。捜索を開始して一時間もしないうちにお手あげになるだろう。それに、ジェームズ・バーカーのこともある。元恋人に復讐するために自分の子供を誘拐するような男だ。なにをするかわからない。

そんなことをして許されると思ったら大間違いだ。

ぼくが逃がしはしない。ハンターは子供のころから、捜索にかけては人並はずれた能力を発揮してきた。第六感のようなものが働くのだ。これまで各地を転転としながら、行方がわからなくなった人を捜すのにたびたび力を貸してきたものだ。ジェームズ・バーカーも絶対に見つけてみせる。

「きみひとりで行く必要はないよ」ハンターはナオミにきっぱりと言った。「娘さんを捜すのを手伝おう」

2

実際に行動を起こしてくれる人がようやく見つかって安心したナオミは、ハンターが警察と話をし、ジェームズの車が放置されていた場所からすぐさま捜索を開始してくれるものと思っていた。だが、ハンターはそうはせず、ローラの保育園の名称と住所を尋ねた。意外に思い、ナオミは眉を寄せた。「なぜ？　警察はすでにローラの保育士と話をしたのよ。彼女は、ジェームズが娘を連れ去ったということ以外なにも説明できなかったわ」

「そうだろうが、それでもぼくは話を聞きたい。ローラが最後に目撃されたのが保育園なら、ぼくはそこから捜索を始める。保育園の名前と住所は？」

「リトル・ディア保育園よ。ファースト・ストリートとメイン・ストリートの角にあるわ。でも、やっぱりあなたがサラ・リバーズと会うのは時間の無駄なんじゃないかしら」ナオミはいらだちを覚えながら、オフィスを出るハンターのあとについていった。「サラは警察に知っている限りのことを話したし、あなたが彼女と話すことに時間を費やせば、それだけジェームズに逃げる時間を与えることになるもの。それより——」

ハンターは足をとめ、ナオミと向きあった。そして、かみそりのように鋭いダークブラウンの目で彼女を見すえた。「はっきりさせておこう、ミズ・ウィンドソング。心配でたまらないのはよくわかるし、今すぐ娘さんを捜しに行きたい気持も理解できる。だが、ぼくのやり方は違うんだよ。ぼくはぼくのやり方とペースでことを進めるつもりだ。それがいやなら、今すぐそう言ってくれ。別の人間を紹介するよ」

互いの意志とまなざしがぶつかりあう。ナオミには、ハンターが本気で言っているのがはっきりとわかった。彼のすべてが石のように堅固に見える——顎の線や、輪郭のくっきりした口、そしてすっと通った鼻筋。目もそうだった。自信に満ちたまなざしは、ハンターがとりしきるのでなければ、ナオミはひとりで行動するはめになると警告していた。

十秒ほどのあいだ、ナオミはハンターの態度を憎らしいと思った。ローラはわたしの娘なのよ！　彼が捜索するあいだじゅうわたしが黙っておとなしくしていると思ったら、大間違いだわ。わたしは言いたいことはなんでも言うし、ハンターをかりたてて行動を起こさせるためならなんだってする。それが彼の気に入らなくても、わたしの知ったことではないわ。

だが、実際わたしがそんな態度をとれば、ほかに捜索を頼める人を探さなければならなくなる。しかし、ルークはハンターが一番だと言っていたのだ。

ナオミの神経が壊れた時計のぜんまいよりもはりつめているというのに、ハンターが冷静であることにいらだちを覚えつつも、彼女は今もっとも大切なのはローラを見つけることであって、彼を説得することではないと自分に言い聞かせた。ルークの言うとおりハンターが本当に有能なら――おそらくそれは間違いないだろうが――わたしは彼を信じて任せるべきだ。

だが、異議をとりさげるのは容易ではなかった。ナオミはとても礼儀正しいとは言えない態度でしぶしぶ言った。「別の人に頼むつもりはないわ。ルークはあなたが一番だと言っていたもの。あなたの好きなようにして。ローラを見つけてくれさえすればいいわ」

「見つけられると思っていなければ、引き受けたりしないよ」ハンターはさらりと言ったが、その控えめな自信がどれほどナオミを安心させたかには気づかなかった。「話がついたところで、さっそく保育園に行こう。時間を無駄にはできないよ」

ローラの保育園の保育士であるサラ・リバーズは、やさしそうな笑みを浮かべた物静かな中年の女性だが、なかなかどうして鋭い観察眼の持ち主だった。

「ミスター・バーカーは、ローラを誕生日のショッピングに連れていくことはナオミも了解していると言ったんですが、わたしはまったく信用できませんでした」彼女は辛辣《しんらつ》な口調で言った。「彼の様子がどうもおかしかったんです。びくびくしていた、とでも言うんでしょうか？　どう見ても不審な様子でした。それでわたしは、ナオミに電話できいてみなければだめだと伝えたんです。そしてわたしが電話をかけているあいだに、彼はローラを連れ去りました。わたしの落ち度です。なんてばかだったのかしら！」

「自分を責めないで、サラ」ナオミはそう言ってサラを抱きしめた。「ジェームズがなにをしでかすかなんて、あなたにはわかるはずなかったのよ。わたしだって彼をよく知っているつもりだったけれど、こんなまねをするとは思いもよらなかったわ。だから自分を責めないで。彼にだまされたのはあなただけじゃないのよ」

「それ以外に彼について気づいたことはありますか、ミセス・リバーズ？」ハンターが尋ねた。「彼が不審な様子だったとおっしゃいましたが、それはどういう意味ですか？　彼はどんな様子だったんです？」

「ミスター・バーカーはまるで狩りに行くみたいに見えました。変だったわ。ショッピングに行くというのに、完全にアウトドア用の服装だったんですよ。

スノーブーツとか、フードつきのダウンジャケットとか、なにもかもが。あんな格好でショッピングモールを歩き回ったら、暑くて燃えてしまいますよ」

保育園の窓から外の運動場を見やり、ハンターは考えこんだ様子で眉を寄せた。カレンダーでは三月だが、冬はまだまだこの地方にとどまっている。地面の雪がとける気配はないし、この先も吹雪はやってくるに違いない。それでも春の訪れは確かに感じられ、一月のころほど寒さは厳しくなかった。サラ・リバーズが言っていたような格好で出かけるのは、野外で相当長時間過ごす予定のある人間だけだろう。

それは、三歳の子供を連れた男のすることではないはずだ。

「ローラは？」ハンターはきいた。「あの子はどのような服装だったんですか？」

「コーデュロイのオーバーオールにタートルネック

のセーターよ」ナオミが保育士に代わって答えた。「それにスニーカーをはいていたわ」

「ジャケットは？ バーカーはローラを連れていく前にジャケットを着せましたか？」

サラ・リバーズは驚いたようにわずかに息をのんだ。「まあ、そんなことができたはずはないわ。そんな時間はなかったもの。わたしが玄関を離れてオフィスに電話をかけに行ってすぐに、彼は逃走したんです。もちろん、彼が車に着るものを用意していたとか、途中でなにか買って着せたという可能性もあるとは思いますが」

ハンターはなにも言わなかったが、ジェームズがローラを連れだしてからどこかにたち寄るとは考えづらかった。リスクがありすぎる。ジェームズの服装と彼の行動の迅速さから察するに、この誘拐はとっさの思いつきではなく、時間をかけて計画されたものだ。だとすれば、ジェームズが車に子供のための服を用意していた可能性は高い。問題は、その車を放置したあと、彼がローラをどこへ連れ去ったかだ。それに、彼の目的はなんなのだろう？ もし彼がナオミに、自分たちは結ばれる運命なのだと説得するつもりだったなら、ずいぶんとまずい方法を選んだものだ。

これ以上サラ・リバーズが話せることはなかったので、ふたりは彼女に礼を言い、エルク峡谷の、ジェームズが車を放置した場所へと向かった。ハンターは岩陰の、車があったと思われる雪に覆われた箇所を見て顔をしかめた。いやな予感がした。

「変だ」ハンターは周囲を調べながら小声で言った。「どうしてバーカーは、車を乗り換えるためだけにこんな峡谷のなかまで来たりしたんだ？」

「人気《ひとけ》がないからじゃないかしら？」ナオミが言った。「このあたりにはほとんど人が住んでいないから、誰かに見られる可能性はとても少ないもの」

「確かに」ハンターは言った。「保育園から峡谷までは、近道を使えばそう遠くない。でも、ローラを手にした瞬間から彼は、ミセス・リバーズがすぐに警察に連絡して、警察が町の外へ出るすべての道路で検問を行うとわかっていたはずだ。車を換えるにしても、この峡谷では先が行きどまりだ。ここを出るには来た道を戻るしかないから、そんなことをしているあいだに、道路で検問に引っかかる確率はどんどん高くなる」

「つまり車を乗り換えるなら、保育園のもっと近くでするだろうということ?」

「ぼくならそうするだろうな。近ければ近いほど、都合がいい。角を曲がってすぐでもいいくらいだ」

「でもそれだと、町で誰かに目撃される可能性が高くなるんじゃない?」

「そうかもな。でも、もしぼくが子供を誘拐するとしたら、その危険を冒すだろう。考えてみてくれ。子供をさらったあと、警察に通報されているあいだに車で道の角を曲がったところまで行って、車を乗り換え、町の中心部へ向かう。みんなは犯人が州の外へ逃亡すると思っているから、町のなかを捜索しようなんて考えもしないだろう。犯人はほとぼりが冷めるまでどこかに身をひそめる。警察が犯人は国の反対側まで逃げてしまったに違いないと考え、道路の検問を解除したころに、犯人は誰の目も引かずに町を出ることができるというわけだ」

「でも、ジェームズはここに車を置いていて、主要道路に出るころには検問が行われているから、それは無理ね。だとすると彼はなぜ、エルク峡谷へなんかローラを連れてきたの?」

「わからない」ハンターは言った。「でも、明らかにするつもりだ」

すでに警察は、周辺を捜査したあとでジェームズの車を押収し、町まで牽引《けんいん》していた。素人目にも、警察が周辺をくまなく捜索したのは見てとれた。雪に覆われた地面は足跡だらけで、ジェームズ・バーカーやローラの足跡があったかどうかもわからなくなっている。

警察の軽率な行動に対し露骨に毒づきながらも、ハンターは車がとめてあった場所から始め、少しずつ外に向かって円を描くように歩いて、警察がなにか見落としていないかどうか調べた。折れた枝や、なぜか足の踏み入れられていない雪、奇跡的にも昨夜降った雪に埋もれずに残っていた足跡などがないかを見る。必ずなにかあるはずだ。ハンターはそう信じていた。直感でそう感じていた。

凍《い》てつくような冷たい風が峡谷を吹きぬけ、雪のなかにあたかも番人のように立っている松の木々のあいだを寂しげな音が響き渡った。ハンターは、ナオミが身震いしてジャケットのポケットに手をいっそう深く押しこんだことにも気づかなかった。彼は、一番遠くにある警官の足跡から百メートルほど離れたところで、急な山の斜面をのぼっていた。そのとき、なにか動くものに注意を引かれた。足をとめてあたりを見回すと、ハンターは右側の木立のなかを捜索し始めた。

一瞬、ハンターは篦鹿《へらじか》を驚かせてしまっただけかと思ったが、そのとき再びそれが目に入った。一本のグリーンのリボンが樅《もみ》の低い枝に引っかかり、風に揺れている。それは深いグリーンで、引っかかっていた木の色にとけこんでいた。風が静かにはためかせていなければ見つけることはできなかっただろう。

ハンターがリボンを車の近くで待っていたナオミのもとへ持ち帰ると、彼女はひと目見て、まっ青になった。「ああ、神様」ナオミはささやき、リボンを胸の前できつく握りしめた。「ローラのものよ。昨日、保育園で車からおろす直前に、髪に結んでやたの。どこで見つけたの？」

「上のほうだ」ハンターは言い、木立のほうを顎で示した。「この峡谷ではいつも風が吹いているから、そのリボンはなんらかの原因でローラの髪からはずれて、あの木の枝まで吹きあげられたのかもしれないな。あるいは、ローラがなにかの理由であの木のあたりまでのぼっていて、リボンが枝に引っかかってとれたかだ」

「でも、あそこまでのぼっても峡谷から出ることはできないわ」ナオミは不安そうに言った。「山に向かうだけよ。なんのためにジェームズは、ローラをあんなところまで連れていったの？」

ハンターにもまだその理由はわからなかった。でも、答えはこの峡谷のどこかにある。それを見つけなければ。

十分後、ローラのリボンが見つかった場所から五十メートルほど離れたところで、ハンターはスノーモービルの跡を発見した。昨日の雪で跡は埋まっていてもおかしくなかったが、ちょうどその上にはりだした木の枝の厚い葉が雪をほとんど受けとめ、跡は残っていた。調べながらハンターは、それがジェームズのつけたものだとは断定できないと思った。この峡谷には人気がないが、まったく人が来ないわけではなく、誰がここまでのぼってきてもおかしくはない。ジェームズがスノーモービルの操縦方法を知っているのかどうかはわからなかったが、ハンターの勘は、おそらく知っていると告げていた。そして彼の勘がはずれることはめったになかった。

唇を真一文字に引き結んだまま、ハンターは斜面をおりてナオミのところまで戻った。彼女は彼の顔をひと目見て、からだをこわばらせた。「なにか見つけたのね」

ハンターはうなずいた。「スノーモービルの跡だよ。木立のなかをぬけて、さらに山の奥へと向かっている」

「ジェームズがつけたものだと思うの？」

「ぼくならバーカーのものだというほうに賭《か》けるね。彼はおそらく、きみが娘のことを心配してどうにかなりそうになっているあいだ、山小屋に隠れているつもりなんだろう。だが……」ハンターは言い足した。「ぼくはバーカーについてあまり知らない。冬にひとりで山をのぼるつもりなら、相当腕に自信がなければとんでもない事態になりかねないよ。彼にはそれだけの能力があるのかい？」

ナオミはショックに打ちひしがれ、大きく目を見開くと、彼らの前に脅迫するようにそびえている雪山に向けた。見渡す限り、雪と木々しかない。この山のどこかに、ジェームズがわたしの娘を連れて隠れているかもしれないのだ。

ナオミは恐怖にかられ、かすれた声で言った。

「ジェームズは、自分がサバイバルの達人だと思いこんでいるの。彼は大自然のなかでのサバイバル術に関する本を何冊か読んだだけで、自分にもできると勘違いしているのよ。でも、実際にトレーニングを受けたことは一度もないはずだわ。ライターがなければ火だっておこせないんだから！」

ハンターは毒づき、細めた目をナオミと同じように、周囲のごつごつとした、恐ろしいほど雄大な地形に向けた。「だとしたら、彼はまったく歯がたたないだろう」彼は言った。「山は素人の登山者に甘くはない」

「でも、なぜ？」ナオミは泣き叫んだ。「なぜジェームズはこんなことをするの？　なぜ彼は、自分の娘を危険にさらすの？　ふたりとも山のなかで死んでしまって、雪がとけるまで発見されないなんていう可能性だってあるとわからないのかしら？」

「ぼくが思うに、バーカーはローラのことなど考えてもいないんだよ。彼の一番の関心事は、きみを怯《おび》えさせることだ。そして、それはどうやら成功しているようだ」

ナオミは否定できなかった。目の前の雪山のなかにローラがいて、おそらくはまともなジャケットも着ていないのだろうと思っただけで、叫びながら木立のなかにかけこんで捜しに行きたい気分だった。ローラはこのどこかにいる。ナオミには感じられた。きっと、触れられそうなほど近くにいるのだ。ローラはわたしが迎えに来たことをわかっているかしら？　連れ戻すためならわたしがなんだってするつもりだとわかっているかしら？　ジェームズはだから、こんなまねをしているの？　ローラはただの口実で、彼の本当の目的はわたしなの？

ナオミはその推測に愕然《がくぜん》として、ハンターにどう思うかと尋ねようとした。そのとき、彼が獲物のにおいをかぎつけた狼《おおかみ》のようにからだをこわばらせた。「どうしたの？」岩が大きくはりだしている箇所にハンターがじっと目を向けているのを見て、ナオミは尋ねた。「なにが見えるの？」

「双眼鏡だ」ハンターは目をいっときたりとも離さずに答えた。「一瞬、日光がレンズに反射したのがわかったんだ。やつはこの山にいて、つかまえてみろと言わんばかりにぼくたちを見ている」ナオミを見おろして言った。「彼はきみを苦しめて楽しんでいるようだな」

ナオミは自分のからだに腕を回し、目に怒りをたぎらせて言った。「せいぜい楽しめばいいわ。つかまえたあかつきには、生まれてきたことを後悔させてやるから」

もしナオミにそれができなかったとしても、ぼくがやってみせる。ハンターは怒りを覚えながらそう思った。子供を危険にさらしてまで、その母親に苦しみを与えようとするような男は絶対に許せない。

「行こう」彼は低い声で言うと向きを変え、ピックアップトラックのほうへ向かい始めた。「とりあえず、ここでの用はすんだよ」

「でも、ジェームズと一緒にローラを山に置いていくなんてできないわ！」ナオミは叫び、ハンターのあとをあわてて追った。「なにかしなくちゃ！」

「するさ。ぼくは家に帰って、スノーモービルとそのほか必要なものをとってくる。きみは家に戻ったら、ぼくがローラを見つけたときに備えてあたたかい服を用意してくれ。一時間以内に荷物をとりに行くよ」

3

四十分後、ハンターがトラックの後ろにつないだトレーラーにスノーモービルを積んでナオミの家に行ったとき、彼女はバックパックをそばに置いて玄関ポーチに座っていた。彼はバックパックの大きさを見て、おもしろがるように濃い眉をつりあげた。

「ぼくはローラをディズニーランドへ連れていくんじゃないんだぞ、ナオミ。バーカーが自分のことしか考えていなかった場合に備えて、スノースーツのようなものが一着あれば十分なんだ」

ナオミは立ちあがると、バックパックを背負った。

「わたしも一緒に行くわ。何日かかるかわからないから、いろいろ準備しておいたほうがいいと思ったの。さあ、行きましょう」

ナオミは玄関ポーチのステップに向かって一歩踏みだしたが、ハンターにさえぎられ、それ以上は進めなかった。「ちょっと待った」彼はうなるように言った。「一緒に行く、だって？」

「そうよ。なにか文句ある？」

「あるに決まっているだろう！　ぼくは単独で仕事をするんだ」

ハンターの断固とした口調はナオミを怒らせた。

「今回は違うわ」いらだちを覚えながら、彼女は言い返した。「念のために言うけれど、あの山にいるのはわたしの娘なのよ。娘が危険にさらされている以上、誰がなんと言おうと、おとなしく家で待っているなんてできないわ。連れていってくれないなら、わたしは自分でスノーモービルを借りてついていくまでよ。どのみち行くことに変わりはないわ」

「いい加減にしてくれ。公園に散歩をしに行くんじゃないんだぞ！　エルク峡谷が岩だらけなのは、見てわかっただろう。山はあの十倍危険なんだ。女性を連れていくなんてとんでもない。危険すぎるよ」

「わかったわ。じゃあ、ひとりで行くしかないわね」

ハンターはののしり、うなるように言った。「だめだと言ったのがわからなかったのか？　山のなかでぼくはバーカーを追跡するのに手いっぱいで、きみの心配までしていられない。きみがごねると捜索は遅れるばかりだ」

「だったらわたしと口論なんてしていないで、さっさと行けばいいじゃない」ナオミはさらりと言った。「わたしはあなたが話し終わるのを待っているのよ」

ハンターは歯噛《はが》みしながらナオミを見おろし、彼女を揺さぶるべきか逆さまにすべきかと考えた。先ほどナオミがオフィスに入ってきたときに、男が簡単に魅了されてしまうような女性だと感じたのは間違いではなかった。彼女はまったく厄介だ。このような状況でなければ、とっくに見捨てているだろう。ハンターはすべてのエネルギーを、今年じゅうにフォーチュン建設の経営をたて直すことに注ぎたいと考えていて、なにものにもその邪魔をさせるつもりはなかった。とりわけ女性には。いざこざはごめんだった。

しかしだからといって、ローラを見つけだすと言った約束を今さら破るつもりはない。どんな大変な思いをすることになっても、子供が危険にさらされているとなれば話は別で、ハンターはポケットに手をつっこんで傍観するなどできなかった。山を隅々まで調べてでも、必ずローラを見つけだしてみせる。だが、そのために少女の母親まで雪山へ連れていく気はない。絶対に足手まといになるに決まっているし、おしゃべりばかりしてうるさいに違いないからだ。

「いいかい」ハンターはやっとの思いで感情を抑えながら言った。「ついていきたい気持はわかる。もしぼくの娘があの山のなかで行方不明になっていたら、ぼくは人に任せて家で待っているなんて絶対にできないだろう。ぼくには山のぼりの経験もあるしね。だが、きみにはない」

「だからあなたにお願いしたんじゃない」ナオミはハンターに言った。「ルークはあなたが一番だと言っていたの」

「捜索に関してはそうかもしれない」ハンターは認めた。「だが、事故というのは起こるものなんだ。ローラを見つける前にきみがけがをしたら？　その危険を考えてみたことはあるかい？　そうなったらぼくは、きみを病院に連れていくか、ローラを捜すかのどちらかを選ばざるを得なくなり、ぼくの出した結論はきみの望むものではないかもしれない」

「そんなことにはならないわ。気をつけ――」

「熟練したガイドでさえ、気をつけていても崖《がけ》から落ちることがあるんだ。きみになにかあったら、ローラにはバーカー以外に頼れる人がいなくなるんだよ。それでもいいのかい？」

「だめに決まっているじゃない！」

「だったらここにいて、ぼくがローラを連れ戻すのを待っているんだ。ぼくは携帯電話を持っているから、いつでも連絡がとれるよ」

束《つか》の間、ハンターはナオミを納得させられたと思った。彼女が口ごもり、彼の言葉を検討しているように見えたからだ。だがナオミは、頑として譲らなかった。

「いやよ」彼女はきっぱりと言った。「ついていくわ」

ナオミは岩のように頑固だった。ほかのときなら、ハンターはこの華奢《きゃしゃ》な女性が自分にたち向かってくるという状況をおもしろく思ったかもしれない。だが、今は少しもおもしろいとは思えなかった。彼女の強情さからして、一緒に連れていかなければ、みずからスノーモービルを借りてあとを追ってきかねないだろう。そうなれば、ぼくはいちいち後ろを気にしながら彼女が無事についてきているかどうかを確認しなければならない。だったら最初から一緒に連れていったほうが、まだ時間を無駄にせずにすむだろう。

「わかった」ハンターはうんざりしたように言った。「一緒に来ればいいよ。きみの言ったとおり、きみがしたいと思うことをとめることはできない。でもぼくと一緒に行くなら、今のうちにいくつかはっきりさせておきたいことがある」

自分の思いどおりになったことに満足したらしく、ナオミは幾分愛想よくハンターを促した。「どうぞ。なんなりと」

「ぼくがとりしきる」

うなずくと、ナオミは言った。「いいわ。あなたのほうが捜索に関しては経験があるもの」

ハンターは、ナオミが真顔でそう言ってのけたことが信じられなかった。彼女は本気で言っているのだろうか？　会った瞬間から、ぼくの行動に文句ばかりつけているというのに！「捜索に関してだけじゃない」彼はつけ加えた。「エルク峡谷の山に一歩足を踏み入れたときから、安全を第一に考える。雪の下にどんな危険が隠されているかわからないから、ぼくがいいと言わない限りは、きみは一歩も先に進んではいけないよ。わかったかい？」

「子供じゃないのよ」ナオミは頑固に言った。「ひとりでふらふらとどこかへ行ったりする心配はいらないわ」

「きみがなにもかもぼくの言うとおりにしてくれさえしたら、なにひとつ心配はないよ」ハンターは言った。「一番の目的は、きみとローラのふたりを無事に連れて帰ることだ。きみがぼくの指示に常にしたがえば、問題は起こらない。どうだい？　約束できるかい？」

返事は簡単なはずだった。〝イエス〟と言えばいいだけだ。それさえ言えば、ハンターは納得するのだ。だが彼が求めているのは、ナオミが文句を言わずに指示にしたがうと約束することだけではない。ハンターは、一緒に行く以上ナオミは彼を信用しなければならないと言っているのだ。ハンターにはわからないだろうが、それはナオミにとって簡単なことではなかった。なぜなら、最後に信用した男性は、安全など気にもせずに彼女の娘を山の奥まで連れていってしまった人間なのだから。それで、どうやって男性を信用などできるだろう？

だが、ハンター・フォーチュンはただの男性ではないのだとナオミは気づいた。彼についてはほとんどなにも知らないが、それだけは確かだ。ハンターは、見ず知らずの少女を助けるために迷わず会社の仕事をあと回しにしてくれた。そこまでしてくれる人はほとんどいないだろう。それを考えたら、彼を信用せずにいられるだろうか？

「ええ」ナオミは静かに言った。「約束するわ」

ナオミは簡単だと思っていた。指示にしたがうくらい、たいしてむずかしくはないと。ハンターは理不尽なことは求めてこないはずだ。彼はわたしの安全を気にかけているだけなのだから。常にハンターの言うとおりにしていれば、問題は起こらない。彼女はそう思っていたのだが、それはエルク峡谷の、ジェームズの車が放置されていた場所に戻るまでだった。

自信に満ちたてきぱきとした動作で、ハンターはトレーラーからスノーモービルをおろすと、ナオミと彼自身のバックパックを積み、ストラップで固定した。そしてスノーモービルの座席にまたがり、彼女に後ろに乗るよう合図した。「しっかりつかまっているんだぞ」手袋とゴーグルをはめながら言った。「それほど速くは走らないが、急カーブを切ったときにきみが落ちると困るからね」

手袋をはめていたナオミは動きをぴたりととめ、心臓が激しく打ち始めたのを感じた。その音はあまりに大きく、峡谷を不意にのみこんだ静寂のなかで大きく響いているに違いないと思われた。ふたり乗りをすることになるのは当然わかっていたのだが、そのためにはハンターの腰に腕を回さなければならないとまでは考えていなかったのだ。

ナオミはかれこれ四年ほど、男性のからだに触れていなかった。ジェームズとベッドをともにしてローラを身ごもったあとで、彼が実は結婚していたとわかったとき以来だ。

「ナオミ？　どうかしたのかい？」

物思いにふけっていたナオミが目をしばたたいてハンターを見ると、彼は眉を寄せ、ダークブラウンの目を細めて探るように彼女を見ていた。その視線の鋭さに、ナオミは落ち着きを失った。赤面し、あわてて顔をそむける。「いいえ。ただちょっと……考えごとをしていただけよ」

よりによってこんなときに物思いにふけるとはと思ったとしても、ハンターはそれを口には出さなかった。「ついてくるのをやめようと思っているなら、今からでも遅くないよ」彼は静かに言った。「ぼくのピックアップトラックで家まで帰って、待っていればいい。ぼくは携帯電話を持っている。ローラを見つけたらすぐに連絡するよ」

「違うの。そうじゃないのよ。わたしは行くわ」ナオミはそう言いながらも、その場から動こうとしなかった。

ハンターのことが怖いわけではない。彼がこの状況を利用するのではないかと思っているのでもない。ハンターがそんな男性だったら、ルーク・グレイウルフはわたしに紹介したりなどしなかっただろう。ただ、ハンターにこれほどからだをくっつけることになるとは予想していなかったのだ。彼はハンサムだ。なぜよりによって今、これから雪山へ入っていき、何日間ふたりきりで過ごすことになるかわからないというときに、その事実に気づかなければならなかったのだろう？　なぜ、地球上の男性がひとり残らず火星に行くと言いだしても絶対にとめるつもりなどないわたしが、突然、目の前の男性のたくましさと強さが気になりだしたの？　いくら防寒用の衣服を身につけていても、ハンターの腰に腕を回しながら、引きしまったからだを隅々まで意識せずにいるなどできそうにない。

〝なにもかも思いどおりにするなんて無理よ〟頭のなかでナオミをしかりつける声が聞こえた。〝ローラが見つかったときその場にいたいのなら、ぐずぐずしていないでさっさとスノーモービルに乗りなさい。さもないとハンターは、あなたが彼に気があるから、触れるのを避けているんだと思うに違いないわ〟

そのとたん、ナオミははっとした。そんなのばかげているわ。ハンターに気があるわけないじゃない。それを証明するため、彼女は顎をあげ、決然とスノーモービルに歩み寄ると、後ろに座った。

ふたりが乗っても座席は十分広いはずだった。後ろに積んだ荷物はそれほど場所をとってはいなかったし、ナオミはどう考えても太っているほうではない。彼女は、腰にあてた手以外はハンターに触れずに座れると思っていた。だが実際に乗ってみると、残された空間は見た目より狭く、ナオミは彼の背中にはりつくような格好になった。

「ちょっと待って！」ナオミはあわてて言った。

だが、すでに手遅れだった。ハンターは手首をひねってキーを回しており、エンジンはうなりをあげていた。低い音をあげながらスノーモービルが前進する。ナオミは心臓が喉もとまでせりあがってくるような感覚を覚えた。思わず息をのみ、一命をとりとめようとするように指をハンターの腰にくいこませてしがみついた。

まるでばい菌がうつるとでも思っているかのようなつかまり方だな、とハンターは思った。どうも矛盾していると考えながら、エンジンをふかしてスノーモービルを木立のなかへと走らせる。ナオミは既婚男性と情事を持った末、未婚の母になったのだから、純情な女性などではないはずだ。にもかかわらず、まるで男に触れたことがないかのような手つきでつかまっている。ぼくに怯《おび》えているのだろうか？

先ほどジェームズのスノーモービルの跡を発見した場所に向かってのぼりながら、ハンターはすぐにその考えを否定した。いくら娘を見つけだそうと必死でも、もしナオミがぼくを恐れていたら、ついてはこなかっただろう。しかも、ぼくは来なくていいと言ったのだ。だとすると、なにか別の理由があってナオミはぼくのからだから距離を置こうとしているに違いない。それはおそらくジェームズと関係があるのだろうとハンターは思った。ジェームズのせいで彼女はすべての男を毛嫌いしているのかもしれない。だが、無理もない。ジェームズはナオミに、彼女の男を見る目がいかにあてにならないかを身をもって教えたのだ。そのような教訓は、簡単に忘れられるものではないだろう。

だがハンターといる分には、ナオミは教会にいるのと同じくらい安全だった。彼も厄介ごとはごめんだった。以前は助けを求めている女性にだまされたりもしたが、それは過去の話だ。悩みなら、自分のことだけで十分だ。雪山のなかにナオミとともに入っていくのは、彼女を誘惑するためなどでは決してない。ぼくはただ、子供が危険にさらされていると考えただけで、いてもたってもいられないのだ。

そのとき雪のこぶに乗りあげ、スノーモービルが急に揺れたため、ナオミのからだがハンターの背中に強くたたきつけられた。そして、ナオミがあわてからだを離すまでの何分の一秒かのあいだ、彼女の胸が彼のからだに押しつけられた。ほんの一瞬、じらすように女性の柔らかなからだが触れただけなので、ハンターは気づかなくても不思議はなかった。だが、はっと息をのんだあいだに、からだはすでに熱くこわばっていた。彼はそれがなぜなのかわからなかった。わかっているのは、まだ出発して間もないというのに、ナオミがハンターにさまざまな妄想を抱かせているということだけだ。彼はただ、ののしることしかできなかった。

4

ハンターは方向転換して、町まで戻るべきだった。

それが賢明な行動というものだろう。ナオミは彼の集中力をかき乱しており、一緒にいればいるほどひどくなる一方のように思えた。今からでも引き返し、彼女を家に送っていって、ジョー・リトル・ホークに電話をかけるよう伝えよう。ジョーの捜索の腕は確かだし、彼はナオミの父親くらいの年齢だ。ジョーなら彼女と一緒にスノーモービルに乗ってもなにも感じずにいられるだろうが、ハンターには無理だった。もし約束を破ったとナオミに責められたら、そう正直に言うしかない。

ブレーキをかけようとしたとき、ハンターの脳裏に幼い少女の姿が浮かんだ。写真で見たことがあるわけではないが、ローラ・ウィンドソングが母親に似ているだろうことは想像できた。そうに違いない。ナオミと同じ黒髪に、大きなグレーの目、そして頑固そうな顎。ローラは今、これまでの人生で一番の危機に直面しており、ぼくを必要としている。ぼくを必要としているのだ。ジョー・リトル・ホークでも、マイケル・クロウでも誰でもない。もちろん彼らは優秀だ。それは間違いない。だが、ハンターの腕はそれ以上だった。彼は過去に何度も、死んだと断念されていた人々を見つけてきた。ローラ・ウィンドソングの捜索も放棄するつもりはない。

そして、少女の母親がかつて心を奪われたろくでなしと対面するときにはその場にいたいと、ハンターは不愉快な気持で思った。それがなぜ自分にとって重要なのかはわからなかったが、ナオミのためにその場にいてやらなければならないと強く確信していた。つまり、引き返すことなどできないということだ。どうにか彼女の魅力に対処する方法を見つけなければならないが、明らかにそれは簡単ではない。地獄のような寒さにもかかわらず、ナオミに触れられるだけでハンターは汗をかいてしまうのだから。

先ほどジェームズのスノーモービルの跡を発見した場所に到着すると、ふたりはそこからさらに山をのぼっていった。ナオミはこの先は簡単だろうと——跡をたどっていけばローラの居場所まで行きつけるだろうと思っていた。しかしすぐに、それほど容易ではないことがわかった。ジェームズはあわてて逃走していたにもかかわらず、用心することだけはあいにく忘れていなかったのだ。あとをつけられることを予想していたらしく、彼はまっすぐ走行してはいなかった。木々のあいだを通ったり、行ったり来たり回ったりをくり返したりと、まるで一定の方向をめざしていないように見えた。木立のなかをぬけて広い場所に出ると、ジェームズの痕跡《こんせき》は昨夜降った雪に埋もれて残っていなかった。

跡を見失っては見つけ、再び見失うことをくり返すハンターにしがみつきながら、ナオミは彼の腕のよさに感謝した。しばしば、ジェームズの足どりが手つかずの雪原のなかに忽然《こつぜん》と消えてしまったように見えることがあった。ジェームズがどの方向へ向かったかを示すものも、彼がその場所にいたことを示すものもなにもないのだ。ナオミひとりだったら途方に暮れるところだが、ハンターにとっては問題ではなかった。ハンターはスノーモービルをおり、根気強く徒歩で周辺を調べた。ナオミにはなにもないように思える場所でも、彼は折れた枝や低木から不用意にかき落とされた雪のかたまりなどを手がかりにしていった。

それでも捜索は難航した。ハンターは、ジェームズが先ほど双眼鏡で彼らを監視していたと思われる場所を見つけるのは簡単でないと言っていたが、それは本当だった。気の遠くなるようなペースでふたりは少しずつ上へとのぼり続けたが、見通しはいっこうにたたなかった。ジェームズの足どりは、山の奥へと果てしなく向かっていくようだった。

それでもナオミは、夜ふけまでには娘を腕に抱くことができるに違いないという希望を捨てきれなかった。だが、太陽が沈むにつれて気温がさがりだすと、それが無理だということを受け入れざるを得なかった。

疲れ果てて、捜索のむずかしさにようやく気づいたナオミは、ハンターの背中に頭をあずけて泣いた。こんなに疲れているのに、ローラの行方は今朝と変わらずわからないままなのだ。

「今日のところはここまでだな」ハンターが不意に言った。「上のほうに山小屋が見える」

悲しみに暮れていたナオミは、初めハンターの言ったことがのみこめなかった。徐々に言葉の意味が頭に届いた。「なに？　どこに？」

「右の、あき地になっているところだ」ハンターは言い、五十メートルほど先のその場所へ首を傾けた。薄闇《うすやみ》のなか、その小さな山小屋に人がいるようには見えなかったものの、ハンターは調べもせずに玄関先に乗りつける気はまったくなかった。ナオミによればジェームズは銃は持っていないとのことだったが、用心するに越したことはない。元恋人を苦しめるためだけに自分の娘を誘拐して雪山のなかを連れ回すような男なら、なにをしてもおかしくはないだろう。

山小屋からやや離れた場所にスノーモービルをとめると、ハンターはエンジンを切り、不意に訪れた静寂のなかで静かに言った。

「ここにいてくれ。すぐに戻るよ」

ハンターはナオミが一緒に行くと言いはることを予想して、険しいまなざしを向けて例の約束を思いださせた。ナオミは納得していない様子だったが――目で人が殺せるとしたら、彼女の鋭い視線は彼をその場で殺していただろう――感心なことに約束を守り、口を真一文字に引き結んだまま、ひと言も言わなかった。ハンターは音をたてずにそっと、山小屋をとり囲む木立のなかへ入っていった。

すぐにハンターは、彫りの深い顔を曇らせ、松林のなかを飛びぬける鷲《わし》のように音もなく戻ってきた。手に、片耳のとれた古ぼけたテディベアを持っている。「これに見覚えがあるかい？」

ナオミはそれを見たとたん小さく叫び声をあげ、あわててスノーモービルをおりてテディベアに手をのばした。「ああ、神様。これはチェスター……ローラのテディベアよ！　ローラはどこへ行くにもこれを持っていくの。いったい――」

「山小屋のなかだ」ハンターはナオミの質問を予想して言った。「バーカーはゆうべここにローラと隠れていて、今朝、峡谷にいるぼくたちを双眼鏡で発見したため、急いで出ていったんだろう」

「それでジェームズは、ローラにチェスターを置いていかせたの？」ナオミはグレーの瞳に怒りをたぎらせて言った。「ひどすぎるわ！　彼はこのぬいぐるみがローラにとってどれほど大事かわかっているはずよ。これがなければ、あの子は夜も寝つけないの。一度チェスターがなくなったときなんて、何時間も泣きやまなかったんだから」

「バーカーがわざと置いていかせたかどうかはわからない」ハンターは言った。「あわてて逃げようとして、忘れていったのかもしれないよ」

「いいえ。あなたはジェームズのことがわかっていないわ。彼は、わたしを挑発するためにわざとこんなまねをしたのよ。ローラが午後じゅうずっと泣いていたに違いないと、わたしに思わせるためにね」

そう思うと喉がしめつけられ、ナオミは突然目にあふれた涙をこらえることができなかった。「なんて人なの。絶対に許さないわ」彼女はかすれた声で言った。「まだそう遠くへは行っていないはずよ。急いで追えば……」

「五百メートルも行けないよ」ハンターはきっぱりと言った。「きみの怒りはわかるし、今すぐにでもバーカーの首をしめてやりたいと思うのも無理はない。でも、今夜はこれ以上先へは行かないよ。まわりを見てごらん」ナオミが抗議しかけたので、彼は言った。「もう暗いし、長い一日だった。このまま行けば、事故を起こす結果になりかねない。ローラを助けたいなら、彼女のためにもよくやすんで、明日の朝、新たに出直すことだ」

「でも……」

「これは提案じゃないんだよ、ナオミ。今日の捜索はここまでだ」

くたくたに疲れきっていなければ、ローラのことを案じるあまり頭がおかしくなりそうでなければ、ナオミは違う態度をとっていたかもしれない。だが今の彼女には、またひとり自分から娘を遠ざけようとする男性が現れたようにしか思えなかった。ローラのことに関しては、なにをしていいかいけないかを他人に指示されるつもりはない。

「あなたにとってはそうかもしれないけれど、わたしにとっては違うわ」ナオミは冷ややかに言った。「日の光が少しでも残っている限り、わたしは捜し続けるわよ」

「ばかなことを……」

ナオミはハンターを無視してくるりと背を向けると、自分の足跡をたどって、最後にジェームズが通った形跡があった場所まで戻り始めた。ハンターが山小屋に行っているあいだに、太陽は西側の峰にすっかり隠れ、闇も濃くなっていた。運がよければ、完全に暗くなるまでに三、四十分はあるかもしれない。そうすれば明日、ジェームズの足どりをたどるのに三十分ほど時間を節約できるのだ。

下を向き、足もとの雪に目をこらしていたナオミは、山小屋から十五メートルほどのところでジェームズのスノーモービルの跡を見つけた。それは西へ向かい、さらに山の奥へと続いていた。彼女は顎を引きしめ、その跡をたどり始めた。

ナオミを見ていたハンターは、そのままほうっておこうかとも思った。山のなかでなにが起こり得るかや、ぼくの言うとおりにしなければ事故を起こす可能性があることについてはもう忠告してある。彼女はそれを聞き入れただろうか？　まったく聞き入れていない。それどころかナオミは、なんとしてもひとりで行こうとしている。そんな彼女の態度がハンターをこのうえなくいらだたせた。ぼくだって、一分でも早くローラを見つけたいと思っているのが、ナオミにはわからないのだろうか？　ぼくにはしなければならない仕事があるんだぞ！　ローラを早く見つけられれば、それだけ早く仕事に戻れるのだ。

暗闇のなかでローラを見つけるなどできるわけがない。このまま捜索を続けてもナオミは迷子になるだけだ。そうなったらぼくは、暗闇のなかでナオミを見つけるのにひと晩費やすはめになる。そんなことはごめんだった。こんな長い一日のあとでは絶対にだめだ。彼女がいくら抵抗しようが、知ったことか！　ナオミの頑固さをぶつぶつのしりながら、ハンターは彼女のあとを追いかけていった。

「いい加減にしてくれ、ナオミ。こんなまねは許さないぞ！」ハンターは、山小屋の周囲の開けた空間が終わるあたりでナオミに追いつくと、うなるように言った。「危険すぎる」

膝まで雪に埋もれ、強い風に肩をすくめながらも、ナオミは闇のなか、かろうじて見える跡から一瞬たりとも目を離さなかった。「あなたはわたしの保護者ではないのよ、ハンター。娘を捜しに行くのに、あなたの許可はいらないわ」

それは、我慢の限界まできていた男性に対して言うべき言葉ではなかった。ハンターは毒づくと、ナオミの腕をつかみ、からだをくるりと回して自分のほうを向かせようとした。論理的に言って聞かせようと思っただけだったが、雪が深かったため、彼女は不意をつかれた。息をのみ、バランスを崩してハンターの腕のなかに倒れこんだ。

そのときになってハンターは、ナオミに触れたりすべきではなかったと気づいたが、遅かった。彼女は一日じゅう彼の腰に腕を回してしがみついていた。スノーモービルが上下左右に揺れるたびに、ナオミの胸や腿や腰がからだに押しつけられたものだ。ハンターを動揺させようと彼女が故意にそうしているのでないことはわかっていた。しがみつかなければ、ナオミはスノーモービルから振り落とされてしまうのだから。とはいえ、結果は同じだった。彼女はハンターのからだに火をつけ、それは一日じゅう、ひそかに燃え続けていた。そして今、炎はますます激しくなっている。

すぐにナオミを放せばよかったのだ。実際、ハンターはそうするつもりだった。だが、手は脳の指令を無視し、放すどころかますます彼女を近くに引き寄せていた。ほの暗いなか、ナオミが目に警戒の色を浮かべて息をのむのがわかった。彼は思わず彼女の唇に目をやった。そして、キスをせずにこの場を立ち去るなどとてもできないと感じた。

簡単なことのはずだった。好奇心を満たすための、最初で最後のキスだ。複雑なことはなにもないし、悩むほどの問題でもない。唇がナオミの唇を覆う瞬間まで、ハンターはそう思っていた。だが唇を重ねたとたん、彼はナオミ・ウィンドソングに関して簡単にすむことなどなにひとつないのだと思い知らされた。

ナオミの反応から察するに、彼女もハンターと同じく、ふたりのあいだに突然わき起こった情熱に驚いていて、どうしていいかわからない様子だった。ナオミにはキスされたことは過去にもあるだろう。子供がいるのだから当然だ。だが彼女の態度はまるで、情熱というものになじみがないかのように見えた。ナオミがためらい、心のなかで葛藤《かっとう》しているのがわかる。ハンターがナオミの下唇を軽く噛《か》むと、彼女の防御は崩れ去ったようだった。ナオミは当惑しながらも、子猫のようにハンターにすがりつき、甘いキスを返し始める。彼女を放したくないと感じたとき、ハンターはまずいことになったと思った。

ハンターの腕のなかでもうろうとしていたナオミは、ふたりのあいだで押しつぶされたローラのテディベアの感触に気づき、われに返った。ああ、神様。わたしはいったいなにをしているの？　この寒くて暗い山のどこかで、安全のことなど考えもしない冷酷な男のせいで、娘が今にも死にかけているかもしれないというのに、わたしはなにをしているの？　ハンター・フォーチュンとのキスに夢中になっているのよ。なんてひどい母親なのかしら。

不意に自分自身とハンターに対して怒りを覚えたナオミは、彼の腕を振りほどくと、濃くなっていく闇のなか、彼をにらみつけた。「はっきりさせておいたほうがよさそうね、ミスター・フォーチュン。わたしがあなたを訪ねた理由はただひとつ。ジェームズの居場所を見つけて、娘をとり戻すためよ。そのことにしか興味はないわ。だから、もしわたしがあなたに対して別の思惑があってここまで来たのだとでも思っているなら、大間違いよ。わたしはセックスも、ロマンスも、それに男性だって求めていないから、触れないでいてくれればすべてうまくいくわ。それが無理なら、夜が明けたら家まで帰してちょうだい。別の人にローラの捜索を依頼するから」

ナオミは、もう一度触れたりキスしたりできるものならしてみなさいと言わんばかりにハンターをにらみつけた。かつてジェームズの嘘《うそ》に引っかかったからといって、今でもだまされやすいわけではない。二度と傷つけられたりしないよう、より強く、よりぬけめなくなったのだ。

そんな心のうちが目に表れたのだろう、ハンターは再びナオミを腕のなかに引き寄せようとはしなかった。彼は小声で毒づくと言った。「悪かったよ。こんなことになったけれど、きみの唯一の関心事がローラだというのはちゃんとわかっているし、ぼくも同じだ。念のために言うと、ぼくは今年じゅうに会社の経営をたて直さなければならないから、それ以外のことには気を配っていられないんだ。特に女性にはね。だから、ぼくに対してはなんの心配もいらないよ」

ハンターの言葉が心からのものであるのは間違いなかった。彼はナオミの目をまっこうから見つめ、彼女の探るような視線にも少しもひるまなかった。ハンターが約束を守るという保証はどこにもなかったが、ナオミは彼を信じた。彼女は自分のからだに腕を回すと、うなずいた。

「よかった。じゃあ、一件落着したところで、山小屋に戻ってなにか食べよう。きみはどうだか知らないけど、ぼくはおなかがぺこぺこだよ」

あたりはすっかり暗くなっており、もはやジェームズを追跡することはできそうになかった。吹きつける風に身震いしながら、ナオミはむしろよかったかもしれないと思った。思っていたよりずっと早く日は落ち、気温も急激にさがっている。迷子にでもなったら、大変なことになっていただろう。

朝まで待ってから捜索を再開することに同意すると、ナオミはハンターのあとについて山小屋へ戻り、一緒に冷たい夕食をとった。先ほどのキスについてはどちらもひと言も触れなかったものの、いざ寝る時間になると、彼らは小さな小屋の両端に別れて寝袋を広げた。長くつらい一日だったので、ふたりとも疲れ果てていた。にもかかわらず、ハンターが持ってきた小さなランタンの明かりを消したあとも、ふたりはなかなか眠りにつくことができなかった。

5

翌朝、ナオミはからだじゅうに痛みを覚えていたが、不平ひとつもらさずにスノーモービルに乗りこんだ。ハンターにくっつきすぎずにつかまる方法をナオミが見つけたことに気づいたとしても、ありがたいことに、彼はなにも言わなかった。長い夜のあいだ、キスのせいで眠れずにいたナオミは、その日一日のことや、山をのぼりながらハンターにしがみついていたことについて何度も考えた。振り落とされないようにつかまっていただけなのだが、そのせいで彼に誤解を与えてしまったらしい。今日はそのようなことにはならないよう注意するつもりだった。

ナオミはハンターの腰に軽く手をあて、背後に積んだ荷物が許す限り、座席の後ろのほうに座った。彼に触れることを考えただけで手袋のなかの手が汗ばみ、心臓がどきどきしたとしても、ハンターに気づかれることはない。ナオミは心のなかで、ローラが早く見つかることを祈った。

あたりが見える程度に明るくなるとすぐ、ふたりはジェームズの足どりをたどるという、うんざりするような作業を再開した。昨夜は雪は降らなかったものの、北からの向かい風が雪を巻きあげてジェームズの足どりを隠したうえに、視界を悪くしている。この状況では速度をゆるめざるを得ず、彼らはまるで這《は》うような遅いペースで山の奥へと進んでいった。相変わらず、ジェームズとローラがいる気配はなかった。

ナオミは、今日こそは必ず見つかると自分に言い聞かせた。だが、時が刻一刻と過ぎ、ペースの遅さにいらだち始めると、不満と失望を覚えずにはいられなくなった。ジェームズは追われていることを知っているはずだ。さらに山の奥へと逃げこんで、いったいどうしようというのだろう？　逃げきることはできない。来た方向を戻るしか、山を出る方法はないのだから。ナオミは、あきらめて引き返すつもりはさらさらなかった。もし、娘をとり戻すためにこの山を隅々までしらみつぶしに捜さなければならないというなら、そうするつもりだ。ジェームズもそれはわかっているだろう。

だが、わかっているとしてもジェームズはそれらしい行動をとってはいなかった。彼の残した跡はさらに北へと続き、ナオミたちをまるで嘲《あざけ》るかのように、ますます文明世界から遠ざかっていく。跡をたどっていても、ジェームズがどれくらい先を行っているのかはわからなかった。数分かもしれないし、数時間かもしれない。たとえ数日でもかまわないわ、とナオミは思った。どのみち彼をつかまえるまでは休むつもりなどないのだから。

目の前の雪に残された痕跡《こんせき》に集中していたナオミは、ハンターがその少し手前でブレーキをかけてエンジンを切るまで、ごつごつした崖《がけ》にたどりついていたことに気づかなかった。「どうしたの？」驚いて尋ねると、その声は突然の静寂のなかで妙に大きく響いて聞こえた。「なぜとまるの？」

「ここでスノーモービルの跡は終わりだ」ハンターが重苦しい様子で言った。「調べてくるから、ここにいてくれ」

わけがわからず、ナオミはハンターの向こうを見やり、まだ先へと続いている跡を目にした。「〝終わり〟って、どういうこと？」

そう言った直後に、ナオミは気づいた。自分たちは崖の縁にいるのだ。雪に覆われた地面が突然なくなっている。スノーモービルの跡は崖の縁まで続いていたが、そこから先は消えてしまっていた。彼女は心臓がとまりそうになった。

「いや」ナオミは恐怖にかられ、小さな声で言った。「いやよ。ああ、神様！　ローラ！」

ナオミには、自分がスノーモービルからおりたことも、ハンターが行くなと叫んだこともわからなかった。彼女は気づくと転びながら雪のなかをかけだしていた。脈がものすごい勢いで打っている。崖の縁にたどりついたときに目にするであろうものが怖くてたまらなかった。

眼下に見えた光景は、予想どおり悲惨なものだった。スノーモービルは縁から十メートル以上下の、ごつごつとした斜面に落下していた。半分雪に埋まった車体はぐしゃぐしゃにつぶれ、横向きに倒れている。まるで死んだ兵士のようだ。それを見たナオミの脳裏に、崖から下へとまっ逆さまに落ちながら、ジェームズにしがみつくローラの様子が浮かんだ。

ナオミは、激しく打つ心臓が喉もとにつかえたような感覚を覚えた。涙があふれて目の前が見えなくなる。頭はローラのことでいっぱいだった。ローラはこの下にいて、ひどいけがを負っているか、死んでしまっているかもしれない。ローラのところへ行かなくては。嗚咽《おえつ》がこみあげるのを感じながら、ナオミは一気に崖の縁を越えて岩だらけの斜面をおり始めた。

恐怖にかられていたため、ナオミは自分の身の安全のことなど考えもしなかった。ハンターがとまるよう叫んでいたが、死んでもそれはできないと思った。ローラが危険にさらされているのだ。涙に視界がぼやけながらも急な斜面をかけおりていたナオミは、足をかけた岩に氷がはっているのに気づかなかった。彼女は足を滑らせ、叫び声をあげて崖を転り落ちた。

ハンターはナオミをつかまえることができなかった。三メートルほど上で電光のようにすばやく動いたものの、彼女が岩に落ちるのをくいとめられなかった。彼は責任を感じた。ジェームズのスノーモービルが崖から落ちたのを目にしたナオミがパニックに陥るのは予想できたはずなのだから、とっくみあいになってもとめるべきだったのだ。だがまさか、彼女があれほどすばやく動くとは思ってもいなかった。

痛みに叫ぶナオミの声が、槍《やり》のようにハンターの心を貫いた。彼は毒づくと、氷がはった岩場を悪態をつきながら急いでおり、彼女のもとへと向かった。ナオミは横たわってうめき声をあげていた。帽子が脱げ、血の気のない顔のまわりで髪がぐしゃぐしゃに乱れた様子は、まるで壊れた人形のようだった。左の腰と肩を強打し、からだを支えようと反射的に動いたのだろう。その拍子に手をおかしな角度で岩についてしまい、それで彼女は叫び声をあげたらしい。

ハンターは低い声で話しかけながら、ナオミに手をさしだした。「大丈夫かい？　まったく、スノーモービルのところにいるようにと言っただろう！　ほら……見せてごらん」

「いや！」泣きながらナオミは手を胸もとに引き寄せ、からだを丸めた。涙が静かに頰を伝っている。

「大丈夫よ。ちょ、ちょっと……ま、待って」

なにが大丈夫だ！　そんな嘘《うそ》を信じるとでも思っているのか？　けがをしていて、しかもかなりの重傷である可能性もあるというのに。ハンターは、ナオミがからだを支えようとしたときに手首が不自然な角度に曲がったのも、からだが岩にあたったときに腰と肩を強打したのも目にしていた。骨が折れていないほうが驚きだ。相当な痛みがあるに違いなく、すぐになんらかの処置をしなければ、彼女はショック状態に陥ってしまうかもしれない。

「いつまでもここにいるわけにはいかないよ」ハンターはかすれた声で言った。「きみをスノーモービルのところまで連れてあがる。なんとかぼくにつかまっていけそうかい？」

「その前にローラを見つけて」ナオミはうめいた。「けがをしているかも……」

「きみをスノーモービルまで連れていってからだ」ハンターはきっぱりと言うと、それ以上反論される前にナオミを慎重に抱えあげた。

ナオミが息をのみ、ハンターの腕のなかで痛みにからだをこわばらせた。彼は苦痛を与えてしまった自分をののしったが、崖をのぼるのをそれ以上楽にしてやることはできなかった。いっそのこと気絶してくれればいいとも思ったが、ナオミはねばり強く意識を保ち続けた。次から次へとあふれでる涙に頰を濡《ぬ》らしながら、歯をくいしばって痛みをこらえ、声ひとつあげなかった。

こんな女性に会ったのは初めてだった。娘のこととなれば、ナオミは悪魔が相手でも戦ってみせることをすでに証明している。だがハンターは、それは単に子供を守ろうとする母親の本能的な行動なのだと思っていた。しなやかでか弱そうな外見の下に、これほどまで強い女性がひそんでいたとは思ってもみなかった。まったく、ナオミはたいした女性だ。

ハンターはできる限りナオミに衝撃を与えないようにのぼっていたため、スノーモービルにたどりつくのにずいぶん時間がかかった。ナオミをあたたかい山小屋へ連れていってけがの具合を調べたいが、それはできない。彼は険しい表情で彼女をスノーモービルのそばの地面に座らせると、すぐさま荷物を探って救急用品をとりだした。

寒さのためか、あるいはショックのためか、ナオミは身を震わせ、きれぎれに言った。「ロ……ローラ……」

「きみが先だ」ハンターはうなるように言った。「手首を見せてごらん」

ナオミは抵抗しようとしていた。目を見れば、それはわかった。だが、そんな体力はなかったようだ。彼女はなにも言わずに息を吸いこみ、手首をさしだした。

骨は折れていないようだったが、ハンターは万一に備え、ナオミの手首にていねいに添え木をした。そして、むずかしい顔つきで彼女を見た。「腰と肩はどうだい？ 骨が折れていそうなところがあるんじゃないかい？」

ハンターの予想とは裏腹に、ナオミは即座に否定したりせずに、用心深く腰と肩を動かしてみてから首を振った。「いいえ」彼女はほっとしたようにため息をついた。「ローラを……」

ナオミが自分の痛みも忘れて同じことばかり気にしているので、ハンターは思わずほほえんだ。「わかっているよ。行ってくる。ここにいるんだよ。できるだけ早く戻ってくるから」

　午後は刻々と過ぎていたが、まだ周囲は明るかった。ハンターは崖をおりて、ジェームズのスノーモービルが落ちた場所へ向かった。ジェームズとローラの姿はなかった。車体周辺の雪に覆われた地面をざっと調べた結果、ハンターはスノーモービルが崖から落下した際、ふたりは乗っていなかったのだと断定した。どこにも足跡がなく、落下のあとに雪が降った形跡もないからだ。

　なぜジェームズが唯一の移動手段を崖から落とすなどという愚かな行為に出たのか不思議に思ったハンターは、スノーモービルの車体を起こしてエンジンのキーを回してみた。かちりという音しかしない。答えは明らかだ。おそらくなんらかのエンジントラブルがあり、ジェームズはスノーモービルごと自分たちが崖から落ちたと思わせることで、少しでも時間を稼ごうと考えたのだろう。ジェームズはナオミが、車体の周囲をくまなく捜してローラがいないと納得するまでは、先に進まないとわかっていたのだ。

　ジェームズが崖から落ちたあと、なんらかの方法で脱出し、足跡を消すことにも成功したという可能性がないとも言えないので、ハンターは念のため半径十メートル以内を調べて回った。そしてジェームズが崖の下へは一歩もおりていないことを確認すると、ナオミのもとへ戻った。

　ナオミは先ほどとまったく同じ状態で座っていた。ジャケットにくるまり、青ざめた顔をしている。ハンターが崖からあがってくると、彼女はなんとか立ちあがった。「ローラは……見つかった？」

「いや」ハンターは率直に言った。「スノーモービルが崖から落ちたとき、ローラは乗っていなかったようだ。バーカーもね。それは間違いないよ。どこにもいないし、足跡もなかった」

　ナオミはあたりを見回した。「だとしたら、ふたりはこの近くにいるはずよ。徒歩ではそう遠くへは行けないもの。追いましょう」

ナオミがそう言っているそばから雪が降り始め、ハンターはもはやジェームズを追うのは無理だと悟った。ナオミはけがをしていて安静にする必要があるし、今晩寝る場所も探さなければならない。そして、空に暗雲がたちこめてきているのを見る限り、あまり時間はなさそうだった。吹雪が近づいているのがにおいでわかった。野外にいるあいだに吹雪に巻きこまれたくはない。

救急用品をすばやくバックパックにしまうと、ハンターは言った。「今日はできないよ。吹雪が近づいているから、直撃される前に山小屋を見つけなければならない」無駄のない動きでスノーモービルにバックパックを固定し、ナオミのほうを振り返った。「手首はどうだい？　なんとかぼくにつかまっていられそうかい？」

「わたしが心配なのは手首なんかじゃないの」ナオミは断固として言った。「ローラなのよ。雪に埋もれてしまう前にジェームズの足どりをたどらなきゃ……」

「だめだ。今はできるだけ早く避難場所を見つける必要がある」ハンターは反論した。「バーカーが本当にサバイバルの達人なら、彼も同じことをしているよ。吹雪がやんで、彼が再び出てきたころ、また捜せばいい。ひとまず急いでここから移動しよう。それで、手首はどうなんだい？　つかまっていられそうになければ、きみをぼくの前に座らせて支えていかなければならない。それだとあまり速くは進めないが、きみが落ちる心配はないよ」

二日間捜索をしてきて、今、ジェームズの足どりを見失いそうになっているというのに、ハンターがそんなくだらないことを気にしているのがナオミは信じられなかった。もしジェームズが避難場所を確保できていなかったら？　そもそも、ジェームズが天候を的確に読みとることができるかどうかもわからない。今こうしているあいだにも、ジェームズとローラは吹雪が来ることなど知りもせずに雪のなかをひたすら歩き続けているかもしれないのだ。ローラが吹雪に巻きこまれるかもしれないというのに、自分の避難場所を探すなんてできるわけがない。とんでもないわ！

ハンターに対して無性に腹がたち、ナオミはぴしゃりと言った。「わたしがスノーモービルから落ちる心配など無用よ。わたしはどこにも行かないわ。明日、確実にジェームズの足どりがつかめるとわかるまではね。そんなふうににらみつけても無駄よ」

彼女は言い、ハンターに鋭い視線を向けた。「わたしを脅そうとしたって、今度ばかりはそうはいかな――」

「脅すだって？　ぼくがいつそんなまねを――」

「したわ。あなたは昨日町を出て以来ずっと、まるで軍曹かなにかみたいに命令してばかりで、はっきり言って気に入らないわ。わたしのことをどう思っているのかは知らないけれど、わたしにだって頭があるんだから」

「ないなんて一度も言ってないじゃないか！」

「口に出してはね。でもあなたの態度は、わたしをどうしようもないばかだとでも思っているかのようよ。娘のことが心配なだけなのに。もう我慢ならないわ！」

不安といらだちのあまり、すっかり興奮したナオミは、ハンターの胸もとに指をつきつけ、ハンターやジェームズを含め、彼女を言いなりにさせせようとしたすべての男性のことをどう思っているかを吐きだした。そんな思いをするのはもううんざりで、これ以上は――相手がハンターであろうと誰であろうと――いっさい耐えるつもりはないと告げた。

このように長々と非難を浴びせるなんて、まったく自分らしくないのはわかっていた。だが、あまりに長いあいだ多くのことをこらえていたためか、言葉が次々とあふれだすのをとめることはできなかった。ハンターは立派なことに、黙ったまま、ナオミをとめようとはしなかった。ただ目を鋭く細め、歯をぎゅっと噛《か》みしめていた。だがナオミが最後に一度、ハンターの胸もとをとがめるように指でついたとき、彼は彼女の手をつかんだ。それでもナオミが話すのをとめはしなかった。

ようやくナオミが言い終えたときには雪が激しく降っていたが、どちらも気づいていなかった。薄闇《うすやみ》のなかで、ハンターの目が怒りを帯びて光っていた。

「それで全部か?」

「そうよ! 放してちょうだい!」

ナオミがもう少し違った口調で言っていれば、ハンターも放す気になったかもしれない。彼は聞き分けのいいほうだし、誰だってときにはストレスを発散させる必要があるのはわかっている。だが、ハンターはナオミの抱えている問題の原因ではないのだ——彼女の力になろうとしているだけで。ハンターにも我慢の限界があった。そして今、ナオミは彼の我慢を限界まで押しやってしまった。

「放すものか」ハンターはうなるように言い、ナオミが手を引きぬく前に、さらに指に力をこめた。「きみが言いたいことは全部言っただろう。今度はぼくの番だ。ぼくのしたことに対して文句があるのなら、それは大いに言ってもらってけっこうだ。だが、今きみを苦しめているのはぼくじゃない。ぼくはただ、ローラを見つけて帰るまでのあいだきみの身の安全を確保しようとしているだけなのに、きみはぼくを困らせてばかりいる。残念ながら、ぼくの我慢にも限度がある。捜索に出発する前に、きみはぼくの指示にしたがうことに同意しているし、この山をおりるまで、ぼくにはきみの安全を確保する責任があるんだ。つまり、きみは常にぼくの指示にしたがう――」

「したがうものですか！」

「それが気に入らなくても、我慢するんだな。きみはしたがうと言ったんだから、約束は守ってもらう」

「できるものならやってみなさいよ！　放してったら！」

ハンターは放すべきだった。だが、ナオミが相手となると、どういうわけか分別を失ってしまいそうになる。これ以上、もうこんなことは続けたくなかった。ぼくの指示にしたがわなかったためにナオミはあと少しで死にかけ、ぼくはとてつもない恐怖を味わうはめになったのだ。今後は断じて、そんなことを許すつもりはなかった。そろそろ彼女に、誰が主導権を握っているかをわからせるべきだ。間違ったことをしているとわかってはいたが、ハンターは自分をとめることができなかった。彼はナオミを抱き寄せ、キスをした。

6

それはあっという間の出来事で、ナオミには考える暇も、抵抗する暇もなかった。プロボクサーのようににらみあっていたと思った次の瞬間、彼女はハンターの腕のなかにいた。息をのみ、心臓が激しく打つのを感じながら、彼にパンチをお見舞いするべきなのだろうとナオミは思った。女を手荒く扱うなんて殴られて当然だ。あるいはせめて、放してくれるように訴えるべきだったろう。しかし、手をのばしてきたときのハンターは怒りにかられていたにもかかわらず、唇が重なった瞬間、怒りは欲望へと変わっていた。静かでありながらも切迫したその欲望は、彼女の心の奥深くにあるなにかを――初めて彼にキスされたときまでその存在にも気づいていなかったなにかを呼び起こした。

ただの思いこみに違いないと、ナオミは自分に言い聞かせようとした。ハンターのことなどろくに知りもしないのだ！　自分が彼を求めているなどとは思いたくなかった。だがハンターに触れられ、キスをされただけで、彼女はとけてしまいそうだった。ナオミのからだに回されたハンターの腕に力がこめられ、彼の唇が彼女の唇をむさぼる。周囲の世界が消えてふたりきりになったかのように感じられ、ナオミはハンターがほしくてたまらなくなった。彼女は小さくうめき声をあげながら、彼にからだを押しつけた。

雪が降りしきるなか、ふたりはそのまま何時間にもわたって、互いのキスの味やぬくもりや感触に溺《おぼ》れていきそうになった。しかし、ナオミがハンターの腰に腕を回そうとからだを動かした瞬間、火のついたマッチに触れたような鋭い痛みが手首を貫き、びっくりしたように彼女は甲高い叫び声をあげた。

ハンターは毒づき、あわててからだを引き離すと、心配そうにナオミを見おろした。「すまない。きみの手首のことをすっかり忘れていたよ！　大丈夫かい？　見せてごらん」

「いや！　大丈夫よ、本当に。ちょっと妙な具合に動いてしまっただけ。なにも考えていなくて」

それはハンターも同じだったに違いないが、彼はそれを白状するつもりはないようだった。今さらながら、ナオミもそんなことを言わなければよかったと後悔した。もはやハンターに肉体的に引かれているのを否定することはできないが、実際、それだけのことだ。これは単なる化学反応なのだ。自分にどうこうできる問題ではない。それに、これ以上深くかかわるつもりもなかった。ジェームズのせいで、ナオミは何年も前に男性を信用することをやめていた。二度と誰かが自分やローラを傷つけるのを許すつもりはなかった。

ナオミは、ハンターに引かれてしまうのは、彼が危機に陥ったときに女が頼りたくなるタイプの男性だからだと自分に言い聞かせた。ハンターには指揮能力があった。ローラを見つけるにはまさにそのような人間が必要だ。だけど、彼が指揮していいのはこの捜索だけで、ナオミ本人は含まれない。それを忘れてはいけない。

ナオミはずきずきする手首の痛みを無視し、ほんの数分のあいだにあたりが見えなくなるほど激しく降り始めた雪を見て、当惑したように眉を寄せた。

「どういうこと？」彼女は驚いて言った。

「ブリザードだ」ハンターがぶっきらぼうに言った。「行こう。急いで非難場所を見つけなければ！」

あと少し遅ければ手遅れになっていたに違いない。吹雪は激しく、五十センチ先も見えないほどで、ふたりには方角がまったくわからなくなった。ハンターは事前に地図で古い山小屋の位置を確認しておいたのだが、雪で方向感覚を失ってしまい、予測していた場所に山小屋を見つけられず、あせり始めた。吹雪のなかでは、間違った行動は命とりだ。わずかな計算違いで、春まで発見されないという結果になりかねないからだ。

ナオミはからだをこわばらせてハンターの背中にしがみついている。彼には彼女が痛みに苦しんでいるのがわかった。それでもナオミは、ハンターが木々のあいだを自殺行為とも言えそうな猛スピードで北へと向かうなか、ひと言も口をきかず、彼に注意したりもしなかった。

視界は徐々に悪くなり、ナオミがいなければハンターは山小屋を見つけられなかったかもしれなかった。見落としたのだろうと思って引き返そうとしたとき、木立のなかに半分隠れている山小屋を彼女が見つけたのだ。「あそこにあるわ！」ナオミは彼の耳もとでかすれた声で言った。「左よ」

その山小屋があまりいい状態でないことは、すぐに明らかになった。ポーチの屋根はたわみ、玄関のドアはそり返っていて、しばらく前までなにかの動物が棲《す》みついていたような形跡があった。それでも小屋自体の屋根はしっかりしていて、窓ガラスも割れてはおらず、最後に訪れた人が薪《まき》置き場に薪を足しておいてくれていた。ハンターにとってはそれで十分だった。ナオミをなかに入れてから荷物を運び入れると、彼は再び外に出て、夜をのりきるのに必要なだけの薪をとりに行った。

ハンターが暖炉に火をおこしているあいだ、ナオミはほうきを見つけてきて、使えるほうの手で小屋のなかをはいた。火がついてあたたかくなり始めたころには、小さな小屋のなかはきれいとまではいかなくても、ごみが散乱してはいなかった。

早くも防寒着を脱ぎ始めたハンターが、ナオミを見て低い声で言った。「濡《ぬ》れた服を脱いで乾いた服に着替えたほうがいい。それからなにか食べよう。フリーズドライのシチューがバックパックに入っているんだ。それを食べればあたたまるよ」

ハンターはシチューを捜すためにナオミに背を向け、できる限りのプライバシーを与えようとした。不意に訪れた緊迫した静寂のなか、ファスナーをおろす音だけが響いた。彼は口を引き結んでその音を気にしないよう努めたが、ナオミのこととなるとなぜか敏感になってしまうらしく、どんなささいな動きでも感じとってしまった。彼女が突然動きをとめたのを感じると、ハンターはバックパックを見おろしながら顔をしかめ、なにを捜していたのかもわからなくなってしまった。

「着替えるんじゃなかったのかい?」ハンターはそっけなくきいた。

「手首が……」ナオミはかすれた声で言った。「だめだわ。添え木が……」

ハンターはそのときようやく、手首を痛めた状態ではナオミはソックスさえひとりでは替えられないことに気づいた。それはつまり、彼が手を貸さなければならないということ、彼女に触れることを意味している。そう考えただけで、ナオミとキスして以来、ハンターのなかで燃えさかっていた欲望がいっそう激しくなった。

これは拷問だ。それ以外に説明のしようがない。ハンターが歯をくいしばり、手助けをしようと後ろを向くと、ナオミは暖炉の前に立っていた。彼女のからだのシルエットが金色に照らしだされている。ナオミの髪は、先ほど転んだうえに猛スピードのスノーモービルに乗っていたため濡れて乱れており、頬は風にさらされて紅潮していた。それでも彼女は美しかった。

ハンターはナオミに触れたい衝動にかられたものの、彼女は傷ついていて、そのために助けを必要としているだけなのだと自分に言い聞かせた。だが彼のからだは、理屈などおかまいなしにナオミに触れることだけを求めている。ハンターは欲望がこみあげてくるのを感じながら部屋の反対側に向かい、この先の数分間をどうやってのりきればいいだろうかと考えた。

「添え木をとらないといけない」ハンターはかすれた声で言った。「痛いかもしれないよ」

ナオミは黙ったまま、けがをしたほうの腕をハンターにさしだした。

できる限り慎重にしたものの、まったく痛みを与えずに添え木をはずしてジャケットを脱がせるのは不可能だった。ナオミは泣き声こそあげなかったが、目に涙が浮かぶのをこらえることはできなかった。ハンターは小声で彼女を慰めながら、すばやく添え木をあて直した。

困惑したように、ナオミは言った。「セーターはどうするの？　これも脱ぐ必要があるわ」

「添え木のまわりで袖口《そでぐち》をのばせば通せるよ」ハンターが言った。「ぼくが通すのを手伝う。そうすれば、きみの手首は固定されたままだ」

セーターの裾《すそ》に手をのばしたときナオミの腹部をかすめたが、ハンターは彼女の肌のなめらかさを無視しようと努めた。だがその瞬間、ふたりの視線がぶつかった。ナオミも彼と同じく、ふたりのあいだにある熱を感じているようだ。

ハンターは顎をこわばらせ、かすれた声で言った。「いいかい？」

ナオミがうなずくと、ハンターは少しずつセーターを彼女の頭から引きぬいた。歯を噛《か》みしめ、必要以上に彼女に触れないように、セーター以外には目を向けないようにしながら、脱がせていく。ハンターは修道士ではなくひとりの男で、この二日間のあいだに、今までほかの女性には感じたことがないほどの欲望をナオミに対して感じていた。セーターが脱がされていくにつれて徐々にあらわになる柔らかそうな肌に、彼の目は自然と引き寄せられた。

この二日間、ナオミはハンターの後ろに乗り、胸を彼にぴったりと合わせていたので、彼も彼女がどんな体型をしているかにはうすうす気づいているつもりだった。だが、想像するのと実際に目にするのとでは、まったく別だった。ナオミがシンプルなコットンのブラジャーをつけているのを見ただけで、口のなかがからからに乾いてしまった。なんて美しいのだろう! 彼女に触れたいという強烈な衝動にかられたハンターは、手を拳《こぶし》に握ると、腕をのばしてしまいそうになるのをなんとかこらえた。

ハンターはののしりの言葉をのみこむと、ナオミがけがをしていること、ローラのことを気も狂わんばかりに心配していることを自分に思いださせた。ナオミはぼくを信頼して助けを求めているのだ。その信頼を裏切るわけにはいかない。彼はからだのなかで燃えだした欲望を無視し、なにごともないような表情を保ちつつセーターを脇《わき》へほうると、続いてブーツを脱ぐのを手伝い、彼女のパンツのスナップへと手をのばした。

ナオミもハンターと同様、相手を意識せずにはいられないようだった。いくら気にしていないそぶりを装っていたとしても、彼女のからだがすべてを語っていた。胸から頬へと徐々に赤味がさしていく。彼がようやくパンツを脱がせ終えたとき、ナオミは身を震わせていた。それが寒さのためでないのは、ふたりともわかっていた。ハンターは、ナオミが用意していた着替えのスエットの上下を急いでとると、今度はそれを着せるという拷問のような作業にとりかかった。

手がナオミの腿やヒップに触れたり、彼女の豊かな胸にうっかりあたってしまうたび、ハンターは苦痛を覚えた。額に汗が玉になって吹きだす。彼は、室温が四十五度近くまであがっているに違いないと思った。誘惑に耐えてもう一度これをくり返すくらいなら、地面に生えている草を食べるほうがましだった。

「よし！」なんとかナオミに服を着せ終えると、ハンターはうなるように言った。「ぼくが食べるものを用意するあいだ、暖炉の前に座って、あたたまっているといい。きみはどうだか知らないけど、ぼくは腹ぺこなんだ」

全神経がうずき、血液が猛烈な勢いで流れるのを感じていたナオミは、もしまともに息ができる状態だったら、今なにかを食べるなどという発想に笑いだしていただろうと思った。どうしてハンターは食べ物のことなんて考えられるの？ わたしは彼の手の感触や、とっくに冷めていてもおかしくないキスの熱が舌に残っていて頭がいっぱいだというのに。ハンターと出会ってまだ二日しかたっていない。なのにわたしのからだは、ただ彼に触れられただけで熱くなっている。

ふたりの夕食になるフリーズドライのシチュー用に湯をわかすハンターを眺めながら、ナオミは頭がどうかしてしまったのだろうかと自問した。まったくわたしらしくない。出会ってほんの数日で男性にキスしたりすることなど、絶対にないのに。からだに触れさせることさえない。そしてジェームズのおかげでつらい教訓を学んだため、男性を信用することは決してなかった。

でも、ハンターは信用できた。初めはナオミも確信が持てなかったが、たった今、信用できることを彼は証明してみせた。服を脱がせたとたん、まず男性のうちふたりにひとりは襲いかかってくるだろうが、ハンターはほとんど彼女に触れず、また触れたとしても必要最小限だった。それは、ナオミに対して興味がなかったからではない。ハンターが欲望を感じているのは、雪のなかでキスをされたときにもわかったし、セーターを脱がせ始めたときの彼の指からも感じられた。ハンターはナオミを求めていた。そして彼女も、彼をほしいと思った。そのことがなによりもナオミの心をかき乱した。どうしてこんなにも早くハンターに心を奪われてしまったのかしら？

数分後、ハンターはシチューをつくり終え、ふたりは小さな暖炉の両端に別れて座り、それを食べた。ナオミは口をなんとか動かしながら、ふたりきりであることを初めて意識した。外では吹雪がいっそう激しさを増していた。怒ったようなうなりをあげて風が山小屋の周囲を吹きすさび、氷と雪が窓にたたきつけられた。隙間《すきま》やひびの入った箇所から冷たい風が吹きこんでくる。暖炉の火が燃えさかっているにもかかわらず、小屋のなかはあたたかいとは言えなかった。

「今夜はお互い、できる限り暖炉のそばで寝たほうがいいな」食べているあいだに重苦しくなった沈黙を破ってハンターが言った。「風が丸太の隙間から容赦なく入ってきているから、朝までにはさらに寒くなるはずだ」

ナオミは、首筋を冷たい隙間風がかすめていくのを感じてシチューを置き、からだに腕を巻きつけた。ジェームズがこの寒さと雪のなか、ローラを連れて外にいるなどとは思いたくもなかったが、その考えを頭から振り払うことはできなかった。「ふたりは泊まる場所を見つけられたと思う？」

誰のことを話しているのかを言う必要はなかった。ハンターにはわかっていた。「バーカーは少なくとも、サバイバル術に関する本を何冊かは読んでいるんだろう」彼は静かに言った。「彼はきっと何時間も前に吹雪が来るのに気づいて、避難場所を見つけているさ」

「でも彼らは徒歩なのよ」ナオミは心配そうに言い、カーテンのかかっていない窓に歩み寄ると、雪の降る外の闇《やみ》を見つめた。「それに、ローラがいるからペースが遅くなるはずだわ。もし避難場所を見つけられていなかったら？　それにもし……」

「〝もし〟なんて考えだしたら、頭がおかしくなるだけだ」ハンターは注意した。「ローラを助けたいなら、彼女のためにも自分のためにも、きみはやすんで、さっき落ちたときのけがを少しでも癒《いや》すべきだ。彼らは明日には見つかるだろうから、そのときローラのためにきみにはしっかりしていてもらわなければならない。この吹雪のあとで小屋を出るのは容易じゃないよ」

ハンターは正しかった。ナオミにもそれはわかっていたのだが、不安は消えなかった。夕食の皿を片づけ、暖炉の前に寝袋を広げながらも、彼女の目は無意識のうちに暗い窓のほうへ向いてしまった。ハンターは、ジェームズが寛大にもローラの無事を知らせてきていないかどうか確認するため、彼の携帯電話でナオミに留守番電話のメッセージを聞くように言った。メッセージはなにもなかった。ハンターが火をさらにたき、先ほど運び入れた薪がすぐ手の届く位置にあるのを確かめているあいだに、ナオミは寝袋にもぐりこんで、ジェームズだって娘の身の安全くらいは守れるはずだと自分に言い聞かせた。だが、ハンターが彼の寝袋に入って眠りについたあとも、彼女は不安に心をとらえられたまま、少しも眠れなかった。

ナオミはいつしか眠りにつき、夢を見ていた。暖炉の薪の上で躍るように揺れる炎をまばたきもせずに見つめていたと思った次の瞬間、彼女は吹雪のなかを、暗闇のどこかにいる娘を捜して必死に進んでいた。

〝ママ！　ママはどこ？〟

吹きすさぶ風の音にかき消されながらも、ローラのかすかな叫び声が闇のなかからナオミのもとへと流れてきた。それは嘲《あざけ》るかのように四方八方からナオミをとり巻いた。彼女はあたりを必死に見回しながら、足をとめた。心臓が激しく打っている。「ここよ、スウィートハート！」ナオミは呼びかけた。「ママはここよ！　どこにいるの？」

返ってきたのは、風の吹く不気味な音だけだった。

雪がナオミを打ち、そして視界をはばんで、彼女を娘から遠ざけていた。ナオミは恐怖にかられ、転がるように前進しながら捜し続けた。頬には冷たい涙が流れていた。

「ローラ？　返事をして、スウィートハート！　ママにどこにいるのか教えてちょうだい」

〝ママ……ママ……ママ……〟

まるで『ミステリー・ゾーン』の効果音のようにローラの声がこだましたあと、次第に消えていき、あとには静寂だけが残った。ナオミは心臓がとまりそうになり、思わず叫んだ。「いやよ！　戻ってきて！　行かないで！」

すっかり眠りこんでいたハンターは、ナオミの苦しげな叫び声に気づき、目を覚ました。そして次の瞬間には、ナオミの横にひざまずいていた。心配そうにナオミの様子をのぞきこんだ彼は、彼女が寝ながら泣いているのに気づいた。「起きるんだ、スウィートハート。ほら、目を開けて。そうだ。どこが痛いのか言ってごらん。手首かい？　寝ながらひねってしまったのか？」

眠りから覚めたナオミは、目に涙をためて泣きながら言った。「違うわ。ローラよ。ああ、ハンター。

ローラは大変なことになっているに違いないわ！」

それだけ言うと、彼女はハンターの腕のなかに飛びこんだ。

7

眠りから覚めたばかりのナオミはあたたかく、無防備な状態の男がこんな夜中に抱きしめるにはあまりに魅惑的だった。反射的にナオミのからだを受けとめた次の瞬間、ハンターはすぐさま彼女を放して距離をとるべきだったと気づいた。彼はナオミの夢を――彼女にキスをする夢を――見ていた。眠りながらもからだはナオミを求め、心臓はまだ激しく打っていた。ナオミを寝袋のなかに引きずりこむことしか考えられない今、彼女に触れるなどとんでもないのだが、ハンターは彼女を放すことができなかった。こんなにも接近してしまってからでは無理だった。

毒づきながらもハンターは腕にさらに力をこめ、ナオミを黙らせた。「しいっ。ローラは大丈夫だ。きみは悪い夢を見ただけだよ。寝袋に戻ったら、ぼくがなにかあたたかい飲み物をつくってあげよう。インスタントのココアが――」

「いや！　お願いよ！」ナオミはハンターにすがりついて言った。「少しのあいだ誰かに抱きしめてもらいたいだけだから」

〝誰か〟誰でもいいのだ。歯をくいしばってののしりの言葉を抑えこむと、ハンターは自分に、ナオミは安心感を求めているだけで、ぬくもりのあるからだなら誰でもよかったのだと言い聞かせた。しかし、今、彼女がもたれかかっているのはぼくだ。ナオミの柔らかで魅惑的なからだの線が感じられる。血液が熱くなってからだじゅうをかけめぐるのを感じたが、彼にはどうすることもできなかった。

ハンターは顎をこわばらせ、今すぐに、あと戻りできなくなる前にこんなことはやめるんだと自分に命じた。そして、ようやく意思をかためてナオミの肩に手を置き、押しやろうとしたものの、涙に濡《ぬ》れた彼女の瞳をひと目見た瞬間、彼の決心は崩れ去った。ナオミは傷ついている。ハンターは、彼女を楽にしてやることしか考えられなくなった。

「おいで」ハンターは低い声で言い、ナオミを膝の上に抱えあげた。

ナオミは、このことをあとで後悔するかもしれないとわかっていた。だが、もうすでに遅かった。これ以上ローラに関する不安をひとりで背負っていくことはできない。ハンターに腕を回されると、二度と男性から安心感を得ることなどないと思っていたにもかかわらず、彼女はほっとした。それだけでも十分だったが、彼はさらにナオミにキスをし、永遠につきまとうものと思っていた孤独感を蹴《け》散らした。鷲《わし》が風をきって空高く飛ぶ衝動に抗《あらが》えないように、彼女もハンターを拒むことはできなかった。

今度はキスだけで終わらないはずだ。それは間違いないとナオミは思った。娘がいるとはいえ、ナオミはそれほど経験があるわけではない。彼女はハンターにそのことを伝えたかった。だが、唯一の経験の相手がジェームズであること、判断の基準となっているのがみずからの欲望や欲求だけを考え、彼女の気持など気にもとめようとしなかった男性であることを、どのように説明したらいいのかわからなかった。ジェームズのせいでナオミは、セックスというものがなぜそんなにいいのかわからないでいた。嫌いではないが、すばらしいとまでは思わなかった。

だがそれも、ハンターがナオミを彼の寝袋に横たえて愛撫《あいぶ》し始めるまでだった。すばやく性急な手の動きを予想して身がまえていたナオミは、ハンターがただ彼女に触れ、探るように愛撫するだけで満足しているのを見て、身震いすることしかできなかった。困惑し、彼の手をとって無意識に命綱のように握りしめる。「あなたは……」

「静かに」ハンターはつぶやき、ナオミの喉と胸にゆっくりと、あたたかいキスを植えつけていった。「リラックスして、ぼくに任せて。そうだよ」低くかすれた声で言うと、彼女の胸の先端に息を吹きかけた。「なにも考えないで。ただ、感じてくれ」

明るい炎に照らされながら、ハンターにやさしく、それでいてしっかりと愛撫されていると、ナオミは感じること以外なにもできなかった。彼女は陶酔した。ゆっくりと撫《な》でられるたび、情熱的でむさぼるようなキスをされるたび、そして、耳もとでかすれた声で賞賛の言葉をささやかれるたびに、ナオミは陶酔した。まるで情熱の海に溺《おぼ》れてしまったかのようだ。そのうち彼女は感覚がぼんやりとし、自分の名前すら思いだせなくなった。

そして、ナオミがもうこれ以上はなにも感じられないだろうと思ったころ、ハンターはそれが間違いであることを証明してみせた。彼がナオミのからだにキスをしながら下へとおりていく。彼女は耐えられないほど強烈な欲望を覚えて叫び声をあげた。興奮で神経がぴんとはりつめ、外で吹き荒れている吹雪と同様に、ナオミの血も荒れ狂った。からだがほてり、じっとしていることができない。彼女は息をはずませながらハンターをつかんで上へと引きあげると、自分のなかへと導いた。

ハンターの喉からうめきがもれ、彼がかろうじて保っていた理性は吹きとんだ。外で風がうなりをあげ、天井で炎の影が揺らめくなか、彼は吹雪の激しさに勝るとも劣らないリズムを刻み始めた。過去も未来もすべて消え去り、今この瞬間に、ここにいるふたりだけが存在するように思えた。ハンターの目がナオミの目とぶつかり、ふたりの指が絡まりあう。親密という言葉がまったく新たな意味を持った。ふたりは、天にのぼりつめて粉々に砕け散ったあとも、永遠に離れるつもりがないかのように互いをしっかりと抱き続けた。

夜のあいだに吹雪はやみ、朝になると空は青く澄み渡って風も穏やかになっていた。四十センチばかり積もった雪がなければ、吹雪があったとは思えないほどだ。

山小屋の玄関ポーチに立ったナオミは、ハンターが荷物を運びだすのを眺めながら、何時間も彼の腕のなかで過ごしたのは幻想だったのだろうかと考えていた。一時間ほど前に目覚めたとき、彼女は暖炉の前の自分の寝袋のなかにいた。ハンターはバックパックを再び積みこんでいた。彼はぶっきらぼうに挨拶《あいさつ》をし、ナオミの手首の具合をきいてきただけで、話をしようとはしなかった。それでも彼女は何度か口をきこうとしたのだが、ハンターの表情はよそよそしく、話をしたくはなさそうだった。もし彼がナオミと愛を交わしたことについてどう思っているかを伝えるためにそうしているのなら、見事に成功していた。

ひどく傷ついたナオミは、自業自得だと自分に言い聞かせた。いったいわたしはどうしてしまったのかしら？　男性に関することで、わたしは衝動的な行動など決してとったことはなかったのに……これまでは。ジェームズと出会ったとき、わたしは不安でいっぱいの内気なバージンで、完全に彼のとりこになったと確信するまでは、ベッドをともにするなど考えもしなかった。ジェームズが嘘《うそ》つきのろくでなしだとわかってからは、指一本男性に触れさせたことはなかった。

ハンターと出会うまでは。

ハンターはどういうわけかわたしの防御壁をのりこえ、わたしは、どんな男性も信用すべきではないという教訓をすっかり忘れてしまったのだ。だが、もう二度と昨夜のようなことは起こらない。ハンターは後悔している様子だし、それはナオミも同じだった。彼がふたりのあいだになにもなかったような態度をとりたいなら、異議を申したてるつもりはない。

「よし。これで全部だ」ハンターが言い、最後の荷物をスノーモービルに積みこんだ。「行こう」

ナオミはなにも言わずにハンターの後ろに乗ると、彼のそばに座ったことで鼓動が不意に速くなったのを無視しようとした。昨日崖《がけ》から落ちたときに負ったけがは相変わらず痛み、手首にも添え木をしたままだったが、ハンターがゆっくりとスノーモービルを発進させたとき、彼女は腕を彼のからだにしっかり巻きつけなくてもなんとかつかまることができた。そしてそのことに、心からほっとした。

新たな雪に覆われ、山々はまるで吹雪によってですっかり掃除されたかのように見えた。風のせいで、場所によっては雪が二メートル半ほども積もっているため、捜索が難航するのは明らかだ。足跡を見つけられる可能性はほとんどない。降り積もった雪に埋もれていなかったものも、風によって消されていた。昨夜ジェームズの足跡を最後に見た場所まで戻ったものの、そこには手つかずの雪原が広がっているだけだった。

がっかりしたナオミは、目にこみあげた涙を抑えることができなかった。彼女はくぐもった声でつぶやいた。「どうすればいいの？」

昨夜愛を交わして以来初めて、ハンターがナオミに触れた。彼は腰にあてられていた彼女のけがをしていないほうの手に手を重ね、励ますように軽くたたいた。「あきらめてはだめだよ、ハニー。確かに状況はあまりよくないように見える。だが、少なくともバーカーもぼくらと同じように、吹雪のために立ち往生していたのは間違いない。それに彼は徒歩だから、スノーモービルが壊れた位置から一日分歩いた距離しか進んでいないところで寝泊まりしたはずだ。今日はそこから足跡が始まる。それを見つければいいだけだよ」

ハンターが言うと、いとも簡単なことのように聞こえた。問題は、スノーモービルが故障した位置から徒歩で一日分の距離とはいえ、方向がはっきりわからない以上、その範囲は何百エーカーにもわたるということだ。それだけの広い場所で、どうやって足跡を見つけられるというのだろう？　藁《わら》の山から一本の針を見つけだそうとするようなものだ。

とはいえ、選択の余地があるだろうか？

最後に目にしたときジェームズの足跡は北に向かっていたので、ふたりは同じ方角に向かって捜索を始め、何時間とも思えるあいだスノーモービルに乗って山のなかを行ったり来たりした。雪に反射する太陽の光に目を細めながら、誰かがそこを通った形跡がないかどうか探したが、なにも見つからなかった。

不安がこみあげてくるのを感じながらも、ナオミはローラを失うためにここまで来たのではないと自分に言い聞かせた。必ず見つけてみせるわ。見つけなければならないのよ！　そのとき、彼女は煙のにおいに気づいた。

ハンターが鼻を上に向けた。彼もにおいに気づいたのだ。ハンターは急にスノーモービルをとめ、エンジンを切ると、右の方向にある木立の上の空を見やった。遠くで煙がひと筋、空に向かってたちのぼっている。「あそこだ」彼は静かに言った。

「ジェームズだと思う？」ナオミは、スノーモービルからおりてバックパックをおろし始めたハンターに向かって言った。「なにをしているの？　あの煙を調べに行くんじゃないの？」

「スノーモービルに乗っては行かない」ハンターが断固とした口調で言った。「あそこにいるのがバーカーなら、十分近くに行くまでぼくたちの存在に気づかれたくないからね」ナオミに向かって片方の眉をつりあげ、物憂げに言った。「おそらくきみは、ついてくるんだろうね？」

ナオミを置いていくのが無理なのは、どちらもわかっていた。「最後まであなたの後ろにぴったりついていくつもりよ」ようやく娘を腕にしっかりと抱くことができると思い、鼓動が速くなるのを感じながら、彼女は急いでバックパックを背負った。「行きましょう」

雪が深く、しかも徒歩だったため、煙が見えた峰までは三十分近くかかった。もどかしさを覚え、心配でどうにかなってしまいそうになったナオミは、思いきって木々のあいだを走りぬけてたき火を探しに行きたいと思ったが、ハンターは彼女を常に近くにいさせた。彼はダークブラウンの目を細め、向かう先になにが待ちかまえているかを確認するまで、ナオミに自分の前を歩かせるつもりはなかった。

だが、ごつごつとした花崗岩《かこう》の壁に三方を囲われた狭いあき地のような場所で、ジェームズが必死にたき火に薪《まき》をくべているのが見えた瞬間、ナオミをとめることは不可能になった。たき火の脇《わき》に横たわった少女が目に入ると、ナオミは木立のなかから飛びだした。

「ローラ!」

ジェームズが後ろを振り返り、非難がましい目つきでナオミをにらみつけた。「きみのせいだ! きみがおとなしく家にいてぼくに時間をくれれば、ローラを連れて帰るつもりだったのに。でも、きみはそうしなかった! きみが追ってきたりするから、ぼくは予定よりさらに山の奥へとのぼるはめになったんだ。きみのせいでぼくたちはゆうべ吹雪に見舞われ、もう少しで凍え死ぬところだったんだぞ。ものすごく寒かったけど、日がのぼるまで薪を探しに行けなかったから、もしかしたら手遅れになっていたかもしれないんだ。ローラが――」

「いい加減にして!」ナオミは叫んだ。「このろくでなし! ローラになにをしたの?」

「ぼくはなにもしていないさ」ジェームズが反省している様子も見せずに言い返した。「これが誰の責任か知りたければ、鏡をのぞいて……」

怒りのあまり、ナオミは反論する気にもなれなかった。ジェームズを無視し、ジャケットを脱いでローラの小さなからだに巻きつけると、娘をすばやく抱きかかえた。「ママが来たわよ、スウィートハート」ナオミは打ちひしがれたような声で言った。「ママよ。もう大丈夫だから」

だが、ローラはまつげすらぴくりとも動かさず、ナオミの腕のなかで死んだようにじっとしたままだった。ナオミがいまだかつてないほどの恐怖にかられて怯《おび》えたまなざしをハンターに向けると、彼は大股で彼女のもとに歩み寄り、隣にひざまずいた。

「ハンター、お願い」ナオミは喉をつまらせて言った。「ローラを助けて」

その悲痛な叫びに、ハンターは心が痛んだ。ナオミを抱きしめてやりたい衝動にかられながらも、そんな時間はないとわかっていたので、彼は安心させるために彼女の肩をぎゅっとつかみ、ポケットから携帯電話をさっととりだした。「少しの辛抱だよ、ハニー」ハンターは低い声でそう言うと、またいとこのロッキーの電話番号を押した。「すぐに救助が来るから」

ハンターは、万が一ロッキーが留守だった場合のことは考えないようにしていた。そして彼女本人が電話に出ると、静かに安堵《あんど》のため息をついた。「フォーチュン・フライング・サービス、ロッキーです。どのようなご用件でしょうか?」

「ロッキー、よかった! ハンターだ」

「ハンター? まったくもう、あなたって人はたまに連絡を入れることもできないの? ものすごく心配していたのよ! あなたがナオミ・ウィンドソングと一緒に彼女の娘を捜しに山に向かったとルークから聞いていたから、昨日の吹雪に巻きこまれたのではないかと心配していたのよ」

「巻きこまれたよ。ロッキー、助けが必要なんだ」ハンターは手早く簡潔に、現在地とローラの容体について説明した。「どれくらいで来られるかな? ローラはたき火のそばにいるけれど、あまり長くは持たないかもしれない」

「それならルークを連れていくわ。安心して……彼はすぐに準備できるから。五分後にはここに着くはずよ。そのあいだにわたしは警察に電話をかけて、ローラとバーカーが見つかったと伝えておくわね。そのあとすぐに出発するわ。ローラのからだをあたためすぎてはだめよ、ハンター」ロッキーが注意した。「急激に体温があがると命を落とす危険があるから。手足の冷たい血があたたかい内蔵の血にまじると、ショック死してしまう場合があるのよ。少し待っていて。できるだけ早く行くわ」

ロッキーが正しいことを言っているのは間違いなかった。彼女は救急救命士の資格を持っているだけでなく、この地域で唯一の捜索救助の会社を経営している。超一流のパイロットであるロッキーは恐れなどという言葉とは無縁で、数年前、ケイト・フォーチュンが南米で飛行機の墜落事故で亡くなったと思われたときに、今の会社をたちあげた。ケイトによって遺贈された何基かの小型飛行機やヘリコプターをもとに、ビジネスを始めたのだ。それ以来ロッキーは、数えきれないほどの猟師やスキーヤーを山から救出し、命を救ってきた。凍傷の危険性や凍死を防ぐ方法について詳しい人間がいるとすれば、それはロッキーにほかならなかった。

電話を切ると、ハンターはナオミに言った。「ロッキーが向かっているよ、スウィートハート。ルークも一緒だ。ロッキーによれば、ローラをたき火から遠ざけなければならないそうだ。あたたかくしすぎてはいけないらしい」

「でもローラは凍えているのよ！」

「わかっているよ、ハニー。でも、いろいろ理由があるんだ」その理由についてハンターは、必要に迫られない限りナオミに話すつもりはなかった。今でさえ、ナオミはかろうじて理性を保っているような状態なのだ。ローラの体温が急激にあがることの危険性について少しでも知ったときナオミがどうなってしまうかなど、考えたくもない。「救助が来るまで、ちょうどいい温度を保ってあげればいい。長くはかからないよ。約束する」

ヘリコプターのプロペラの音が聞こえてくるまでに実際は四十五分しかかからなかったが、ハンターにはまるで永遠のように感じられた。ジェームズはいまだ自分の責任を認めようとはせず、ナオミを非難し続けていたものの、それはまったく無駄な行為だった。あとになってからナオミはジェームズを責めたてるに違いないが、今はただローラにやさしくささやきかけるだけで、ジェームズを無視している。そしてロッキーがヘリコプターを百メートルほど離れたところに着陸させると、ローラを病院に連れていくこと以上に重要なことはなにひとつなくなった。

ハンターはローラを抱え、すぐにルークへと引き渡すと、ナオミがヘリコプターに乗りこむのを手伝った。そしてヘリコプターの轟音《ごうおん》に負けないよう声をはりあげ、彼女に言った。「町で会おう！」

ナオミは驚いたような顔をしてハンターに手をのばした。「だめよ！　あなたも一緒に来て！」

ハンターはそうしたかった。どんなにそうしたかったことだろう。だが、荷物とスノーモービルを町まで持って帰る必要があった。それに、ヘリコプターにはあとひとり分の席しかない。ハンターは、ナオミがローラの容体の深刻さを知ったときにそばにいてやりたい気持でいっぱいだったが、その権利はむしろ、ローラの父親であるジェームズにあると思えた。たとえジェームズが、ローラを危険な状態に陥れた張本人だとしても。

ジェームズにヘリコプターに乗るよう促すと、ハンターは一歩さがった。「大丈夫だよ」プロペラの轟音越しにナオミがなにか言いかけたとき、ハンターは大声で言った。「行くんだ！」

ナオミがそれ以上反論する前に、ハンターは機体のドアを閉めて、ロッキーに出発するよう合図をした。ロッキーは彼に親指をたててみせ、ヘリコプターを空高くへと舞いあがらせた。ハンターはプロペラの風圧で吹きあげられた雪のなかに立ち、ヘリコプターが南へと向かい、視界から消えるのを眺めた。彼はこれまでにないほどの孤独を感じていた。

8

ヘリコプターのなかでのことは、ナオミはぼんやりとしか覚えていなかった。ルーク・グレイウルフがローラの治療に全力をつくしている一方で、ロッキーは病院の救急救命室に無線で連絡をとり、到着予定時刻を知らせた。彼らは時間と闘っていた。言われなくてもナオミには、ローラが危険な状態なのだとわかった。口を引き結んだルークの険しい表情や、無線機に向かって話すロッキーの切迫した口調から、それは明らかだった。娘の容体の深刻さはようやくジェームズにもわかったらしく、ナオミに責任転嫁するのはやめた。ジェームズはナオミの隣におとなしく座ったまま、点滴を受けているローラの血の気のない顔をじっと見つめていた。

ジェームズは自責の念にかられている様子だったが、ナオミは彼に同情する気持にはなれなかった。苦しんで当然だ。ジェームズの愚かな復讐《ふくしゅう》心のせいで、わたしの娘が死にかけたのだ。彼がなんと言い、なにをしようと、償いにはならない。

そのときクリアスプリングズ病院が視界に入り、ロッキーはヘリコプターを急降下させて、フォーチュン一族が数年前に病院に設置したヘリポートに機体を着陸させた。頭上のプロペラがまだとまらないうちに、医師や看護婦たちがストレッチャーを押してかけ寄ってくる。ナオミがローラから再び目を離す心の準備をする間もなく、少女は救急救命室へと運ばれていった。

ジェームズは凍傷のため診察室に連れていかれたので、数分後にはナオミは待合室でひとり、ローラの古ぼけたテディベアを胸にきつく抱きしめていた。不安のあまりじっと座っていることもできず、うろうろと歩き回っていたが、時間が徐々に過ぎ、数時間たっても、ローラの容体を知らせに来てくれる人はいなかった。

そのうちにジェームズが戻ってきたが、彼の顔は心配のために何十歳も年をとったように見えた。ジェームズが来たところで、ナオミの心は少しも安らがなかった。彼女が今必要としているのは、隣にいてほしいと感じるのは、ジェームズではなかった。無意識のうちにナオミはハンターのことを考えていた。頭のなかには、最後に山で別れたときの様子が浮かんでいる。ハンターは今ごろどこにいるの？ 彼は無事なのかしら？ ハンターが誰かを必要としない一匹狼《おおかみ》であるのは、ナオミも知っていた。ハンターがいかに強く、自立した人間であるかはこの目で見てきたし、彼なら人生におけるどんな困難ものりこえられるだろうことはわかっている。だがナオミはなぜか、ロッキーがヘリコプターを離陸させたときに雪のなかに立っていたハンターの様子を頭から振り払うことができなかった。ハンターはあまりにも孤独に見え、ナオミは彼を置いていきたくないという強い衝動を覚えた。

ナオミは落ち着かない気分で行ったり来たりしながら、それが誰であろうと、ひとりだけ山に残して町まで自力で帰らせることになったら心配になるはずだと自分に言い訳した。だが、自分に嘘《うそ》はつけなかった。ハンターに対する思いは単なる心配ではないとわかっていた。なぜこんなにも早くこんな気持になったのかはわからなかったが、彼女はハンターに恋をしていた。

ナオミは呆然《ぼうぜん》とした。不意に足をとめてあわててその考えを否定し、あれこれ思いをふくらませてしまっていることの言い訳を心のなかで考えた。彼女はひと目ぼれをするタイプではなかった。それほど安易に男性を信用したりはしない。ジェームズに裏切られてからは、なおさらだった。ジェームズのせいでナオミはひどく用心深くなってしまい、ほかの男性に目を向けたり、ましてや恋におちるなど、できるとは思えなかった。

だが、ハンターのような男性と出会うとは予想もしていなかったのだ。会ったときから、ハンターはナオミに対し、ジェームズやほかの男性とは違う態度で接してくれた。ハンターは常に誠実で正直で、彼女とかけ引きをしようとはしなかった。ナオミに引かれていることが明らかになってからも、ハンターは彼女の弱みにつけこんだりはしなかった。そして、ナオミはいとも簡単に心を奪われてしまったのだ。

ナオミはハンターを愛していた。なぜそんな気持になったのかは自分でもわからない。ただ、ハンターを失いたくないと思っていた。でも、失う可能性はあった。あのような状況にいたためにふたりは結ばれたが、ローラが救出された今、彼らはそれぞれの生活に戻ることになる。ハンターは、今年じゅうに会社の経営をたて直さなければならないから、それ以外のことには――特に女性には――気を配っていられないと言っていた。ハンターが本気でそう言っていたなら、二度と彼に会えない可能性も大いにある。

そう考えてナオミは愕然《がくぜん》としたが、ちょうどそのとき、ルーク・グレイウルフが彼女のほうに歩いてくるのが見えた。彼は険しい表情を浮かべている。ナオミは胸がしめつけられるのを感じた。「ローラは？　娘は無事なの？　ああ、もしそうでないなら……」

「ローラは大丈夫だよ、ナオミ」ルークがやさしく言った。「正直に言うと、かなり危険な状態だったが、ローラは強い子だ。なんとか持ちこたえたよ。念のため今は小児科の集中治療室にいるが、順調に回復すれば、夕方には普通の個室に移動できるはずだ。ローラに会うかい？」

言うまでもなかった。「ええ、もちろんよ！」目に涙をあふれさせながらナオミはルークのあとについていきかけたが、二歩進んだところでジェームズのことを思いだした。彼女が待合室のほうに向き直ると、彼が戸惑ったように戸口に立っていた。ジェームズはナオミとルークの会話をすべて聞いていたが、割って入ったりはしなかったのだ。

普通の女性だったならジェームズをその場にほうっておいたかもしれないが、ナオミは彼に復讐されたからといってそんな態度をとることはできなかった。

「ローラはあなたの娘でもあるわ」ナオミはジェームズに向かって静かに言った。「ローラの無事な姿を見る権利はあなたにもあるわよ」

ジェームズはこみあげる涙を隠そうともしなかった。「ありがとう。長居はしないよ。ただ、ローラをひと目見たいだけだから」

ナオミはうなずくと、ルークのあとについていった。

ルークの言ったとおり、ローラは夕方には個室に移り、容体もかなりよくなっていた。疲れ果ててはいたが、頬には赤味が戻り、見た感じは元気な三歳児だ。家に帰ることも可能だったかもしれないが、ルークは万全を期したほうがいいと言い、ナオミも賛成した。家に連れて帰るときにはローラに完全に元気になっていてほしかった。ひと晩入院してそれが保証されるのなら、ナオミはそうするつもりだった。

かといって、娘を目の届かないところにいさせたくはなかった。そこでナオミは、自分も病院に泊まることにした。ローラが悪夢にうなされるかもしれないと思い、片時もそばを離れなかったが、そんな心配は無用だった。大好きなテディベアのチェスターを腕のなかにしっかりと抱いたローラは、ぐずりもせずに眠りについた。

ナオミはほっとし、自分も同じようにぐっすり眠れるだろうと思った。今日は忘れられないような一日で、次から次へとさまざまな思いを味わった。看護婦がローラの病室にナオミのための簡易ベッドを運び入れてくれたとき、彼女は横になった瞬間に寝入ってしまうだろうと思っていた。だが、いろいろと考えごとをしてしまい、なかなか寝つけなかった。明かりを消して数時間たっても、ナオミは眠れないままハンターのことを考えていた。

ハンターは今、どこにいるのかしら？　ナオミは思った。ふたりが愛を交わした山小屋まで戻ることができたかしら？　彼も、わたしのことや、ふたりのあいだのことを考えているの？　それとも、彼にとってはたいしたことではなくて、すでに頭に浮かんでもいないのかしら？

そう考えると胸がしめつけられた。ナオミが眠りについたのは、それからかなりの時間がたってからだった。

ルークは翌朝、再びローラを診察すると、もう家に帰っても大丈夫だと言った。笑い声をあげると同時に泣きだしながら、ナオミは喜びのあまりルークを抱きしめた。「ありがとう！　あなたとロッキーがいなかったら、わたしは昨日どうしていたかわからないわ。あなた方は娘の命の恩人よ」

「運が味方してくれるときもあるんだよ」ルークは言い、ナオミの肩をぽんとたたいた。「だからこそ、この仕事にはやりがいがあるんだ。ぼくたちにも子供がいる。ローラを救うなんらかの手だてがある限り、きみに娘さんを失わせたくなかった。それに、もうひとつ忘れてはならないことがある」彼は言い足した。「ローラが助かったのは、きみのおかげでもあるんだよ。もしきみがハンターを雇ってローラを捜しに行っていなければ、悲劇が起こっていたかもしれないんだ」

「ええ」ナオミはかすれた声で言った。「そんなこと、考えただけでも恐ろしいわ」

「だったら、もう考えないことだ」ルークがアドバイスした。「すべてすんだことだからね。ローラは無事だ。大事なのはそれだけだよ。ローラを連れて帰って、思いきりかわいがってあげるといい。彼女はもう大丈夫だ」

ナオミはルークに言われたとおりにした。車は家に置いたままだったため、友人に電話をかけて迎えに来てもらい、正午には娘とともに自宅の前に着いていた。数分後には、ローラはテレビの前に座ってお気に入りの番組を見ていて、ナオミにはまるで娘が連れ去られたことなどなかったかのように思えた。とはいえ、やはり事実は消えなかった。ここ数日の悪夢を完全に忘れられるのは、当分先になりそうだ。

それでもナオミは努力した。その日一日、彼女は娘とともに過ごす時間を楽しんだ。ローラの好物をランチに用意し、そのあと、膝の上に抱いてお気に入りの絵本を読んでやった。母子は笑いあい、そしてとうとうローラは眠りについた。それでもナオミは、なかなかローラを腕のなかからベッドに移す気にはなれなかった。わたしは娘を心から愛している。もしローラになにか起こっていたら……。

実際なにも起こらなかったのだと自分に言い聞かせ、ナオミはリビングルームに戻ると、ローラのおもちゃを片づけ始めた。そのとき、玄関のドアをノックする音がした。ドアを開けたナオミは、そこにジェームズが立っているのを見ても驚かなかった。昨日、ジェームズがローラの無事を確認したあと廊下に出ると、部族警察が待っていた。ホーク巡査はジェームズに、ナオミが彼を告訴するかどうか決まるまで、町を出ないようにと伝えた。ナオミは、ジェームズが再び自分の前に現れるだろうとわかっていた。

「入ってもいいかな？」ジェームズはおそるおそるきいた。

ナオミは思わず、だめだと言いかけた。ジェームズにされたこと、特にローラに関することは許すことができないし、彼とは話をしたくない。ジェームズを告訴するとしても、彼に対して負い目など感じないし、前もって通告するつもりもなかった。

だがジェームズの目からは、彼が簡単に引きさがるつもりはないのが見てとれ、ナオミはどのみち永遠に彼を避け続けることは不可能だと思い直した。

「あなたのしたことに言い訳なんてできないわよ」彼女は冷めた口調で言った。「でも、言いたいことがあるなら言ってちょうだい。二分以内で」

ジェームズは手をジャケットのポケットにつっこんだまま、玄関を少し入ったところで足をとめた。

「ぼくは……ぼくがここに来たのは……ただ、きみと話して説明するために……」

「ジェームズ――」

「いいから最後まで言わせてくれ」ジェームズはナオミの言葉をさえぎった。「これはぼくのしたことだ。ぼくが問題を起こしたんだ。だから、ぼくがきちんと償わなければならない。償いきれるとは思っていないけど。ぼくはもう少しでローラを死なせるところだったんだ。ああ! そのことがぼくをどんな気持にさせているかわかるかい?」

ジェームズは苦しんでいるようだった。誰の目にもそれは明らかだっただろう。ナオミは一番近くにあった椅子に腰をおろし、正直に言った。「わたしだったら、生きていくこともできないでしょうね。もしあなたに娘への愛情が少しでもあるなら、きっとそんな気持なんだろうと思うわ」

ジェームズは険しい表情でナオミの目をまっすぐ見つめ、暗い声で言った。「人間のくずになったような気分だけど、それもほかでもない、自分の責任だ。ぼくはきみにつきまとい、結婚を拒んだ代償をきみに払わせたい一心で、自分がきみやローラになにをしているのかを考えもしなかった。ローラを危険にさらし、きみを恐怖に陥れたことを思えば、恨まれて当然だ。きみが告訴してもあたり前だと思っているよ。言葉でいくら言ってもなんの償いにもならないとわかっているけれど、おわびして、もう二度とこんなまねはしないと約束するしかぼくにできることはない」

もしジェームズがどのような人間か知らなかった

ら、ナオミは彼が心を入れ替えたのだと思ったかもしれない。だが、ジェームズを信用した結果、娘の命が奪われそうになったのだ。二度と同じ間違いを犯すつもりはなかった。「どうするか、まだ決めたわけではないわ」ナオミはそっけなく言った。「言いたいことがそれで全部なら……」

「待ってくれ！」ナオミが立ちあがったとき、ジェームズが叫んだ。「きみに渡したいものがあるんだ」

ナオミは、ジェームズがさしだしたカセットテープを、あたかもそれが攻撃しようとかまえている蛇かなにかであるように見つめた。「これはなに？」

「自白をテープに吹きこんだんだ。これをきみに持っていてもらいたい」

ナオミは困惑し、真意を探ろうとするようにジェームズを見た。「なんのために？」

「こうするしか、ぼくがきみとローラに二度とつきまとわないと保証する方法を思いつかなかったからだよ」疑うようなまなざしを向けているナオミに、ジェームズは言った。「信じてもらえなくても無理はないけど、これは本当だ。きみが告訴しなければ、ぼくはこの州を出て、二度と戻らないつもりだ。もしぼくが約束を破るのではないかと不安になったら、きみはこのテープを警察に持っていきさえすればいい。そうすればぼくは逮捕される」

ナオミはテープをじっと見つめ、ジェームズを信じようと思っている自分は愚か者だろうかと考えた。ジェームズは刑務所に入れられて当然のことをしたのだが、彼はまた、ローラの父親でもあった。ナオミは復讐を考えているわけではなかった。ただそっとしておいてもらい、娘を安全な環境で育てたいだけだ。それがそんなに無理な願いだろうか？　念のため、彼女はジェームズに警告した。「もしこれがまた嘘だったら――」

「違うよ。誓ってもいい！」

ジェームズは心から言っているように見えたが、ナオミは念には念を入れた。彼女はテープを受けとると、ステレオまで歩いていってカセットプレイヤーに入れた。ジェームズの話は、確かに有罪を証明していた。ナオミはその一言一句に耳を傾けた。すべて聞き終えると、彼女は断固とした口調で言った。

「あなたが州を出るつもりなら、わたしはとめないわ。でも、今、告訴しないからといって、将来しないとは限らないわよ。あなたのせいで、ローラは死にかけた。もしあなたが今後わたしたちの前に姿を現したりしたら、たとえあなたが死ぬまで刑務所に入ることになろうとも、わたしは容赦しないわ」

それが単なる脅しでないのは、どちらもわかっていた。

「そうしてくれてかまわない」ジェームズは重苦しい様子で言った。「でも、その必要はないはずだ。もう荷物はすべて車に積んである。さよなら、ナオミ。ぼくの代わりにローラにお別れのキスをしておいてくれ」

それ以上はなにも言わず、ジェームズは背を向けると、ナオミの人生から立ち去った。

9

町に戻ると、ハンターはまっすぐに会社へ向かった。そうしなければ、ナオミを捜しに行ってしまうとわかっていたからだ。それだけはするまいと、彼は心に誓っていた。静寂のなか山をくだりながら何時間も考えた結果、ナオミのことをどうにかして忘れなければならないと結論をくだした。山のなかでともに過ごした三日間は、将来一緒になる運命にはないふたりの、偶然の短い出会いにすぎなかったのだ。ナオミとの愛の行為が今まで経験したことがないほどすばらしく思えたのも、単に想像力のせいだろう。彼女は男性を求めてはいないと言っていたし、実際、ジェームズに会ってみて、ハンターにはその気持が理解できた。ジェームズはとんでもないろくでなしだった。ジェームズにさんざん苦しまされた今、ナオミはまた新たに男が近寄ってくるのを歓迎しないだろう。ぼくはナオミにとって、娘が誘拐されたことを思いださせる存在でしかない。お互いのためにも、ぼくがナオミの人生から立ち去り、彼女をそっとしておくのが一番いいのだ。

それでかまわないと、ハンターは暗い気持で考えた。ぼくはずっとひとりで生きてきた。ぼくはそういう人間で、この放浪癖は、親から受け継いだ顔と同様にぼくの一部なのだ。世界じゅうをさまようことに飽きて、ここワイオミング州で自分が求めていたとも気づかずにいた落ち着いた生活を見つけられたからといって、なんだというんだ？　ぼくにはやらなければならない仕事があり、それをするのに一年という時間しかない。女性のことを気にかけながら成しとげるのは無理だ。

なにもかもこれでいいのだといくら自分を納得させようとしても、ナオミのことが頭から離れず、心をかき乱した。初日にスノーモービルに乗りこんだとき、手をどこに置くべきかわからずに緊張した様子だったナオミ。初めてキスしたときの彼女の驚いた表情。愛を交わしたときにすべてを捧《ささ》げてくれたナオミ。

自分に対していらだちを覚えたハンターは、整理していた書類をまき散らしたい衝動にかられる前に、机にたたきつけた。そのような記憶を、どうやって消し去れというんだ？　彼は怒りを覚えながら自問した。ナオミに触れたときの感触を思いだしてしまうというのに、どうして夜、眠れるだろう？　彼女とキスしたときのことを、そして彼女のなかに自分を解き放ったときの気持を思いだしてしまうというのに？　ジェームズはナオミの初めての相手でローラの父親だが、ジェームズが彼女に指一本でも触れたと考えると、ハンターはどうにかなってしまいそうだった。ナオミはぼくのものだ！　そしてハンターは、自分のものは絶対に手放すつもりはなかった。

その事実が唐突に、ハンターを強烈に打ちのめした。彼は石のように身をこわばらせたまま、じっとその場に座って考えをめぐらせた。まさか……。ハンターは愕然《がくぜん》としながら思った。ナオミを愛しているはずはない。二十九年間、誰にも心を奪われずにきたぼくが、ほんの数日のうちに彼女を愛してしまうなどあり得ないのだ。そんなことは考えられない。まったく、ぼくはそんなタイプの男ではないはずなのに！　今まで、こんなにも速くぼくの心のなかまで入ってきた女性などいなかった。ナオミはどうやってそれをやってのけたのだろう？　それにぼくは、どうすればいいんだ？

なにもすべきではない。ハンターはそっけなく自分に言い聞かせた。なにひとつすべきではないのだ。

この数日間の精神的な疲労からたち直れるよう、ナオミをそっとしておく必要がある。ローラは無事だった――少女が救出された次の日、ハンターは携帯電話で病院に電話をかけて彼女の容体を尋ねていた。しかし、ナオミもローラも、今回味わわされた恐怖をすぐには忘れられないだろう。そんなときに彼女たちにつきまとうのは、無神経でまぬけな男だけだ。

それでも、ハンターはナオミのもとに行きたかった。彼女をもう一度抱きしめたかった。ナオミにキスをし、もう一度愛しあいたい。でも無理だ。なぜなら、ナオミのそばに近寄ろうものなら、二度と離れたくなくなるに違いないのだから。

だからハンターはその場にとどまって、事務作業を片づけにかかった。それは容易ではなかった。少しでも気がゆるむと、ナオミのことを考えてしまう。彼女は今、なにをしているのだろう？　ナオミがローラを連れて家に帰ったのは知っているが、ナオミはまだ娘のそばから離れる気にはなれないだろう。仕事が終わったら、ピザでもさし入れに行こうか……。

ふと、ナオミに会いに行くための口実を考えている自分に気づき、ハンターは毒づいて立ちあがった。気をまぎらすために保留地の東端まで車で向かい、仕上げ段階に入っているファーストフード・レストランの建設状況を見に行くと、安全ベルトを腰につけて作業にとりかかった。肉体労働をして、なんとかナオミのことを頭から追いだそうと思ったのだ。

だが、それは失敗に終わった。一日が終わるころには疲れきっていたにもかかわらず、ナオミに会いたいという気持は、消えることのない炎のようにからだのなかで燃え続けていた。いらだち、自分に対して怒りを覚えながらハンターは、これ以上先のばしにすることはできないと悟った。心を落ち着かせたければ、たとえそれがナオミの将来の幸せを願って別れの言葉を伝えるためであっても、彼女に会うしかないのだ。

そう決心すると、ハンターはひとまずシャワーを浴びて着替えようと家に向かいかけた。だがふと、からだをきれいにしてひげまでそっていったりしたら、あわよくばナオミを誘惑できるかもしれないと考えているように思われかねないと気づいた。そう見られるに決まっている！　彼は悪態をつくと、ブレーキを踏み、ピックアップトラックのタイヤをきしらせながら通りのまんなかでUターンした。恥ずかしがることなどひとつもない。今日は一日、一生懸命仕事をし、からだじゅうの汚れはすべてその証《あかし》なのだ。ナオミがもしこの汚れを軽蔑《けいべつ》したりしたら、彼女はぼくが想像していたような女性ではないとあきらめもつくだろう。

数分後、ナオミの家に到着したハンターは、顎をこわばらせ、眉間《みけん》にしわを寄せていた。なんのために来たのかを自分に思いださせてから、玄関ポーチのステップをのぼり、正面のドアを強くノックする。すべては二分で終わるはずだ。

だが、ナオミがドアを開けたとき、ハンターが頭のなかに用意してきた言葉は風に吹きとばされたように消えてなくなった。彼女がうれしそうにほほえみかけると、ハンターは、まるで暗い雲の隙間《すきま》から太陽が顔を見せたかのような気分になった。「ハンター！　帰ってきたら連絡をくれるといいと思っていたのよ。どうぞ、入って。食事はすませた？　わたしとローラは今食べたばかりなんだけれど、あなたがおなかがすいていれば電子レンジでなにかあたためるわ」

ハンターは食事よりもナオミを求めていた。そして、その強烈な欲望に唖然《あぜん》とした。彼女はなんて美しいのだろう！　何度見ても、ナオミの美しさに驚きを覚えてしまうのはどうしてなのか？　初めて彼女に会ったときも彼は衝撃を受けたが、それは今も変わらなかった。ナオミをひと目見ただけで、ハンターは彼女に触れ、腕のなかに抱きたくなった。そして、どうしようもないほど彼女に心を奪われてしまったと伝えたい衝動にかられた。

しかし、頭にはナオミが経験した悪夢のことしか思い浮かばず、自分の気持を伝える言葉はひとつも出てこなかった。代わりに、ハンターはかたい口調で言った。「いや、遠慮するよ。実はローラの様子を見たくて寄っただけなんだ。今朝、退院したと聞いたんだが」

ハンターの声の調子にナオミの笑みはわずかに薄れたが、彼女はなにも言わなかった。「ええ、そうなの。ローラはとても運がよかったわ。今は部屋で遊んでいるのよ。会う？」

ハンターはその必要はないと伝えてその場を立ち去るべきだったのだが、ナオミがドアを開けて待っていたので、拒むことができなかった。そして気づくと、ローラの部屋の外の廊下でナオミと並んで立ちながら、少女が例の古びたテディベアで遊んでいる様子を眺めていた。空想の世界に没頭しているローラは、見るからに元気そうだった。時がたてばきっと、ローラは父親によってもたらされた悪夢の記憶を完全に忘れることができるだろう。

ジェームズがローラをいかに危険にさらしたかを考えれば、彼は死刑になってもいいくらいだった。だが、町で噂《うわさ》に聞いたところによると、ナオミはいまだにジェームズを告訴していないとのことだった。ハンターには、その理由がさっぱりわからなかった。ナオミが今なおジェームズに思いを寄せているわけではないのはわかっている。彼女は、愛する男がいながら別の男とベッドをともにするような女性ではない。たとえジェームズに対して未練があったとしても、それは彼がローラを連れ去った時点でなくなっているはずだ。だとしたら、ナオミはなぜジェームズを告訴しないのだろう？

自分には関係ないことだと思ったが、ハンターはリビングルームに戻ると、思わず尋ねていた。「バーカーはいまだに自由の身らしいな。今ごろはきみに告訴されて逮捕されているかと思っていたよ」

「告訴しようかとも思ったんだけれど」ナオミは正直に言った。「彼は二度とわたしたちの前に姿を現さないと約束したから……」

「きみはそれを信じたのか？」

「初めは信じられなかったわ」ナオミは言い、ハンターの怒りに満ちた声の調子を聞いて笑みを浮かべた。「でも、これを渡されたの」ステレオからカセットテープをとりだしてみせた。「ジェームズの自白がテープに録音されているわ。もし彼が今後わたしやローラに近づいたら、わたしがこれをまっ先に警察に提出すると彼はわかっているの」

「バーカーみずからそれをきみに渡したのかい？」

ナオミはうなずくと、ジェームズが突然訪れて、彼女たちには今後いっさいかかわらないと言ったことについてハンターに話した。「あなたはきっと、ジェームズを信じるなんて頭がどうかしていると思っているでしょうね。でも、彼もばかではないわ。このテープがなかったとしても、わたしが告訴しさえすれば彼にかなりの刑が科せられることはわかっているはずよ。ありがたいことに、彼にとって自由であることは、わたしにつきまとうよりもはるかに大切なのよ。彼は二度とわたしたちに近づかないはずだわ」

すべては終わったということだ。ナオミは無事、ローラを家に連れ帰ることができ、もはやぼくを必要としていない。ハンターは、このような結果になるのは予想していた。だが自分が、まるで心が根元から引きぬかれたようなつらい気持になるとは思ってもいなかった。彼は不意に息苦しさを覚え、玄関へと向かった。「よかった。きみの問題が解決して、ローラも元気で安心したよ。オフィスに山ほど仕事が残っているから、ぼくはそろそろ失礼するよ」

ナオミははっとした。なぜかハンターが自分の人生から永遠にいなくなってしまうようないやな予感がした。そして、彼をとめなければならないと感じた。「待って！　ローラを見つけてくれた報酬についてまだなにも……」

それを聞いて、ハンターは足をとめた。「ぼくはお金をもらって人助けをしているわけではないよ」

ハンターに辛辣《しんらつ》なまなざしを向けられ、ナオミはあわてて謝った。「ええ、もちろんそれはわかっているわ。失礼なことを言うつもりはなかったのよ。ただ……」

「なんだ？」

ハンターの険しい表情に動揺しながらナオミは言葉を探したが、そんなときは決まって間違ったことを言ってしまうのだった。「ただ、あなたにはあまりに多くの借りがあるから」

「きみは、ぼくが感謝の言葉を望んでいるとでも思っているのか？」

ハンターのあまりの怒り様に、もし状況が違っていたらナオミは笑みをこらえるのでせいいっぱいだっただろう。だが、彼女は不意に、彼らが話しているのは感謝についてではないのだと気づいた。ナオミは、どちらに転んでも間違いを犯してしまいそうな気持になった。ハンターはなにを言おうとしているの？　彼が望んでいるのはわたしの愛なのだと言っているのかしら？　そう思いたいけれど、もし違ったら？　もしハンターの求めているものが単なる友情だったら？　ハンターに愛していると告げることで、彼を失ってしまう可能性は大いにある。だが反対に、ハンターがわたしの愛を求めているにもかかわらずわたしが友情しか示さなかったら、結果は同じことだ。

ナオミは悩み、踏んぎりをつけられずにいたが、たとえその行動が正しいかどうか自信がなくても、気持をハンターに伝えなくてはならないと思った。愛は分かちあうためにあるのだ。

間違っているかもしれないという不安に心臓が縮みあがりそうになりながら、ナオミはハンターのほうへ一歩踏みだした。「ローラを見つけてくれたことについては、本当に感謝しているわ」彼女はかすれた声で言った。「でも、あなたに対するわたしの気持は、それとはまったく無関係よ。ジェームズがとんでもない裏切り者だとわかったときから、わたしは二度と男性を信用して恋におちたりはしないと思っていたの。でも、それは間違いだったわ」言ったわ！　ハンターへの気持をはっきりと伝えてみせた。それなのに彼はその場につっ立ったままだ。大失敗をしてしまったのではないかと不安になり、ナオミはためらいがちにきいた。「もしあなたがこんなことを聞きたくなかったのだとしたら、ごめんなさい。でも、あなたを愛しているの。この気持は伝えるべきだと思って」

ナオミが言えたのはそこまでだった。

喉の奥で低くうなるような声をあげると、ハンターはナオミに手をのばして彼女を抱き寄せた。「愛しているよ！」彼は言った。「きみのことをあきらめるしかないんだと思って、ずっと苦しくてたまらなかった。絶対に耐えられないと思ったよ。もう一度言ってくれ」

「愛しているわ。出会った瞬間から、ずっと愛していたのかもしれない。すべてがあっという間の出来事だったわ」

「まだ先はあるよ」ハンターはかすれた声で言い、ナオミにむさぼるようにキスをした。「きみと結婚したい。今、すぐにでもね」

それは問いかけではなく、切望のあらわれで、ナオミの心の奥深くに響いた。普通の人ならここで、まだ知りあって間もないと——結婚を考える以前に時間をかけて互いのことをよく知るべきだと言うに違いない。だが、ナオミの心はハンターを一瞬にして見きわめていた。愛に時間は必要なかった。「ええ！」彼女は喜んで言った。「もちろん！　もちろんよ！」

エピローグ

一年がたち、ハンターは見事ケイトとの約束を果たした。

フォーチュン・コスメティックス社の大広間のなかで、ハンターは初めて、自分がよそ者ではなく一族の一員であるような気持になっていた。成功が——そしてなにより結婚が——その大きな原因だろう。いずれも、ケイトが彼の運命の糸を一、二本引っぱってくれなければ起こらなかったに違いないことだった。

ナオミを隣に連れ、手にチェスターをしっかりと握りしめたローラを腕に抱きながら、ハンターは家族の面々がケイトに八十一歳の誕生日のお祝いの言葉をかけるのを眺め、笑みを浮かべた。ケイトはとんでもない女性だ。昨年の今ごろ、ケイトがぼくとチェイスとライダーに与えたプレゼントの内容とそれに伴う条件を告げたとき、ぼくは彼女がもうろくしてしまったのではないかと心配した。いとこたちはどうか知らないが、ぼく自身は、赤字を出さないのがやっとの会社などほしいとは思わなかったのだ。

ケイトはなぜ、ぼくがその仕事を嫌いになるのではなく、結果的に愛するようになるとわかったのだろう？　彼女は、ぼくがひとつの場所に長くても三、四カ月しかとどまらないタイプだと知っていながら、しばられることを受け入れるようにと仕向けた。実際、ぼくは初めの数カ月、すべてを投げだしたい衝動に何度かかられた。だが、その挑戦を拒むことも、信頼してくれたケイトをがっかりさせることもできなかった。彼女はぼくのなかに、ぼく自身気づいてもいなかったなにかを見いだしていたのだろう。ぼくが現在フォーチュン建設だけでなく、男が望むすべてを手にできているのはケイトのおかげだ。

ハンターはナオミを見おろしながら、自分は間違いなく世界で一番幸せだと思った。グリーンのシルクのロングドレスを身にまとったナオミを見るたびに、思わず息をのむ。本当に、なんて美しいのだろう！　ナオミと結婚した日——彼女に愛を告げられた二カ月後のことだ——ぼくはこれ以上彼女を愛することなど絶対にできないと思っていたが、どうやら間違っていたようだ。ナオミにぼくの子供を身ごもったと伝えられたときは、愛という言葉だけでは、胸にあふれた気持はとうてい言い表せそうにないと思った。ナオミはぼくの人生を変えたのだ。

愛する子供がひとり増えるのだと考えながら、ハンターはローラの首もとに鼻をうずめて少女を笑わせた。あと五カ月もすれば、娘がもうひとり増える。ハンターは今やローラの父親で——先月養子縁組の手続きが完了したばかりだ――ローラが自分を愛してくれていることもわかっていた。柔らかな腕が首に回され、小さな手が自分を抱きしめるのを感じると、彼はかつて自分がひとりで人生を歩んでいこうとしていたことが信じられなかった。

隣にいたナオミが、ハンターを軽く肘でつついてささやいた。「なにが始まるの？　ケリーがなにかを発表しようとしているようだけど」ハンターが目を向けると、ケイトの秘書であり、現在妊娠中のケリーがステージにあがり、緊張した様子で咳払《せきばら》いをするのが見えた。隣にはマッケンジー・フォーチュンを連れている。彼女はフォーチュン一族全員に顔を向けた。

「お楽しみのところ、失礼します」ケリーは低い声で言った。「みなさんにご報告したいことがあります。わたしとマックは結婚します」

驚きに満ちた静寂が部屋じゅうに広がった。最初に平静をとり戻したのは、やはりケイトだった。ケイトは前に歩みでると、ケリーを愛情をこめて抱きしめた。「結婚ですって？　まあ、すばらしいわ！　あなたはいつだって家族の一員のような存在だったもの。これで正式に家族の一員になるということね。ふたりとも、おめでとう。お祝いのシャンパンが必要ね！」

「確かチャドとマックはきょうだいではなかった？　それともわたしが混同しているだけかしら？」一族の人々が前に進みでてお祝いの言葉を述べるなか、ナオミはハンターに小声で言った。

「いや、きみは正しいよ」ハンターは険しい口調で言った。

ハンターは、この発表がケリーにとってどれほど勇気のいることだったかわかっていた。彼女が妊娠を告げたときのことを、彼は思い起こした。ケリーは、それを聞いてフォーチュン家の人々がどのような反応を示すか心配していたのだ。だが、この一族の人々はみな、家族を大切にする。ケリーの赤ん坊は、たとえ実の父親が赤ん坊に彼の姓を与えるつもりがまったくないとしても、フォーチュン家の一員なのだ。

ハンターのダークブラウンの目に一瞬、いらだちが浮かびあがった。チャドと五分ほどふたりだけで話をし、道理というものをたたきこんでやりたい。だが、そんなことをしても無駄だろう。チャドは、不良少年という自分のイメージをたいそう気に入っているのだから。

部屋を横切りながら、ケイトは自分自身をほめていた。三人の甥《おい》の息子たちの運命にちょっとした魔法をかけようと決めたときは、あまり自信がなかった。この十二カ月のあいだには、三人がみな〝プレゼント〟を返してきても不思議はないと思ったことも何度かあった。彼らに面倒を与えたことは明らかなのだから。それでも難局にうまく対処した彼らを、ケイトは誇りに思った。三人は成長して大人になり、そして、愛すべき相手にめぐりあった。人生において、これ以上の報酬はないだろう。

さて、とケイトは目を輝かせながら思った。あとは甥の娘たちをなんとかしないと……。

富豪一族のクリスマス
2003年11月5日発行

著　　者	バーバラ・ボズウェル他
訳　　者	村上あずさ　佐藤敏江　葉山　笹
発 行 人	浅井伸宏
発 行 所	株式会社ハーレクイン 東京都千代田区内神田 1-14-6 電話　03-3292-8091(営業) 　　　03-3292-8457(読者サービス係)
印刷・製本	凸版印刷株式会社 東京都板橋区志村1-11-1
編集協力	有限会社パンプキン
装　　丁	土岐浩一

定価はカバーに表示してあります。

造本には十分注意しておりますが、乱丁（ページ順序の間違い）・落丁（本文の一部抜け落ち）がありました場合は、お取り替えいたします。ご面倒ですが、購入された書店名を明記の上、小社読者サービス係宛ご送付ください。送料小社負担にてお取り替えいたします。ただし、古書店で購入されたものについてはお取り替えできません。

Printed in Japan

ISBN4-596-80401-X C0297

クリスマス・ストーリー2003

四つの愛の物語

愛するひとと過ごす聖夜《イブ》
それが最高のプレゼント!

『天使がくれたクリスマス』 キャロル・モーティマー
『悲しきシンデレラ』 ベティ・ニールズ
『恋人はツリーとともに』 ダイアナ・ハミルトン
『ハイランドの勇者』 ルース・ランガン

好評発売中!

人気作家が綴るおとぎの国、英国が舞台の短編集。

Merry Christmas

●定価1,250円(税別) ●400頁 ※店頭に無い場合は、最寄りの書店にてご注文ください。

ハーレクイン・プレゼンツ 作家シリーズ 別冊

ノーラ・ロバーツ

真夜中のヒーロー
『ミッドナイト・コール』
『ナイト・シャドー』 収録
PB-11 11月20日刊

続・真夜中のヒーロー
『ナイト・シェイド』
『ナイト・スモーク』 収録
PB-12 12月5日刊

● 新書判 448ページ 定価 各980円(税別)

「真夜中のヒーロー」、「続・真夜中のヒーロー」の続編がついに登場!
『ナイト・シールド』
「続・真夜中のヒーローIII」
LS-170 好評発売中!

都会でいきいきと働く美しきヒロインと、彼女に危険が迫ったとき現れる強くたくましいヒーロー。愛する女性を守るため悪に立ち向かう、スーパーヒーローたちの物語をお届けします。

ハーレクイン社シリーズロマンス 11月20日の新刊

表紙リニューアル!

愛の激しさを知る ハーレクイン・ロマンス　各640円

書名	著者/訳者	番号
危険な結婚（うるわしき姉妹）	💜 ヘレン・ビアンチン／萩原ちさと 訳	R-1913
禁断のシナリオ	アマンダ・ブラウニング／茅島久枝 訳	R-1914
魔法じかけの永遠	サラ・クレイヴン／上村悦子 訳	R-1915
偽りの彼方に	ダイアナ・ハミルトン／八坂よしみ 訳	R-1916
男爵の誘惑	スーザン・マッカーシー／秋元由紀子 訳	R-1917
罠に落ちた二人（恋する男たちⅢ）	💜 ミシェル・リード／柿原日出子 訳	R-1918
一年遅れのプロポーズ	ケイト・ウォーカー／青山有未 訳	R-1919
そっと教えて	サラ・ウッド／矢部真理 訳	R-1920

最もセクシー ハーレクイン・テンプテーション

書名	著者/訳者	番号	価格
優しいめざめ（ベッドを間違えて）	ドナ・コーフマン／高山真由美 訳	T-465	660円
誰も知らない夜	💜 ジュリー・E・リート／伊坂奈々 訳	T-466	660円
誘惑は三回まで（恋愛ドット・コム）	アリソン・ケント／鷹田えりか 訳	T-467	690円
ヴィーナスの化身	ジーニー・ロンドン／駒月雅子 訳	T-468	690円

人気作家の名作ミニシリーズ ハーレクイン・プレゼンツ 作家シリーズ

書名	著者/訳者	番号	価格
風のむこうのあなた（嵐のごとくⅠ）	アン・メイジャー／千草ひとみ 訳	P-207	650円
そこにあなたがいて（嵐のごとくⅡ）	アン・メイジャー／千草ひとみ 訳	P-208	650円

キュートでさわやか シルエット・ロマンス　各610円

書名	著者/訳者	番号
花婿は宿敵！	ジャックリーン・ダイアモンド／高田映実 訳	L-1065
プレイボーイに挑戦	キャシー・リンツ／山田信子 訳	L-1066
花嫁を落札？（続・ウエディング・オークションⅢ）	マーナ・マッケンジー／山田沙羅 訳	L-1067
恋を忘れたプリンス（カラメールの夢物語Ⅱ）	💜 ヴァレリー・パーヴ／大林日名子 訳	L-1068

ロマンティック・サスペンスの決定版 シルエット・ラブ ストリーム　各670円

書名	著者/訳者	番号
忘れえぬ夜（王家の恋ⅩⅠ）	💜 イングリッド・ウィーヴァー／藤田由美 訳	LS-171
銀盤のプリンセス	パトリシア・ポッター／杉本ユミ 訳	LS-172

ハーレクイン公式ホームページ　アドレスはこちら… www.harlequin.co.jp

新刊情報をタイムリーにお届け！
ホームページ上で「eハーレクイン・クラブ」のメンバー登録をなさった方の中から
先着1万名様にダイアナ・パーマーの原書をプレゼント！

ハーレクイン・クラブではメンバーを募集中！
お得なポイント・コレクションも実施中！
切り取ってご利用ください

◆会員限定 ポイント・コレクション用クーポン　04/10

💜マークは、今月のおすすめ
（価格は税別です）